캔버스와 ★ 알로하

캔버스와 알로하

1판 1쇄 **찍음** 2017년 1월 18일
1판 1쇄 **펴냄** 2017년 1월 25일

지은이 | 이예담
펴낸이 | 고운숙
펴낸곳 | 봄 미디어

기획·편집 | 김민지, 김자유, 홍주희

출판등록 | 2014년 08월 25일 (제387-2014-000040호)
주소 | 경기도 부천시 원미구 소향로17, 304(두성프라자)
영업부 | 070-5015-0818 **편집부** | 070-5015-0817 **팩스** | 032-712-2815
E-mail | bommedia@naver.com
소식창 | http://blog.naver.com/bommedia

값 9,000원

ISBN 979-11-5810-285-2 03810

※파본은 구입하신 서점에서 교환하여 드립니다.

캔버스와

CANVAS
AND
ALOHA

알 로 하

이예담
장편 소설

contents

※ ""는 한국어, 「」는 영어, 『』는 하와이어입니다.

Departure
바다와 하늘이 만난 곳

로하는 한동안 숨이 멎은 듯했다. 그녀의 눈앞에 펼쳐진 풍경은 미술관이나 갤러리에 걸린 어떤 그림들보다도 아름다운 명작이었다. 비로소 로하는 자신이 한국을 떠나왔음을 실감할 수 있었다. 이곳이 말로만 듣던 바로 그 하와이였다.

하와이 제도의 잘 알려지지 않은 섬, 몰로카이의 한 바닷가를 아무 말 없이 거닐었다. 어떤 수식어도 의미 없을 정도로 아름다웠다.

적어도 그 남자가 나타나기 전까지는 그랬다.

코코넛 나무들이 하늘 높이 닿는 곳에 차를 멈춰 세운 건 우연이었다. 하와이에 도착한 이래 수없이 봐 왔던 코코넛 나무들. 그러나 나무들이 울울창창한 곳은 처음이었다. 사람의 손을 타지 않은 진짜 하와이를 볼 수 있는 걸까. 두근거리는 마음으로 길가에 차를 아무렇게나 세운 뒤 후다닥 뛰어내렸다.

그녀의 손에는 고작 작은 연습장과 연필뿐이었지만 상관없었다. 설레는 심장이 더욱 쿵쾅거릴 공간만 찾으면 됐다. 그러면 얼마든지 그림을 그릴 수 있을 것 같았다.

땅바닥에 나뒹구는 코코넛 열매를 피해 걸었다. 한 발짝 한 발짝 조심스럽게 걸을 때마다 귓가에 심장 소리가 울렸다.

정작 눈앞에 해변이 펼쳐지자 로하는 아무것도 그릴 수 없었다. 차마 스케치할 생각조차 들지 않았다. 그저 입을 크게 벌린 채 멍하니 눈앞의 풍경을 바라볼 뿐.

바다와 맞닿아 있는 하늘은 인간의 물감으론 담아낼 수 없는 색을 띠고 있었다. 눈앞에 펼쳐진 갯벌엔 얕게 바닷물이 깔려 있었는데, 지금껏 본 갯벌 중에서도 가장 투명했다. 차마 그 질감을 표현할 엄두가 나지 않을 만큼 신비로웠다.

로하는 한참 동안 그 자리를 맴돌 듯 걷고 또 걸었다. 아무도 없는 갯벌에 자신의 발자국을 가득 찍어 나갔다. 마치 물 위를 걷고 있는 것만 같은 기분. 몽롱함이 그녀의 마음을 가득 채웠다.

쿵쾅쿵쾅 심장이 뛰어 갯벌 위에 아무렇게나 주저앉았다. 옷에 진흙이 묻는 것쯤은 전혀 상관없었다.

"알로하 하와이! 나는 서로하야. 잘 부탁해!"

두근거리는 심장을 따르기로 했다. 갯벌 진흙이 묻어 조금은 더러워진 연습장에 연필로 쓱쓱 자신의 설렘을 채워 갔다. 몇 시간이고 이곳에 머물고 싶었다. 눈앞에 보이는 거라면 무엇이든 그리고 싶었다. 이 풍경을 보고도 펜을 움직이지 않는다면 작가가 아니리라.

한참 동안 아무 말 없이 쓱싹쓱싹 스케치만 해 나갔다. 바다, 갯벌, 서로하, 그리고 꿈. 그것이면 충분했다. 터질 듯한 벅찬 기대감이 그녀를 부풀게 했다.

『Moe' uhane.』

그녀를 현실로 불러들인 건 낯선 남자의 목소리였다. 분명 하늘과 바다, 종이와 연필, 그리고 자신밖에 없었는데…….

로하는 흠칫 놀라 고개를 돌렸다. 이곳의 분위기와 전혀 어울리지 않는 동양인 남자가 서 있었다.

로하는 아무런 대꾸도 하지 않고 찬찬히 그를 살폈다. 한국어는 당연히 아니었으며, 영어도 아니었다. 어감상 하와이 말인 것 같은데 로하는 당연하게도 하와이 말을 거의 알지 못했다. 고작 가이드북에서 봐 둔 몇 단어가 아는 것의 전부였다. 그녀의 눈빛에 가득 담긴 물음표를 읽은 걸까. 남자가 미소를 지었다.

"꿈."

"……네?"

"하와이 말로 꿈이란 뜻입니다."

남자의 미소에 어떤 반응을 보여야 할지 알 수 없어 입술을 살짝 깨물었다. 자신이 지금 꿈을 꾸고 있는 게 아니라면 남자는 분명 한국어를 했다. 그것도 아주 유창하게.

"꿈같은 그림이어서요. 덧붙이자면 이 상황도 제게는 꿈꾸는 것 같고요."

"네, 참 멋진 곳인 것 같아요. 우연히 온 곳인데……."

와이키키 해변에서 로하의 귀에 영어 다음으로 많이 들렸던 언어가 한국어였다. 다른 나라 언어들을 못 알아들은 탓일 수도 있었지만, 분명한 건 한국인이 그만큼 하와이를 많이 찾는다는 뜻이기도 했다.

"여기 우연히 오셨다고요?"

"네. 그냥 차를 타고 가다가 보이기에……."

"나름대로 몰로카이 섬에선 유명한 곳이라고 하던데요. 코코넛 그로브라고."

그러나 몰로카이 섬은 아니었다. 검색을 해도 거의 정보가 나오지 않는 낯설고 작은 섬. 이곳에서 한국인, 그것도 갯벌에 전혀 어울리지 않는 와이셔츠에다가 정장 바지를 갖춰 입은 말끔하게 생긴 남자를 마주칠 확률이 얼마나 될까.

로하는 잠시 생각한 끝에 그를 경계하지 않기로 했다. 그의 표현대로 현실과 환상의 그 어디쯤 되는 듯한 이 꿈 같은 공간에서는 누군가에 대한 의심이나 경계를 품으면 안 될 것처럼 느껴졌기 때문이었다. 로하는 그냥 흘러가는 대로 두고 싶었다. 우연히 만난 이 풍경도, 연습장 위를 날아다니던 자신의 연필도, 그저 스쳐 지나갈 인연인 이 남자도.

어느덧 하늘엔 불그스름한 노을과 어슴푸레 찾아오는 황혼이 뒤죽박죽 섞여 있었다. 로하의 마음 또한 그러했다. 설렘과 낯섦, 그 사이에서 로하는 한순간도 놓치고 싶지 않다는 듯 자신의 그림에 집중할 뿐이었다. 아니, 그러려 했다.

『Nou No Ka Iini.』

"네?"

"여기 말로 제가 당신을 원한다는 뜻이죠."

"아니, 그게⋯⋯."

로하는 연필을 떨어뜨렸다. 갯벌 위에 연필이 푹 꽂혔다. 마치 화살처럼.

01

그곳, 하와이

어느 평일의 한가로운 오후, 로하는 이 시간이 가장 좋았다. 유리창을 통해 따사로이 들어오는 햇살, 공간을 가득 채우는 기분 좋은 커피 향, 하얀 스케치 노트와 연필 한 자루. 로하가 자신과 그림에 오롯이 집중할 수 있는 시간이었다.

"……저기요!"

사각사각, 손끝에서 나오는 연필 소리에 한창 취해 있던 중 누군가가 부르는 소리에 로하는 고개를 들어야 했다. 꿈이 아닌 현실로 돌아올 시간.

"아, 죄송합니다."

딱 봐도 두 번 이상은 자신을 불렀을 법한 손님의 표정에 로하는 스케치 노트를 구석으로 밀어 버렸다. 멋쩍은 웃음을 지으면서. 종종 벌어지는 일이다 보니 로하는 이 상황이 퍽 익숙했다.

"주문하시겠어요?"

"아메리카노 한 잔이요."

"네, 잠시만 기다려 주세요."

로하는 한 카페의 아르바이트 생이었다. 그녀는 서둘러 커피를 내려 기분 좋은 향이 솔솔 나는 컵을 손님에게 내밀었다. 꾸벅, 인사를 덧붙이고는 다시 자리에 앉았다.

평일 이 시간은 손님이 많지 않은 데다 자신의 영감을 그림으로 옮길 수 있는 몇 안 되는 시간이었기 때문에, 그녀의 손은 자연스럽게 구석으로 밀어 두었던 노트로 향했다.

"그림 그리는 거 좋아하시나 봐요."

"네? 아, 네. 조금."

이상한 손님이다. 주문한 음료를 받아서 그냥 가는 대개의 사람들과는 달리 그는 자신과 그림을 빤히 들여다보고 있었다. 로하는 그를 힐끗 본 뒤 대강 대답하고 다시 연필을 쥐었다. 마지막에 그려진 선이 영 마음에 안 들어 입술을 삐죽이면서.

"취미예요, 전공이에요?"

"⋯⋯둘 다요."

"아, 그래서 여기서 일하시는 건가."

'여기'라는 단어에 로하의 눈썹이 살짝 씰룩였다. 그러나 부정할 말이 없었다. 로하가 일하는 카페는 아주 작은 규모였다. 사실 시급만 따지면 여기서 일하는 건 썩 좋은 선택이 아니다. 한 푼이 급하고 귀한 로하로서는 더더욱. 그러나 로하는 아르바이트 모집 공고를 보자마자 이곳을 택했다. 카페가 이안 갤러리 안에 있었기 때문이다.

이안 갤러리는 청담동에 위치한 그리 크지는 않은 규모의 갤러리로 로하는 이곳을 무척 좋아했다. 최근 대한민국에서 흥하는 거물급 작가들은 전부 이안 갤러리와 손을 잡고 있었다.

무엇보다 로하가 이곳을 눈여겨보는 이유는 다른 갤러리들과 달리 신인 예술가 발굴에도 꽤 적극적이라는 것이었다. 언젠가 이안 갤러리와 손잡고 한 명의 작가로서 당당히 일하게 될 자신의 모습을 그리며, 그녀는 매일 카페로 출퇴근을 하곤 했다. 그녀가 일하는 와중에도 끊임없이 스케치하는 이유기도 했다.

"네, 뭐. 그렇다고 할 수 있죠."

로하는 속으로 그를 이상하다고 여기면서도, '손님은 왕이다'라는 철저한 자본주의 정신 아래 형식적인 대답을 건넸다. 그런 로하와는 정반대로 남자는 호기심 가득한 표정이었다.

"신기하네요."

"뭐가요?"

아무래도 집중이 되지 않아 로하는 결국 연필을 내려놓아야 했다. 그녀의 시선이 이해할 수 없는 이야기를 하는 그에게 닿았다.

"아뇨, 선이요."

"저기……."

"이런 말을 제 입으로 하긴 쑥스럽지만 제가 그림을 좀 볼 줄 알아서요."

"아, 네."

이안 갤러리에 드나드는 양복을 갖춰 입은 남자. 아마도 아트 딜러나 예술 평론가, 그도 아니라면 이쪽 분야에서 일하는 기자 정도 되지 않을까. 물론 재벌가 회장님들의 취미 생활에 장단을 맞춰 주기 위한 비서들도 있겠지만.

로하는 그의 말이 새삼 놀랍지도 않아서 심드렁하게 고개를 끄덕였다. 무슨 이야기를 하든 관심이 없으니 그만 날 내버려 두고 가라는 무언의 압박을 보내는 것이기도 했다.

"그런데 그쪽 그림 선이 누굴 생각나게 하네요."

"네?"

"취미라면 이해가 가는데 전공이기도 하다고 말씀하셨잖아요? 일반적으로 작가들은 남의 화풍을 모방하지 않으니……."

그림 그리는 사람을 작가라고 부르는 걸 보니 그는 분명 이계통 관계자가 맞았다. 현대 미술계에서 '화가'라는 단어가 잘 쓰이지 않는 것을 아는 사람. 그렇기에 로하는 그가 하는 말이 더욱 거슬렸다. 비록 듣는 자신이 아직 제대로 데뷔조차 못 한 '그림쟁이'라고 해도, 절대 해선 안 되는 말이 무엇인지 이쪽 관계자가 모를 리 없었다.

"이보세요, 대체 제 그림 선이 누구랑 아니, 그렇게 잠깐 보고 어떻게 그런 말을……."

"안환희."

"……네?"

"안환희 화백을 닮았어요, 당신 선."

"아……."

로하는 보이지 않게끔 안쪽 입술을 꾹 깨물었다. 어떤 변명도 할 수 없었다. 분명 닮지 않았지만, 닮을 수밖에 없는 두 사람의 선. 그 비밀을 처음 보는 남자 앞에서 꺼낼 순 없었다. 아니, 상대가 누구라 해도 마찬가지였다. 이건 무덤까지 지키고 가야 할 비밀이자 제 치부이기도 했다.

"미안합니다. 실례인 줄은 아는데……."

"제 교수님이시니까요. 괜, 괜찮습니다."

변명 아닌 변명을 간신히 내뱉은 로하의 목소리가 떨렸다. 그러나 남자는 그 미묘한 변화에 관심 없다는 듯 어깨를 으쓱하며 주머니에서 무언가를 꺼내 로하의 손에 쥐어 주었다.

얼빠진 것처럼 멍하니 그의 행동을 내버려 두던 로하는 그 남자가 완전히 눈앞에서 사라진 뒤에야 그게 무엇인지 알아차렸다. 그건 돈이었다. 천 원짜리 지폐 네 장. 그중 한 장은 완전히 꼬깃꼬깃 구겨져 있었다.

그제야 로하는 그에게 커피값을 받지도 않고 그림을 그렸다는 것을 깨달았다. 월급에서 까이지 않아도 된다는 안도감 대신 로하의 마음속엔 억울함과 외로움이 스멀스멀 밀려왔다. 방금 전까지 자신의 심장을 뛰게 하던 그림이 손끝에서 구겨졌다. 그 남자가 쥐어 주고 간 네 장의 지폐보다 더.

아주 간절히 선을 찾고 싶었다. 자신만의 선을.

선에 대한 열망이 진해서였을까. 남자에 대한 기억은 금세 희미해졌다.

그건 남자 또한 마찬가지였다. 일과 관련된 수많은 기억으로 충분히 꽉 차 있었기에 그녀에 대한 기억은 지워도 될 무언가였다.

❖　　　❖　　　❖

로하가 하와이로 향하는 비행기에 몸을 실은 건 오로지 자신의 선을 찾겠다는 꿈 때문이었다. 그녀가 하와이에서 그려야 할 것들은 아이러니하게도 자신의 작품이 아니었지만 이번 연작만 잘 끝내면 이번에야말로 찾을 수 있을 터였다. 아주 오랫동안 찾아 헤맨 작가 서로하만의 온전한 선을.

그렇게 닷새 전, 하와이에 도착했다. 그러나 그녀의 예상과 달리 손이 움직이질 않아 결국 아무것도 그리지 못했다.

초록 빛깔 야자수, 새하얀 모래사장, 푸르른 바닷물. 자신이 생각하던 하와이가 눈앞에 펼쳐졌지만, 이상하게도 몇 년 전 친구와 함께 갔던 부산의 바닷가나 그보다 어릴 때 가족들과 함께 갔던 강릉의 바닷가와 크게 다르지 않아 보였다.

첫 해외여행이니만큼 잔뜩 들고 온 가이드북. 그 책들마다 1순위로 꼽는 곳이 와이키키 해변이었지만 그곳에서 로하는 실망을 넘어 절망을 맛보아야 했다. 지나치게 정비되어 인공적이기 그지없는 느낌의 바닷가, 수많은 상인들과 최고급 리조트들, 그리고 알록달록 제각기 멋을 뽐내는 세계 각국의 관광객들까지.

화려했다. 그러나 심장이 뛰지는 않았다. 도저히 그림을 그릴 수 없어 멍하니 시간만 흘려보냈다. 어떻게든 빨리 연작을 완성하고 돌아가야 했지만, 이러다간 연작은커녕 한 작품의 스케치조차 못 할 것 같았다.

결국 그녀는 결단을 내렸다. 적어도 이곳은 절대로 그림 속에 담을 만한 공간이 아니었다. 로하는 한국에서부터 가져온 모든 미술용품들을 챙겨 들고, 자신이 머물던 최고급 리조트에서 망설임 없이 체크아웃했다.

「하와이, 그러니까 진짜 하와이다운 하와이를 느끼고 싶어요. 그런 곳은 없나요?」

왜 예정보다 일찍 체크아웃하냐는 리조트 직원의 물음에 로하는 자신이 아는 영어를 총동원했다. 도움이 전혀 되지 않는 가이드북들은 캐리어에 들어간 지 오래였다. 직원은 그녀의 말에 살짝 웃었다.

『Ae!』

하와이에서 나고 자랐다고 자신을 소개한 직원이 던진 짧지만 어색한 한 단어. 하와이 말로 예스였다. 자신에 가득 찬 직원의 밝은 목소리에 로하는 지푸라기라도 잡는 심정으로 귀를 쫑긋 세웠다.

『Molokai.』

몰로카이, 하와이 제도에서 다섯 번째로 큰 한국인들은 대개 가지 않는다는 낯선 섬. 현지 주민들의 반대로 개발이 거의 이루어지지 않아 사실상 리조트다운 리조트도 하나밖에 없다는 작은 섬이었다. 느린 하와이의 인터넷을 이용해 간신히 찾은 몇 안 되는 정보들을 보면서 왠지 그곳에선 진짜 하와이를 만날 수 있을 것 같은 기대감에 젖어 들었다.

그런데 만약 그곳에서도 심장이 뛰지 않으면 어떡하지. 이번이 좋은 기회가 될 것이라며 설득 아닌 설득과 어쩌면 마지막 기회가 될지도 모른다는 협박까지 덧붙인 안환희 교수를 떠올리며 로하는 어색하게 웃었다.

어떻게든 찾아야만 했다. 자신의 심장을 뛰게 할 공간을, 그래서 그림을 그릴 수 있는 공간을. 그래야만 자신의 오랜 꿈도 조금은 현실에 가까워질 수 있을 테니까. 그게 흙수저인 자신이 이 바닥에서 살아남을 수 있는 유일한 길이었으니까.

『Aloha!』

직원이 떠나려는 로하를 향해 인사를 건넸다. 신기하게도 자신의 이름을 꼭 닮은 하와이식 '안녕'이었다. 똑같이 화답해 주고 싶었지만, 쑥스러워 입 밖으로 단어가 나오질 않아 결국 고개만 까딱해 보였다.

그리고 생각했다. 진짜 하와이를 찾으면 자신 또한 반드시 인사해 주리라고.

무작정 호놀룰루 공항에 가 비행기라 부르기에도 민망할 정도로 초라하고 프로펠러 소리마저 요란한 비행기를 탔다. 떠나온 지 30분 만에 도착한 몰로카이 섬은 공항부터가 호놀룰루와는 비교가 되질 않았다. 짐 나오는 벨트도 없는 공항이라니.

그러나 다른 사람들이 어떻게 생각하든 간에 로하는 왠지 제대로 찾아온 것 같아 기분이 좋았다. 짐을 하나하나 날라 주던 사람에게 꽤나 큰 팁을 건넨 것도 로하를 감싸는 알 수 없는 설렘 때문이었다. 최대한 저렴하게 렌트한 차에 자신이 가지고 온 미술 용품들을 간신히 실은 로하는 콧노래를 부르며 운전대를 잡았다. 목적지는 없었다. 발이 닿는 대로 아니, 바퀴가 닿는 대로 굴러다녀 볼 생각이었다. 정말 마지막이란 생각으로.

코코넛 나무들이 하늘 높이 닿는 곳에 차를 멈춰 세운 건 우연이었다. 그곳이 바로 몰로카이 섬의 코코넛 그로브였다. 로하는 그곳에서 꿈에 취해 있었다.

그가 나타나기 전까지는 그랬다. 아니, 그가 나타난 뒤에도 그럭저럭 괜찮았다.

그런데 그가 조금 전에 던진 말 한마디는 로하에게 당혹스러움을 넘어 황당한 것이었다.

『Nou No Ka `Tini.』

자신을 원한다는 헛소리를 내뱉은 남자를 빤히 바라보았다. 잠시 멈춰 있던 순간 그 남자가 떨어진 연필을 주운 뒤 자신에게 내밀었다. 쓱쓱, 이 공간과 정말 어울리지 않는 각 잡힌 하얀 와이셔츠 위로 연필에 잔뜩 묻은 진흙까지 닦아서.

그러나 로하는 차마 그 연필을 받지 못했다. 그가 내뱉은 말의 의미를 알 수 없었기 때문이었다.

수작일까. 눈앞에 보이는 여자를 어떻게 해 보려는 성인 남자의 속셈이라면 뻔했다. 로하는 대학에 다니던 시절, 자신에게 고백했던 전 남자 친구를 떠올렸다. 그때 그 녀석도 말도 안 되는 상황에 말도 안 되는 멘트를 날렸던 것 같다. 그도 아니면 '원한다'는 단어에 자신이 모르는 다른 뜻이 있는 걸까.

찰나의 순간 동안 로하의 머릿속이 빠르게 굴러갔다. 원하지 않는 그림을 그릴 때 선이 그러하듯 로하의 뇌도 뒤죽박죽 엉망진창이었다.

그녀의 눈동자가 흔들리는 것을 본 남자가 다시 한 번 생긋 미소 지었다. 로하는 고개를 홱 돌렸다. 심장이 이상하게 쿵쾅거렸기 때문이었다. 이 쿵쾅거림은 무얼 의미할까. 낯선 남자의 미소에 대한 경계심? 아니면 이 공간에 취한 설렘? 그도 아니면……

"쭉 당신을 찾고 있었습니다."

"네?"

"아, 오해하지 마세요. 당신의 작품을 찾아 헤맸거든요. 그 작품의 주인이 궁금했던 것도 사실이지만요."

그림에 대한 칭찬. 로하는 좀 전에 그가 자신의 그림을 보고 꿈이란 단어를 썼던 것을 떠올렸다. 자신의 그림을 '작품'

이라 불러 주는 사람은 처음이었다. 로하의 심장이 더욱 심하게 요동쳤다. 상황 파악 못 하는 자신의 심장을 진정시키려 애쓰며 그녀는 태연한 척 그를 불렀다.

"저기요."

"제 눈은 못 속입니다. 본의 아니게 신작의 스케치를 먼저 훔쳐봐 죄송하지만, 솔직히 저는 기쁘네요."

"이보세요."

"이런 걸 우연이 아닌 운명이라고 부르나 봅니다."

"저기요, 대체 지금 무슨……."

로하는 한숨을 푹 쉬면서 자리에서 벌떡 일어났다. 아니, 일어나려 했다. 아주 오랫동안 갯벌에 앉아 있었던 탓일까. 진흙 속에 파묻혀 있던 몸이 순간 기우뚱했고, 그녀는 조금 우스꽝스러운 모습으로 넘어져 버렸다.

아, 차라리 저 태양이 확 져 버렸으면 좋겠다.

로하는 부끄러움으로 빨개진 얼굴을 가리고 싶었지만 이미 양손엔 진흙이 잔뜩 묻은 상태였다. 입술을 꾹 깨물고 다시 몸을 일으키려 하자 그가 손을 내밀었다. 연필을 쥐고 있는 손이 아닌 반대쪽 손을. 그의 입가엔 웃음이 걸려 있었다. 키득거리는 조소가 아니라 여전히 생글생글한 사람 좋아 보이는 미소였다. 로하는 마지못해 진흙이 잔뜩 묻은 손을 내밀었다.

"제니퍼 안, 저는 당신을 만나려고 하와이까지 왔습니다."

로하의 눈동자가 흔들렸다. 손도, 마음도 흔들렸다.

"소개가 늦었네요. 하서진입니다."

서진이 진흙 따위는 개의치 않는다는 듯 손을 꽉 잡고 그녀를 일으켰을 때, 로하의 표정은 완벽하게 진흙빛으로 굳어 있었다. 그러나 인공조명이 없는 해변엔 어느새 짙푸른 어둠만 남아 서진은 로하의 변화를 알아차릴 수 없었다. 그저 친절하게 그녀의 다른 손에 연필을 쥐여 줄 뿐.

우연 혹은 운명의 장난같이 두 사람은 바다와 하늘이 맞닿은 그곳, 몰로카이 섬의 코코넛 그로브에서 서로를 마주보았다.

『Aloha!』

그가 밝은 목소리로 그녀에게 인사를 건넸다. 서진에게 로하는 알로하였다.

『……Aloha.』

그녀 또한 그에게 인사를 건넸다. 하늘색만큼이나 암울한 목소리로 멋쩍은 웃음을 뱉으면서. 로하에게 서진 또한 알로하였다.

물론 두 사람이 생각하는 '알로하'는 정반대의 의미였지만.

"왜 자꾸……."

로하는 하고 싶은 말이 있었지만 이내 그만두었다. 어차피 다시 보지 않을 사람이다. 학창 시절에 성적표를 숨겼을 때보다도 더 두근거리는 심장을 진정시키며 시선을 애써 호텔 데스크로 돌렸다. 몇 시간 전만 해도 몰로카이의 조용함에 푹 빠져 있었건만 이제는 직원이 나와 보지 않는 것이 원망스러웠다.

사람의 마음이란 참 간사하다. 서진이 자신의 그림을 작품이나 꿈이라 부르며 칭찬해 줄 때만 해도 분명 설레었는데, 이제 와서 이토록 피하고 싶은 걸 보면. 차라리 완전히 양심을 외면할 수 있다면 모를까 이건 못 할 짓이었다. 안 교수가 했던 '마지막'이란 말을 상기하며 로하는 데스크 위의 애꿎은 벨만 눌러 댔다.

"제가 당신을 찾아다닌 건 사실이지만 일부러 따라온 건 아니에요. 오해하지 마세요. 몰로카이 섬은 리조트가 여기 하나뿐인걸요. 이건 정말 우연이에요."

서진이 어깨를 으쓱하며 로하에게 성큼 다가섰다. 자신이 그토록 만나고 싶었던 제니퍼 안. 서진은 그녀를 꽉 끌어안고 환호성이라도 지르고 싶은 마음을 꾹 누르고 있었다. 여기까지 와서 말짱 도루묵을 만들 수는 없었다.

한 달 전 혜성같이 등장한 신인 작가이자 국내 모든 갤러리이 눈에 불을 켜고 계약하기 위해 찾아 헤맸다던 그녀가 바로 자신의 눈앞에 있었다.

그녀에 대한 유일한 단서는 안환희 화백의 외동딸이란 사실뿐이었다. 미술계의 금수저 중 금수저인 덕분인지 그녀는 딱히 갤러리들과의 계약을 원하는 것처럼 보이지 않았다. 그렇지 않고서는 갤러리들이 취하는 모든 연락을 거절할 리 없었다. 발을 동동 구르는 갤러리 대표들이 한두 사람이 아니라는 후문이 미술계에 돌 정도였다.

수차례 메일을 보냈음에도 답신을 받지 못한 수많은 큐레이터들 중 한 사람으로서 포기할 수도 있었지만 서진은 그런 성격이 아니었다.

그를 사로잡은 그녀의 붓 터치엔 알 수 없는 한(恨)이 서려 있었다. 서양적인 유화 물감과 동양적인 정서, 몽롱한 풍경들. 서진의 직감대로라면 제니퍼 안은 다듬으면 다듬을수록 빛날 최고의 인재였다.

몇 년 후쯤엔 그녀의 아버지보다 높은 위치에 서게 될 재능을 가진 인물이라 확신했다. 안환희를 닮지만 않는다면. 서진은 작가 제니퍼 안을 원했다. 그래서 무턱대고 하와이행 비행기에 올라탔다.

─제니퍼 안, 하와이에서 나고 자랐대. 이게 안 화백이 말해 준 전부야. 그 양반 입이 귀에 걸려서도 입을 꾹 다물더라.

"형, 나 귀국 좀만 미룰게."

─왜? 요즘 갤러리 일 나 혼자 고군분투 중인 거 알잖아.

"미안해. 들러야 할 곳이 생겨서."

─제니퍼 안 때문이면 포기해. 어차피 몸값 올리려는 뻔한 수작이지. 안 화백이 우리랑 함께한 게 몇 년 짼데 다른 데로 가겠어? 그보다는 지금 뉴욕에서 뜨고 있는 김…….

"형, 내 느낌은 틀리지 않아. 무조건 잡아야 해. 안 화백 딸이라

해도 이혼한 전 부인이 키웠다며. 그럼 100% 자신할 순 없는 거 아
냐?'

　─하서진, 이 형 못 믿어 지금?

　"조금만 미뤄 줘. 정식으로 요청하는 거야. 다른 곳에 절대 뺏기
고 싶지 않아."

　자신이 속해 있는 이안 갤러리의 부대표이자 자신의 형인
규안에게서 스치듯 들은 단어 하나, 하와이. 그 단어 하나가
서진을 뉴욕에서 하와이로 향하게 했다. 몇 날 며칠 동안 그
넓은 하와이 제도를 이 잡듯 돌아다녔다. 예상치 못한 작은 몰
로카이 섬에서 드디어 만난 보물. 절대 놓치고 싶지 않았다.

　그녀가 체크인하는 걸 유심히 지켜보며 서진은 어떻게 해야
그녀에게 다가갈 수 있을지 생각했다. 자신을 경계하는 듯했
기에 더욱 조심스러웠다.

　"저……."

　체크인을 마치고 낡은 방 열쇠 받아 든 로하는 왠지 발을
떼지 못했다. 그녀에게 딱히 말을 거는 건 아니었지만 계속해
서 자신을 바라보고 있는 서진의 시선이 신경 쓰였기 때문이
었다.

　"부담 드리려던 건 아닙니다. 그냥 당신의 열렬한 팬이라고
생각해 주세요."

　"무슨 오해가 있었던 것 같은데, 저는……."

　"당신 그림엔 늘 모순적인 것들이 공존해요. 경계가 모호하

죠. 그게 스케치에서부터 와 닿아서 차마 모르는 척할 수가 없었습니다."

나는 제니퍼 안이 아니라 서로하다. 그 단순한 말이 로하의 혀끝에 걸렸다. 그녀는 차마 진실을 말할 수 없었다. 자신은 서로하였지만 자신의 스케치는 제니퍼 안의 것이기 때문이었다. 모순적인 것들의 공존. 스스로도 몰랐던 제 스타일이 어쩌면 존재의 모순 때문일지도 모르겠다는 생각을 하며 로하는 쓰게 웃었다.

"하지만 저는……."

"실례일 수 있다는 거 압니다. 모든 연락을 다 거절하셨을 정도로 신비주의란 것도요. 하지만 당신의 스케치를 본 순간 심장이 두근거렸습니다. 그러니까 이건 제 잘못이 아닙니다."

제 그림이 누군가의 심장을 뛰게 했다는 말. 자신이 그토록 듣고 싶었던 칭찬이었지만 로하는 마냥 기뻐할 수 없었다. 속 시원히 거짓을 말하지도 못하는 제 안의 양심이 원망스러울 정도로 기분이 엉망진창이었다.

"함께 저녁이라도 먹으면서 이야기하자고 하면 당연히 거절하시겠죠?"

"그게……."

"이해합니다. 저 때문에 혹시 그리시던 거 방해 받으셨을까 봐 그게 걱정이네요."

"어차피 어두워서 더 스케치할 순 없었을 테니까 괜찮아요. 그리고 저녁은……."

"저녁 먹기엔 너무 늦은 시간이라 거절하시는 거라고 생각하죠."

서진이 다시 사람 좋게 웃어 보였다. 친절한 말투, 몸에 밴 매너. 그의 와이셔츠에 묻은 진흙 자국이 눈에 들어왔다. 창자가 더욱더 배배 꼬이는 듯했다. 눈앞에 제아무리 맛있는 음식이 있다 한들 한 입도 넘길 수 없을 것이다.

"그럼 전 이만."

로하는 간신히 짧은 말을 내뱉고 고개를 숙였다. 빨리 그가 없는 곳으로 가고 싶었다. 머릿속에 자리한 풍경이 사라지기 전에 스케치도 정리해야 했고 그려야 할 그림들을 위해 계획도 세워야 했다. 엉망이 된 제 기분 탓에 결과물이 좋을 것 같진 않았지만 그래도 차라리 붓을 잡는 것이 마음을 정리하는 데 도움이 될 터였다.

"편안한 밤 보내세요. 내일 뵙죠."

서진이 로하에게 손을 흔들어 보였다. 로하는 침을 꼴깍 삼키며 몸을 돌렸다. 다시는 그를 보고 싶지 않았다.

―그래서 지금 어디라고?

"몰로카이 섬이요. 다행히 여기선 그림이 잘 그려져요. 신선한 풍경이에요."

―듣던 중 반가운 소식이군. 내가 자네에게 걸고 있는 기대가 얼마나 큰지는 잘 알 거야. 이번 일만 잘 마치면 자네 꿈도 이룰 수 있을 거야, 알지?

"네, 교수님. 감사합니다."

방으로 돌아온 로하는 자신을 하와이까지 보낸 장본인인 안 교수와 통화하며 마음을 다잡았다. 쓸데없는 일에 흐트러지기엔 이번 여행과 그림에 걸린 것이 너무나도 컸다. 자신이 평생 꾼 하나의 꿈.

—그래서 몇 장이나 나올 것 같은가?

"지금까지 스케치한 것만으로는 한 일곱 장 정도 될 것 같은데……."

—모자라. 열 장은 나와야 연작이라 할 만하지. 뭐, 귀국해서 완성해도 되겠지. 일단 구상과 스케치 정도만 나와도 괜찮으니까 꼭 열 장 채워 와.

"네, 교수님."

내일 날이 밝으면 다시 그 해변에 나가 볼 생각이었다. 아침 무렵의 풍경은 어떤 느낌일지 궁금했다. 그곳에서라면 안 교수가 원하는 열 장을 충분히 채울 수 있을 것이다.

—자네가 없으니까 내 그림이 진도가 너무 안 나가. 자넨 정말 재능 있어.

"과분한 칭찬이세요."

—아냐, 사실 작가로 데뷔해도 충분하지. 이번에 제니퍼 일만 잘 마치면 꼭 갤러리들에게 주선해 줄 테니 귀국하면 포트폴리오 정리하는 것도 잊지 말고.

"정말 감사합니다, 교수님."

—그래, 제자를 끌어 주는 건 스승의 몫이지. 그럼 한국에

서 보자고.

끊긴 전화기를 구석에 내려놓고서 로하는 서둘러 연습장을 펼쳤다. 그 진흙 사이에서도 다행히 스케치는 멀쩡했다. 캔버스에 옮겨 그리며 조금만 다듬으면 될 것 같았다.

갯벌, 진흙, 하늘과 바다가 닿아 있던 몽롱한 꿈의 공간. 연습장에 묻은 진흙이 그리 거슬리지 않는 걸 보면 역시 자연은 그 어떤 인공적인 물감보다도 나은 소재였다. 내일 아침엔 그곳의 진흙을 조금 퍼 와야겠다고 생각하며 로하는 다시 연필을 쥐었다.

순간 노크 소리가 방을 울렸다.

「룸서비스입니다.」

「저는 시킨 적 없는데…….」

「옆방의 미스터 하가 보내셨습니다.」

「아.」

로하는 어색하게 웨이터를 바라보았다. 그 갯벌엔 자연만 있지 않았다. 가장 이질적인 존재, 다시는 마주치지 않을 인연이라고 믿고 싶은 하서진이란 남자가 있었다. 오로지 스케치만으로 자신을 제니퍼 안이라 알아본 사람. 자신을 피노키오로 만드는 제페토.

제 방 테이블 위에 이것저것 음식을 내려놓는 웨이터를 보면서 로하는 저도 모르게 고개를 저었다. 마음을 굳게 먹을 필요가 있었다. 적어도 하와이에선 철저하게 제니퍼 안이어야만 했다. 제니퍼 안의 대작(代作)을 하고 있는 중이니 필요하다면 자신 또한 제니퍼 안의 대역이 되어야만 했다. 이제 정말 며칠 남지 않았다.

아무리 거짓말을 한다 해도 코가 길어지는 일 따위는 없을 것이다. 작가 데뷔라는 꿈에 한 발짝 다가간다면 모를까.

한국대 서양화과 교수이자 대한민국 미술계를 쥐고 흔드는 원로 화백 안환희의 외동딸이란 금수저. 가난한 미대 졸업생 이자 카페 아르바이트를 전전하며 여전히 교수님 스케치나 돕 는 서로하란 흙수저. 로하는 테이블 위의 숟가락을 내려다보 며 한숨을 내쉬었다.

❧　　❧　　❧

"하아, 미치겠네."

로하는 리조트 주차장에 세워진 자신의 렌터카를 바라보다 가 타이어를 뻥 찼다. 바람이 반쯤 빠진 타이어는 발길질에도 맥이 없었다. 몰로카이 공항에서 건네받을 때부터 썩 믿음이 안 갈 만큼 낡은 차이긴 했다. 그러나 인상 좋게 생긴 직원은 이게 지금 최선이라며 엄지를 치켜세웠고 차에 대해 아는 게 거의 없던 로하는 설마 별일 생기겠냐는 마음으로 차 키를 넘겨받았었다. 그런데 결국 설마가 서로하를 잡고 말았다.

지금 시각은 새벽 5시. 거의 날을 새다시피 했다. 엊저녁 스 케치 마무리 때문이기도 했지만 제일 큰 이유는 일출을 보기 위함이었다. 환상적이던 공간에서 떠오르는 해를 볼 수 있다면 얼마나 좋을까. 오로지 그 기대감 하나로 부스스한 머리를 질끈 묶은 뒤 연습장과 연필만 들고 간신히 피곤한 몸을 이끌고 내려왔다.

그런데 펑크라니. 그것도 앞바퀴 펑크라니. 이건 뭔가 단단히 잘못됐다는 신호였다.

이대로라면 오늘 일출은 포기해야 했다. 이곳은 한국처럼 일 처리가 빠르지 않았다. 가능한 빨리 일정을 마무리하고 돌아갈 생각이었는데 난감했다.

빵빵. 그때 로하의 귓가에 경쾌한 클랙슨 소리가 울려 고개를 돌렸다.

"하서진 씨?"

"어서 타요."

"저기……."

"의심스럽게 보셔도 타이어 펑크 낸 범인은 제가 아닙니다."

서진이 제 차의 문을 열고 내리면서 농담을 건넸다. 아침부터 말끔했다. 어제 봤던 것과 비슷하게 슈트를 빼입은 그의 모습에 로하는 어이가 없어 머리를 쓸어 넘겼다. 우연이라도 그와 만나는 것이 불안했다.

"도와줄 수 있어서 기쁘다고 하면 더 의심하실까요?"

"의심 안 해요. 하지만……."

"인정할게요. 스토킹은 한 것 같네요."

"뭐라고요?"

"어제 뭐라도 좀 먹고 자긴 했어요? 눈이 퀭해요. 너무 피곤해 보이는데 그림 그리느라 날 샌 건가요?"

"아……."

룸서비스를 보내 줘서 고맙다고 해야 할까. 로하가 멍하니 그를 바라보았다. 그러나 정작 서진은 그녀에게 입을 뗄 여유를 주지 않았다. 어느 형태로든 부정 혹은 거절의 말이 나오는 것을 막고자 함이었지만 그것이 로하를 더욱 당황스럽게 만들었다.

"어쨌든 어서 타요. 샌드위치도 있으니 차에서 아침 식사도 하고요. 하루 종일 그림 그리려면 배가 든든한 게 좋죠."

"저기 그게……."

"코코넛 그로브에 일출 보러 가려던 거 아녔어요? 지금 가야 안 늦어요."

"아……."

"원래는 작품의 탄생을 몰래 지켜보려고 했는데 신기한 우연이죠?"

로하는 자신의 생각을 꿰뚫어 보는 그에게 어떤 반응을 보여야 할지 알 수 없었다. 그가 열어 준 조수석 문과 그를 번갈아 보며 잠시 생각했다. 이 차를 타지 않으면 일정이 하루 밀린다. 더 이상 밀리면 안 될 것 같다. 우연이 또 다른 우연을 부르고 그렇게 인연을 켜켜이 쌓게 되면 걷잡을 수 없어질 것이다.

"저……."

"고맙다는 말은 제가 할게요. 감히 작가님의 작품 탄생을

이렇게 도울 수 있는 데다가 가까이서 볼 수 있다니 영광이
죠."

"저는 그림 그릴 때 누가 옆에 있는 걸 좋아하지 않아요."

로하는 조수석에 올라타면서 간신히 속에 있는 말을 꺼냈
다. 사실이었다. 완성되지 않은 그림을 누군가에게 보여 주는
것을 예전부터 싫어했다. 학창 시절 수학 시간에 딴짓하며 그
리던 낙서까지 그러했다.

게다가 이 남자에겐 더욱 보여 줘선 안 될 것 같았다. 그랬
다간 다 까발려질 것 같았다. 그녀가 제니퍼 안이 아니라 서로
하란 사실까지.

"허락하시기 전까진 멀찍이 떨어져 있을게요. 진짜예요. 절
대 방해할 생각 없어요. 작가님과 친해지고 싶은 생각은 있지
만."

서진이 운전석에 타며 답했다.

"친절은 감사하지만……."

"거절은 안 받을게요. 낯가림이 심하신 건 이해합니다. 그
렇지만 지금은 일출을 보기 위해 출발해야 할 때라."

갑자기 서진의 몸이 로하의 몸을 덮었다. 순간 당황한 로하
가 숨을 멈췄다. 몇 초의 순간 수만 가지 생각이 그녀의 머릿
속을 스쳤다. 그러나 서진의 손은 그저 안전벨트를 스치고 지
나갈 뿐이었다.

"그럼 가실까요, 작가님?"

서진은 생글생글 웃으며 자연스레 기어에 손을 올렸다. 그

모습을 바라보던 로하는 뭔가 억울해졌다. 그러나 그녀는 차라리 입을 다무는 쪽을 택했다. 말이 많아지는 것은 좋지 않았다.

왠지 코끝이 간지러운 기분이었다. 코가 길어진 피노키오처럼.

02
알로하 연작

코코넛 그로브의 어슴푸레한 새벽은 새로웠다. 로하는 엊저녁과 또 달라진 풍경에 한동안 넋을 잃고 있다가 겨우 스케치를 시작했다. 이 풍경 하나하나를 담아내지 못하는 제 그림 실력이 아쉬울 정도였다.

이윽고 하늘이 붉게 물들고 머나먼 수평선 너머에서 붉은 해가 고개를 내밀자 로하는 저도 모르게 손을 멈췄다. 붉음과 푸름이 공존하는 해변, 형용할 수 없는 색들의 향연은 가히 환상적이었다. 감히 거짓된 손으로 이것을 그려 내는 것이 죄처럼 느껴졌다.

"정말 끝내주네요."

"그러게요."

"안 왔으면 후회할 뻔했어요."

"저도요."

로하는 환상적인 풍경의 감상을 나눌 수 있는 사람이 서진 뿐이라는 사실이 안타까웠지만 지금은 그런 것을 따질 때가 아니었다. 다시는 보지 못할 이 황홀함을 충분히 음미하는 것이 중요했다.

"작가님의 이번 연작 하이라이트는 이 일출일까요."

로하는 고개를 단호하게 저었다. 이 일출은 당당히 자신의 이름으로 그림을 그릴 수 있을 때, 그때 세상에 내놓고 싶었다. 그 정도 욕심은 부려도 되지 않을까. 머릿속에 떠오른 안 교수의 얼굴을 지우려 애쓰며 그녀는 손가락으로 연필을 돌렸다.

"의외네요."

"제 실력이 아직 그 정도는 아닌 것 같아서요."

"언젠가는 그려 주실 건가요?"

"글쎄요."

로하는 말끝을 얼버무리며 다시 연필을 똑바로 잡았다. 이 남자에게 자신이 제니퍼 안인 이상 코코넛 그로브의 환상적인 일출을 제 작품이라 소개할 일은 없을 것이다.

"차에 간이 의자 있는데 가져다드리면 도움이 될까요?"

"아뇨. 괜찮아요."

본격적으로 그림을 그리기 위해 털썩 갯벌 바닥에 주저앉으며 말했다. 인공적인 것들을 더 들여놓고 싶지 않았다. 옷에 묻어나는 진흙마저 사랑스러운 곳이었으니까.

로하의 시선이 서진을 향했다. 무언의 신호였다. 방해하지 않겠다는 말이 진심이었던 듯 서진은 몇 발짝 떨어져 주었다.

그제야 로하는 그림 속으로 빠져들 수 있었다. 이 사랑스러운 곳의 흐르는 시간까지 담아낼 그림을 위해. 비록 제 이름을 달진 못 할 터였지만 어쨌거나 그림은 그녀가 사는 이유였다. 허투루 그리고 싶지 않았다.

공간엔 오로지 바닷물 소리만 가득했다. 서진은 한동안 로하를 바라보았다. 세상에 혼자 남겨진듯 집중해서 몇 시간 동안 스케치만 하는 그녀의 뒷모습이 그의 심장을 두근거리게 했다.

상상했던 것보다 자신이 찾아 헤맨 보물은 더 재미있는 존재였다. 낯가림이 심해 보였는데 어느새 모든 경계를 풀고 집중하는 걸 보면 그녀에게 그림은 정말로 소중한 것이 분명했다. 자신이 아는 작가들은 세상과의 소통보다 그림과의 소통에 훨씬 능숙한 이들이 대부분으로, 제니퍼 안도 그런 사람인 모양이었다.

제 형은 틀렸다. 그녀를 설득할 무기는 절대로 몸값 따위가 아니었다. 무턱대고 찾아온 하와이였기에 며칠 동안 고생하긴 했지만 직접 만나러 오길 잘했다 싶었다.

서진이 미소 지었다. 그림을 사랑하는 사람에게는 그림으로 다가가야 했다. 제 그림을 알아본 자신을 그녀는 절대 거부하지 못할 것이다. 그녀가 꾸는 꿈이 오로지 그림이라면 서진은 그걸 위한 모든 것을 도와줄 의사가 충분했다. 어제 저녁의 룸서비스와 오늘 아침의 운전은 그중 아주 작은 것들에 불과했다.

그는 주머니 속에 들어 있는 명함을 가만히 만지작거렸다. 아직 이걸 건네줄 때는 아닌 듯하다.

"방해 안 하려고 했는데……."

"아."

"혹시 배 안 고파요?"

로하가 한참 동안 멍하니 손을 움직이지 않는 걸 보고 나서야 서진은 다가갔다. 이미 오후 2시를 훌쩍 넘긴 시각. 원래도 뜨거운 하와이의 태양이 훨씬 더 뜨겁게 느껴졌다.

그 따가운 햇빛 너머로 멀끔한 서진이 보였다. 지나치게 밝은 빛 사이로 그의 얼굴이 희미하게 보였다. 저도 모르게 내리깐 로하의 시선에 잡힌 것은 물에 비친 그의 얼굴이었다. 투명한 물그림자가 오히려 더 선명히 보이는 듯했다.

로하가 눈을 몇 번 떴다 감았다. 환상과 현실, 진실과 거짓의 묘한 경계 위에 걸쳐진 스스로가 실감 났다.

"고프긴 한데……."

"어디서 막히기라도 했어요? 도와줄 게 있을까요?"

"그냥 연작인데 여기서 그릴 건 다 그린 것도 같고……."

"그럼 이동할까요? 어디 가고 싶은 데 있으면 데려다줄게요. 가는 길에 뭘 좀 먹어도 좋고요."

"여기 말고 어딜 가면 좋을지 사실 잘 몰라서, 혹시 아는 데라도 있나요?"

안 교수가 말한 것은 열 장이었는데, 로하는 아홉 장에서 더 이상 진도가 나가지 못했다. 일출이란 주제를 의도적으로 빼고 나니 더 이상 떠오르는 것이 없었다. 제아무리 환상적인 자연이라도 열 장을 채우긴 무리였나 싶어 지푸라기라도 잡는 심정으로 그에게 도움을 청했다. 그러나 서진은 고개를 갸웃할 뿐이었다.

"글쎄요."

"호텔에 물어봐도 되니까 모르시면……."

"호텔 직원도 모를걸요. 아침에 잠깐 이야기 나눠 보니 캘리포니아 출신이라던데."

"그런가요?"

로하가 입술을 깨물었다. 가다가 조그마한 로컬 식당에 들러 물어보면 답이 있을까. 아니면 전통 시장 같은 곳에라도 가 봐야 하나. 그녀의 머릿속이 복잡해졌다.

"하와이가 고향인 제니퍼 씨가 가장 전문가일 것 같은데."

서진은 아무렇지 않게 꺼낸 말이었지만 로하는 그 말에 어디서 한 대 맞은 양 뒤통수가 얼얼해졌다. 잊고 있었다. 자신이 하와이에 와서 연작을 그리고 있었던 근본적인 이유를.

"제니퍼 고향이 하와이야. 애 엄마가 일부러 거기서 낳았거든. 이혼하고 나서 쭉 거기서 살기도 했고."

제 은사가 해 줬던 말이 이제야 떠올랐다. 혹시라도 서진이 자신의 정체를 의심이라도 하는 건 아닐까. 피노키오의 심장이 쿵쾅거렸다.

"여긴 처음이에요."

기어들어 가는 목소리로 간신히 거짓을 내뱉었다. 그를 보지 않기 위해 의도적으로 시선을 돌렸다. 저 멀리 수평선이 그녀의 눈에 들어왔다. 잔잔한 바다와 달리 마음속은 폭풍우가 몰아치듯 어지러웠다.

"하긴 몰로카이 섬은 좀 작죠? 설마하는 마음으로 이 섬에 넘어오긴 했거든요. 생각보다 더 예쁘기도 하고 당신을 만나기까지 했으니 저한텐 정말 행운의 섬이 되었지만요."

로하는 대답하지 않았다. 제 스케치를 보고 제니퍼 안을 떠올리는 사람을 만났으니 불운이라고 해야 할지. 아니면 제 그림에 대한 최고의 찬사를 들었으니 행운이라고 해야 할지 스스로도 알 수 없었다. 로하에게 이곳은 꿈으로 가는 마지막 관문이었다. 그저 오늘을 무사히 넘기고 싶었다.

"그럼 제니퍼 씨도 딱히 아는 곳이 없고 저는 더더욱 없으니, 우리 어디든 돌아다녀 볼까요? 혹시 알아요? 생각보다 멋진 곳이 있을지?"

"⋯⋯아뇨."

로하가 고개를 저으며 그를 보았다. 여전히 그의 얼굴을 흐릿하게 만들어 주는 햇빛에 감사하며 툭툭 대충 진흙을 털고 자리에서 일어났다.

"일단 호텔로 돌아갈래요."

"뭐 안 먹어도 돼요?"

"좀 피곤해서요."

아홉 장이라 해도 어쩔 수 없었다. 제 은사가 불같이 화를 내면 와이키키 해변의 기억이라도 더듬어 그림을 채워 넣어야 겠다고 생각했다. 일단은 이 남자와 헤어지는 것이 급선무였 기에 로하는 먼저 차로 향했다.

❀　　　❀　　　❀

한숨 자고 일어난 로하는 캔버스 위에 오늘의 스케치를 옮겨 그리기 시작했다. 그녀의 핸드폰과 연결된 블루투스 스피커에서 흘러나오는 피아노곡은 쇼팽의 녹턴 Op. 9 No. 2였다. 잔잔한 음악 소리에 사각사각 섞이는 연필 소리는 늘 로하를 편안하게 해 주는 친구였다.

그러나 이상하게 오늘만큼은 그렇지 않았다. 아홉이란 미완 의 숫자가 로하를 불안하게 했다. 백지의 캔버스가 자신을 압박하는 듯했다. 해변의 풍경을 아무리 떠올리려 해도 이미 그렸던 것들 말고는 새로운 소재가 없었다.

차마 남의 이름을 걸고 그릴 수 없을 정도로 환상적이었던 일출 외에는.

"하서진."

로하는 입술을 꾹 깨물며 문득 옆방에 머무는 남자를 떠올렸다. 코코넛 그로브의 기억에는 그가 있었다. 저녁에도, 밤에도, 새벽녘에도, 아침에도, 그곳엔 그가 함께 있었다.

햇빛 속에 희미하던 그의 얼굴. 물그림자에선 오히려 선명하던 그의 흔적.

로하는 저도 모르게 연필을 움직였다. 연습용으로 쓰는 스케치북이 아닌 직접 캔버스 위에 초안 스케치를 하는 것은 처음이었다.

그런데도 전혀 떨리지 않았다. 오히려 스스로 놀라울 정도로 쓱쓱 한 번에 모든 것이 그려졌다. 마치 처음부터 그리기로 마음먹었던 것처럼.

열이 되었을 때 로하는 캔버스를 바라보며 너털웃음을 터뜨렸다. 두 번 다시 보고 싶지 않은 우연 같은 남자를 캔버스 위에 그려 넣었다. 이걸 우연이라고 해도 될까. 결국 그가 자신을 꿈으로 이끌어 줄 선이었다.

스피커 전원을 눌러 껐다. 정적 속에서 로하는 천천히 짐을 꾸렸다. 이제 돌아갈 시간이다. 만남엔 늘 이별이 따랐다. 로하는 이 만남과 이별로 자신이 그토록 원하던 제 선을 찾을 수 있음에 감사하기로 했다.

「그녀는 체크아웃했어요.」

「혹시 어디로 간다고 했습니까? 호놀룰루로 간다고 했어요?」

「아뇨. 한국으로 돌아간다고 했습니다. 아 참, 이걸 전해 달라던데요.」

호놀룰루 공항. 서진은 캐리어를 꽉 쥐고 제 반대쪽 손에 들린 자그마한 그림을 내려다보며 웃었다. 서명도 없는 그림이었지만 그는 정확히 알아볼 수 있었다.

그림 속엔 코코넛 그로브의 일출이 담겨 있었다. 그리지 않겠다더니 역시 안 그릴 수 없는 풍경이었던 것이다. 실력이 안 된다 말했으나 역시 기대했던 것 이상으로 심장을 뛰게 하는 그림이었다.

다만 마음에 걸리는 것이 하나 있었다.

"어, 형."

—그래서 몇 시 비행기라고?

"이제 두 시간 뒤에 탑승해."

—갔던 일은 성과 좀 있었고?

"아직은 잘 모르겠는데……."

—거봐, 하와이가 무슨 시골 마을도 아니고. 그렇게 무턱대고 가면 찾아질 것 같았어?

"아냐. 찾긴 찾은 것 같아."

—뭐라고?

"일단 한국 돌아가서 이야기해."

자신이 알던 그림과 닮은 듯 닮지 않은 붓 터치와 미묘하게 남겨진 선. 그리고 무엇보다 놀라운 건 색감이었다. 투명하고 맑은 것이 특징이던 제니퍼 안의 색이라기에는 모호할 정도였다. 차라리 정신없다는 평이 옳을까. 그럼에도 심장이 뛰었다.

일단은 한국에 가야 했다. 제 보물이 남겨 놓은 단서가 자신을 한국으로 부르고 있었다. 서진은 절대로 그녀를 놓칠 생각이 없었다. 다음번에 만나면 꼭 계약서에 도장을 찍음과 동시에 이 그림에 서명을 받아야겠다고 생각하며 걸음을 뗐다. 한국으로 돌아가는 걸음이 이토록 가벼운 것은 처음이었다.

✤   ✤   ✤

"선생님, 어차피 이번 전시를 저희 쪽에 맡겨 주실 거면 아예 따님 전속 계약을……."

"그건 내가 아니라 제니퍼가 결정할 문제지. 나야 그냥 딸아이가 해 달라는 걸 도와주는 늙은 애비일 뿐인걸."

안 화백이 너털웃음을 터뜨렸다. 시원스럽게 작업실을 가르는 호탕한 웃음소리 뒤에 가려진 검은 속내. 규안은 능구렁이 같은 사람이라고 속으로 중얼거리면서도 그의 비위를 거스르지 않기 위해 맞장구를 쳐주었다.

애초에 딸이 한 사람의 작가로서 우뚝 서길 바란다면 안환희란 이름을 가능한 빨리 걷어 주는 편이 좋았다. 거목은 기댈 수 있는 존재가 아닌 새싹을 죽이는 그림자일 뿐이니. 그럴 생각이 전혀 없다는 것만 봐도 안환희의 속내는 뻔했다.

제니퍼 안이 아니면 절대 맡지 않겠다며 하와이까지 손수가기를 마다않던 서진은 무슨 연유인지 한국에 돌아온 이후 한 달간 완전히 흥미를 잃어버린 사람처럼 다른 일에 열을 올리는 중이었다. 오늘 안환희 교수와 제니퍼 안의 새로운 연작 전시에 관한 문제를 논의하면서 내친김에 계약을 따 오겠다고 이야길 던졌음에도 그는 따라나서지 않았다. 눈앞의 늙은 호랑이 속내는 뻔히 읽혔지만 정작 서진의 꿍꿍이는 알 수가 없어서 규안의 머리가 복잡했다.

제니퍼를 포기한 것 같지는 않다. 만약 정말 포기했다면 서진이 국내 신인 작가 발굴 대신 기성 아시아 작가들의 작품 수집에 몰두하고 있을 까닭이 없었다.

"이번 연작의 주제, 이제는 들을 수 있을까요? 저희도 전시를 기획하는 입장에서 알아야 할 것 같은데요."

아침에 사무실을 나서려던 규안을 붙잡은 서진의 질문. 그건 서진이 오로지 제니퍼 안 외에는 신인 작가 그 누구에게도 관심 없다는 결정적인 증거였다.

"이번 전시에 내놓을 연작 주제가 뭐래?"

"무슨 전시?"

"제니퍼 안."

"어제만 해도 관심 없어 보이더니?"

규안의 놀리는 듯한 말투에도 서진의 진지한 표정은 변하지 않았다. 무언가를 궁금해하는 사람이라기엔 이미 답을 알고 묻는 눈치여서 규안의 호기심이 자꾸만 커져 갔다.

"주제는 좀 궁금하네."

"나도 아직 몰라. 안 화백이 입을 꾹 다물고 있는데 무슨 수로 알아내겠어? 완전 자기가 갑이야."

"전시 총괄하는 책임자가 모르면 어떡해."

"오늘 듣고 와야지. 그나저나 너 형한테 너무 막말하는 거 아니냐?"

"형이 아니라 갤러리 부대표한테 하는 말이야."

서지연 여사는 규안의 어머니이자 이안 갤러리의 대표였다. 그러나 1년 전 전직 대통령 그림 비리 사건에 연루된 뒤 건강을 핑계로 일선에서 물러났다. 이후 갤러리 운영의 실질적인 전권을 잡게 된 것이 부대표 자리에 있던 유일한 후계자 규안이었다. 이규안 부대표가 운영하는 체제로 바뀐 덕분에 외국에서 아까운 능력을 묵혀 가며 하릴없이 공부만 하던 프리랜서 큐레이터 서진 또한 이안에 둥지를 틀게 되었다.

"그렇다면 더더욱 문제 있는 말투……."

"혹시 말이야. 큐레이터 정했어?"

서진은 규안의 동생이었지만 서지연 대표의 아들은 아니다. 그를 이안 갤러리에 정식으로 고용하겠다는 이야기를 했을 때

처음으로 어머니의 분노를 보았다. 그건 20년이 넘는 시간 동안 억눌러 온 화였다. 그러나 결국 서 대표는 아들의 뜻을 꺾지 못했다.

"아직. 주제 나오면 차차 생각해 봐야지. 왜?"
"주제가 하와이라면 큐레이션 내가 하고 싶어서."

규안은 서진의 능력을 알고 있었다. 그는 그림 보는 데 타고난 감각이 있었다. 그가 귀띔해 준 신진 작가들은 언제나 몇 년 안에 성공하곤 했다. 쫓겨나듯 미국으로 떠난 뒤에도 그 능력은 더욱 출중해져 갔다. 젊은 동서양 작가들과 교류하는 것도 쉽게 해냈고 이름 있는 미술 잡지에 가명으로 평론을 싣기도 했다.

몇 년째 뉴욕 프리즈 아트 페어*에 참여하더니 작년에는 제 지도 교수를 따라 무려 베니스 비엔날레* 중국관의 보조 큐레이터로 당당히 자리매김했다.

젊은 동양인 큐레이터 '진'. 누구나 탐낼 만한 능력을 갖고 있으면서도 이안 갤러리의 서 대표와 제 형의 눈치를 보느라

---

*프리즈 아트 페어(Frieze Art Fair):영국에서 발간되는 현대 미술 전문 잡지인 〈프리즈〉의 발행인 어맨더 샤프와 매튜 슬로토버가 창설한 미술 시장. 현대 미술을 다루는 '프리즈 런던(Frieze London)'과 고대부터 현대 미술까지 아우르는 '프리즈 마스터스(Frieze Masters)'로 나뉘며 런던과 뉴욕에서 열림.
*베니스 비엔날레(Venezia Biennale):1895년 시작된 행사로 '휘트니 비엔날레', '카셀 도쿠멘타'와 함께 3대 미술 행사 중 하나로 꼽힘.

프리랜서로 남아 있는 인재를 마다할 이유가 없었다. 앞길에 도움이 될 사람이라면 배다른 형제가 아니라 적이라도 손을 잡아야 했다. 자신은 사업가니까.

그리고 최근 서진이 노리는 이는 오로지 제니퍼 안 하나였다. 작품 크기도 그리 크지 않은 데다 요즘 유행하는 회화 풍도 아니며, 다작(多作)하는 작가는 더더욱 아닌 제니퍼 안. 안환희의 딸이라는 사실 외에 규안의 눈길을 끌 만한 매력은 없어 그는 이해할 수 없었다.

다른 국내 갤러리 대표들과 이야길 해 봐도 그녀에게 눈독들이는 이유 중 가장 큰 것은 안 화백의 외동딸이라는 점이었다. 대한민국에서 타고난 금수저는 스타 반열에 빨리 오르기 때문에 좋은 상품이었다.

서진은 제니퍼 안의 그림에서 남들은 보지 못하는 매력을 찾아낸 것이 분명했다. 규안은 자신이 갖지 못한 서진만의 능력을 더는 부러워하지 않았다. 서진은 자신을 홀린 제니퍼 안의 매력이 무엇인지 정확히 말해 줄 정도로 친절한 성격이 아니었다. 규안으로서는 영영 알 수 없는 것일 테지만 상관없었다. 그림을 정확히 보는 것보다 값을 올려 비싸게 파는 것이 제 능력이라고 인정한 지 오래였다. 대신 그는 확신할 뿐이었다. 제니퍼 안은 성공할 것이다. 이유는 오직 하나, 하서진이 찍었으니까.

때문에 반드시 이안 갤러리에서 계약을 따내야만 했다. 미술계에서 서 대표의 아들이 아닌 이규안이란 사람을 공고히

해 줄 수 있는 확실한 무기였다.

"네가 직접 한다고? 아무리 그래도 신인 작가를?"

"나도 이제 막 시작하는 큐레이터잖아."

"뉴욕 프리즈 아트 페어와 베니스 비엔날레 경력을 갖고 있는 신인 큐레이터가 세상에 어디 있어?"

"운이 좋았다고 했잖아. 그냥 이안 갤러리 소속 하서진으로 새로 시작하는 거고. 하게 해 줄 거지?"

"제니퍼 안을 그렇게 원하면 너도 오늘 안 화백 작업실 같이 가지?"

"안환희한텐 관심 없다고 했잖아."

"왜?"

"판화 같아."

"뭔 소리야. 회화잖아."

"개성을 잃었잖아. 그런 의미에서 형도 안환희 그림에서 슬슬 손 떼."

"네가 그렇게 원하는 제니퍼 안이 안환희 딸인데 어떻게 손을 떼. 계약할 때까진 어쩔 수 없잖아?"

"계약하면 손 떼게?"

"하서진, 그림 보는 눈이야 네가 나보다 천 배 낫다지만 비즈니스는 네가 생각하는 것처럼 단순한 게 아니야. 대한민국 그림 시장에서 안 화백만큼 잘 먹히는 거 아직까지 없어."

"형이……."

"넌 너 잘하는 거 하고, 난 나 잘하는 거 하고. 우리 그렇게 윈윈하자. 어?"

이 이상의 월권은 용납할 수 없다는 듯 단호한 규안의 말에 서진은 더는 말을 잇지 못했다.

규안은 미소를 부드럽게 입가에 담았다. 제 비서는 그 미소를 속칭 계약용이라고 부르기도 했지만 그런 가식쯤은 당연한 일이었다.

규안은 제 어머니인 서 대표보다 더 넓게, 더 깊이, 더 은밀하게 정·재계로 뻗어 갈 작정이었다. 정면에 나서지 않고도 대한민국을 쥐락펴락할 수 있는 거물이 되겠다는 야심.

어차피 그림이란 서민들에겐 머나먼 이야기였기에 시대를 읽고 흐름을 타고 사람을 다룰 줄 알면 얼마든지 가능한 꿈이었다. 따라서 도구를 어떻게 쓰고 언제 폐기할지 결정하는 것은 당연히 자신의 영역이었다.

"그런데 안환희한텐 관심 없다는 애가 그 딸은 어떻게 믿는 거냐?"

"내 나름대로 근거가 있어. 그림에서도 보이고. 아 참, 이번 전시 단독으로 가자."

"연작이래 봤자 고작 몇 작품일 텐데 그걸 단독으로 가자고?"

"응. 전시 구상은 이미 다 했거든."

서진의 목소리는 놀라울 정도로 자신감에 가득 차 있었다. 규안은 그 이유를 묻지 않았다. 다만 제 앞에서는 겸손하게 행동하던 동생이 이렇게까지 탐을 내는 인재가 가져다줄 미래의 이익을 계산기로 두드려 볼 뿐. 약간의 위험 부담은 있지만 거절할 정도는 아니었다.

제니퍼 안의 단독 전시, 하와이를 주제로 한. 규안은 속으로 읊조리면서 이미 정해진 주제였음에도 뜸을 들이는 안 화백을 인내심 있게 지켜보았다. 계약용 미소를 띠고서.

"그렇게 대단할 건 없어. 그저 우리 제니퍼가 나고 자란 곳을 배경으로 하고 있는 연작일세. 그러니까……."

그 순간 노크도 없이 끼익 작업실 문이 열리는 소리가 들렸다. 안 화백의 시선도, 규안의 시선도 모두 문을 향했다.

"교수님, 완성된 알로하 시리…… 앗, 죄송합니다. 손님이 계신지 몰랐네요."

구겨지는 안 교수의 얼굴에 로하가 연신 고개를 숙였다. 사실 딱히 잘못한 것은 없었으나 안 교수와의 관계에서 자신은 을 중에서도 완벽한 을이었다. 양손 가득 캔버스가 들려 있어 노크하기가 불편한 상황이었대도 이미 엎질러진 물을 주워 담을 수 없었다.

평소 작업실에 손님을 들이는 것을 극도로 꺼려했던 안 교수인데 대체 저 남자는 누구란 말인가.

로하는 조심스럽게 포장된 캔버스를 구석으로 가져다 두며 자신이 내뱉은 말이 '실수'가 아니기를 바랄 뿐이었다. 그러기엔 자신의 등장 이후 어색하게 공간을 채운 적막감이 불길했지만.

"말씀드렸던 것들은 저쪽에 뒀습니다. 저는 그럼 다음에……."

"누구신지 여쭤 봐도 될까요?"

규안이 호기심 가득한 눈빛으로 로하를 바라보았다. 교수님이란 호칭을 쓴 걸 보니 안환희의 딸은 아닐 터였다. 그러나 '알로하'라는 단어가 나온 이상 서진이 말했던 제니퍼 안의 새 연작과 관계가 있으리라. 꽤나 재미있는 인물의 등장이라고 생각하며 그녀를 빤히 바라보았다.

"그게……."

"내 제자야."

누군지도 모르는 남자 앞에서 스스로를 뭐라고 소개해야 좋을지 몰라 우물쭈물하는데 안 교수가 말을 가로챘다. 불쾌함이 묻어 있는 단호한 목소리였다.

"이 부대표가 사람 하나하나에 일일이 신경 쓸 정도로 여유 있는 사람인 줄 몰랐군."

"안 교수님 제자라면 신경 쓸 만하죠. 데뷔는 했고요?"

"아직."

부대표, 데뷔. 로하는 두 남자 사이에 오고 가는 단어들을 가만히 들으며 침을 꼴깍 삼켰다. 그러고 보니 눈앞의 남자는 어디서 본 듯한 낯익은 얼굴이었다. 정확히 어디서 보았는지는 알 수 없었지만, 가능한 대화에 끼어들지 않으려 애쓰며 기억을 더듬어 나갔다.

"그래도 개인 연습실까지 드나들게 해 주시는 걸 보면 꽤 아끼시는 제자 같은데요. 제가 포트폴리오라도 한 번⋯⋯."

"이 부대표, 아까 이번 연작 주제 궁금하다고 안 했던가?"

"제니퍼 양의 고향에 관한 주제라고 말씀해 주셔서 넌지시 짐작만 하고 있는데, 제목은 '알로하'인가요?"

"그렇네만."

망했다. 포트폴리오란 단어에 살짝 뛰었던 심장이 알로하란 단어에 다시 쿵 내려앉았다. 로하는 굳어지는 안 교수의 얼굴을 보지 않기 위해 고개를 돌렸다.

"제니퍼 양의 그림을 맡길 정도라면 정말 아끼시나 봅니다."

"뭐, 좀. 인사하지. 이쪽은⋯⋯."

"이규안입니다."

규안이 반갑게 웃으며 손을 내밀었다. 그러나 그녀는 눈앞에 놓인 남자의 손을 잡지 못했다. 자신의 말이 끊겨 더욱 표정이 굳어진 안 교수의 눈치만 살필 뿐. 턱 끝으로 마지못해 승낙의 신호를 보내는 안 교수를 보고서야 로하는 조심스레 규안의 손을 잡을 수 있었다. 그 순간 그녀의 수많은 기억 끝에 한 단어가 걸렸다.

"이규안 씨면 혹시⋯⋯."

"네, 이안 갤러리의 이규안입니다. 만나서 반가워요."

"세, 세상에."

당사자를 앞에 두고 할 말은 아니었다. 그러나 마음속 소리가 저도 모르게 입 밖으로 튀어나와 어쩔 수 없었다. 로하가 성급히 두 손으로 입을 막아 보았지만 이미 규안의 입가엔 장난스러운 미소가 걸려 있었다.

"귀신이라도 본 듯한 반응이네요."

"그게 제가……."

"안 교수님이 아끼시는 제자분이라면 저도 반갑습니다. 워낙 누굴 인정하지 않으시는 분이신데 말이죠."

"아, 그게……."

"언제 한 번 포트폴리오 갖고 이안 갤러리로 찾아와 주세요."

규안은 너무 놀라 제대로 말을 잇지 못하는 로하의 손에 명함을 꼭 쥐어 주었다. 제 직감이 맞다면 그녀는 꽤 중요한 먹잇감이 될 터였다. 어쩌면 안환희의 콧대를 꺾고 제니퍼 안과의 계약을 성사시킬 수 있는 좋은 열쇠가 될지도 몰랐다.

"그래도 될까요? 제가 아직 준비가 덜 되긴 했지만……."

이안 갤러리라니. 자신이 꿈에서만 그리던 곳의 부대표이자 현재 실질적 수장인 이를 눈앞에서 보게 된 것만으로도 심장이 떨렸다. 그런데 그가 포트폴리오를 갖고 찾아와 달라고 하다니. 로하는 이게 꿈이 아니기만을 바랐다.

"로하 양, 이제 그만 나가 줬으면 싶은데."

"아, 죄송합니다. 제가 너무 들떠서 실례했네요."

싸늘하게 식어 버린 안 교수의 목소리에 로하는 어쩔 수 없이 현실로 돌아와야 했다. 어쩔 줄 몰라 빨개진 얼굴로 입술을 꾹 깨물며 몸을 돌렸다. 그러나 열린 귓속으로 계속해서 들려오는 두 사람의 이야기는 막을 방도가 없었다.

"오늘 들어야 할 중요한 이야기는 끝났으니 제가 자리를 비켜드리는 게 맞겠네요. 더 해 주실 말씀이라도 있으신지."

"이번 제니퍼의 전시는 알로하 연작 열 작품이 메인이겠지만……."

안 교수의 시선이 등 뒤로 꽂히는 기분이 들었지만 로하는 돌아보지 않았다. 그가 어떤 표정을 짓고 있을지 예측하는 것은 몇 년째 지도 교수로 모셨음에도 어려운 일이었다.

"다른 주제의 작품들도 몇 개 더 추가로 넣었으면 하네."

"나쁘지 않습니다. 사실 제게는 더 좋은 이야기네요. 담당 큐레이터가 단독 전시로 기획 중인데 제 판단에 열 작품은 좀 모자란단 느낌이라서요."

"담당 큐레이터를 벌써 정했어?"

"네. 교수님께서도 들어 보셨죠? 진이라는 프리랜서 큐레이터."

들으면 안 된다는 걸 모르지 않았다. 그러나 로하는 발걸음을 뗄 수 없었다. 이안 갤러리의 이규안 부대표에 이어 큐레이터 진이라니. 자신이 제니퍼 안이 아님을 너무나도 잘 알고 있었지만 제 그림을 큐레이션 해 주는 이가 진이라는 사실이 가슴을 뛰게 했다.

"알지. 그 친구가 우리 제니퍼에게 관심이 있어?"

"무척이요."

"그럼 나한테 다이렉트로 연락했으면 좋으련만. 자네에게 커미션도 안 떼어 주고."

"농담이라도 그런 말씀은 서운합니다. 그리고 진은 당분간 이안 소속으로 일할 거고요."

"그건 미술계 빅 이슈군. 그 친구랑 어떻게 같이 일하게 된 거지? 듣자 하니 어디 소속되는 걸 극도로 싫어한다던데."

"말씀드리자면 좀 긴 이야기입니다. 어쨌든 몇 작품 정도 더 주실 건지, 그림들의 주제는 뭔지 여쭤 봐도 될까요?"

"아아, 한 대여섯 장 정도 될 것 같아. 그래 봤자 이번 알로하 연작 전에 그린 습작 정도라 조금 부족해. 전시 공간 채우는 정도로만 활용하면 어떨까 싶네만."

로하는 잠시 고개를 갸웃했다. 대여섯 장. 자신에게 부탁한 제니퍼 안의 대작은 알로하 연작 열 작품이 끝이었다. 그전에 자신이 그려 준 작품이 세 장 있었지만 그건 이미 발표된 것이었다.

설마 며칠 새에 대여섯 장을 더 그려 내야 하려나. 로하는 살짝 아찔해졌다. 등 너머의 남자가 자신을 잊기 전에 포트폴리오를 완성해서 들고 가기도 빠듯한 상황이었다.

물론 안 교수가 요구한다면 거절할 수 있는 처지가 아니었지만.

"알겠습니다. 큐레이터에게도 전하죠. 실물을 주시면 더 좋고, 아니면 사진으로라도 작품들 가능한 빨리 보내 주시면 전시 기획에 좀 더 도움이 될 것 같습니다."

"알로하 연작 사진이라도 정리되는 대로 빨리 보내 주겠네."

"저쪽에⋯⋯ 로하 양이라고 했던가요? 어쨌든 가져다주신 작품들 제가 지금 싣고 가도 되는데 말이죠."

로하는 제 이름이 불리자 살짝 고개를 돌렸다. 규안과 눈이 마주친 듯했지만 그의 시선은 금세 다른 곳으로 향했다.

로하는 살짝 머쓱하게 웃었다. 그래도 이안 갤러리의 부대표가 자신의 이름을 기억해 주는 것에 감사했다. 이렇게라도 기억되지 않으면 자신 같은 사람이 만날 수 있는 인물이 아님을 로하는 아주 잘 알고 있었다.

"제니퍼가 한국에 들어오면 한 번은 더 손볼 수도 있어서 말이야."

"아, 완성품이 아니군요."

"거의 완성됐지만 말이지."

"무슨 뜻인지 잘 알겠습니다. 위대한 작품을 위해 기다리죠. 그럼 저는 이만."

규안은 미묘한 미소를 입가에 머금고는 고개 숙여 안 교수에게 인사했다.

정작 작가인 제니퍼 안은 아직 한국에 있지도 않은데 작품들은 이미 도착했다. 게다가 다른 이가 완성이라 이야기하며 작품들을 들고 들어왔다. 그리고는 저와 눈이 마주쳤을 때 마치 걸리면 안 될 비밀이라도 걸린 사람 같이 당황했다.

규안은 머릿속에 재미난 상상을 하며 로하를 스쳐 지나갔지만 표정만큼은 평온하게 유지했다.

"이 부대표, 혹시 도움이 된다면 내 그림 하나를 함께 전시하면 어떨까."

"아."

잠시 로하에게 향하던 시선을 돌려 규안은 다시 안 교수를 바라보았다. 하여간 제니퍼라는 새로운 작가가 아닌 안환희의 딸을 미술계에 각인시켜 놓고 싶어 안달 난 영감. 그렇게 속으로 중얼거리면서.

"말씀은 감사합니다만, 글쎄요."

"무슨 뜻이야?"

"이번 전시 큐레이터에게 한 번 물어보겠습니다. 짐작하시겠지만 제 말이라고 들을 사람은 아니라서요."

아마 서진은 듣기도 전에 거절할 것이 뻔했다. 그렇지만 규안은 굳이 그런 이야길 시시콜콜 안환희에게 직접 늘어놓을 필요를 느끼지 못했다.

"아아, 그렇지. 그래, 그렇게 하게."

"그럼 전 이만. 그리고 로하 씨?"

"네. 서로하라고 합니다."

로하는 순간 자신이 얼마나 멍청한 표정으로 대답했는지를 깨달았지만 어쩔 수 없었다. 정작 규안은 신경 쓰지 않는다는 듯 차분한 미소를 입가에 머금은 채였다.

"아까 한 말은 진심이니까 시간 될 때 포트폴리오 들고 찾아와요."

"네네, 말씀만이라도 정말 감사합니다."

로하가 고개를 90도로 꾸벅 숙였다. 쯧쯧, 뒤쪽에서 안 교수가 혀 차는 소리가 들려왔으나 지금은 이규안 부대표가 더 중요했다.

"기회는 너무 늦기 전에 제때 잡아야 하는 거 알죠? 만나서 반가웠어요. 그럼 이만 가 보겠습니다, 교수님."

너무 늦기 전에 제때. 쓸데없이 포트폴리오 만든다고 뭉그적거리지 말고 가능한 빨리 제 앞에 재밌는 이야깃거리를 들고 나타나란 무언의 메시지였다. 규안은 로하가 그 정도 메시지는 눈치챌 정도의 머리를 갖고 있길 바라며 문을 열었다. 마지막까지 미소를 잃지 않은 채로.

03
의문과 인연

　혼자 사무실에 앉아 눈을 감고 있던 서진은 낯선 알림 소리에 눈을 떴다. 제 핸드폰이나 노트북에서 난 소리는 아니었다. 고개를 돌렸을 때 눈에 들어온 건 구석에 놓여 있는 규안의 태블릿 PC였다. 아까 낮에 한바탕 말다툼을 하고 난 뒤 두고 간 모양이다.

　소리의 정체를 확인하곤 억지로 다시 눈을 감았지만 받을 때까지 시끄럽게 굴겠다는 듯 끊임없이 울어 대는 알림에 결국 서진은 항복했다.

　태블릿 PC 화면에 떠 있는 발신자는 안환희였다. 다시 흥미가 사라졌다. 안환희와 제니퍼 안. 지금 서진을 괴롭히는 두통의 원인이었다.

"안 해."

"이제 와서 왜 이래?"

"그림들이 내 심장을 뛰게 하질 않아."

"뭔 헛소리야, 하서진."

"진짜야. 안 하는 게 아니라 못 하겠어."

"야, 이번 제니퍼 안 연작 주제가 하와이면 하겠다고 먼저 나선 건 너잖아. 네 말대로 하와인데 뭐가 문제야."

사실 문제는 없었다. 안환희 교수로부터 도착한 알로하 연작 열 작품 중 아홉 작품의 사진은 자신이 생각했던 그림들이 맞았다. 몰로카이 섬의 코코넛 그로브를 그린 바로 그 그림들. 자신과 함께한 그 여자가 제니퍼 안이 맞았다는 것을 증명이라도 하듯.

서진은 이미 사진까지 다 준비해 둔 뒤였다. 제니퍼 안의 심장을 뛰게 했던, 자신의 가슴을 벅차게 했던 그 해변의 사진들을. 그림 작품과 사진 작품을 교차하여 전시할 생각이었다. 제가 녹음해 온 물결 소리도 함께.

관객들에게 바닷가를 함께 거니는 듯한 느낌을 주고 싶었다. 그곳에서 느꼈던 탁 트인 해방감을 전시장에 옮겨 두고 싶어 작은 공간이나마 개방적으로 만들 계획을 세우기도 했다. 서진은 그렇게 귀국해서 한 달간을 끊임없이 알로하 연작 전시에 대해 생각해 왔다.

이 모든 건 제니퍼 안이 서진에게 주고 간 그림 덕분에 가능한 구상이었다. 코코넛 그로브의 일출을 담은 작은 그림 한 장. 그 그림 속엔 서진이 찾던 모순적인 색채와 모호한 경계, 서양적인 표현과 동양적인 한이 모두 들어 있었다.

무엇보다 서진을 꿈꾸게 한 건 유화 물감 사이사이에 덕지덕지 발라진 진흙이었다. 자칫 모르는 사람이 봤다면 지저분한 게 묻었다고 닦아 버렸을지도 모를, 그러나 서진의 눈엔 그 낭만적이었던 해변을 표현하는 가장 아름다운 마무리였다.

그래서 서진은 알로하 연작 열 작품이 무엇이든 마지막 공간에는 보다 더한 걸작은 없을 것이라 확신하고 있었다.

설레는 마음으로 안환희 교수가 보내 준 아홉 작품의 사진들을 확인하는 순간, 서진의 맥이 풀려 버렸다.

"제니퍼 안하고 직접 이야기할 수 없을까? 내가 큐레이터잖아. 내가 너무 초보라 안환희가 안 된대?"

"그럴 리가. 아, 그리고 안 교수는 널 진으로 알아. 미리 말 못 해 줘서 미안."

"아."

제 이력이 다 드러나는 것은 원치 않았다. 한국에서 다시 하서진으로 시작하는 이유이기도 했다. 그러나 제니퍼 안에게는 자신의 전시를 맡는 큐레이터가 진이라 알려지는 편이 나을지도 모르겠단 생각이 들었다. 어쨌거나 그녀는 하서진이란 사람을 웬 스토커 정도로 생각하고 있을 것이 분명했기 때문이었다.

"제니퍼 안 들어오는 대로 너랑 얼굴 보게 해 줄 테니 갑자기 안 하겠단 소리는 하지 마."

"뭔 소리야, 그게?"

"아직 한국에 안 왔대."

"그럴 리가. 다시 나간 거 아니고?"

"아니, 전혀."

아무래도 이상했다. 분명 몰로카이 섬 리조트 직원은 그녀가 한국으로 돌아갔다고 했다. 제게 남겨진 그림도 돌아감을 위한 메시지가 분명했다.

보물찾기 제2 라운드를 위해 자신 또한 한국으로 돌아왔다. 다른 착오가 있었던 걸까. 아니면 그녀가 리조트 직원에게 거짓말을 한 걸까. 대체 왜? 스토커 같은 자신을 피해서? 서진의 머릿속이 더욱 뒤죽박죽되었다.

"나 못 하겠어, 진짜로. 미안해."

"너 갑자기 이러면 나 곤란해."

"미안해. 이번엔 도저히 못 하겠어서 그래. 다음에 제대로 도와줄게."

"대체 뭐가 문제야?"

"그림들에 인관성이 없어."

뒤이어 도착한 사진들은 더욱 가관이었다. 다섯 장의 습작들. 아무리 습작이라 해도 이럴 순 없었다. 분명 제니퍼 안이 즐겨 그리는 방식이긴 했지만 서진의 눈엔 미묘한 다른 점들이 보였다.

그저 밝기만 한 그림. 이런 재미없는 그림이나 그리는 작가였다면 애초에 직접 쫓아가는 일도 없었을 터였다.

서진은 다시 알로하 연작 사진들로 되돌아왔다. 태블릿 PC 위에서 손가락을 움직여 가며 이리저리 돌려 보고 확대해 봐도 보이질 않았다. 제 심장을 뛰게 했던 진흙이.

"너 그 말에 책임질 수 있어?"

"무슨 뜻이야?"

"일관성 없다는 말."

"형이 봐 봐. 저번에 제니퍼 안이 발표했던 세 작품. 이 그림들은 각기 다른 제목들을 달고 있지만 결국 소년, 청년, 노년을 나타낸 거라고 내가 비평 쓴 적도 있잖아. 나름대로 담고 있는 메시지도 분명하고 무엇보다 슬픔과 즐거움이 공존한다고. 그렇지만 여기 이 습작들은······."

"나한테 설명해 봤자 볼 줄 모르고. 그렇게까지 자세히는 안 보여. 어쨌거나 네 느낌에 일관성이 없다는 거지?"

"확신할 수 있어. 이 상태로 큐레이션 못 해. 제니퍼 안을 직접 만나거나······."

"이번엔 빠져."

"뭐?"

"안 교수한텐 내가 설명할게. 네가 못 하겠다는데 어떡하겠어?"

"그래도 돼?"

"그럼. 나한텐 네가 우선인걸."

께름칙했지만 친절한 규안의 말에 서진은 더 이상 토를 달지 않았다. 원하는 대로 큐레이션 하지 않게 해 준다는데 계속 캐묻는 것도 이상했다. 생전 처음 보는 눈빛을 반짝이는 형이 신경 쓰이기는 했으나 그보다 그의 마음을 불편하게 한 것은 변해 버린 제니퍼 안의 그림이었다.

신인 작가들 중에 초기 몇 작품만 반짝 두각을 나타내고 갑자기 재능을 잃어버린 것처럼 빛바래는 이들이 없는 것은 아니었다. 사실 그런 이들이 더 많았다. 자신의 재능을 초기 몇 작품에 다 소진한 탓이었다.

어쩌면 제니퍼 안에 대한 자신의 평가 역시 지나치게 후했던 것일지도 몰랐다. 그녀 역시 사라져 버릴 신인 중 한 사람이라 생각하며 관심을 돌려도 좋을 일이었다. 자신 때문에 이번 전시를 기획한 규안에겐 미안했지만 다른 좋은 작가를 발굴해 보답하면 될 일이었다.

그러나 서진은 제니퍼 안을 버릴 수가 없었다. 그녀를 직접 봤기 때문이었다. 그녀는 절대로 이런 재미없는 그림을 그릴 사람이 아니었다. 그토록 그림에 몰두하여 열정을 토해 내는 이를 미국에서도 본 적이 없었다. 무엇보다 제게 주고 간, 서명도 없는 이 작은 그림 하나.

코코넛 그로브의 일출.

입술을 깨물었다. 작가 제니퍼 안은 버릴 수 있어도 도저히 이 그림만큼은 버릴 수 없었다. 미치도록 그녀를 다시 만나고 싶었다. 그리고 묻고 싶었다. 무엇이라도.

서진은 지푸라기라도 잡는 심정으로 이메일을 열었다. 알로하 연작 열 작품 중 마지막 열 번째 작품. 그 사진을 보는 순간 서진의 눈이 빛났다.

❖　　　❖　　　❖

"내 기억력이 틀리지 않았네요."

"……부대표님?"

"기억해요?"

"그, 그럼요!"

"그런데 왜 만나러 안 왔어요? 나란 존재를 까맣게 잊어버린 줄 알았네요."

"아직 포트폴리오 정리가 안 끝나서……."

로하는 당황스러움을 숨길 수가 없었다. 이안 갤러리 내의 카페에서 아르바이트하는 이상 갤러리 임직원을 마주치는 상황이 이상하진 않았지만 규안은 그냥 직원이 아니라 이안 갤러리를 이끄는 총책임자였다. 게다가 그의 말에선 자신을 만나러 왔음이 묻어 나왔다. 우연히 카페에 들렀다가 마주친 것이 아니란 뜻이었다.

대체 왜? 기대하지 않아야 상처 받지 않는 법이라고 스스로를 달래보아도 제 심장이 마구 날뛰는 건 어쩔 도리가 없었다.

아주 오랜 꿈이었다. 오랫동안 그 누구에게도 비치지 못했던 꿈. 규안의 시선을 살피던 로하는 황급히 옆에 놓여 있던 스케치북을 감췄다. 이안 갤러리의 부대표에게 보여 주기엔 한없이 부족한 스케치들이었다.

"그래서 주문 안 받을 거예요?"

"아, 아뇨. 뭐로 드시겠어요?"

"아메리카노 한 잔이요. 그런데 아무리 봐도 로하 씨는 날 기억을 못 하는 것 같네요."

"네?"

"내가 몇 달 전에 말했잖아요."

규안이 손끝으로 로하의 스케치북을 가리켰다. 그녀가 고개를 갸웃하며 스케치북과 그의 눈을 번갈아 바라보았다.

"당신 선 안환희 화백을 닮았다고요."

"아!"

"그땐 그냥 대한민국 미술계에 수많은 안 화백 워너비인 줄 알았는데, 제자인 줄은 몰랐네요."

"그때 그 4천 원!"

로하는 기억을 타고 되살아나는 한 남자의 모습을 떠올리며 저도 모르게 규안에게 삿대질을 했다.

"네?"

"아, 아뇨. 죄송해요."

황급히 로하가 손가락을 거둬들이며 얼굴을 붉혔다. 규안은
제가 돈을 던지다시피 쥐여 주고 간 사실은 까맣게 잊고 있었
다.

따라서 자신이 서로하에게 새로운 선을 찾고 싶다는 꿈을
꾸게 했다는 것도 알지 못했다. 그저 놀라울 정도로 안 화백을
닮은 선 하나와 며칠 전에 보았던 그의 제자를 간신히 연결시
켰을 뿐이다. 그리고 서로하란 인물이 갤러리 내 카페에서 아
르바이트하고 있음을 기억해 냈다.

"사실 난 그림을 그리 잘 보는 편은 아녜요. 유일하게 관심
갖고 보는 게 안환희 화백님 거죠. 그래서 로하 씨 선이 눈에
들어왔었나 봐요."

"아."

"로하 씨, 안 교수님 많이 도와줬었죠?"

"네?"

정확한 목적어는 없지만 꽤나 단도직입적인 질문이었다. 규
안은 굳이 돌려 말할 필요를 찾지 못했다.

어차피 그녀는 제게 그리 중요한 인물이 아니었다. 아직까
지는. 얼마나 재미있는 소스를 갖고 있느냐에 따라 중요도가
달라질 것이다.

치이이이익. 그 순간 커피 메이커에서 소리가 들려왔다. 무
언가 타는 듯한 냄새가 로하와 규안의 코를 자극했다. 로하는

이야기 도중에 미안하다는 듯 고개를 숙이고 카페 안쪽에 자리한 커피 메이커로 달려갔다.

바깥에 들릴 일은 없었지만 조심스럽게 숨을 골랐다. 심장이 뛰는 것을 진정시키려 스스로의 가슴을 몇 번이고 손으로 내리 쓸었다. 귓가에 며칠 전 안 교수의 말이 울리는 듯했다.

"나는 자네의 재능을 믿어."

"감사합니다, 교수님. 혹시 제니퍼 양 그림이 더 필요하신 거라면……."

"그렇지만 주제넘지는 않았으면 좋겠군."

"네?"

"어느 곳에서나 말조심하란 뜻이야. 이안 갤러리의 이규안, 서 대표 따라다니던 꼬마 시절부터 지금까지 이 바닥 짬밥이 얼만데. 다른 사람도 아니고 그 사람 앞에서 그런 말을 흘리면 어떡하나."

"죄송합니다. 다시는 이런 일……."

"내놔."

울 것 같은 얼굴로 서 있는 로하를 보며 안 교수는 다시 한 번 혀를 끌끌 찼다. 그러고는 그녀의 손에 곱게 쥐어져 있던 명함을 뺏어 들었다. 깜짝 놀라 입이 벌어졌으나 그 어떤 말도 새어 나오지 않았다.

"다시는 만나지 마. 싹은 끊어 버리는 게 좋겠지."

"하지만 교수님 이번 일 잘 마치면⋯⋯."

"아직 안 마쳤다는 걸 명심해. 내가 자네 재능을 아끼는 만큼 어디든 추천해 줄 수 있다는 걸 잊지 말란 소리야."

자신이 그려 준 제니퍼 안의 그림은 이안 갤러리 이규안 부대표와 세계적인 큐레이터 진의 힘을 빌려 더욱 날아오를 터였다. 그러나 정작 자신은 그녀의 아버지 앞에서 한없이 힘없는 존재였다. 뼈저리게 알고 있던 사실이었지만 로하는 그날 다시 한 번 깨달았다. 그러나 울 수도 없었다. 안환희 앞이었기 때문이었다.

"아, 그리고 제니퍼 건 추가적으로 그릴 필요 없어. 내일부턴 내 작품이나 다시 도와."

"네? 하지만 아까는⋯⋯."

"언제까지 자네에게 그리라고 할 수도 없는 거고 제니퍼가 직접 그릴 거야. 자네가 그린 그림도 제니퍼가 마무리 작업을 거칠 거고. 그래야 평론가들 사이에서도 제니퍼 스타일이란 게 정확히 자리 잡을 테니까."

제 그림을 누군가 난도질하겠다 해도 입도 벙긋할 수 없는 존재. 이미 서명이 제니퍼 안으로 된 이상 자신은 아무 말도 해선 안 되었다. 어차피 서로도 이 일의 공범(共犯)이었다.

로하는 커피를 내리며 다시 한 번 숨을 가다듬었다. 규안이

한 질문의 의도가 정확히 무엇인지 알 수 없지만 무엇도 함부로 이야기해선 안 되었다. 그랬다가는 제 오랜 꿈이 모두 산산조각 날 것이 자명했다.

따뜻한 아메리카노가 담긴 컵을 쟁반에 받쳐 들고 밖으로 나가며 로하는 그가 조금 전에 제게 했던 질문을 잊어버렸기를 간절히 바랐다.

그러다가 문득 들려오는 대화 소리에 그녀는 발걸음을 멈췄다. 자신의 기억 속에 남은 흔치 않은, 낯익은 목소리. 설마. 로하의 시선이 벽 너머로 향했다.

하서진이 있었다. 그것도 하필이면 이규안 옆에.

"제니퍼 안 전시 큐레이터 구했어?"

"병 주고 약 주냐? 이제 와서 그게 왜 궁금해?"

"어떤 사람인지 궁금해서."

"그냥 우리 소속 큐레이터들 총출동해서 꾸밀 거다. 그래도 안 교수 비위는 맞춰야지."

"큐레이터들만 오케이 하면 소스는 내가 줄게."

"왜 갑자기?"

서진은 뚱하니 자신을 바라보며 불만스러워하는 규안을 보며 설명 대신 태블릿 PC를 내려놓았다. 화면에는 처음 보는 사진이 떠 있었다.

"뭐야, 이게?"

"안환희가 보낸 거. 알로하 연작의 마지막 작품."

"좀 다른데?"

규안이 봐도 미묘하게 다른 분위기를 풍기는 그림이었다. 서진이 제대로 봤다는 듯 고개를 끄덕였다.

그림 속에는 그전 아홉 작품에 들어 있던 같은 배경인 코코넛 그로브가 들어 있었다. 그러니 열 작품은 확실히 연작이 맞았다.

그러나 이 그림만큼은 이상하리만치 달랐다. 일단 밝게 빛나는 하늘은 햇볕이 강하게 내리쬐던 그날의 오후를 떠올리게 했다.

하얀 물감이 거친 붓놀림으로 캔버스 위에 덕지덕지 묻어 있었다. 정돈되지 않은 빛의 표현, 그 사이에 형체를 알 수 없는 까만 존재. 캔버스 크기에 비해 작은 편이지만 한가운데 자리 잡아 시선을 빼앗는 무언가가 상당히 인상 깊었다.

이전 작품들과는 달리 하늘과 바다의 경계가 분명하게 표현되어 있었다. 투명하리만치 맑은 바닷가를 표현하는 수채 물감과 서진을 설레게 했던 갯벌을 표현하는 진흙까지. 모든 것이 또렷했다.

그러나 그 또렷함 사이에 자리한 이질적인 까만 존재 하나. 그것이 모순을 말해 주고 있었다.

서진은 열 번째 작품을 보는 순간 다시 한 번 강렬한 심장 박동을 느꼈다. 결국 제 형에게 전화를 걸어 조금은 섭섭해하고 있을 그를 찾아 카페까지 내려왔다. 반나절 만에 다시 전시에 관여하겠다고 말한 자신이 변덕스럽다 해도 어쩔 도리가 없었다.

"너 이 열 번째 그림이 마음에 들었구나."

"그렇게 단순한 건 아니고."

"그럼?"

"말하자면 조금 복잡해."

"이 까만 건 뭘 표현한 거야? 갈매기야, 아니면 바위야?"

"설마."

서진이 피식 웃었다. 이 까만 존재의 정체는 딱 두 사람만 알 수 있었다. 한 명은 그림을 그린 작가. 또 다른 한 명은 이 존재의 피사체.

서진은 제니퍼 안을 만나면 꼭 말할 작정이었다. 허락도 받지 않고 피사체로 삼은 건 문제가 있다고. 그렇게 그린 그림이 지나치게 멋있으면 그건 반칙이라고.

물론 이건 말도 안 되는 수준의 나머지 그림들로 제 머릿속을 뒤죽박죽으로 만든 제니퍼 안에 대한 장난 섞인 투정이기도 했다.

"넌 아는 눈치다?"

"그냥 짐작만 하는 거지. 난 하와이까지 갔다 왔으니까."

"어차피 전시 관여할 거면 네가 혼자 하지? 왜 명성에 어울리지 않게 소스만 주고 뒤로 빠지겠다는 건데?"

"사실 혼자 하고 싶긴 해. 그게 더 편하기도 하고. 그렇지만 이 그림 하나만으론 아직 의문이 남아서."

"무슨 소리야?"

"일단 만나야겠어."

"어?"

"제니퍼 안. 직접 봐야겠다고."

"한국에 와야……."

"저기요, 주문 안 받아요?"

벽 뒤에 숨어 서진이 가기만을 기다렸던 로하는 순간 소스라치게 놀랐다. 분명히 자신을 부르고 있었다. 이규안도 아닌 하서진이.

간간히 벽을 넘어오던 두 사람의 말소리. 자세한 내용까지 다 알아듣진 못했으나 제니퍼 안의 전시에 관한 대화를 나누고 있음이 분명했다.

규안이야 이안 갤러리의 총책임자였으니 그렇다 쳐도 왜 하서진이란 남자가 규안과 이 주제로 대화를 나누고 있는 건지 알 수 없었다.

그러나 그건 중요치 않았다. 지금 가장 문제인 건 자신이 밖에 나가면 안 된다는 것뿐이었다.

하서진은 알로하 연작을 그린 것이 자신이란 사실을 알고 있다. 이규안 부대표는 알로하 연작이 제니퍼 안의 것이라 알고 있으며 그렇게 알아야만 한다. 안환희 교수는 사실이 알려지는 것을 원치 않는다.

로하가 바짝 마른 입술을 달싹이는 순간, 다시 한 번 서진이 자신을 찾았다.

"저기요! 거기 서 있는 직원분. 아까부터 다 보이는데."

"커피 좋아하지도 않는 애가 꼭 마셔야겠냐."

"글쎄, 왠지 안 나오는 게 꼭 우리 이야길 엿듣고 있는 기분이라 궁금해서."

"엿듣는 건 또 뭐야. 저, 로⋯⋯."

"네, 죄송합니다. 주문받을게요, 주문."

규안이 자신의 이름을 부르려던 찰나, 로하가 모습을 드러냈다. 옆에 놓여 있던 안경을 코에 걸치다시피 쓰고서.

그 짧은 시간 동안 로하의 눈에 안경이 들어온 건 천만다행이었다. 저녁 타임 아르바이트 생이 두고 간 안경으로 자신의 모습이 가려질 것이라 생각하진 않았지만 로하는 이 얄팍한 변장이 부디 먹히기를 바랐다.

"아."

"주문하시겠어요, 손님?"

로하는 하서진이 매우 기억력 나쁜 사람이길 바랐다. 말도 안 되는 확률에 제 인생을 걸어야 하는 상황이 슬프다 못해 우스웠지만 제발 하늘이 이번 한 번만 도와주기를 빌었다. 그 순간 서진이 로하를 빤히 들여다보았다. 로하의 시선이 저절로 아래로 향했다.

"하서진, 주문한다고 사람 찾더니 뭐해. 주문 안 해?"

"아, 메뉴 보고 있었어."

"메뉴도 결정 안 하고 사람을 불렀어? 실없기는."

"그러게."

서진이 피식 웃었다. 로하는 부디 의도적으로 보이지 않길 바라며 고개를 홱 돌렸다. 자신에게는 규안의 아메리카노를 가져다줘야 한다는 좋은 핑계가 있었다. 심장이 콩닥거렸다. 소리가 지나치게 커서 제 귀가 아닌 서진과 규안의 귀에도 들릴까 두려울 정도였다.

"그냥 가자."

"뭐?"

"별로 마시고 싶지 않아졌어."

"갑자기 무슨 변덕이야."

"가자. 올라가서 아까 하던 이야기 마저 해 줄게."

"아, 뭐. 내 아메리카노는 받아……."

"그냥 가. 사무실에 원두커피 내려 마실 수 있는 기계도 있으면서 무슨."

"어어, 야!"

서진이 규안의 등을 두 손으로 떠밀었다. 서진의 이상한 행동에 당황한 규안은 로하에게 인사를 하기는커녕 애초에 로하를 찾아왔던 이유조차 까먹었다. 그대로 서진에 떠밀려 엘리베이터를 향해 걸었다. 어처구니없었지만 이유 없이 이럴 사람이 아니었기에 규안은 입을 꾹 다물었다. 올라가면 설명해 주리라 믿고서.

버튼을 누르고 말없이 꼭대기 층에서부터 내려오는 전광판의 숫자를 바라보고 있을 때였다. 갑자기 규안만 남겨 둔 채 서진이 빠른 걸음으로 왔던 길을 되돌아갔다.

규안은 멍하니 그의 뒷모습을 바라보았다. 저 녀석이 저런

적이 있었던가. 아무리 봐도 이상했다. 호기심이 무척 동할 만큼.

똑똑.

제 형을 어느 정도 떨어뜨려 두는데 성공한 서진은 갤러리 카페로 되돌아와 카운터 테이블을 두드렸다. 아직도 구석에 서서 심장을 진정시키고 있던 로하가 다시 한 번 소스라치게 놀랐다.

"저, 뭐 두고……."

"내가 그림만 잘 보는 게 아니라 사람도 좀 잘 보는데."

"아니 그게……."

"도수가 안 맞는 안경 오래 쓰고 있으면 눈 나빠져요. 곧 엄청난 작가가 될 사람이 눈 나빠지면 쓰나."

서진의 손이 휙 로하의 귀에 아슬아슬하게 걸쳐져 있던 안경을 낚아챘다. 누가 봐도 제 안경이 아닌 것처럼 보이는 큰 알. 장난스러운 미소가 로하의 눈에 닿았다.

로하의 심장이 다시 한 번 쿵쾅거렸다. 무슨 질문이 나올까 상상하는 것조차 두려웠다. 이런 식으로 꿈이 산산조각 날 줄은 몰랐기에 화가 날 지경이었다. 대체 이 남자는 하와이에서부터 저와 무슨 원수를 졌기에 이리도 지독하게 엮이는지 따져 묻고 싶은 심정이었다.

로하의 입이 열리는 순간 서진의 손가락이 그녀의 입술에 닿았다.

"오늘은 묻지 않을게요, 아무것도. 대신 부탁이 있어요."

"저기요."

"그림을 선물해 줬으면 서명을 해 줘야죠. 서명받으러 올게요. 이번엔 도망가지 마요."

"하서진 씨."

"이름 기억해 줘서 고맙네요. 얼굴도 기억해 줘서 고맙고. 일단 누가 기다려서 가 볼게요. 저 사람이 묻거든……."

서진의 손가락이 엘리베이터 앞에 서 있는 규안을 향했다. 로하는 규안의 얼굴을 보는 순간 입을 다물 수밖에 없었다. 아무리 거리가 있다지만 조심해야 했다.

굳게 닫힌 입술을 보며 서진이 다시 한 번 키득거렸다. 로하의 눈매가 날카로워졌다. 자신은 일생일대의 꿈이 걸려 심각한데 눈앞의 남자는 무엇이 그리 재미난 건지.

로하는 그가 얄미웠다. 입을 열 수조차 없어 억울하기까지 했다.

"커피값 내러 왔다고 해요. 그리고……."

5천 원짜리 지폐 한 장이 로하를 약 올리듯 카운터 위에 놓였다. 로하의 입이 살짝 열리는 순간 서진이 돌아섰다. 마지막 말과 함께.

"천 원은 다음에 받으러 올게요. 나한테 빚진 거예요. 다음에 봐요, 꼭."

절대 다음이 없어야 할 사람이 다음을 기약했다. 로하는 가벼운 발걸음으로 달려가는 서진의 뒷모습과 호기심 섞인 표정으로 자신을 바라보고 있는 규안의 얼굴을 번갈아 보다가 결국 주저앉았다.

제 손에 잡힌 빛바랜 주황 빛깔 지폐를 보고 있자니 울고 싶을 지경이었다. 눈물은 아무것도 해결해 주지 못할 테지만.

04

사과 한 알

　로하는 힐끗 창가를 바라보았다. 연필을 꽉 쥐고 눈앞의 하얀 종이를 들여다보기에도 모자란 시간. 그러나 자꾸 신경이 쓰이는 건 어쩔 수 없는 모양이다. 결국 아무것도 그리지 못한 것을 보면.

　로하는 맞부딪치기로 했다. 한 번은 겪어야 할 일이었다. 한 번이 자꾸만 늘어나는 것 같은 불길한 느낌을 애써 지우며 창가에 앉아 있는 남자의 어깨를 조심스레 툭툭 건드렸다. 한 시간째 책을 읽고 있던 그는 힐끗 자신을 돌아본 뒤 다시 활자로 시선을 돌렸다.

　"카페 내에서 주문을 하지 않고 앉아 있는 건 원칙적으로……."

　"아, 오렌지 주스 한 잔 줘요."

"죄송하지만 없는 메뉴예요."

"그럼 딸기 주스."

"그것도 아예 없고요. 저기, 하서진 씨."

로하가 한숨을 내쉬었다. 그가 뭘 원하든 내줄 수 있는 것은 없었다. 제니퍼 안에 대한 가짜인지 진실인지 모를 정보도, 자신의 존재에 대한 사실도, 심지어는 그가 주문하는 음료수까지 전부 다.

"그럼 뭐든 괜찮아요. 카페인만 안 들어 있으면 상관없어요."

"대체 왜……."

"방해하지 않겠다고 약속했잖아요. 그렇지만 카페에 운영 원칙이 있다고 조금 전에 말한 건 제니퍼 씨니까 어쩔 수 없이 주문은 하려고요."

어떻게 알아냈는지 서진은 일주일째 자신이 아르바이트하는 시간만 골라서 카페에 찾아왔다. 다시 마주친 첫날 기겁하는 로하에게 그가 건넨 말은 딱 한마디였다.

"방해하지 않을게요."

자신이 조금 전까지 무언가를 스케치하고 있었다는 것을 알아챘음에도 그는 곁눈질 한 번 하지 않았다. 작가와 작품에 대한 기본적인 예의는 아는 사람이라는 듯.

그걸 예의로 받아들이기에는 그가 범하는 실례가 지나치게 컸다. 생전 처음으로 스토킹을 당하는 기분이었다. 그러나 장난으로라도 신고할 생각은커녕 그에게 전할 생각조차 들지 않았다. 그가 알고 있는 비밀이 폭탄처럼 터질까 봐 로하는 두려웠다.

"아, 혹시 며칠 동안 아무것도 안 시킨 걸 다 변상해야 한다면……."

"그럴 리가요. 그리고 죄송하지만 카페인이 들어 있지 않은 메뉴는 없어요."

딱 한 번, 오늘로 끝낼 생각이었다. 그러지 않고선 제 마음을 불편하게 짓누르는 그를 더 이상 감당하기 어려웠다. 규안에게 보여 줄 포트폴리오는커녕 안 교수가 시킨 일이나 소일거리로 하고 있는 가벼운 외주 작업조차 도저히 진도가 나가지 않았다. 결국 마지막 용기를 짜냈다.

"있어도 저한텐 안 줄 것처럼 말하네요. 그럼 아메리카노라도 줘요. 하루쯤은 잠 설쳐도 괜찮으니까."

"하서진 씨, 책 읽으시려면 자료실을 안내해 드릴게요. 도서관처럼 꾸며진 곳이라 조용해서 좋을 거예요."

"조용한 데서 책 읽으면 잠 와요."

"하지만……."

"진짜 방해하지 않으려고 했는데 제니퍼 씨가 이렇게 여지를 주면 궁금한 걸 묻고 싶잖아요."

로하가 입을 다물었다. 그녀의 표정이 눈에 띄게 군자 서진은 농담이라는 듯 손사래를 쳤다. 궁금한 건 많았지만 묻지 않을 생각이었다. 아직은.

"그냥 카페에 있는 장식물이라고 생각해요. 벽화? 아, 벽화라기엔 너무 입체적인가요? 그럼, 조각상……."

"솔직히 말씀드릴게요. 불편해요."

"왜요? 제가 당신의 비밀을 알아서요?"

돌려 말하지 않고 직설적으로 던져진 '비밀'이란 단어. 로하가 천천히 고개를 끄덕였다. 그 비밀의 무게가 얼마나 무거운지 서진은 모를 것이다. 그의 얼굴에 떠오른 미소를 보고 있자니 속이 울렁거렸다.

"걱정 마요. 발설 안 해요. 그 정도 눈치는 있어요. 그래도 놀란 건 사실이에요. 정체를 숨기고 싶은 거면 이안 갤러리 카페는 별로 아녜요? 혹시 가까이서 뭔가를 몰래 지켜보고 싶은 건가요?"

"그런 거 아니에요."

"그럼 왜 굳이 이곳에서 아르바이트하는 건데요?"

"안 물으실 것 같더니 결국은 물어보시네요."

로하가 퉁명스럽게 받아쳤다. 그러나 그는 어깨를 으쓱해 보일 뿐이었다.

서진은 분명 궁금한 것이 많았다. 그녀는 확실히 보면 볼수록 호기심이 들게 하는 인물이었다. 정체를 숨기려는 이유도 궁금하고 알로하 연작에 대해서도 묻고 싶은 것이 많았다.

요즘 그리고 있는 게 무엇인지도 궁금했고 관심을 두고 있는 또 다른 주제도 알고 싶었다. 무엇보다 제니퍼 안이란 사람 자체가 알고 싶었다.

"그림 그릴 시간도 부족할 것 같은데 이런 일 하고 있는 게 신기해서요."

"일하면서도 그림 그릴 시간은 충분해요."

"그런가. 그런데 말이에요. 진짜 묻고 싶은 건 따로 있는데."

서진이 로하를 빤히 바라보았다. 호기심이 가득 묻어 있는, 미소 띤 그의 얼굴을 보며 로하는 저도 모르게 침을 꿀꺽 삼켰다.

"……뭔데요?"

"답해 줄 거예요?"

"들어 보고요."

그가 하는 질문 중에서 솔직히 답변할 수 있는 게 있을 리 없었다. 로하는 거짓말에 서툰 스스로를 달래며 티 나지 않게 심호흡을 했다. 딱 하루만, 오늘 한 번만. 그렇게 되뇌면서.

"이 그림 당신 거죠?"

"네?"

제니퍼 안에 관한 것, 혹은 알로하 연작에 관한 질문이 쏟아질 줄 알았는데 서진의 질문은 전혀 예상치 못한 것이었다.

동그랗게 변한 로하의 시선이 서진의 손가락이 가리키는 곳으로 따라 옮겨 갔다. 카페 창가 구석진 테이블 위에 그려진 조그마한 태양 하나. 자세히 들여다보지 않으면 절대 찾을 수 없을 희미한 낙서였다.

몇 년이나 되었을까. 이곳에서 아르바이트를 시작하기 한참 전의 일이었다. 대학 시절 리포트를 쓰기 위해 이안 갤러리를 방문했던 적이 있었다.

건물 안을 전부 둘러보고 난 후 로하는 자연스럽게 발걸음을 옮겨 갤러리 내 카페에 앉았다.

카페에서 커피를 마시는 건 사치라고 주머니를 여는 것을 꺼려하던 그녀였지만 이곳에서만큼은 달랐다.

대학 시절 로하는 카페 구석 자리에서 향 좋은 커피를 마시며 자신의 성공한 미래를 그리고 또 그렸다. 이안 갤러리를 향한 꿈. 그것을 상징하는 태양이었다. 언젠가 다시 이곳에 돌아오겠단 스스로와의 약속을 의미하는 것이기도 했다.

"……제니퍼 씨?"

몇 년이 지난 지금도 이루지 못한 그 꿈. 잠시 동안 과거와 미래 사이를 유영하던 그녀를 다시 현실로 이끈 것은 서진의 목소리였다.

로하는 그를 빤히 바라보았다. 어떻게 자신의 그림을 콕 집어 알아보는지. 미스터리한 남자였다.

아무리 봐도 말도 안 되는 눈썰미였다. 하와이에서부터 느꼈던 놀라움은 저조차도 잊고 있었던 몇 년 전의 낙서를 마주한 순간 경악으로 번졌다. 로하가 입술을 깨물었다.

"왜 그렇게 빤히 봐요. 얼굴에 뭐 묻었어요?"

"아뇨. 어쨌거나 죄송합니다. 바로 지울게요."

"왜요?"

"어쨌거나 기물 파손이니까요."

"설마요."

서진이 손사래를 치며 조금 전까지 읽고 있던 책을 뒤적거리기 시작했다. 로하 앞에 펼쳐진 페이지엔 커다란 그림이 하나 있었다.

"바스키아*네요."

"역시 잘 알아보네요. 바스키아가 SAMO*라는 예명을 쓰던 시절 해 뒀던 낙서들은 지금 엄청난 작품으로 인정받고 있어요."

"그건 바스키아니까……."

"'일단 유명해져라, 그러면 사람들은 네가 실제로 똥을 싸더라도 엄청난 박수를 보내 줄 것이다'. 바스키아랑 같이 작업했던 앤디 워홀(Andy Warhol)이 했던 말이 떠오르는 반응이군요."

"틀린 말은 아니잖아요."

"제니퍼 씨가 유명해지면 이 낙서도 작품이겠지만 지금은 아니다?"

로하는 친절하기 그지없는 서진이 비웃음을 짓는 것처럼 보

---

*장 미셸 바스키아(Jean-Michel Basquiat, 1960~88):뉴욕의 브루클린에서 태어났으며 뉴욕 거리의 후미진 담벼락과 지하철에 스프레이로 낙서를 하며 예술적 열정을 불태우다 본격적으로 화폭에 그림을 그리게 된 이후 '검은 피카소'로 불리는 등 천재성을 인정받음.
*SAMO(Same Old Shit): '흔해 빠진 똥'이란 뜻의 약어로, 1970년대 뉴욕 뒷골목의 흑인 청년들이 사회에 가졌던 정서를 단적으로 보여 주는 상징.

였다. 유명하지 못해서, 금수저가 아니어서 이리 치이고 저리 치였던 과거가 떠올랐다. 괜히 울컥한 로하가 항변하듯 입을 열려고 할 때였다.

"몰로카이 섬에서 봤을 때의 제니퍼 씨는 그런 사람이 아니었는데."

"무슨 소리예요."

네가 나에 대해 뭘 안다고 그렇게 말하느냐 쏘아붙였지만 서진의 표정은 태연했다.

"그림을 정말 사랑하고 그림이면 뭐든 되는 사람 같아 보였어요. 명성을 따지는 사람 같진 않았는데요."

"그건……."

순간적으로 말문이 막힌 로하는 입술을 꾹 붙였다. 사실이었다. 그림을 정말 사랑했다. 그림이면 뭐든 다 됐다. 그것이 비록 자신의 양심을 속이는 일이더라도 어쩔 수 없이 안 교수가 시키는 일을 해 왔다. 그래야만 진짜 자신의 그림을 그릴 수 있을 테니까.

서로하는 확실히 그림으로 사는 사람이었다. 평생 걱정 없이 그림을 그리고, 그 가치를 알아봐 주는 곳에 전시하고, 전시를 찾아온 이들과 그림으로 소통할 수 있으면 되었다.

그러나 대한민국 미술계는 그 사소한 꿈을 이루기에 너무나도 많은 것을 요구했다. 이를테면 명성이나 연줄, 혹은 돈 같은 것을.

"오늘은 이만 가 봐야겠어요."

"네? 왜요?"

"가는 걸 원하는 줄 알았는데 지금 날 잡는 거예요?"

로하의 입이 살짝 벌어졌다. 대화 중간에 갑자기 가겠단 사람을 향한 당연한 반응이었을 뿐이었는데 뭔가 서진의 페이스에 휘말리는 기분이 들었다.

"갤러리 시설 팀에 가려고요."

"안녕히 가세요."

"왜 가는지 이유는 안 물어요?"

"가실 만하니까……."

"이 테이블 살 수 있는지 물어보러 가요."

"네?"

로하의 눈이 다시 한 번 커졌다. 서진은 진심인 듯 책을 챙겨 자리에서 일어났다. 그녀와 더 시간을 보낼 수 없어 아쉬웠지만 오늘은 이 정도면 되었다 싶었다.

"보관 잘 해 두고 싶어서요. 그냥 낙서라기보단 의미가 좀 있어 보이거든요."

"대체……."

이 남자는 대체 어떻게 겨우 몇 번의 만남으로 자신을 저리도 꿰뚫어 본 걸까. 로하는 문득 대학 시절 한 강사님이 제 그림을 평가하면서 해 준 말이 떠올랐다.

"작가가 그린 그림엔 작가가 투영되는 법이야. 그림만으로도 얼마든지 사람을 알 수 있지. 심지어는 초상화나 정물화마저도 대상보다는 작가를 보여 줄 때가 많아. 사람의 입보다 붓이 더 솔직하거든."

처음으로 그림을 통해 자신을 바라봐 준 사람. 어떤 편견도 없이 자신을 이해해 준 사람. 로하는 서진에게 제 그림을 보여 주어 더 많은 의견을 듣고 싶었다.

그러나 그럴 수 없었다. 서진이 그림 속에서 알맹이를 찾아 냈지만 정작 로하의 껍데기가 거짓이었다. 로하는 그것이 아쉬워졌다. 가능한 마주치지 않을 사람이어야 한다는 것이 슬플 정도였다.

저도 모르게 한숨을 쉬며 로하는 실없는 질문을 뱉었다.

"하서진 씨 부자예요?"

"네?"

"아무리 부자래도 쓸데없는 걸 구입하려고 하지 마세요."

"한 작가의 진짜 습작을 구입하는 건데요, 뭐. 또 알아요? 제니퍼 씨가 바스키아처럼 유명해지면 비싸질지?"

서진이 농담을 덧붙였다. 진짜 습작. 뼈 있는 단어 선택이었지만 로하는 딱히 눈치채지 못한 듯했다.

그의 의문은 더 커져만 갔다. 빛바래고 희미해진 이 작은 그림에서도 느껴지는 다채로운 감각과 감정들. 진심으로 서진은 이 테이블을 제 컬렉션 리스트에 넣고 싶었다. 가능하다면 이번 전시 구상에 넣고 싶기까지 했다.

제니퍼 안의 정리된 습작 사진들에선 전혀 느껴지지 않던 설렘을 빛바랜 낙서에서 다시 느낄 줄이야.

그러나 서진은 이 의문을 직접적인 질문으로 풀고 싶지 않았다. 대신 만나고 대화하면서 풀어 갈 생각이었다.

"그럴 일 없을 거예요. 그리고 어차피 되파실 거면 그냥 지우게……."

"걱정 마요. 값이 치솟아도 절대 안 팔 테니."

"그럼 대체 왜 사려는 건데요? 진짜 부자예요?"

"심장을 뛰게 한 그림이니까요. 전 그런 그림을 보는 것 때문에 살아요."

"하지만……."

"제니퍼 씨가 질문 하나 하게 해 줬으니 공평하게 나도 하나쯤은 받고 갈게요. 뭐든 물어봐요."

예상치 못한 말이었다. 그림에 대한 환희가 담긴 칭찬을 받고도 마냥 좋아할 수 없어 속이 바싹 타들어 가던 로하가 잠시 말을 멈췄다.

말이 멈춘 자리에 저를 괴롭히던 복잡한 생각들이 차올랐다. 꼬리에 꼬리를 무는 의문들.

당신은 누구죠? 뭐 하는 사람이죠? 어떻게 그림만으로 나를 알아볼 수 있죠? 그림 속의 나는 어떤 존재죠? 나에 대한 진실을 알아도 내 그림이 당신의 심장을 뛰게 할 수 있나요? 난 작가로 살 수 있을까요?

하지만 로하는 그 질문들을 꺼내 놓을 수 없었다.

"왜 자꾸 찾아오시는 거예요?"

"불편하죠? 하지만 어쩔 수 없어요. 자꾸 보고 싶은걸요. 오늘은 어쩌다 보니 망했지만 다시 약속할게요. 방해하지 않는다고."

로하가 입술을 꾹 깨물었다. 그런 문제가 아니다. 지켜보기 때문에 그림을 못 그리는 게 아니라 그 앞에서는 서로하가 서로하일 수 없다는 것이 가장 큰 문제였다. 이런 게 양심의 거리낌일까. 제대로 먹은 것도 없는 속이 더부룩했다.

"처음부터 말했잖아요. 내가 당신을 원한다고."

"하지만……."

"요즘 절 살게 하는 게 당신 그림이에요. 심지어 이 작은 낙서까지도요. 요즘 당신 그림 말고는 도저히 눈에 안 들어와서 일을 못 하겠다니까요."

배가 꾸룩꾸룩했다. 가식이라곤 찾아볼 수 없는 서진의 표정에서 로하는 진심을 읽었다. 그 진심이 더욱 로하를 불편하게 했다.

문뜩 로하의 머릿속에 어린 시절에 읽었던 O. 헨리의 소설 〈마지막 잎새〉가 떠올랐다. 누군가를 살게 하는 희망찬 그림. 어린 시절 로하는 언젠가 제 그림이 누군가에게 그런 의미를 주길 바랐다. 그런데 꿈이 이뤄진 지금 왜 선뜻 기뻐할 수 없는 걸까.

로하는 처음으로 안 교수를 도운 과거의 자신이 미워졌다. 어쩔 수 없는 일이라고 늘 다독여 왔건만 눈앞의 남자 때문에 처음으로 후회가 되었다. 만약 안 교수를 돕지 않고, 제니퍼 안이 되지 않았더라면 이렇게 제 그림을 좋아해 주는 사람을 만날 수도 없었을 것이며 그림으로 누군가를 살리기는커녕 그림 자체를 못 그리고 있었을 텐데도 이상하게 과거의 제 결정이 싫어졌다.

하서진 앞에서는 서로하이고 싶었다. 로하의 입술이 달싹였지만 끝내 떨어지진 않았다.

"안색이 별로 안 좋은데 괜찮아요?"

"괜찮습니다. 그럼 안녕히 가세요."

"또 올게요."

"……안 그러셔도 되는데."

로하는 제 말이 조금 이상하다는 걸 알았다. 그런데 다시 오지 말라는 단호한 거절이 나오지 않았다.

"누군가와 인연이 되고 싶으면 자주 얼굴을 보이는 게 제일 좋다고 그러더라고요. 그러니 제가 당신을 원하는 만큼 찾아올게요."

"누가 그랬는데요?"

"제가 가장 미워하는 사람이요."

로하는 조금 의아했다. 미워한다는 단어와 서진의 씁쓸한 표정이 어우러지지 않았기 때문이었다. 그 묘한 모순을 보고 있자니 손이 간질거렸다. 뭐라도 그려야 할 것 같은 느낌. 로하는 애써 보이지 않게 제 오른손을 동그랗게 말아 쥐었다.

"그나저나 질문은 하나만 받으려고 했는데…… 뭔가 내가 손해인 것 같은데요?"

"답도 불분명했잖아요. 그리고 애초에⋯⋯."

"그냥 제니퍼 씨가 저한테 빚을 하나 또 진 걸로 해요. 갈게요."

마치 오랜 친구에게 인사하듯 가볍게 손을 흔들어 보인 서진은 황당하다는 표정으로 바라보는 로하를 뒤로했다.

긴 다리로 성큼성큼 걸어가 어느새 시야에서 사라진 걸 보고서야 로하는 털썩 주저앉았다. 조금 전까지 그가 앉아 있던 그 테이블, 제 꿈이 담겨 있고 그가 그것을 한눈에 알아봐 준 자리에.

서진의 논리는 마음에 들지 않았지만 로하는 인정해야만 했다. 그에게 무언가 빚을 진 기분이다. 그것도 아주 엄청난 마음의 빚을.

한참을 멍하니 앉아 있다가 카운터로 돌아갔다. 그리고는 세상에 오로지 저만 있는 것처럼 그림을 그려 댔다. 그리지 않고서는 못 버틸 것 같았다.

얼마의 시간이 흘렀을까. 문득 로하는 스케치북을 내려다보았다. 그리고 또 다른 사실을 인정하기로 했다. 이상하게 하서진이 보고 싶었다. 제 그림을 보여 주고 싶었다. 위험한 소망이었지만 그런 마음이 드는 건 어쩔 수 없었다.

로하는 그림의 작은 귀퉁이에 서명을 했다. 서로하, 제 이름 세 글자를 그림에 적어 넣은 것은 아주 오랜만이었다. 완성되지 않은 스케치에 서명을 한 것은 심지어 처음이었다. 그러나

이 그림엔 그래야만 할 것 같았다.

그림 속엔 테이블과 태양, 한 남자가 뒤죽박죽 섞여 있었다. 정돈되지 않은 혼란스러움. 이질적인 것들의 조화. 로하의 심장이 세차게 뛰었다.

❀　　　❀　　　❀

로하는 힐끗 창가 쪽을 바라보았다. 전시 교체 시기에 갤러리의 카페를 찾는 손님이 별로 없어 이맘때쯤에 자리가 비어 있는 것은 그리 이상한 일이 아니었다. 창가 쪽 구석 자리뿐 아니라 카페 전체가 사람 하나 없이 한적했다.

잔잔한 음악 소리와 은은하게 퍼지는 커피 향, 창문을 타고 넘어오는 따사로운 햇살까지. 오롯이 그림에 집중할 수 있는 자신만의 시간. 며칠 전만 해도 분명 서로하가 좋아하던 것들이었다.

그런데 고작 열흘 만에 허전해져 버렸다. 그 남자, 하서진이 없다는 이유만으로. 말도 안 되는 일이라고 스스로를 달래 보았지만 한 번 인정해 버린 탓일까. 로하의 마음속 공허함이 자꾸만 커져 갔다.

스스로 생각해도 조금은 어이가 없어 고개를 설레설레 저었다. 자신은 그 사람을 기다리고 있는 것이 아니라고, 그가 오지 않아 편하기만 하다고. 스스로에게 주문을 걸듯 읊조리며 시선을 다시 스케치북으로 돌렸다.

하지만 텅 빈 종이를 보며 자근자근 제 손가락을 깨물었다. 도무지 그림을 그릴 수 없었다. 지금이라도 그가 카페 한구석 빈자리를 채워 주었으면 좋겠다 싶은 마음이 아무래도 제가 미친 게 분명했다. 로하는 한 손으로 제 머리를 마구 헝클어뜨렸다.

"무슨 고민이라도 있어 보이네요."

"왜…… 아녜요."

왜 이제 와요? 로하는 입에서 나오려던 말을 서둘러 막았다. 스스로도 놀라웠다. 여과 없이 튀어나오는 말이. 마치 뭐라도 하고 있었던 양 카운터 여기저기를 만지작거리며 손을 부산스럽게 움직였다.

"기다렸어요?"

"아녜요!"

"에이, 기다렸네."

"제가 왜요. 불편하다고 말씀드렸잖아요."

"미안해요. 서류 검토할 게 좀 있어서 늦었어요. 재미없는 일을 하면 집중이 안 돼서. 그런데 집중 못 한 게 나만은 아닌가 봐요."

서진의 손가락이 스케치북을 가리켰다. 연필로 아무렇게나 그은 선만 몇 개 있는 사실상의 백지를. 로하가 황급히 스케치북을 덮었다.

"완성되지 않은 그림을 보는 건 실례예요!"

"알아요. 미안해요. 그렇지만 보였는걸요."

서진이 고의가 아니라는 듯 어깨를 으쓱해 보였다. 평소엔 일부러 스케치북 쪽으로 시선을 두지 않았다. 물론 자신을 설레게 할 새로운 그림을 보고 싶었지만 서진은 작가와 그림에 대한 예의를 지키려 노력했다.

오늘 오전 내내 들여다봐야 했던 신인 작가들의 그림만 아니었다면 참을성이 이렇게 바닥나는 일은 없었으리라. 왜들 그렇게 기성 작가를 따라 하지 못해 안달인지.

새로움이라곤 하나도 없었던 그림들. 규안이 억지로 시킨 일만 아니었다면 검토를 끝내기도 전에 카페로 뛰어내려 왔을지도 모른다. 갑갑하던 그는 로하의 얼굴을 마주하고서야 편히 숨을 쉴 수 있었다.

"추상화 그리는 건 아닐 거고, 뭘 그리고 있었는지 물어봐도 돼요?"

"뭘 그리고 있었겠어요. 선만 찍찍 그어 둔 거 못 봤어요?"

"글쎄요, 기억 안 나요? 난 당신의 낙서까지도 사랑하잖아요."

로하의 볼이 살짝 붉어졌다. 농담인지 진담인지 알 수 없던 그날의 대화. 그다음 날 여느 때처럼 출근한 로하는 창가를 보고 놀라움을 감출 수 없었다. 창가에 이질적이기까지 한 새 테이블이 놓여 있었다.

"그러고 보니까 그 테이블 진짜 샀어요?"

"산 건 아니고, 어쨌든 잘 모셔 두고 있습니다."

"대체 왜……."

"아, 맞다. 나중에 서명 꼭 해 줘요. 생각해 보니 가장 중요한 걸 빠뜨렸더라고요."

"정말 독특하신 분이네요."

로하가 혀를 내둘렀다. 자신이 제니퍼 안이 아니란 사실을 그가 언제쯤 알게 될까 두려웠다. 그때 돌아올 비난도, 그 이후 터져 나갈 폭탄들도. 어쩌면 제 꿈이 완전히 날아가 버릴지도 모른다.

하지만 로하가 되뇌던 한 번만은 어느새 '조금 더'가 되어 있었다. 제 그림을 이렇게까지 사랑해 주는 팬을 언제 또다시 만날 수 있을까. 조금 더, 조금만 더 대화의 즐거움을 즐기면 안 되는 걸까. 로하는 그를 보지 않으려 애쓰며 애꿎은 커피 머신만 만지작거렸다.

"평범했다면 이런 일 못 하죠."

"뭐 하시는 분인데요?"

"이제야 그게 궁금해졌어요?"

"미술 쪽에서 일하는 사람이겠거니 짐작만 하고 있었어요. 그 이상 알아야 할 필요가……."

"그만큼이라도 나에 대해 생각해 주다니 고맙네요."

"그래서 정확히 하시는 일이 뭔데요."

"글쎄, 나도 잘 모르겠네요."

서진은 아예 카운터 앞에 자리를 잡고 앉아 능청스러운 표정을 지어 보였다.

"됐어요. 말씀 안 해 주셔도 돼요. 그럴 거면 평소처럼 방해하지 마시고……."

"가끔 글 써요."

"평론가세요?"

"아니라곤 못 하겠지만 딱 그거라고도 못 하겠네요."

"그게 무슨 뜻이에요?"

"가끔은 그림을 사 모으기도 하고, 모은 걸 팔기도 하죠."

"컬렉터? 아니면 딜러세요?"

"가끔은요."

"그냥 돈 많은 미술 애호가세요?"

"하하, 설마요."

서진이 유쾌한 듯 웃었다. 사람보다는 그림 보는 데 익숙한 서진에게도 로하가 마음을 열어 준 것이 느껴졌다.

로하가 입술을 삐죽였다. 서진이 도통 무슨 소리를 하는지 이해할 수 없었고 자꾸만 그에게 관심이 가는 자신을 인정하고 싶지 않았다.

"그냥 이런저런 일 닥치는 대로 다 해요. 하고 싶은 일, 돈 되는 일, 그런 거."

"아."

"처음 보는 표정이네요."

서진의 눈이 로하를 빤히 바라보고 있었다. 솔직한 듯하지만 속을 숨기려고 하는 로하가, 그러면서도 표정엔 참 많은 감정을 담고 있는 그녀를 보는 것이 즐거웠다.

고개를 끄덕였음에도 로하는 아무 말도 하지 않았다. 그저 잠시 냉장고를 열었다 닫고 컵에 주스를 따를 뿐.

이런저런 일 다 하고 사는 사람. 하고 싶은 일, 돈 되는 일,
뭐 그런 거 전부 다 하는 사람. 로하 자신이 아등바등 살고 있
기 때문에 무언가 공감은 되었지만 굳이 서진에게 말해 줄 필
요를 느끼진 못했다. 자신을 제니퍼 안으로 알고 있어 공감하
기보단 그저 의아해할 것이 분명했다.

"오렌지 주스예요."

"없는 메뉴라고 하더니 오늘은 있네요."

"아까 따로 사 뒀어요."

"내가 오는 걸 진짜 기다렸나 봐요."

"설마요. 먹기 싫으면……."

"그럴 리가요. 잘 마실게요."

서진은 컵을 다시 뺏어 가려는 로하의 손을 막고서 재빨리
입에 주스를 털어 넣었다. 그 탓에 두 사람의 손이 살짝 맞닿
았다 떨어졌다. 로하는 저도 모르게 손가락을 달싹거리다가
연필을 꼭 쥐었다. 그릴 것도 없는 연필은 갈 곳을 잃고서 허
공을 맴돌았다.

"방해되어서 그래요?"

"네?"

"아무것도 못 그리고 있는 것 같아서요."

"실은……."

로하가 다시 연필을 내려놓았다. 저도 모르게 한숨이 나왔
다.

"뭘 그려야 할지 모르겠어요."

"늘 의욕 있어 보였는데 갑자기 슬럼프예요?"

"딱히 그런 건 아닌데…… 전 눈에 보이는 것들에서 영감을 받는 편이에요. 그런데 아무래도 매일 똑같은 풍경에 질린 것 같아요."

사치라고 생각하면서도 로하는 속에 있던 고민을 솔직하게 꺼내 놓았다. 잔잔한 음악, 옅게 깔린 커피 향, 창문 너머의 정원과 햇살, 자그마한 테이블과 의자들. 늘 좋다고만 생각하던 풍경이 이상하게 지겹게 느껴졌다.

그런 로하에게 서진은 마치 돌멩이 같은 존재였다. 서로하라는 잔잔한 호수에 던져진 돌멩이. 처음엔 그저 잔물결이 일었을 뿐이었는데 어느새 제 속에선 파도가 치고 있었다.

"다시 하와이로 돌아가고 싶은 거예요?"

"아."

그런 마음을 품어 본 적은 없었지만 어쩌면 그럴지도 모른단 생각이 들었다. 사실 꼭 하와이일 필요는 없었다. 팍팍한 일상이 아닌 꿈같은 공간. 제 심장이 뛰기만 한다면 어느 곳이든 괜찮았다. 로하가 옅게 미소를 지었다.

"오늘은 이만 가 볼게요."

"네?"

갑작스럽게 자리에서 일어나는 그를 보며 로하가 어이없다는 듯 눈을 동그랗게 떴다.

"아무래도 내가 방해되는 거 같고. 잠시 가 보고 싶은 곳이 생겼거든요."

"네, 그러세요."

일상적인 톤으로 답하려 했지만 떨리는 목소리까지 숨길 수
는 없었다. 아쉬움일까. 아니, 아쉬움이었다. 제 이야기를 들
어 주고 제 그림에 관심을 보여 주는 유일한 사람이 갑작스럽
게 돌아간다 하자 떠오르는 아쉬움. 로하가 입술을 깨물었다.

"잘 있어요."

로하는 인사를 건네고 사라지는 그의 뒷모습을 굳이 보지
않았다. 자꾸만 일상이 흐트러지는 기분이었다.

"그림은 좀 그렸어요?"

"또 왜 왔…… 아, 부대표님."

로하가 얼굴을 붉히며 급하게 손에 묻은 물을 앞치마에 쓱
쓱 닦아 냈다. 안쪽에서 설거지를 하고 있었던 탓에 누가 들
어오는지 보지 못했다. 저기요, 주문이요, 따위의 말이 아니
라 그림의 진도를 물어 오기에 당연히 서진이라고만 생각했을
뿐. 저도 모르게 통명스러운 답이 나간 것은 그 때문이었다.

그런데 저를 찾아온 건 놀랍게도 규안이었다. 로하의 눈이
자연스럽게 그의 뒤를 향했다. 혹시라도 같이 온 건 아닐까,
제 거짓이 다 드러나는 건 아닐까, 심장이 콩닥거렸다.

"누구 찾아요?"

"아뇨, 그냥……."

"혹시 서진이 찾아요?"

"아뇨!"

"신기하네요. 둘이 어떻게 아는 사이예요?"

"알고 말고 없어요. 그냥 이래저래 몇 번 마주쳐서……."

로하가 말끝을 흐렸다. 그와 하와이에서 처음 봤다고는 말할 수 없었다. 입술이 바싹바싹 타들어 갔다.

"내 동생이에요."

"네?"

"동생이라고요, 걔."

"어떻게……."

"아, 어떻게 난 이 씨고 걘 하 씨냐는 거죠?"

로하는 대답을 하지 않았다. 아무리 봐도 비밀이 있는 게 뻔한 개인사를 묻는 것은 실례라는 생각이 들었다. 다만 로하는 더욱더 겁이 날 뿐이었다. 서진과 규안이 그냥 아는 사이도 아니고 무려 형제라면, 제 비밀이 드러나는 건 시간문제였다.

로하는 초조한 표정을 감추려 일부러 뒤돌아 커피 머신을 만졌다. 규안이 늘 주문하던 아메리카노를 내리면서도 손이 바들바들 떨렸다.

"그러게요. 우리는 대체 왜 그런 관계인지. 참 가식적이에요, 그렇죠?"

아무 말 없이 제 할 일만 하고 있는 로하의 등을 바라보며 규안이 혼자 이야기를 이어 나갔다. 그의 시선은 로하에게 고정되어 있었다. 그의 눈에 로하는 그냥 평범한 여자였다. 탁월하게 예쁜 외모도 아니고 엄청나게 독보적인 몸매의 소유자도 아니었다. 얼핏 봤던 그림은 그저 안환희를 연상시키는 선을 보여 줄 뿐이었다. 그녀를 두고 재미있는 계산을 하고 있긴 했지만 그건 오로지 저이기 때문에 가능한 구상이었다. 그림 외에 다른 일엔 미숙한 서진이 저와 같은 생각을 할 리 없었다.

그래서 의문이 커졌다. 직접 카페에 내려와 그녀를 마주할 만큼. 대체 왜 서진은 그녀에게 관심을 표현하고 있는 걸까.

"우리 아버지가 뭐 하는 분인지 혹시 알아요?"

"아, 네."

모를 리 없었다. 로하는 컵에 커피를 따라 내며 고개를 끄덕였다.

이안 갤러리 서 대표의 남편이자 규안의 아버지는 꽤 큰 결혼 정보 업체를 운영하는 대표이사였다. 미술 관련 기사를 스크랩하다 보면 으레 보이던 이안 갤러리 관련 기사들. 그중엔 서 대표와 이 이사의 부부 동반 인터뷰도 있었다.

"그런 분에게 혼외 자식이 있다니 아이러니하지 않아요?"

규안은 제 아버지가 모순 덩어리라고 생각했다. 둘 사이에서 애정은 찾아볼 수 없었지만 서 대표와 이 이사는 완벽한 사업 파트너 관계였다. 제 어머니도 그 점에는 만족했다. 이안 갤러리의 VIP들은 대개 아버지의 고객들이기도 했다. 서진의 존재를 깨닫고 나서부터 더욱 철저하게 비즈니스 동반자 겸 쇼윈도 부부로 살아오신 어머니. 규안은 웃음이 날 것 같았지만 꾹 참았다.

"개인사는 복잡한 법이니까요."

로하는 쓰게 웃으며 대답했다. 결혼 정보 업체 사장의 혼외 자식, 최고 작가로 꼽히는 이의 대작 의뢰, 뭐가 더 아이러니한지 재는 게 무슨 의미가 있을까.

"그렇죠. 어쨌거나 서진이 걔가 그림이 아닌 사람한테 집중하는 걸 못 봤거든요. 그래서 내가 모르는 로하 씨의 매력은 뭘까 궁금해졌어요."

"그냥 간간이 카페에 들리는 손님 중 한 분이에요."

"그럴 리가요. 매일 카페 들락거리는 걸로 아는데요. 걔 커피 마시지도 못해요."

"그냥……."

"혹시 서진이가 로하 씨 그림 본 적 있어요?"

로하는 침을 꼴깍 삼켰다. 정확히 무어라 대답해야 할지 알 수 없었다. 제 그림이지만 제 그림이 아니어야 하는 그림을 주로 봐 왔던 그이기에.

"네, 그저 습작이지만……."

하지만 분명히 그는 제 그림을 봤다. 그것도 제대로 봐준 유일한 사람이다. 부정할 수 없었다. 부정하고 싶지도 않았다. 로하는 위험한 걸 알면서도 솔직한 답을 건넸다.

"뭐래요?"

"그게……."

"질문이 어려운가요? 그럼 단도직입적으로 묻죠. 서진이가 관심 있는 게 서로하 씨예요, 서로하 씨 그림이에요?"

"그건 이안 갤러리 이규안 부대표님의 질문인가요, 아니면 하서진 씨 형의 질문인가요?"

"흥미로운 지적이네요. 서진이가 꽂혀 있는 게 서로하 씨 본인이라면 형이 동생에게 보이는 흔한 관심이라 할 수 있을 거고요. 만약……."

규안이 한 손으로 제 턱을 쓸었다. 로하를 빤히 쳐다보는 그의 눈이 빛나고 있었다.

"만약 서로하 씨 그림에 흥미를 보이는 거라면 이안 갤러리를 책임지는 사람으로서 나 또한 적극적으로 서로하 씨에게 관심을 보여야 할 것 같아서요."

"네?"

"그래서 어느 쪽이에요?"

"아마 제 그림 쪽일 거예요."

자신할 수 없었다. 로하의 목소리에 확신이 없었다. 분명 하서진은 제니퍼 안을 원한다고 말했었다. 하지만 그의 이야기엔 늘 그림이 있었다. 그것이 제니퍼 안의 것으로 포장이 된 그림이든, 제가 아무렇게나 끼적여 둔 낙서든 간에. 로하는 제 대답이 정답이길 바랐다. 서진과 그림에 대한 대화를 하는 건 정말로 즐거웠으니까.

"그럼 저번보다 훨씬 더 정중하게 제안해야겠네요."

"뭘요?"

"서로하 씨의 포트폴리오를 꼭 보고 싶어졌어요."

"말씀은 감사한데 갑자기 왜 이러시는지 여쭤도 될까요?"

"솔직히 말할게요. 서진이 걔가 그동안 찍은 작가 중에 성공하지 못한 사람들이 없거든요. 솔직히 질투 나서 인정하고 싶진 않지만 걔가 그림 보는 눈은 타고났어요. 그 녀석의 감을 믿고 서로하 씨에게 투자하려는 거죠."

로하가 멍하니 눈을 깜빡이며 규안을 바라보았다. 이안 갤러리의 부대표가 자신에게 포트폴리오를 적극적으로 요구하는 일. 꿈보다 더 환상 같은 일. 이게 정말 현실일까 싶을 만큼 설레었다.

그런데도 마음 놓고 좋아할 수가 없었다. 문득 로하의 머릿속에 서진의 얼굴이 떠올랐다. 규안의 얼굴 위로 그의 얼굴이 스쳐 지나갔다. 꼴깍, 목구멍을 타고 넘어가는 침이 이상하게 썼다.

"조금 생각해 봐도 될까요?"

"왜요? 모르진 않겠지만 우리 갤러리가 국내에선 괜찮은 편인데요. 혹시 다른 갤러리에서도 계약 제안 같은 거……."

"아뇨, 그럴 리가요. 아직 포트폴리오를 어디에도 내본 적이 없어서……."

"그럼 망설이지 마요. 말이 검토지, 서진이가 이렇게까지 눈여겨보고 있는 데다가 안 교수님 제자니까 계약하잔 소리예요. 내친김에 미팅 날짜를 정하죠. 언제가 좋겠어요?"

"제가 아직 준비가 덜 되어서 누구한테 보여 드릴 만한 그림이……."

적극적으로 다가오는 갤러리 대표와 머뭇거리는 작가. 이런 그림을 상상해 본 적이 없었던 건 아니지만 역시 상상과 현실은 달랐다. 늘 매달리는 입장이었기 때문일까, 아니면 이루어질 수 없는 꿈 때문일까. 로하는 이 상황이 몹시 불편했다. 입안이 까칠했다.

"그럼 더더욱 궁금한 걸요. 준비가 덜된 그림인데 그 까다로운 하서진이 오케이 했단 거 아녜요? 그럼 미팅 때 서진이랑 같이 보는 게……."

"절대, 절대 안 돼요!"

저도 모르게 큰 목소리가 나와 버려 로하는 황급히 제 입을 가렸다. 규안의 표정에 의아함이 물들었다. 그러고 보니 로하의 안색이 전보다 더 파리했다. 확실히 둘 사이에 무슨 일이 있긴 있구나. 이런 문제에 있어서 규안의 감은 정확했다. 얼굴에 옅은 미소가 번졌다. 서로하, 알면 알수록 더욱 알고 싶어지는 상대였다.

"무슨 사연 있냐고 물어도 대답은 안 해 줄 것 같고, 그럼 서진이한테 물어보면……."

"저, 그게……."

로하가 안절부절못하는 표정으로 입을 뗐다. 떨리는 손끝을 감출 만한 것이 없어 그녀는 저도 모르게 주먹을 꽉 쥐었다.

"걔 원래 자기 하고 싶은 이야기만 하는 애라 물어도 대답해 줄진 모르겠으니 일단은 묻지 않을게요. 그러니까 나중에 기회 되면 로하 씨가 직접 이야기해 줘요."

로하는 대답 없이 고개를 끄덕였다. 이 간단한 끄덕임조차 거짓이라 그 무게감이 상당했다. 뒷목에 무거운 추를 하나 얹은 기분이었다.

"대신 포트폴리오 나한텐 보여 주면 안 돼요?"

"제가 정리하는 대로 꼭 한 번 찾아뵙겠습니다. 계약까진 바라지도……."

"그리고 한 가지 더. 계약은 꼭 우리랑 해요. 그 약속 지켜 주면 나도 약속 지킬게요."

"저야 이안 갤러리랑 함께할 수 있으면 더할 나위 없이 영광이죠."

어색한 웃음을 지으며 로하는 가능한 태연하게 답했다. 대한민국의 다른 갤러리는 다 되어도, 이안만은 함께할 수 없을 것 같은 불길하고도 슬픈 느낌에 속이 타들어 가듯 갈증이 났다.

"요즘 하서진이 열정을 쏟아붓는 존재가 그렇게 말해 주니 나도 영광이네요. 그 녀석, 그렇게 찾아 헤매던 제니퍼 안도 제쳐 두고 요즘은 로하 씨만 쫓아다녀서 확실히 뭐가 있긴 있구나 싶었거든요."

"아."

그 제니퍼 안이 자신인 줄 오해하고 있기 때문에 하서진이 그런다는 걸 알면 그는 어떤 반응을 보일까. 생각하고 싶지도 않았다. 로하는 말라 버린 입술을 혀끝으로 핥았다.

"로하 씨, 제니퍼 안 알죠? 안 교수님 제자이기도 하고, 저번에 작업실에서도 그렇고. 왠지 잘 알 것 같은데."

"그게 잘은……."

"혹시 말이에요."

갑작스러운 제안에 당황한 것치고 지나치게 새하얗게 질린 로하의 표정을 살피며 규안은 상상했다. 그는 상상하는 것을 좋아했다. 대부분은 제 고객들을 옭아맬 수 있는 아주 재미난 상상이었다. 능구렁이 같은 영감, 안환희에 대한 규안의 평이었다. 어쩌면 서로하는 안환희 개인만을 '돕는' 것이 아닐 수도 있겠다는 생각이 들었다.

"그림들에 일관성이 없어."

제니퍼 안의 그림에 대한 서진의 평이 지금 떠오르는 건 왜일까. 입가에 번진 미소를 굳이 숨기지 않고서 규안은 가능한 부드러운 목소리로 말을 이어 나갔다.

"하와이에 갔다 온 적 있어요?"

"네?"

로하는 저도 모르게 뒷걸음질을 쳤다. 두근거리는 심장 소리가 너무나도 커서 규안의 귀에까지 들릴까 봐 겁이 났다.

"너무 맥락 없이 질문했나요? 난 한 번도 안 가 봤거든요. 다음번 휴가로 하와이를 가 볼까 하는데 혹시 로하 씨가 알면 갈 만한 곳을 물어볼까 했죠."

"저, 저는 잘……."

"왠지 로하 씨를 보니 하와이가 떠올라서요."

이 남자는 뭘 알고 물어보는 걸까. 아니면 자신을 떠보는 걸까. 로하는 자신을 빤히 바라보는 규안의 시선을 피해 고개를 돌렸다.

역시 이안 갤러리와 엮이는 것은 피하는 것이 좋겠다는 생각이 강하게 들었다. 정들었던 이 카페도 그만둬야 할 것 같았다. 그러지 않고서는 꿈을 이루기는커녕 심장마비로 사망할 것 같았다.

"어쩌면 이름 때문일지도 모르겠네요. 알로하랑 닮았잖아요, 로하 씨. 그게 거기 인사던가요?"

"아, 네."

로하가 간신히 대답했다. 혼이 나간 것마냥 머릿속이 텅 빈 기분이었다. 그녀의 표정을 가만히 살피던 규안은 한 발짝 물러나기로 했다. 이미 정보를 충분히 손에 넣은 느낌이기도 했고 몰아붙인다고 제 패가 늘어나는 것이 아님을 잘 알고 있었다.

"아, 미안해요. 내가 시간을 너무 많이 뺏었네. 나한텐 매우 유익한 만남이었던 것 같은데, 로하 씨한테도 그랬으면 좋겠네요. 오늘은 이만 가 볼 테니 다음엔 꼭 그림 보여 주기예요?"

"네, 살펴 가세요."

꾸벅, 고개를 숙여 인사하면서 로하는 깊은숨을 몇 번이고 내쉬었다. 규안이 완전히 시야에서 사라진 것을 확인하고 난 뒤에야 의자에 앉을 수 있었다. 다리가 풀려 도저히 서 있을 수가 없었다. 지금 기분 같아선 연필을 쥐어도 아무것도 그릴 수 없을 것 같은 느낌에 로하는 그대로 제 팔에 얼굴을 묻어 버렸다.

차라리 이대로 시간이 멈춰 버렸으면 싶었다. 눈물인지, 식은땀인지 알 수 없는 것이 축축했지만 로하는 몇 번이고 숨을 골랐다. 그래도 살아 있으니, 여전히 버리지 못하고 꿈을 갖고 있으니 이렇게라도 아등바등 살아남아야 한다고. 그러니까 어쩔 수 없다고 스스로를 달래면서.

"자요?"

얼마의 시간이 지났을까. 로하는 누군가 자신을 건드리는 소리에 놀라 고개를 들었다. 희미한 시야 때문에 깜빡거리길 몇 번 반복하니 그제야 앞에 있는 사람이 눈에 들어왔다.

"악!"

"깜짝이야. 뭘 그렇게 놀라요? 나예요, 나."

"아…… 왜, 왜 또 왔어요?"

이 형제들이 정말 오늘 하루 종일 왜 이러는 걸까. 로하는 다시 한 번 깊은숨을 내쉬면서 심장을 쓸어내렸다. 번갈아 찾아오는 통에 정말이지 심장마비가 올 것 같았다.

"선물이 있어서요."

규안과 로하가 만났다는 사실은 전혀 모르는지 서진은 여전히 사람 좋은 웃음을 띠고 있었다. 그가 카운터 위에 비닐 봉투를 내려놓았다. 소리를 들으니 무언가 묵직한 것이 들어 있는 듯했다. 그가 말머리에 선물이라고 하긴 했지만 오늘 충분

112

히 힘들었던 로하로서는 그와 더 얽히는 것을 피하고 싶었다.

그녀는 손도 대지 않고서 서진을 바라보았다. 눈에 각이 진 것이 마치 자신을 노려보는 듯해 서진은 어깨를 으쓱하며 직접 봉투를 열어 보였다.

"봐요. 사과예요."

"아…… 사과네요."

"반응이 그게 뭐예요. 고민 엄청 많이 해서 사 온 건데."

로하 앞에 예쁘게 생긴 사과 세 알이 일렬로 놓였다. 의도를 알 수 없어 잠시 고민했다. 설마 '사과'라도 하려는 걸까 싶어 더욱더 날카로운 눈빛으로 그를 쏘아보다가 이내 로하는 시선을 다른 곳으로 돌려 버렸다. 생각해 보면 그와의 관계에서 사과는 제가 해야 할 상황에 더 가까웠다.

"뻔한 풍경 지겹다면서요. 뭘 그려야 할지도 모르겠고."

"그래서 사과를 사 왔다고요?"

"네, 그렇다고 야자수를 사 올 순 없잖아요?"

"미술 학원 다닐 때 지겹게 그렸던 거 같은데 마음만 고맙게 받을……."

서진의 농담에도 웃을 수 없을 만큼 로하는 충분히 지쳐 있었다. 몸보다는 마음이. 퉁명스럽게 대답하고 사과를 하나씩 치우려는 순간, 서진이 사과 하나를 집어 들었다. 사과를 손 안에서 굴리며 그가 다시 입을 뗐다.

"인류 역사의 중요한 순간순간마다 자리를 지켰던 게 바로 이 사과인데 너무 홀대하는 거 아녜요?"

"무슨 뜻이에요?"

"이브의 사과, 뉴턴의 사과, 빌헬름 텔의 사과, 현대로 오자면 스티브 잡스의 사과. 뭐 그런 거요."

"무슨 이야길 하고 싶은 거예요?"

"세잔(Paul Cezanne)의 사과요."

"아."

결국 로하는 가볍게 웃었다. 사진의 등장 이후 한동안 정물화는 길을 잃고 방황해야만 했다. 그러던 중 사진의 목적이 사실의 재현이라면 회화의 목적은 선과 색으로 작가의 철학을 담는 것임을 보여 주었던 작가가 폴 세잔이었다. 서진의 의도를 알고 나니 눈앞의 사과가 평범하지 않게 보였다.

"당신만의 사과가 보고 싶었어요."

"제 그림이 감히 폴 세잔의 작품에 비할 바는 아니겠지만 어쨌거나 고마워요."

"나를 살게 하는 그림인데 세잔보다 훌륭할 수도 있지 않을까요?"

"그건 너무 과한 칭찬인데요? 빈말이라도 고맙네요."

"빈말 아닌데."

기분이 롤러코스터를 탄 것 마냥 오늘 하루에만 몇 번씩 오르락내리락했다. 방금 전까지 바닥을 기었던 로하의 기분은 지금 가히 최고였다.

그 칭찬이 언젠가 비난으로 바뀔 것을 잘 알면서도 취하고 싶었다. 방금 그에게서 들었던 말 한마디 한마디를 평생 간직

하고 싶었다. 그녀의 심장이 또다시 두근거렸다. 이번에는 두려움이 아닌 설렘으로.

"고마워요. 잘 그려 볼게요."

"다 그리면 보여 달라고 해도 실례가 아닐까요?"

"생각은 해 볼게요."

"생각이라도 해 준다니 기분 좋네요. 그럼 오늘은 진짜 방해 그만하고 갈게요. 자꾸 약속을 어기는 기분이라 미안하지만 어쩔 수 없네요."

"아녜요. 그림 그리고 싶어졌으니 고맙죠. 또 빚진 기분인걸요, 뭐."

"그림 보여 주는 걸로 빚 갚으면 되죠. 아, 맞다."

서진은 연신 손에서 굴리던 사과를 제 재킷 소매에 쓱쓱 문질렀다. 그리고는 말릴 새도 없이 한입 크게 베어 물었다. 그 모습을 가만히 지켜보던 로하는 살짝 어이없다는 듯 그러나 그리 기분 나쁘지는 않았는지 피식 웃어 버렸다.

"얜 조금 무른 것 같기도 하고, 먹고 싶기도 해서요."

"줬다 다시 가져가는 게 어디 있어요?"

"걱정 마요. 내일도 모레도 계속 사 가지고 올게요."

서진이 다시 반대쪽을 한입 베어 물고 오물거리며 말했다. 며칠째 약속이라도 한 듯 계속 찾아오긴 했지만 이렇게 직설적으로 계속 찾아오겠노라 공언한 적은 없었다. 그를 위해서라도 거절해야 한다.

"······그러시던지요."

그러나 입에서는 전혀 다른 말이 나왔다. 조금 퉁명스러운 어조였지만 명백한 승낙이었다. 미처 숨기지 못하고 튀어나온 본심. 로하의 입술이 달싹였으나 더 이상 말이 나오지는 않았다.

"내 전화번호예요. 다음번엔 당신 전화번호도 받아 갈게요. 그럼."

서진이 인사와 함께 두고 간 것은 명함이었다. 어느 평범한 명함처럼 반듯하게 네모난 모양. 하얀 바탕에 검은 글씨로 제 이름과 전화번호만 적어 둔 심플한 디자인. 왠지 하서진답다는 생각이 들었다.

다시 찾을 일 없는 명함은 버리는 것이 맞지만 로하는 그러지 못했다. 그건 준 사람에 대한 예의가 아니니까, 그저 그뿐이니까 하고 중얼거리며 로하는 제 주머니에 명함을 쓱 집어넣었다.

창밖엔 이미 해가 뉘엿뉘엿 저물고 있었다. 가을이 되면서 해가 점점 빨리 지는 것이 느껴졌다. 그렇지만 로하는 마치 하루가 이제 시작인 듯 활기차게 연필을 쥐고 스케치를 시작했다.

한동안 사과만 그리게 될 것 같은 기분. 계획에 없었던 주제였지만 마치 평생을 그려 온 것처럼 쓱쓱 그려지는 윤곽이 그녀를 설레게 했다.

내일이 걱정되기는 했으나 일단은 오늘을 살아 볼 생각이었다. 그리고 싶은 것이 있는데 그리지 않을 수는 없었다. 오늘을 사는 것도, 그림을 그리는 것도 그녀에겐 절대 쉬운 일이 아니었다. 그래서 내일을 생각하는 것까지는 하고 싶지 않았다.

05
고흐의 귀와 알로하

피아노의 선율이 흐르는 카페 안에는 서진과 로하뿐이었지
만 둘은 아무 말도 걸지 않았다. 로하는 사과 하나를 제 앞에
둔 채 여느 때처럼 스케치를 하고 있었고 서진은 평소와 달리
노트북이나 책 대신 종이 뭉치를 들고서 무언가를 끼적거리고
있었다. 특별히 말이 필요하진 않았다. 각자 할 일에 집중하고
있을 때 서로를 방해하지 않는 것은 일종의 약속이었다.

다시 일주일이 흘러갔고 그사이 매일같이 카페에서 시간을
보낸 두 사람은 조금 가까워졌다. 카페를 찾는 손님이 없다는
변명으로, 사과를 햇빛에서 보고 싶다는 핑계로, 로하는 자연
스럽게 카운터를 비웠고 창가 의자에 걸터앉았다. 사이의 벽
이 없어진 두 사람은 어깨를 나란히 하고 앉아 있었다. 좁아진
틈, 로하는 그 틈 사이에 교묘하게 제 가면을 숨겼다.

"이런 카페에서 라흐마니노프는 좀 아니지 않아요?"

"왜요? 좋기만 한데."

라흐마니노프의 피아노 협주곡 2번. 마치 직접 듣는 듯한 격정적인 음악을 따라 서진이 종이 뭉치를 테이블 위에 내려놓았다. 로하 또한 연필을 내려놓았다. 자연스럽게 시작된 대화는 더 이상 방해가 아니었다. 로하에게도, 서진에게도. 두 사람은 깨닫지 못하는 사이 가까워져 있었다.

"쇼팽이나 슈베르트, 리스트 같은 잔잔함이 더 잘 어울릴 것 같아서요."

"서진 씨 취향이 낭만주의였어요?"

"설마요. 난 그림도 로코코(Rococo)는 별로인걸요."

"로코코와 낭만주의는 다르잖아요. 일단 시기부터가 로코코는 18세기고 낭만주의는 19세기인걸요."

"물론 나도 알죠. 그렇지만 난 예전부터 낭만파 음악과 더 잘 어울리는 건 오밀조밀하고 섬세한 로코코라고 생각했거든요."

미술사에서 바로크 시대와 인상주의 사이에 꼭 끼어 늘 무시받기 일수인 로코코 양식. 서양화를 전공한 사람으로서 로코코를 변호하고 싶어진 로하는 입술을 삐죽이며 서진의 말을 지적했다.

"이해는 가지만 너무 편협한 사고 아니에요? 낭만파 작곡가들의 곡도 충분히 다양하고, 낭만주의 작가들의 그림도 폭이 넓잖아요."

"음악과 미술의 낭만주의가 늘 같은 시기, 비슷한 걸 가리켜야 한다고 생각하는 게 더 편협한 걸지도 모르잖아요?"

"아."

"어쨌거나 라흐마니노프는 지금 이 분위기에 좀 안 어울려요."

로하가 한 방 먹었다는 듯한 표정으로 고개를 끄덕이는 걸 지긋이 보던 서진의 손가락이 천장의 스피커를 향했다. 자연스레 이야기는 원점으로 돌아갔다.

서진은 제가 소중히 생각하는 사람과 갈등이 생기는 것을 원하지 않았다. 심지어 그 주제가 전혀 논쟁할 가치가 없는 것이라면 더더욱. 그래서 로하가 다시 의문을 제기하기 전에 서둘러 뒷말을 덧붙였다.

"카페는 쉬러 오는 곳이니까요."

"하서진 씨는 딱히 쉬는 것 같지 않은데요."

"제니퍼 씨도 쉬지 않으시잖아요."

"저야 여기가 일터니까요."

"카페 일을 하고 계신 것 같진 않은데요?"

"아시다시피 제가 직업이 좀 많은 걸 어떡하겠어요?"

능청스러운 표정으로 너스레를 떨었다. 거짓과 진실이 교차하는 연기는 늘 아슬아슬했지만 이젠 이마저도 익숙해진 기분이었다. 로하는 쓴웃음을 지으며 다시 연필을 쥐었다.

서진과의 대화는 늘 이런 식이었다. 예상치 못한 곳에서 시작했고 언젠지 모르게 다시 그림 속으로 빠져들었다. 로하는

지금이 그 시점이라고 생각했다. 서진이 자연스럽게 제 앞의
종이 뭉치를 집었기 때문이었다. 그 순간이었다.

"손."

"네?"

"손가락 다쳤어요?"

그가 막 카페에 왔을 때만 해도 스케치 때문에 바빠 무엇에
도 관심을 두지 않았다. 떠오른 주제가 있을 땐 바로 그림을
그려야 했다. 손가락은커녕 얼굴도 제대로 볼 여유가 없었다.

그러다 이제야 이질적인 색이 눈에 들어왔다. 남자치곤 가
늘고 긴 데다가 하얗기까지 한 손가락 끝에 감겨 있는 붕대.

"아, 어제 좀 데었어요."

"왜요?"

"글루건 쓸 일이 있었거든요."

"하서진 씨가 직접이요?"

"그럼 안 돼요?"

"뭐에 글루건을 썼는데요?"

공예를 하는 사람도 아닌 이가 글루건을 만질 이유는 없었
다. 그러고 보니 오늘 서진은 무언가를 계속 끼적이고 있었다.
글씨를 쓸 때와는 전혀 다른 연필의 각도. 로하가 연필을 쥐듯
이 서진은 연필을 눕혀 잡고 있었다. 그녀의 눈이 호기심으로
반짝였다.

"혹시 하서진 씨, 그림도 그려요?"

"설마요."

"하지만 지금 스케치하고 있었던 거 아녜요?"

"스케치보단 낙서에 가까울걸요."

"봐도 돼요?"

"보여 주긴 좀 민망한데…… 보고 싶어요?"

"실례가 아니라면…… 네."

"실례는 아닌데. 그럼 나도 보여 줘요."

"네?"

서진의 턱 끝이 살짝 앞으로 나왔다. 그의 시선이 고정된 곳은 그녀의 스케치북 위였다. 어렵지 않게 눈치챈 로하가 황급히 제 스케치북을 끌어안았다.

"안 돼요."

"제니퍼의 사과가 궁금하단 말이죠."

"하지만 아직은…… 알았어요. 나도 안 볼게요. 됐죠?"

완성되지 않은 작품을 보여 달라 요구하는 것은 무례한 요구였다. 사람들은 흔히 미술 전공자라면 뚝딱 그림을 그릴 줄 안다고 생각하지만 로하는 그 편견이 정말로 싫었다. 성악을 전공했다 해서 노래방에서 노래를 잘 부르는 건 아닌 것처럼 회화를 전공했다 해서 아무거나 쓱싹 그려 낼 수 있는 것은 아니었다. 오히려 전공이기에 더욱 제대로 자리를 잡고 많은 생각을 해서 온전히 쏟아붓고 싶었다. 그것이 아마추어와 전문가의 가장 큰 차이라고 생각했다.

물론 그녀가 알기에 서진은 적어도 미술 실기의 전문가는 아니었다. 그럼에도 그녀는 보여 주고 싶지 않은 것을 억지로 보여 달라 하고 싶지는 않았다. 자신이 싫은 것을 남에게 강요할 수는 없는 법이었으니까.

"그러고 보니 고흐가 생각났어요."

"갑자기요?"

"여기는 카페 안이고 나는 카페의 여직원과 함께 있고 손가락에 붕대를 감고 있죠. 이만하면 고흐를 떠올리기 좋은 조건 아닌가요?"

"그럴 수도 있겠네요. 물론 고흐가 제 귀를 잘라서 선물한 건 카페 여직원이 아니라 술집 웨이트리스였지만요. 설마 제게 손가락이라도 잘라 주시려는 건 아니죠?"

"설마요. 그래서 얻을 수 있는 게 없지 않을까요? 손가락 주면 제니퍼 씨도 손……."

"손가락을 이용해서 119를 불러 드릴게요. 그런데 자기 신체 부위를 잘라서 선물하는 거 범죄 아녜요?"

손가락, 지문, 계약. 서진이 정확히 무슨 이야기를 하려고 했는지 알 수 없었지만 로하는 서둘러 그의 말을 끊었다.

규안이 제게 찾아온 이후로 로하의 머릿속을 떠나지 않는 단어가 바로 계약이었다. 정작 서진이 직접 꺼낸 적은 없는 말이었음에도 로하는 어렴풋이 짐작할 수 있었다. 하서진이 제니퍼 안을 찾아 헤맨 것은 그녀와의 계약을 따내기 위함이었음을. 그가 다른 누구도 아닌 이안 갤러리 부대표의 동생이었으니 나름 합리적인 추론이었다. 그러나 로하로서는 절대로 해 줄 수 없는 일이기도 했다.

"당연히 범죄죠. 제 손가락을 보고 두려움이나 불쾌감 등 정신적이거나 신체적인 고통을 받았다면 아마 형법상 상해죄로 고소할 수 있을 걸요."

"고소할 거였으면 진작 했죠. 스토킹으로."

"난 그냥 카페에 왔을 뿐인데 좀 억울하네요. 매일 밤 전화한 것도 아니고…… 하고 싶어도 못 하는 걸요."

"……하고 싶긴 해요?"

"가끔 밤에 궁금한 게 생길 때면 묻고 싶긴 하거든요."

서진이 어깨를 으쓱해 보였다. 지금도 서진은 그녀에게 궁금한 점이 많았다. 몇 시간이라도 붙잡고 물을 수 있을 정도로. 그렇지만 모든 질문을 미루고 있었다.

"낮에 물으면 되잖아요."

"낮에 얼굴 보면 까먹어요."

"기억력이 나빠요?"

"굳이 그런 질문을 끄집어내지 않더라도 할 수 있는 대화가 충분히 많잖아요. 그걸 놓치고 싶지 않아서요."

제 의문은 전부 그림에 있었다. 제니퍼 안, 그녀의 이름으로 되어 있는 이질적인 여러 장의 그림들. 그러나 생각해 보면 지나간 그림들은 전부 과거였다. 과거는 과거일 뿐, 현재의 분위기를 망가뜨리면서까지 비밀을 캐내야 할 가치는 없었다. 서진에게는 현재의 그녀가, 현재 그녀의 그림이 충분히 흥미로웠다.

그녀 또한 굳이 묻고 싶지 않았다. 그의 입에서 나올 다른 질문들은 저도 충분히 무서웠다. 차라리 하던 이야기를 계속 이어 가는 것이 훨씬 더 마음이 편했다.

대화는 늘 이랬다. 자신의 정체를 들킬까 겁이 나면서도 중독된 것처럼 빨려 들어가곤 했다. 이 미묘한 감정은 로하 스스로도 알 수가 없는 것이었다. 로하가 고개를 끄덕이며 입을 열었다.

"고흐의 귀는 갑자기 왜 떠올린 거예요? 진짜 카페라서 그런 것뿐이에요?"

"보여 주고 싶은 게 있어요. 물론 제 손가락은 아니고요."

서진이 로하의 눈앞에서 다친 손가락을 잠시 흔들어 보였다. 로하의 얼굴에 엷은 미소가 번졌다.

서진의 입꼬리도 살짝 올라갔다. 그가 다치지 않은 손으로 종이 뭉치를 뒤적였다.

"이거 봐요."

서진이 로하의 앞에 내려놓은 것은 그녀의 기대와 달리 그가 그린 그림이 아니었다. A4 용지 가운데 사진 한 장만 덩그러니 프린트되어 있었다.

"이게 뭔데요?"

"고흐의 귀(Van Gogh's Ear)요."

"이 파란 조각이요? 굉장히 큰데요?"

"자세히 봐 봐요. 조각이 아니고 대형 풀장이에요. 마이클 엘름그린(Michael Elmgreen)과 잉거 드락셋(Ingar Dragset)이 합작한 공공 미술 작품이죠. 뉴욕 한복판 록펠러 센터 광장에 떡하니 전시됐었어요. 신기하지 않아요?"

거대한 욕조처럼 보이는 풀장엔 다이빙 보드와 철제 사다리가 달려 있었다. 눕혀 있는 대신 세워져 있다는 것만 빼면 평범한 풀장이었지만 로하의 눈엔 충분히 반 고흐의 귀처럼 보였다.

이러한 오브제 미술은 남성 소변기를 뒤집어 샘(Fountain)이란 제목을 붙였던 뒤샹(Marcel Duchamp, 1887~1968)의 혁명적인 작품 이후 많이 시도된 방식이었다. 작가 입장에서 기법만 놓고 봤을 때 딱히 새로울 건 없었다. 로하는 아무 말 없이 빤히 서진을 바라보았다.

"2016년 4월 13일, 고흐를 추억하기 위해 세워졌어요. 한두 달 정도 전시됐었죠. 사실 이 작가들은 큐레이터로 활동하기도 해요. 고흐의 귀에 얽힌 다양한 소문들에 분명 스토리가 있다고 봤고, 그걸 재현하고 싶어 했죠."

"뒤샹이 없었다면 현대 미술 작가들의 절반은 데뷔도 못 했을 거예요. 오브제 미술은 이미 충분히……."

"기법 면에서 지겹게 시도된 방식인 거 알아요. 하지만 그런 논리대로라면 이미 모든 회화는 사라졌어야 하는 거 아닌가요? 그래 봤자 붓으로 캔버스에 그림 그리는 건 예전이나 지금이나 똑같……."

"그게 대체 무슨 뜻이에요?"

로하는 새빨개진 얼굴로 격한 목소리를 냈다. 단순히 제 그림이 아니라 회화 전체를 의미 없는 행위로 치부한 것 같은 서진의 말을 가만히 넘길 수 없었다. 그러기엔 그녀는 붓과 캔버스를 사랑하는 뼛속까지 완벽한 그림쟁이였다.

"진정해요. 미안합니다. 내 말에 오해의 소지가 있다는 건 알지만 그런 뜻으로 한 말은 절대 아녜요. 알잖아요. 난 그림 때문에 사는 사람이에요."

로하가 입을 꽉 다물었다. 한일자로 선을 그은 듯 굳게 닫힌 로하의 날카로운 입매에 서진이 고개를 절레절레 저었다. 절로 한숨이 나왔다.

"제발요."

"그런 식으로 생각하는 분인 줄 알았다면……."

"요즘 날 살게 하는 건 당신 그림이라니까요."

"그런 사람이 어떻게 그런 식으로 말할 수 있어요? 그림 그리는 사람한테……."

어이가 없었다. 세게 뱉어 낸 숨이 공기를 갈랐다. 그의 입가에 뜬 미소가 거짓이 아닌 것은 알고 있었다. 예시를 들다가 그도 모르게 수위가 세졌음을 모르지 않았다. 그렇지만 이건 그냥 넘어가기에는 선을 넘었다.

"내가 하고 싶었던 말은 그러니까……."

서진이 침을 꿀꺽 삼켰다. 날카롭게 저를 바라보는 로하의 눈을 가능한 똑바로 마주했다. 시선을 피하는 것만큼 서툰 전략은 없었다.

"그래요. 작가의 기법이 신선하냐의 여부는 생각보다 중요하지 않다는 뜻이에요. 물론 신선한 시도, 좋죠. 하지만 모든 사람이 잭슨 폴록*일 순 없잖아요? 언제 시작됐는지도 모르는 초상화, 풍경화, 정물화를 그리는 작가들은 여전히 수도 없이 많은데 신선하지 않다는 이유로 그들을 무의미하다고 말할 순 없는 거 아니겠어요?"

로하는 반박하고 싶었다. 초상화나 풍경화, 정물화라고 해서 무조건 같은 건 아니라고, 아주 오랜 시간에 걸친 미술사의 발전 동안 많은 기법들이 생겨났고 그 사이사이엔 분명 차이가 있다고.

그러나 입을 떼지 못했다. 세세한 기법이 바뀌었다 해서 근본적인 것이 정말 달라졌다 말할 수 있는 걸까. 문득 자신이 없어졌다. 순간 조금 전까지 스케치하던 제 그림이 떠올랐다.

내 그림은 신선할까.

로하는 서진에게 묻고 싶었다. 그가 몇 번이고 강조한 대로 제 그림이 그를 살게 할 정도라면 적어도 남들과 다른 신선함 정도는 갖춰야 하는 것 아닐까.

로하의 심장이 불규칙적으로 빠르게 뛰었다. 불안함. 이건 불안함이었다.

"하늘 아래 새로운 것은 사라진 지 오래예요. 언제나 그렇듯 신선한 시도는 성공할 수밖에 없죠. 하지만 성공했다 해서 모두 다 신선한 건 아니란 뜻이에요."

---

*잭슨 폴록(Jackson Pollock, 1912~56):미국 출신으로 추상 표현주의의 대표적인 작가. 액션 페인팅으로 회화에 대한 사람들의 선입견을 깨 놓았으며 이후 많은 작가들에게 영향을 끼침.

"그럼 대체 작가가 어떻게 해야 성공한다는 거죠?"

"전시 방식이요."

"그게 무슨……."

로하의 입술이 갈피를 잃은 듯 달싹였다. 서진은 이미 신선한 것이 없다며 선을 그었다. 그 말은 제 그림 또한 신선하지 않다는 뜻이기도 했다.

그럼 자신의 그림이 가진 매력은 대체 무어란 말인가. 그저 제니퍼 안이기 때문에, 안환희 교수의 딸이기 때문에 이 남자의 관심을 받는 건 아닐까. 하서진도 사실은 제 그림을 있는 대로 봐 주는 사람이 아닌 걸까.

눈송이 불어나듯 커져 나간 불안감이 로하를 송두리째 뒤흔들었다.

"같은 작품이라도 언제 어디서 어떻게 보여 주느냐에 따라 많은 것이 달라져요. 이 고흐의 귀가 미술관에 있었다면 당신 말대로 그저 그런 오브제 미술 중 하나로 치부됐겠죠. 하지만 뉴욕 한복판에 고흐의 귀를 재현하면서 많은 것이 달라졌어요. 자신들의 작품에도 스토리가 생긴 셈이죠. 삭막한 미국 동부에 미국 서부의 따스함을 부여하는 재료로써 풀장을 사용하고 있다고 해석하는 평론가들도 나왔을 정도인걸요."

로하가 무어라 말하기도 전에 서진은 바쁘게 손을 움직였다. 뭔가에 흥분한 듯 자신의 가치관을 설명하는 그를 보며 더는 입을 뗄 수 없었다. 그의 눈이 불타오르고 있었다.

로하는 서진의 그런 눈빛을 모르지 않았다. 그림을 그릴 때

제 눈이 그러했으니까. 방해하면 안 된다는 것을, 지금은 그의 이야기를 들을 때임을 잘 알고 있었다.

게다가 무어라 말해야 할지도 못했다. 여전히 혼란스러워 그저 서진을 멍하니 바라만 보았다. 그는 종이 뭉치를 마구 흐트러뜨렸다가 다시 한곳으로 모았다. 제 나름대로 순서를 붙인 모양이었다.

"스토리를 가진 전시, 그게 제가 당신에게 해 줄 수 있는 거예요. 내 손가락을 이용해서."

서진이 로하에게 종이들을 건넸다. 로하는 떨리는 손으로 그것을 받아 들었다. 알로하. 문서 더미의 제목이었다. 타이핑된 글자들, 그 사이사이 적힌 메모들, 여백 그림들까지. 로하는 이것이 무엇인지 어렵지 않게 알 수 있었다.

"……전시 기획서네요."

"반응이 왜 그래요?"

서진은 다시 종이를 내려놓는 로하를 이해할 수 없다는 눈빛으로 바라보았다.

몇 날 며칠, 정확히는 하와이에서 돌아온 그날부터 지금 이 순간까지 한참을 고민했던 전시 기획이었다. 이제 겨우 완성 단계에 접어든. 이것을 그녀에게 보여 줄 날만을 기다려 왔다. 제 심장을 뛰게 하는 그녀의 그림에 저만의 전시 방식으로 스토리를 입혀 주고 싶었다. 그것이야말로 가장 자신 있는 일이었다.

그녀의 반응에 대해서도 많은 생각을 했다. 좋아할까. 아니면 어떤 부분에서는 이견을 표할까. 설사 싫어한다 해도 상관없었다. 작가와 많은 소통을 할 수 있다면 더할 나위 없이 완벽한 큐레이션이 가능할 거라 믿었다.

그런데 지금 로하의 반응은 예상치 못한 것이었다. 당혹스러움을 감추지 못한 채 서진은 한 장의 종이를 다급히 로하 앞에 펼쳐 보였다. 그의 목소리가 평소보다 높았다.

"일단 그림을 걸겠죠. 이건 여느 미술관과 다르지 않아요. 하지만 난 전시장 바닥에 흙과 물을 뿌릴 생각이에요. 우리가 함께 보았던 그 바닷가, 그 갯벌을 다시 전시장에 재현하고 싶어요. 봐요, 여기."

"좋은 생각이네요."

"영혼이라곤 하나도 안 느껴지는 답이네요."

"전 잘 모르니까요."

로하는 가능한 담담하게 답하려 애썼다. 제 가슴속에 뜨거운 것이 차오르는 듯했다. 무엇 때문에 슬픈 건지 알 수 없었다. 제 그림에 특별한 무언가가 없을지도 모른다는 사실을 알아 버려서? 아니면 이토록 열정적으로 준비해 준 전시가 실은 자신을 위한 것이 아니라서?

로하는 입술을 꾹 깨물었다. 그의 눈을 마주치지 않으려 일부러 딴청을 피웠다. 저도 모르게 눈물이 왈칵 쏟아질까 봐 겁이 났다.

"제니퍼 씨, 왜 남의 것 이야기하듯…… 안 되겠어요."

서진이 크게 숨을 내뱉었다. 그 한숨엔 많은 감정이 배어 있었다. 아무리 말을 늘어놓아도 소용없을 것 같았다. 제 혼란스러움이 사라지지 않는데 그녀의 생생한 반응을 들을 수 있을 리 없었다.

그는 로하의 손을 꽉 잡았다. 촉촉이 젖었던 그녀의 눈이 놀라움에 동그랗게 변한 것도 무시한 채 막무가내로 잡아끌었다.

그녀에게 제 꿈을 보여 주고 싶었다. 그녀의 그림이 제게 꾸게 한 꿈을.

"그렇게 감동이었어요? 울 필요까진 없었는데…… 자요."

서진이 안절부절못하며 로하에게 손수건을 내밀었다. 절대 그녀를 울게 할 생각은 없었다. 그녀의 눈물을 보고 있자니 뿌옇게 안개가 낀 듯 머릿속이 더욱 복잡해졌다. 농담처럼 꺼낸 단어였지만, 그녀의 눈물이 감동이 아님은 서진 자신이 더 잘 알았기 때문이었다.

두 사람의 앞에는 모형이 놓여 있었다. 야자수가 심어진 입구부터 정말 그 해변에 있는 것처럼 모래와 흙, 물로 구현한 바닥, 오롯이 그림과 관람객 한 사람만 소통할 수 있게끔 꾸며진 마지막 작은 방까지. 서진이 며칠 밤을 새워 가며 직접 만든 전시 모형이었다.

모형을 만드는 건 큐레이터 진만의 습관이기도 했다. 대부분의 동료들이 기획서를 쓰고 컴퓨터로 구현할 때 서진은 종종 제 손으로 모형을 만들곤 했다.

쉬운 일은 아니었지만 직접 만들어야 아이디어도 잘 떠올랐고 집중도 더 잘 되어 포기하지 못하는 습관이었다. 이번 전시도 마찬가지였다. 손의 상처는 어젯밤 모형 작업을 하다가 생긴 것이었다.

이번 모형에서 특히 신경 쓴 곳은 제일 마지막 순서인 작은 방이었다. 그곳은 그녀가 제게 주었던 일출 그림을 위해 만든 공간이었다. 이런저런 조명을 달아 보기도 하고 음악을 틀어 보기도 했다.

그러다가 어젯밤 모든 것을 다 뗐다. 오로지 그림 하나와 관람객 한 사람만을 위한 작은 공간. 어떤 장식도 없는 그 작은 공간이 자신을 설레게 한 그림에 어울리는 곳이란 판단이 섰다.

서진은 오늘 이 모형을 그녀에게 보여 주고 일출 그림을 거는 것을 허락받을 생각이었다. 그녀와 이야기를 나누고 그 결과를 모형에 반영해 보고 싶기도 했다.

그런데 눈물이라니. 그녀가 보일 수많은 반응 중에 저토록 서러운 눈물은 예상에 전혀 없었다. 기획서를 보고 심드렁한 반응을 보인 것부터 모형을 보고 왈칵 쏟아 낸 눈물까지…….

서진은 도무지 이해할 수 없었다. 그녀의 마음속을 들여다보고 싶어 미칠 지경이었다. 그러나 그녀는 한마디 말도 하지 않았다. 그것이 더욱 답답하게 만들었다. 저 눈물을 멈추게 할 수만 있다면 뭐라도 할 수 있을 것 같았다. 몇 날 며칠 신경 써 만든 이 모형을 전부 다 뒤집어엎고 새롭게 구상해야 한다 해도 전혀 상관없었다.

이상하게 그녀의 눈물을 보는 것이 시렸다. 저 눈물 속에 그녀가 말하지 않는 비밀이 숨겨져 있을 것만 같았다. 그것이 야말로 자신이 알 수 없었던 이질적인 그림들을 이해할 수 있는 단서가 아닐까. 서진은 뒤죽박죽이 된 머릿속을 정리하지 못한 채로 서둘러 입을 뗐다.

"혹시 마음에 안 드는 곳이라도 있어요? 그래서 그래요? 같이 이야기하면서 수정해 나가도 난 상관없으니까……."

"하서진 씨…… 큐레이터였어요?"

"네, 미리 말 못 해서 미안해요. 당신 전시만큼은 꼭 내가 하고 싶었어요. 자주 찾아간 것도 당신이 어떤 사람인지 더 알고 싶은 욕심에서 그랬어요. 작가를 알아야 전시를 더 잘할 수 있을 테니까. 물론 당신 그림을 먼저 보고 싶은 사심도 있었지만. 어쨌든 형식상으로는 협업인데 거의 내가 다 하고 있어서…… 그러니까 마음에 안 드는 부분이 있으면 말해 줄래요? 당신 그림들에 꼭 스토리를 불어넣어 주고 싶거든요."

스스로가 횡설수설하고 있음은 서진이 가장 잘 알고 있었다. 그렇지만 붉게 젖어 있는 그녀의 눈을 보고 있자니 어떻게든 그녀를 달래고 싶었다. 그녀의 그림이 아닌 그녀의 눈물과 소통하는 법을 서진은 전혀 알지 못했다.

"아뇨. 마음에 안 드는 건 없어요. 그냥…… 조금 슬퍼서 그래요."

로하가 조금은 잠긴 목소리로 간신히 답을 했다. 그녀가 줄 수 있는 유일한 답이었다. 얼핏 보긴 했지만 서진이 준비한 기획은 완벽했다. 몰로카이 섬에 있는 듯한 환상을 주는 몽롱한 공간과 벽에 걸릴 알로하 연작들. 조금 전 그가 말했던 큐레이션의 중요성을 충분히 깨닫고도 남을 만큼, 설사 그림이 부족하더라도 얼마든지 보완할 수 있을 만큼 완벽하게 준비된 전시 기획이었다.

그래서 로하는 슬펐다. 하서진이란 사람이 이토록 열정을 쏟아부은 감각적인 전시가 절대 '서로하'의 전시가 될 수 없다는 억울한 사실이 슬펐다. 억울한 일을 억울하다 말할 수 없는 것이 또 슬펐다. 다른 사람 앞에선 서로하일 수 있어도 절대 이 남자 앞에서만큼은 서로하로 살아갈 수 없음이 슬펐다. 그래서 눈물을 멈출 수가 없었다.

"어디가 슬픔의 포인트인지 말해 주면 내가 고쳐……."

"작가가 제 작품에 자부심과 자존심이 있듯 큐레이터도 자신이 기획한 전시에 자부심과 자존심이 있는 거잖아요. 그렇게 쉽게 고치겠다고 말씀하시면 안 되죠."

손으로 눈물을 훔치며 로하가 배시시 웃었다. 어색함에 입꼬리가 흔들렸지만 슬픔을 감추기 위해 일부러 더 끌어 올렸다.

"그건 자존심이 아니라 아집이죠. 전시는 소통인걸요. 관람객과 작가 사이의 소통. 난 그걸 도와주는 존재에 불과해요. 그러니까…… 얼마든지 말해요."

"괜찮아요, 정말로. 오히려 너무 완벽해서 짜증 날 정도인

걸요."

어느 정도는 본심이 묻어 나온 말을 농담으로 포장한 로하는 일부러 시선을 다른 곳으로 돌렸다. 사무실 책상, 책장, 벽에 걸린 액자까지. 깔끔하기 그지없는 방은 주인의 성격을 대변하는 것 같았다.

"진짜예요?"

"진짜예요."

서진은 그제야 안심한 듯 한숨을 내쉬며 아무렇게나 테이블 위에 걸터앉았다. 다리에 힘이라도 풀린 모양인지 온몸이 떨려 왔다.

"다행이에요. 갑자기 눈물을 흘리는데 내가 해 줄 수 있는 건 없고, 저거 다 엎어야 하나 생각하고 있었거든요."

"힘들게 만들었을 텐데 왜 엎어요. 상처…… 그것도 저거 때문이죠?"

"나한테 당신이랑 이깟 모형 중에 뭐가 중요할 거 같아요?"

"그……."

"고민할 여지도 없이 당신이죠. 날 살게 하는 작가님."

남녀 사이의 자칫 낯간지러운 고백이 될 수도 있을 법한 말을 마치 일상적인 말인 양 아무렇지 않게 던진 서진이 생글생글 웃어 보였다.

갑자기 로하의 심장이 불규칙적으로 뛰기 시작했다. 입술을 깨물며 벽에 걸린 그림을 빤히 들여다보았다. 누구의 그림인지 알 수 없었다. 이안 갤러리의 큐레이터 사무실에 걸린 그림이면 어느 정도 이름난 작품이지 않을까 싶어 로하는 요즘 활발하게 활동하는 작가들을 머릿속에서 하나씩 지워 보았다.

"줄까요?"

"······네?"

"계속 쳐다보고 있는 것 같아서요."

"그냥 누가 그린 건지 궁금해서······."

차마 얼굴을 마주하기 어색해 시선을 돌리고 딴청을 피운 것뿐이다, 라고 말할 순 없었던 로하가 말을 얼버무렸다.

"내가 그린 거예요."

"하서진 씨, 그림도 그려요?"

"보면 알겠지만 잘 그리진 못해요. 저게 유일한 완성작이고요. 줄까요?"

"아, 아뇨. 하나뿐인 완성작이면 더더욱······."

"줄게요. 대신 부탁이 있어요."

"······뭔데요?"

로하가 조심스럽게 서진을 바라보며 물었다. 그의 입에서 어떤 부탁이 나올까 두려웠다. 그가 제 가면을 벗겨 내고 거짓을 손가락질할까 봐 무섭기까지 했다.

"서명 좀 해 줘요."

"네?"

"일출 그림이요. 저거 대신 벽에 걸게."

"그, 그건 그냥 습작처럼 그린 거고······."

"저기에도 걸 생각이거든요. 물론 허락해 주신다면."

서진의 손가락이 가리킨 건 사무실 벽이 아니었다. 로하의 고개가 천천히 그의 손가락을 따라 움직였다.

　그가 가리키고 있는 건 전시 모형이었다. 작은 빈방, 그곳에 시선이 멈췄을 때 로하의 입이 저도 모르게 벌어졌다.

　"싫어요."

　"네?"

　"그니까 그게……."

　알로하 연작과 같은 배경을 그린 그림이니만큼 저기에 걸었을 때 자연스러우리라 믿는 서진의 판단은 지극히 당연했다.

　그렇지만 로하는 싫었다. 알로하 연작 중 하나로 포함시킬 생각이었다면 진작 안 교수에게 넘겼을 것이었다. 그 그림만큼은 제 그림을 알아봐 준 서진에게 선물로 남기고 싶었다.

　어차피 서로하의 이름으로 나갈 수 없는 작품이다. 이름보다는 그림을 들여다봐 준 서진이야말로 그 그림을 건넬 유일한 인물이었다. 이제 와서 제니퍼 안이란 거짓으로 얼룩지게 만들고 싶지 않았다.

　"그 그림은 하서진 씨만 봤으면 좋겠어요."

　"그래서 방을 작게 만들었어요. 딱 한 명의 관객과 그 그림 한 작품만의 소통을 위해서요. 그런 게 잘 어울릴 것 같아서……."

　"제가 하서진 씨에게 선물한 건데 아무나 보는 건 싫어요."

　"관람객을 질투하는 거예요?"

　"……하서진 씨는 제게 특별한 사람이거든요."

로하는 제 속에 있던 많은 말을 생략했다. 하지만 거짓은 아니었다. 그에게 자신의 그림이 여전히 특별하다면 그 또한 자신에게 특별한 사람이었다. 제 그림으로 이토록 설레다 못해 억울하고 슬플 만큼 완벽한 전시를 짜 줄 사람이 세상에 또 어디 있단 말인가.

"전시 계획 다시 짜야겠지만……."

서진이 오묘한 표정을 지으며 자리에서 일어났다. 저를 설레게 하는 그림을 그리며 저를 꿈꾸게 하는 작가. 그녀로부터 특별하다는 말을 들으니 무엇이든 할 수 있을 것만 같았다.

"이상하게 기분은 좋네요."

"미안해요."

"괜찮아요. 미안할 것까지야. 그렇지만 서명은 해 줄 거죠?"

"저, 그게……."

제니퍼 안의 서명 정도는 흉내 낼 수 있었다. 혹시 모를 상황을 대비해 연습시켜 둔 안 교수 덕분이었다. 하지만 전혀 내키지가 않았다.

그녀가 우물쭈물하는 사이 서진이 웃으며 책상으로 다가왔다. 펜을 뒤적이는 그의 뒷모습을 바라보며 로하가 침을 꿀꺽 삼켰다. 빠져나갈 수 없는 거짓의 굴레. 입술을 꽉 깨물었다.

그 순간 문이 벌컥 열렸다.

"야, 하서진. 문자도 안 보고 전화도 안 받고 뭐해? 어?"

"미팅 중."

"네가 대체 무슨 미팅을…… 로하 씨?"

로하의 얼굴에서 핏기가 사라졌다. 하얗게 질린 채 파르르 떨리는 손을 어쩌지 못해 로하는 주먹을 꽉 쥐었다. 언젠가 이런 일이 있을 줄은 알았지만 그게 오늘일 것이라고는 생각하지 못했다.

제 이름. 규안의 입에서 제 이름이 자연스레 나오는 순간, 로하는 하늘이 무너지는 것만 같아 숨을 쉴 수가 없었다.

"여기서 둘이 뭐하고 있어요? 하서진, 설마 미팅 중인 작가가…… 로하 씨? 어디 가요, 로하 씨!"

로하는 결국 뛰쳐나왔다. 그 자리에 더는 있을 수가 없었다. 거짓말을 수습할 또 다른 거짓말을 끄집어낼 수도 있었겠지만 머릿속이 엉켜 버리고 가슴속이 뻥 뚫린 것 같은 지금, 그녀가 할 수 있는 것은 없었다.

절대 제 것이 될 수 없는 깨져 버린 꿈. 서진이 했던 말들, 제 그림에 그가 보여 줬던 반응들, 그가 생각하던 이야기가 있는 전시 기획. 조금 전까지 생생하던 모든 것들이 아득히 먼 신기루처럼 느껴졌다.

어디로 가는지도 모르고 달리고 또 달리면서 로하는 문득 그날의 코코넛 그로브를 떠올렸다. 그 아름다웠던 기억마저도 흐릿했다.

제가 흘리고 있는 것이 눈물인지 미소인지, 제가 여전히 살아 있긴 한 건지 아무것도 알 수 없었다.

그녀의 머릿속엔 하서진만 떠올랐다. 꿈에 부풀어 오르게 한 그 남자가 좋았고, 그 꿈이 잡을 수 없는 것임을 알게 한 그 남자가 미웠다. 다시는 보지 못할 그 남자가 궁금했고, 진실을 알고서 저를 경멸할 그 남자가 그리웠다.

❖　　　❖　　　❖

몇 시간쯤 지났을까. 로하는 띵한 머리 한쪽을 부여잡으며 몸을 일으켰다. 부드러운 이불의 촉감이 제가 자신의 방 침대에 누워 있음을 알게 해 줬지만 마치 붕 뜬 것처럼 그녀가 느끼는 감각들엔 현실성이 없었다. 더듬더듬 손을 움직여 휴대폰을 찾았다.

근무 중에 뛰쳐나와 버렸으니 카페 점장에게 온 연락이 있을 것이다. 이번 달 월급은 날아가는 걸까. 아니, 카페에 더는 못 다니겠지. 로하는 쓰게 웃었다.

어쩌면 안 교수에게 온 연락이 있을지도 모른다. 꿈이 모조리 끝났음을 스스로 확인하고 싶지는 않았지만 그럼에도 로하는 휴대폰을 열어야 했다. 앞으로 어떻게 살지 막막해도 살아 있는 이상 살아가야 했으니까.

"어?"

부재중 전화나 문자 메시지가 엄청 쌓여 있을 것이라 생각했는데 예상과 달리 휴대폰 메인 화면은 비교적 깨끗했다. 메시지 두 통.

심호흡을 하고서 천천히 메시지 함을 열었다.

〈자세한 건 안 물을게요. 궁금할까 봐 이야기하자면 우리 둘도 별말 안 했어요. 난 약속 지켰으니 로하 씨도 나 한 번 보러 와요. 포트폴리오 보고 싶어요.〉

발신자는 없었지만 로하는 규안이 보낸 것임을 대번에 알 수 있었다. 제 전화번호를 어떻게 알았는지는 궁금하지 않았다. 그는 이안 갤러리의 부대표였고 자신은 이안 갤러리 카페의 아르바이트 생이었기 때문이었다. 안도라도 해야 하는 걸까. 로하가 한숨을 푹 내쉬었다.

그 순간 다시 핸드폰에 알림이 떴다. 이젠 상관없다는 듯 멍한 표정으로 로하가 휴대폰을 터치했다. 새로운 메시지를 알리는 빨간 숫자가 3을 표시하고 있었다.

하서진.

대화창에 뜬 이름 석 자에 휴대폰을 놓쳤다. 갑자기 정신이 확 드는 기분이었다. 그에게 번호를 가르쳐 준 적이 없었다. 규안에게 들은 걸까. 어디까지 알고 있는 거지. 그는 자신을 비난할까. 로하의 심장이 다시 미친 듯이 쿵쾅거렸다.

도망치고 싶은 심정이었지만 이제 도망갈 곳이 없었다. 이미 그에게서 도망쳐 나왔고, 여긴 제 좁은 방 안이었다. 그가 저를 쫓아올 수 없는 곳인데 이상하게 온몸이 떨렸다. 이 떨림이 죄책감인지, 불안함인지 알 수 없었다.

로하는 간신히 다시 휴대폰을 집어 들었다. 눈을 질끈 감았다가 떴다. 메시지가 또렷하게 보였다.

〈일단 사과부터 할게요. 카페 사장님 졸라서 번호 받았어요.〉
〈바스키아의 SAMO보다는 훨씬 더 좋은 예명 같아요.〉
〈로하 씨, 알로하!〉

예명, 알로하. 짧은 몇 문장이었지만 상황을 이해하는 데 필요한 정보는 다 있었다. 로하가 손가락으로 눈을 닦았다. 이 흐른 눈물이 무슨 의미인지 스스로도 알 수 없었다. 무언가 안심이 되긴 했지만, 언제 들켜도 이상하지 않은 이 아슬아슬한 거짓말이 지속될 수 있음에 대한 안도의 눈물은 절대 아니었다.

그와 조금이라도 더 그림에 대한 이야기를 나눌 수 있어서, 거짓으로나마 그로 인해 설레는 꿈을 꿀 수 있어서 안심이 되었다. 막 도착한 메시지를 보며 토끼처럼 붉은 눈으로 배시시 웃을 수 있는 건 모두 하서진 덕분이었다.

〈혹시 허락 안 받고 연락해서 화난 건 아니죠?〉
〈자는 걸로 믿을게요. 잘 자요. 좋은 꿈꾸고.〉

마지막으로 도착한 메시지를 보며 로하는 조심스럽게 휴대폰 화면 위쪽을 눌렀다. 아까부터 계속 떠 있던 친구로 등록되지 않은 사용자이기에 위험하다는 경고 메시지가 사라졌다.

친구.

로하가 나지막이 읊조렸다. 가벼운 듯 무거운 두 글자의 단어. 그와 스스럼없이 그림과 전시에 대한 이야길 나눌 수 있는 친구가 되길 바라며 로하는 휴대폰을 내려놓고 다시 베개에 고개를 묻었다.

하와이에서의 첫 만남부터 오늘 이 순간까지 늘 그녀를 짓누르던 불안감과 두려움은 여전히 진행 중이었다. 아직 들키지 않았다는 것은 바로 그런 것이었다. 내일이라도, 모레라도, 언제든 들킬 수 있다는 것. 제 정체를 그가 알고 나면 늘 따스했던 그 눈빛도 실망으로 뒤덮이고 말리라. 다시는 그가 보여 주는 꿈을 꿀 수도 없으리라. 그런 생각을 하면 자꾸만 눈물이 나왔다.

그렇지만 마냥 울다가도 그를 떠올리면 연신 웃음이 나온다. 정신 나간 사람 같다고 스스로를 몰아세워도 하서진이 좋았다. 이 복합적인 감정이 무엇인지 정확히는 모르겠지만 딱 한 가지만은 확실히 알 수 있었다.

자신은 조금 더, 가능한 오랫동안 그를 보기를 원했다. 오늘 그러했듯 내일 또 그를 만나 대화하고 싶었고, 모레 또 그를 만나 꿈을 찾고 싶었다.

제 그림을 정확히 봐 주고 색다른 전시 기획을 선보여 주는 큐레이터 하서진이 좋았고, 제게 따스한 격려와 응원을 아끼지 않는 친구 하서진이 좋았으며, 제 감정을 뒤죽박죽으로 섞어 놓는 한 남자로서의 하서진도 좋았다.

그래서일까. 오늘만큼은 외줄 타기 하는 듯한 불안함을 잊고서 편안히 잘 수 있을 것 같았다. 제 꿈속에 그날의 코코넛 그로브가 있기를 바라며 로하는 서서히 잠을 청했다.

06
가짜와 진짜

그날은 아침부터 뒤숭숭했다. 며칠 동안 그리던 사과도 눈앞에서 치우고 멍하니 앉아 손으로 연필만 굴렸다. 창밖엔 가을비가 부슬부슬 내리고 있었다. 어깨가 찌뿌둥했다. 목으로 넘어가는 아이스 아메리카노의 끝 맛이 평소보다 썼다. 멍 때리다가 원두를 태운 게 분명했다. 모든 게 엉망진창이었다.

─오늘은 작업실 나오지 말게.
"네? 급하다고 하셨는데 괜찮으신……."
─아, 그림 완성은 급해. 하지만 그보다 훨씬 중요한 일이 있거든.

사실 이 모든 건 30분 전에 걸려 온 제 은사의 전화 탓이었다. 기분 좋은 듯 껄껄 웃으며 이야기하던 안 교수. 로하는 손톱을 자근자근 깨물었다.

─오늘 제니퍼가 이안 갤러리 사람들과 드디어 미팅을 해. 작가로서 본격적인 데뷔를 앞둔 셈이지. 미팅 이후 동선이 어떻게 될지 모르겠지만 자네하고 마주치는 일은 없었으면 좋겠군. 내 말 무슨 뜻인지 알지?

"……네, 교수님."

미팅. 진짜 제니퍼 안은 누굴 만나게 되는 걸까. 주제넘은 질문은 제게 허락되지 않았다. 로하는 그 미팅 장소에 서진이 없기를 바랐다. 전시 기획을 주로 담당하는 큐레이터와 전시의 주인공인 작가가 만나지 않을 리 없었지만 그럼에도 기적을 원했다. 조금만 더 제 거짓말이 지속될 수 있기를.

─어쨌거나 수고했어. 로하 양 덕분에 수월했던 건 사실이니 이번 제니퍼 전시 잘만 끝내면 자네 데뷔도 적극적으로 도와주지.

"네."

─별로 좋아하지 않는 것 같은데, 컨디션이 안 좋은 건가?

"아뇨. 조금 얼떨떨해서요. 그럼 주말쯤 작업실로 찾아뵙겠습니다."

어설픈 연기로 서둘러 전화를 끊었다. 지금으로써는 그렇게 꿈꾸던 작가 데뷔도 소용없을 것 같았다. 제 꿈 중 많은 것들이 사라져 버린 지금, 데뷔가 무슨 의미일까. 출발선이 달랐던 많은 친구들 사이에서 악착같이 버텨 온 지난날의 자신이 저를 짓눌렀다. 속이 꽉 막힌 듯 답답했다.

로하는 스케치북을 펼쳐 들어 한 장씩 그림을 넘겨 나갔다. 스케치를 하다가 멈춘 것부터 채색하다 만 것들, 그리고 완성된 그림들. 처음엔 어디든 닥치는 대로 제출하려고 만든 포트폴리오였지만 이젠 그 누구에게도 보여 줄 수 없을 것만 같았다. 여전히 포트폴리오를 원하는 이안 갤러리의 이규안 부대표에겐 더더욱. 하지만 그 누구보다도 이 그림을 보여 줄 일 없는 사람은 아마도 서진일 것이다.

로하는 스케치북 중간쯤에 그려져 있는 한 장의 그림을 가만히 내려다보았다. 테이블과 태양과 한 남자. 로하는 그림의 모델인 서진을 떠올렸다. 여느 때였다면 진작 카페에 와 자리를 잡고서 자신에게 이런저런 이야기를 꺼냈을 그. 그가 아직 오지 않았다면 그 이유는 분명했다.

로하는 애써 그 이유를 지우기 위해 연필을 잡았다. 연필로나마 명암을 입혀 나가며 지금이라도 그가 오기를 간절히 바랐다.

제 이름을 듣고도 저를 믿으며 제 앞에 나타나 줬던 그 기적 같은 사흘 전 그날처럼.

"안 물어보려고 했는데요."

"그럼 물어보지 마세요."

"그래도 물어봐야겠는걸요. 사과 그림 좀 보여 주면 안 돼요?"

"안 돼요."

"너무 단호한 거 아녜요? 며칠째 얌전히 기다리고 있었는데 솔직히 궁금해서 미치겠어요. 제니…… 아니, 로하 씨만의 사과."

서진이 눈을 찡긋해 보였다. 로하는 그의 입에서 나온 제 진짜 이름이 참 까칠하다고 생각했다. 서로하란 이름을 알게 된 바로 그다음 날, 그는 평소와 다르지 않게 제가 출근하는 시간에 맞춰 카페에 나타났다. 서로하란 이름에 대해 많은 생각을 하는 것 같지 않았다. 그저 제니퍼 안이 카페에서 아르바이트하느라 신비주의로 신분을 덮기 위해 택한 예명 정도로 여기는 듯했다. 한 치의 의심도 없이 자신을 향하는 서진을 보는 것이 로하는 불편했다.

"아직 완성이 안 되었어요."

"완성 안 된 그림을 보자 말하는 게 실례인 건 알아요. 하지만 혹시 빨리 완성할 계획이라면…… 그러니까 그 그림도 전시에 걸 수 있을까 해서요."

"그럴 계획 없어요. 어차피 연습하는 중이니까요. 그리고 그 전시는 알로하 연작으로만 하는 거……."

"알로하 연작과 습작 몇 작품. 원래 계획은 그랬죠."

"그런데 왜 자꾸 다른 작품들을 추가하려고 하시는 거예요?"

"이런 이야기를 돌려 말할 줄 몰라서 그러는데 솔직하게 말해도 돼요?"

"네, 얼마든지."

"대체 그림들이 왜 그래요?"

"네?"

그렇지만 진짜 그녀를 불편하게 하는 것은 바로 서로하 자신이었다. 불안하다는 것을 알면서도, 언젠가 멈춰야 할 일임을 알면서도, 여전히 그와 이런 대화를 나누는 것을 즐기는 자기 자신. 그와 그림에 대해 이야기를 나눌 수 있는 지금 이 순간이 즐거웠다. 끊을 수 없는 불량 식품처럼.

"그림을 일부러 망친 이유가…… 습작들은 예전에 그린 거고 어쨌거나 연습이니까 그럴 수 있죠. 하지만 알로하 연작에까지 사족을 붙일 필요는 없었잖아요."

"이해가 안 가는데 좀 차근차근 말씀해 주실래요?"

늘 자신의 그림에 대해선 일반적인 칭찬의 수준을 넘어 믿을 수 없을 정도로 찬사만 보내던 그였기 때문일까. 의외의 평가에 로하의 호기심이 더욱 동했다.

어떻게 설명해야 할지 고민하는 듯 잠시 머뭇거리던 서진이 제 가방에서 태블릿 PC를 꺼내 들었다. 서진이 보여 준 사진은 제 그림이었다. 신인 작가 제니퍼 안의 알로하 연작이란 이름을 달고 세상에 알려지게 될 열 장의 그림.

"……어?"

"보면서 이야기하는 게 편할 것 같아서요."

그런데 로하가 알던 그림이 아니었다. 한눈에 알 수 있었다. 자신이 심혈을 기울였던 표현법이 달라졌기 때문이었다.

"진흙이……."

"그래요. 진흙이요. 그 좋은 건 왜 없앤 거예요?"

서진의 질타에 로하는 정신을 차렸다. 왜 자신이 칠했던 진흙이 없어졌는지를 서진과 토론할 때가 아니었다. 서진에겐 자신이 제니퍼 안이었으며 따라서 그 진흙을 없앤 장본인이었다. 그러니 그녀는 지금 변명을 해야 했다. 스스로도 납득이 가지 않는 일을 태연하게 변명해야 한다니……. 그녀는 어이가 없었다.

"자네가 그린 그림도 제니퍼가 마무리 작업을 거칠 거고. 그래야 평론가들 사이에서도 제니퍼 스타일이란 게 정확히 자리 잡을 테니까."

그 순간 로하의 머릿속에 떠오른 건 은사의 말이었다. 마무리 작업을 거친다는 말이 이런 것일 줄은 정말 몰랐다. 제 그림이 망쳐진 기분.

그제야 알로하 연작이 진짜 제 그림이 아니라는 실감이 났다. 권리가 없기에 따질 수도 없었다. 억울했지만 제 탓이었다. 굳이 화를 내자면 세상을 원망해야 하는 걸까. 입술을 꽉 깨물었다.

"이야기한 김에 끝까지 솔직해지자면, 난 사실 이 그림들 전시 맡고 싶지 않아요. 그래서 어제부터 실례인 거 알면서도 다른 그림 이야기 꺼낸 거예요. 미안해요."

"……아뇨, 이해해요."

"실은 처음에 사진 전송된 걸 봤을 땐 너무 맥이 풀렸었어요. 아예 전시 기획에서 손 떼려고 했을 만큼."

"그런데 왜 하게 되신 거예요? 억지로?"

"억지로 할 수 있는 성격은 못 돼요. 이유는 두 가지. 첫째는 날 살게 했던 그림에 대한 믿음."

"하지만 이미 그 그림들은……."

"둘째는 그 믿음이 틀리지 않았단 걸 증명하는 바로 이 그림."

서진은 태블릿 PC의 화면을 손가락으로 몇 번 건드리곤 또 다른 사진 한 장을 로하에게 내밀었다. 이번 그림 또한 익숙했다. 그건 다행히도 제가 기억하는 그대로였다. 그림을 그렸던 그 시간, 그 공간으로 저를 끌고 가는 듯 자신을 설레게 하는 느낌 그대로.

"그러고 보니 모델료 받아야겠네요, 나."

"네?"

"부정하지 마요. 이 까만 거, 날 그린 거잖아요. 뭘 모르는 사람은 갈매기냐고 물었지만 난 한눈에 알아봤어요."

"그건 맞지만⋯⋯."

"일출 그림은 모델료로 챙겨도 되죠?"

"이미 말씀드렸지만 서진 씨에게 선물로 드린 건데요, 뭐."

로하가 중얼거리듯 답했다. 망가져 버린 아홉 장의 그림, 여전히 제가 그렸던 그대로인 열 번째 그림. 복잡한 감정이 그녀를 혼란스럽게 했다. 차라리 열 장을 다 짓밟았다면 그것이 남의 그림이나 그려 주며 어떻게든 동아줄을 잡기 위해 발버둥치는 제 탓이라고 덤덤히 받아들였을까.

그런데 열 번째 장은 왜 그대로 둔 걸까. 갈매기라. 서진이 이야기했던 단어를 되짚어 보자면 제니퍼 또한 캔버스 속에 그려진 것이 무엇인지 감을 잡지 못했을 수도 있었겠단 생각이 들었다. 그래서 손을 대지 못한 걸까. 로하의 입에 실소가 걸렸다.

"일출 그림에도, 이 열 번째 그림에도 내가 당신과 함께 걸었던 갯벌이 있고 바다가 있는데, 왜 아홉 장의 그림에선 진심이 안 느껴질까요?"

"그건……."

"분명히 몰로카이 섬에서 당신이 그림을 그릴 때만 해도 넘쳐나던 진심이 왜 완성작에선 사라져 버린 거죠?"

자신을 타박하듯 물어 오는 서진에게 로하는 진실을 답하고 싶은 충동을 느꼈다. 하지만 결국 거짓이나 진실이나 어차피 저 자신을 옭아매는 족쇄에 불과했다.

"기법은 작가 마음이죠."

그 작가가 서로하가 아니라 제니퍼 안이었을 뿐. 처음부터 지금까지 정해져 있는 사실이고, 다시 한 번 깨달은 것뿐이었다. 변할 것도 없었다.

"전시 기획은 큐레이터 마음이고요."

"하지만……."

"나도 뭐 하나만 물어봐도 돼요?"

"당연하죠."

"혹시 서진 씨…… 유명한 큐레이터예요?"

서진이 전날 보여 줬던 모형은 제 심장을 뛰게 했다. 물과 모래, 진흙, 바다와 바람 소리까지 뒤섞인 공간. 심지어 조명까지 완벽했다. 작은 실내라는 한계를 깨고 완벽하게 몰로카이 섬의 해변을 재현해 낸 서진의 방식이 진흙을 활용한 제 그림과 너무나도 잘 어우러진다 생각했었다.

그래서 저를 위한 전시가 아니란 것이 억울했다. 물론 어제만 해도 알로하 연작 완성품이 이런 식으로 바뀌었을 거라곤 상상도 못 했지만.

로하는 지금 이 순간도 그가 심혈을 기울인 그 모형이 욕심났다. 자신에게 자격이 없음을 알면서도 그가 만들어 줄 전시에 오롯이 제 이름 석자가 새겨질 훗날을 상상하면 행복했다. 절대 오지 않을 날인 걸 알면서도.

"난 그냥 좋은 그림을 잘 전달하고 싶은 한 명의 큐레이터일 뿐이에요."

서진은 굳이 제 입으로 말하고 싶지 않았다. 명성이란 그런 것이었다. 없을 땐 갖고 싶다가도 있을 땐 거추장스러운 계륵. 왠지 눈앞의 여자만큼은 모든 걸 다 떼어 내고 있는 그대로 저를 봐 주었으면 싶었다. 자신 또한 그녀와 그녀의 그림을 그렇게 보고 있었으니까.

"뭐, 상관없어요. 그러니까 이건 그냥 하는 말인데요."

"무엇이든 편하게 말씀하세요. 전시 관련된 거면 사무실 가서……."

"언젠가 제 그림들로 전시를 하게 된다면 하서진 씨가 맡아 주셨으면 좋겠어요. 그게 새로 생긴 제 꿈이에요."

"지금도 전시에 전념하고 있잖아요. 혹시 그게 정식으로 계약하자는 거면 제가 독자적으로 결정하지는……."

"아뇨, 진짜 제 그림이요."

말뜻을 이해하지 못하겠다는 듯 고개를 갸웃하는 그의 두 눈엔 의문이 가득 담겨 있었다.

로하는 정확히 진실을 이야기할 수도 없는 주제에 이렇게 빙빙 말을 돌리는 제가 우습다고 생각했다. 이렇게라도 꿈을 전하고 싶은 스스로가 얼마나 이기적인지도 알고 있었다.

하지만 이룰 수 없는 꿈이라도 꿔야 했다. 그게 이리 치이고 저리 치이면서도, 손가락질받는 걸 감수하면서도 지금까지 서로하가 살아온 이유였다.

"왜 그림이 다른지…… 무엇이 가짜고 무엇이 진짜인지 물어도 답은 못 듣겠죠?"

"죄송하단 말 말고는……."

"혹시 조수 두고 있어요?"

"아뇨."

중얼거리듯 답하는 로하의 얼굴이 점점 어두워져 갔다. 제니퍼 안에겐 조수가 있었다. 서로하란 이름의. 차라리 그렇게 말하면 그를 쉽게 납득시킬 수 있을까. 때아닌 사춘기를 겪는 기분이었다. 정체성의 혼란에 머릿속이 복잡했다.

"그럴 리가 없다는 건 알아요. 그림 스타일이…… 아닙니다. 난 내 판단을 믿을래요."

"저에 대해 무슨 판단을 하셨는데요?"

"흔한 낙서에도 담겨 있는 설렘, 그림 그릴 때면 옆에서도 느껴지는 열정, 지금 당신의 눈에 담긴 진심. 그것만 보고도 충분히 당신이란 작가한테 내 모든 걸 걸 수 있어요."

로하는 울컥 차오르는 눈물을 흘리지 않기 위해 안간힘을 썼다. 안쪽 입술을 꾹 깨물며 간신히 미소 지었다.

"이미 걸고 있는 것 같기도 하고. 요즘 다른 작가들 그림이 눈에 안 들어와서 큰일이에요. 이러다 갤러리에서 잘리면 어떡하죠."

"그게……."

"당신도 나한테 걸어 줄래요? 내가 잘려도 당신 전시 하나만큼은 끝내주게 잘해 줄게요."

로하는 목이 메어서 아무 말도 할 수 없었다. 서진의 진심이 느껴지는 눈빛에 그저 고개를 끄덕일 뿐. 이루어지지 않을 꿈이래도 어쩔 수 없었다. 서진의 말은 주문 같았다. 모든 것이 괜찮을 거라고, 모든 꿈이 이루어질 거라고 자신을 달래는 세상에서 단 하나뿐인 주문.

"좋아요. 약속한 거예요. 구두 계약도 계약인 거 알죠? 나 버리면 안 돼요."

"하서진 씨야말로 제 그림 마음에 안 든다고 버리면……."

"나 가끔 평론도 쓰는데 너무 직설적이라 편집장한테 통과 안될 때도 있어요. 마음에 안 들어도 거짓말은 못 하겠고, 대신 언제든 조언해 줄게요."

"그거 좋네요."

"다음 전시는 사과로 할 거예요? 나 전시 구상 생각해 둔 게 있긴 한데 인류를 바꾼 사과들 사이 새로운……."

"천천히 해요, 천천히."

"아, 내가 좀 빨랐죠? 미안해요. 알잖아요. 당신을 찾고 싶다는 이유만으로 하와이까지 갔던 사람인 거."

서진의 미소에 로하가 고개를 끄덕였다. 촉촉이 젖은 눈이 마를 때까지 몇 번이고 눈을 깜빡여야 했다.

이젠 이안 갤러리도, 안환희 교수도 제겐 의미 없었다. 제아무리 세계적인 큐레이터가 온다 해도, 설사 유명한 갤러리에서 데뷔할 기회가 주어진다 해도 전혀 마음이 동할 것 같지 않았다.

제 그림을 제대로 봐 주는 이 남자와 함께 스토리가 있는 전시를 하고 싶을 뿐이었다. 단 한 번만이라도.

"대신 한 가지만 약속해 줄래요?"

"들어 보고요."

"사정이 있는 것 같으니 더는 묻지 않을게요. 당신 아버지 탓일 수도 있고 다른 이유가 있을 수도 있겠죠. 하지만 이번 같은 그림은 싫어요. 나랑 밀고 당기기 하지 마요. 벌써부터 아트 마켓 논리에 물들지 마요. 그저 그림에 대한 당신의 진심을 아낌없이 쏟아 줘요. 하와이에서 그랬던 것처럼."

로하가 서진의 눈을 바라보았다. 무엇도 기약할 수 없어 흐릿한 제 눈과 달리 그의 눈엔 확신이 들어차 있었다. 로하가 다시 한 번 간신히 고개를 끄덕였다.

자신 또한 진심이 담긴 그림만을 보여 주고 싶었다. 적어도 그에게는.

다만 그 그림에는 그가 모르는 제 진짜 서명이 들어간다는 게 문제였다. 과연 한 장이라도 보여 줄 수 있을까. 그래도 제 그림엔 진심만 담고 싶었다. 이토록 단호한 그의 앞에서만큼 은 떳떳하고 싶었다.

"난 가능한 오래 당신 그림으로 숨 쉬고 싶어요."

"늘…… 고마워요."

"별말씀을요. 그래서 뭐 도와줄까요? 오늘은 진도 좀 나갔어요?"

"큐레이터지, 매니저는 아니시잖아요."

"뭐, 어때요. 큐레이터가 별거예요? 내가 좋아해 마지않는 작가가 잘할 수 있게 돕는 건 내 즐거움이에요. 그래서 조금이라도 그림이 빨리 나오면 더할 나위 없이 좋고요."

늘 누군가를 돕고만 살아왔다. 누군가에게 도움을 받는 일은 꿈조차 꿔 보지 못한 일이었다. 그래서 전적으로 자신을 지지해 주고 도와주는 존재를 갖는다는 것이 이토록 설레는 일인지도 몰랐다. 점점 더 욕심부리게 되는 스스로가 미워 괜히 퉁명스러운 반응을 던졌다.

"다른 작가들한테도 다 그래요?"

"아닐걸요. 날 살게 하는 작가는 당신이 두 번째예요."

"두 번째요?"

"말 안 했었던가요?"

"누군지 궁금하네요."

로하는 자연스럽게 튀어나온 제 반응에 스스로 놀랐다. 그림 보는데 탁월하다는 규안의 말이 아니더라도 서진이 그림을 사랑한다는 것은 확실했다. 그러니 좋아하는 작가가 수십 명 있다 해도 놀라울 일이 아니었다. 내심 제가 서진에게 특별한 존재이길 바랐던 걸까. 로하는 이 또한 제 이기심이라 생각하며 애꿎은 연필만 만지작거렸다.

"질투하시는 건가요, 작가님?"

"설마요."

"에이, 질투해 줬으면 했는데…… 김새네요. 사실 큐레이션 하는 영광도 한 번 못 누려 보긴 했어요."

"누구길래……."

"궁금하면 내 호기심도 해소해 달라는 의미에서 비밀이에요. 기회 되면 말해 줄게요."

"그림이 그렇게 뚝딱 나오는 게 아니잖아요!"

"작가와 그분의 그림을 사랑하는 내 마음도 뚝딱 나온 건 아니죠. 자, 사랑하는 작가님을 위해서 오늘은 방해를 멈추고 이만 가 볼게요. 마트 갈 건데……."

사랑. 순간 숨이 멎을 듯했다. 정작 그 단어를 입 밖에 꺼낸 서진은 태연해서 무안할 만큼 로하는 당혹스러웠다.

"새로운 사과도 사다 줄게요. 위대한 그림의 탄생을 위해서. 조금만 기다려요."

생글생글 웃으며 친절한 말을 건네는 서진을 보며 로하는 저도 모르게 제 볼을 만졌다. 뜨거웠다.

"그리고 혹시나 해서 확실히 해 두려고 말하는 건데, 요즘은 그 작가님보다 당신이 더 좋아요. 그림에 일관성이 없어서 가끔 혼란스럽긴 하지만, 그거 나름대로 스릴도 있고…… 무엇보다 이렇게 직접 마주하고 이야기할 수 있으니까요."

서진은 갑작스레 로하의 코앞까지 얼굴을 들이밀었다. 둘 사이에 순간 적막이 흘렀다. 시간이 멈춰 버린 듯한 찰나. 불규칙적인 제 심장 소리가 서진에게 들릴까 뒤로 물러서려는 순간, 서진의 손이 부드럽게 로하의 또 다른 볼 한쪽을 스치고 지나갔다.

"감기예요?"
"네?"
"볼이 뜨거워서요."
"아뇨, 그냥 실내에 오래 있다 보니까…… 하하, 조금 덥지 않나요?"

누가 봐도 꾸며 낸 답이었지만 로하는 그렇게라도 서진과 거리를 벌리고 싶었다. 한 가지라도 걸리면 모든 게 와르르 까발려질 것 같았다. 일부러 손부채질까지 해 가며 로하가 어색하게 웃었다.

"아프면 말해요. 약 사다 줄게요."

"괜찮아요. 그냥……."

"건강했으면 좋겠어요."

"저 건강해요."

"다행이네요."

"뭐가요?"

"난 당신을 가능한 오래오래 곁에서 지켜보고 싶거든요. 우리 꼭 오래 봐요. 알았죠?"

그럴 수 있기를 저도 바라요.

로하는 차마 꺼내지 못한 속말을 읊조렸다. 그의 말이 머릿속을 뒤죽박죽으로 만들어 놓은 데다가 심장까지 흔들어 놓았다.

서진은 로하의 마음을 아는지 모르는지 어느새 마트에 다녀오겠다며 멀어졌다. 그녀는 그를 가만히 응시하며 가볍게 손을 흔들었다. 흔들리는 손만큼이나 머리도, 가슴도 세차게 일렁였다.

딱 사흘 전의 일이었다.

❦   ❦   ❦

여느 때처럼 카페로 내려가기 위해 서류를 챙기고 있던 서진은 노크와 동시에 사무실 문이 열리는 소리를 들었음에도 돌아보지 않은 채 할 일을 계속했다. 어차피 이 갤러리 내에서 제 방문을 이렇게 열고 들어올 사람은 딱 한 명뿐이었다.

"바빠?"

"어, 조금. 중요한 일 아니면 나중에 하자."

"소개해 줄 사람이 있어. 너 분명 반가워할걸. 안 보면 후회할 텐데."

"누군데?"

"들어오세요."

정작 소개할 사람이 누군지 밝히지 않은 채 규안은 더욱 문을 활짝 열어젖혔다. 또각또각 구두 굽이 바닥을 경쾌하게 울렸다. 서진은 경계하는 눈빛으로 사무실에 들어온 낯선 여자를 바라보았다.

"말씀 많이 들었습니다. 반가워요."

"아, 네."

서진은 눈앞의 여자에게 형식적인 인사를 건넸다. 규안이 데리고 온 손님만 아니었다면 바로 자리를 떴을 것이다.

서진은 갤러리 1층 카페에서 내심 자신을 기다리고 있을 그녀를 떠올렸다. 그녀가 무척이나 보고 싶었다. 어제 사과 그림을 대강 완성한 눈치였기에 더더욱. 한달음에 달려가 그녀의 그림을 보며 이런저런 이야기를 나누고 싶었다.

한국에 귀국한 이후로 그녀를 만나는 일보다 저를 즐겁게 하는 것은 없었다. 처음엔 그림이 좋았을 뿐이었지만 지금은 아니었다. 알면 알수록 그녀에 대해 더 알고 싶어졌다. 가까워진 듯하면서도 여전히 저를 경계하는 그녀에게 한 발짝 더 다가가고 싶었다.

그녀를 알아 가기에도 모자란 시간이었다. 누군지도 모를 손님에게 귀한 시간을 낭비하는 것은 전혀 내키지 않았다. 불편한 기색을 숨기지 않고 이만 가 보겠다며 규안 쪽으로 시선을 돌렸을 때였다.

"제니퍼 안이에요. 제 팬이시라고 들었는데 인사가 좀 늦었네요."

"뭐라고요?"

"제가 한국말이 서툰가요? 그럼 좀 더 직설적으로 말씀드릴게요. 제 첫 단독 전시에 힘써 주신 거 감사하게……."

"아뇨. 그쪽이 지금 누구라고요?"

"야야, 네가 그렇게 보고 싶어 하던 제니퍼 씨잖아. 만나자마자 모시고 왔더니 반응이 왜 이래. 하여간 넌 그림 보는 법이 아니라 사람 대하는 법 좀 배워야 해. 앉아서 천천히 이야기하자. 어?"

자신을 말리는 듯 의자로 끌어당기는 규안을 뿌리친 채 서진은 여자의 손으로 시선을 돌렸다. 한눈에 봐도 매끄럽게 뻗은 희고 고운 손. 형형색색의 매니큐어가 곱게 발라진 긴 손톱. 하, 서진의 비웃음이 공기를 갈랐다. 기가 막혔다.

"그러니까 제니퍼 안 씨라고요?"

"네, 제가 제니퍼 안이에요. 무슨 문제라도 있나요?"

"문제요? 있죠, 그것도 아주 많이."

"얘가 진짜 오늘 왜 이래. 야!"

"단도직입적으로 물을게요. 알로하 연작의 배경이 어디죠?"

제니퍼가 눈을 날카롭게 뜨고 서진을 노려보았다. 미술계에 종사하는 사람들 중에서 제게 이런 대접을 한 사람은 서진이 처음이었다.

도도하게 혼자 잘난 척 프리랜서로만 일하다가 이안 갤러리에 자리 잡았다더니 확실히 큐레이터 진은 보통내기가 아닌 모양이었다. 하지만 상관없었다. 어차피 아버지가 마련해 준 제 성공을 위한 '도구들'에 불과했다. 이규안이든 하서진이든 혹은 이름 모를 아버지의 조수든, 그 누구든 간에.

"하와이 해변이죠. 지금 저랑 뭘 하자는⋯⋯."

"저야말로 묻고 싶네요. 당신이나 당신 아버지가 저희랑 뭘 하자는 건지. 형, 난 할 말 없으니까 먼저 나간다."

"야, 너 어디 가!"

곤란하다는 듯 규안이 말려도 서진은 멈출 생각이 없었다. 지금 그녀를 봐야만 했다. 저 여자가 진짜 제니퍼 안이라면 그동안 카페에서 만났던 그녀는 대체 누구란 말인가. 방금 전까지 제 앞에 있었던 이는 분명 그림이라곤 거의 그려 보지 않은 듯 고운 손을 갖고 있었다. 절대로 저를 설레게 했던 그림들의 주인이 아니었다. 서진은 그 그림들의 주인을 누구보다 잘 알고 있었다. 언제나 진심을 담아 그림을 그려 주었던 단 한 사람.

그런데 어째서 그녀가 제니퍼 안이 아닌 걸까. 어째서 다른 사람의 흉내를 내야만 했던 걸까. 서진은 이해할 수가 없었다.

제가 느꼈던 그림 속 이질감의 정체를 이제는 알 수 있었다. 실망스러웠다. 아니, 실망을 넘어 원망까지 덮쳐 왔다. 그녀를 보면 마구 욕을 퍼부을 수 있을 것만 같았다. 기대감이 산산조각 난 기분이었다.

이런 느낌은 처음이라 서진은 혼란스러웠다. 상대가 가짜 제니퍼인지, 아니면 스스로인지 알 수 없는 비웃음을 머금은 채로 발을 재촉해 단숨에 엘리베이터까지 걸어갔다. 가슴이 답답했다.

"야, 하서진!"

엘리베이터에 거침없이 올라타려는 순간 서진을 가로막은 것은 규안이었다. 그의 일그러진 표정엔 동생을 이해할 수 없다는 듯 의문만이 가득했다.

"너 왜 이래, 진짜."

"나중에 이야기해. 지금은……."

"설명 조금만 해 주고 가. 대체 왜 이러는 건데."

"저 여잔 그림이 아니잖아. 사람 다루는 건 내가 아니라 형 전문이고."

심지어 그녀가 안타깝기까지 했다. 여전히 그녀를 이해해 보려고 애쓰는 스스로가 어이없었지만 서진은 정말로 그녀가 안타까웠다. 그런 재능을, 그런 진심을 갖고서도 제 그림을 그리지 않고 남의 이름 아래 살고 있는 그녀가 안타까워 눈앞이 흐릿할 지경이었다. 얼마 전 제 앞에서 그녀가 보였던 눈물의 의미가 이것이었을까.

서진이 주먹을 꽉 쥐었다. 카페에서의 아르바이트, 말도 안 되는 그림의 차이, 공공연하게 퍼져 있던 안환희 교수의 대작 의혹설까지. 모든 퍼즐이 머릿속에서 맞춰지는 기분이었다.

그 퍼즐의 중간에 한 사람이 서 있었다. 정확한 이름조차 알 수 없는, 그러나 제가 간절히 원하는 단 한 사람이.

그녀는 제가 원하는 유일무이한 작가였다. 저를 꿈꾸게 하는 세상에서 단 하나뿐인 사람이었다. 그녀만이 그림이었으며, 제게 그림은 오직 그녀뿐이었다.

이런 감정을 그 누가 또 알아줄까. 서진은 그녀를 만나 변명이라도 듣고 싶었다. 그녀가 무어라 이야기만 해 준다면 다 이해할 수 있을 것 같았다. 그만큼 그녀를 잃고 싶지 않았다.

"전시하기 전에 작가랑 직접 대화하고 싶다고 한 건 너잖아."

"지금은 설명할 수 없지만…… 저 여자는 그림이 아니라 그냥 사람이야."

서진은 한숨을 내쉬며 엘리베이터 벽에 몸을 쾅 기댔다. 이해할 수 없는 그의 행동에 규안이 어이없다는 듯 고개를 저었다.

"넌 지금 뭐하러 가는 건데?"

"진짜 그림 보러."

"너 진짜!"

"전시 기획 정리는 거의 끝났잖아. 애초에 나 혼자 맡은 전시도 아니고."

"제니퍼 안에 대한 네 태도, 알다가도 모르겠다. 대체……."

"나도 모르겠어. 모르겠어서! 모르겠어서 이래. 그러니까 형."

서진은 한 손으로 제 머리를 마구 헝클어뜨렸다. 형이든, 진
짜 제니퍼 안이든 어차피 이런 식의 실랑이는 무의미했다. 제
게 정확한 답을 줄 수 있는 존재는 딱 한 사람뿐이었다. 서진
의 손가락이 규안을 지나 엘리베이터 버튼을 향했다.

"나 좀 가게 내버려 둬."

뭔가 흐트러져도 단단히 흐트러진 서진의 표정을 보며 규안
은 물러설 수밖에 없었다. 의문을 넘어서서 호기심이 일었다.
어쩌면 제 시나리오가 맞아떨어질 수도 있지 않을까. 뭐 하나
뚜렷한 게 없었으나 이상하게도 웃음이 났다.

닫혀 버린 엘리베이터 문을 보며 한참을 유쾌하게 웃던 규
안이 잠시 후 몸을 돌렸다.

문뜩 규안의 머릿속에 1층에 있을 하서진의 그림이 떠올랐
다. 서로하. 그녀가 여러모로 실마리란 생각을 좀처럼 지울 수
가 없었다.

하지만 지금은 계약용 미소를 장착하고서 사람을 만나야 할
시간이었다. 서로하와의 만남은 잠시 서진에게 양보해도 되지
않을까. 규안은 제니퍼 안이 황당한 표정으로 앉아 있을 사무
실로 발을 돌렸다. 어쨌거나 고객을 달래는 건 제 몫이었다.

❀   ❀   ❀

"서로하 씨."

"……네?"

도통 진도가 나가지 않는 그림 대신 여느 때처럼 사과 하나를 스케치하던 로하는 갑작스러운 부름에 화들짝 놀라 고개를 들었다. 기다렸던 사람이 눈앞에 나타났음에도 선뜻 반갑다는 인사를 건넬 수 없었다.

부들부들 떨리는 손으로 간신히 스케치북을 덮은 뒤 아무 말 없이 저를 바라보는 서진의 눈을 마주 보았다. 이미 끝나 버린 걸까. 그가 제 이름 석 자를 정확하게 부른 것이 처음이란 걸 감안하면 당연히 이르렀어야 할 결론임에도 로하는 자꾸만 미련이 남았다. 질끈 두 눈을 감고 고개를 돌리려는 순간 사각거리는 소리가 적막을 깼다.

"이건 스티브 잡스가 만든 애플 로고."

서진이 방금 전 제가 한입 베어 문 사과를 가리키며 말했다. 차라리 단도직입적으로 물어 줬으면 좋겠는데 사과 이야기나 꺼내는 서진의 의중을 도통 알 수 없었다. 그의 표정은 평온해 보였다.

왠지 로하는 도망가고 싶었다. 그의 이야기를 더 듣고 있는 것이 스스로에게 가하는 희망고문에 불과하다는 것을 잘 알고 있었다. 그렇지만 발이 떨어지질 않았다.

"그리고 이건 중국에서 흔히 볼 수 있는 가짜 애플 로고죠."

반대쪽까지 베어 문 사과를 스스로의 손바닥 위에 올려놓은 서진의 입가에 걸린 미소가 썼다. 가짜, 거짓으로 제니퍼 안을 흉내 낸 저를 가리키는 말이 틀림없었다.

로하는 양쪽이 패인 사과를 내려다보며 제 희망이 헛된 것이었음을 명백히 깨달았다. 하지만 몸은 여전히 말을 듣지 않았다. 무슨 말이라도 하고 싶었지만 변명도 거짓도 지금은 소용없다는 것을 아는 듯 입조차 꿈쩍하지 않았다.

"마지막으로 이건……."

로하를 가만히 응시하던 서진은 다시 한 번 사과를 깨물었다. 지금 마음속을 어지럽히는 복합적인 감정이 무엇일까. 배신감, 분노, 그도 아니면…….

눈앞에 있는 여자는 제가 알던 사람이 맞다. 그녀가 그리는 그림 또한 제가 알던 그림이다. 지금껏 종종 저를 괴롭히던 의문이 단번에 풀렸다. 가짜 그림은 진짜 제니퍼 안이, 진짜 그림은 가짜 제니퍼 안이었던 서로하가 그렸음이 분명했다.

잠시 눈을 감았다가 거의 심지밖에 남지 않은 사과를 로하의 앞에 내려놓았다. 진짜도, 가짜도 아닌 새로운 무언가.

"지금 나한테 당신이 딱 이래요."

로하는 주먹을 꽉 쥐었다. 낭떠러지에서 떨어진 기분이었다. 저보다 실력 없던 동기들이 집안의 힘으로 데뷔할 때도 이렇게 비참하지는 않았다. 진짜 제니퍼 안이 알로하 연작을 제멋대로 망쳐 놨다는 것을 깨달았을 때도 이토록 바닥은 아니었다. 그러나 저를 보는 그의 눈빛은, 가짜보다 못하다고 질책하는 듯한 서진의 말 한마디에 나락으로 떨어졌다.

"서로하 씨, 나는 당신이……."

이제 다 끝이었다. 그와 신나서 떠들던 미래는 물거품이 될 것이다. 안 교수 또한 제 딸의 일을 망쳐 버린 저를 버릴 것이다. 언제나 닿을 듯 닿지 못했던 꿈. 이젠 놓아 버려야 할 때가 온 것뿐이다. 처음부터 저 같은 흙수저가 품기엔 너무 큰 꿈이었다. 그냥 놓아 버리면 되는데 어째서 미련이 남을까. 차라리 그를 만나지 않았다면 포기가 쉬웠을까.

로하는 제 그림을 사랑해 주고 빛나게 해 주겠다던 서진이 미웠다. 원망이 향할 곳이 그가 아니라 저 스스로임을 알아서 더욱 슬펐다.

눈물이 왈칵 쏟아지는 순간 로하는 있는 힘껏 그 자리에서 뛰쳐나왔다. 이미 사라져 버린 목적지. 어디로 향하는 것이 아니었다. 그저 도망가고 싶었다. 뒤도 돌아보지 않고 달리고 또 달렸다.

카페도, 이안 갤러리도, 그림도, 꿈도 안녕이었다. 하서진까지도. 빗방울이 투둑투둑 로하의 머리를 때렸다. 이 와중에도 그림이 그리고 싶다는 걸 깨달았을 때, 로하는 결국 길바닥에 주저앉았다.

추적추적한 가을, 캔버스엔 감히 담아내지 못할 온갖 미묘한 감정의 색이 그녀를 덮쳤을 때, 투명한 눈물과 빗방울이 로하의 얼굴을 서서히 적셨다.

로하가 나가 버린 뒤 서진은 한참을 멍하니 카페의 카운터 앞에 서 있었다. 제가 하고 싶은 것이 무엇인지 잘 몰랐다. 다만 조금 전에 눈앞에서 사라진 그녀가 보고 싶었다. 뭐라도 이야기하고 싶었다. 어떤 말이라도 듣고 싶었다. 무엇보다 그녀의 그림이 보고 싶었다.

무언가에 홀린 듯 서진의 손이 카운터 위에 놓여 있던 로하의 스케치북으로 향했다. 작가가 직접 보여 주지 않는 그림을 이런 식으로 몰래 보는 것이 예의가 아님을 모르지 않았다. 하지만 무척이나 보고 싶었다. 적어도 그녀의 그림은 이 혼란스러운 상황 속에서도 제게 진실만을 말해 줄 것 같았다.

한 번 일은 충동은 쉬이 가라앉지 않았다. 결국 서진은 한숨을 길게 내쉬고 결심한 듯 스케치북을 열어젖혔다. 한 장, 한 장 넘어가는 스케치북 속에서 서진은 제가 알던 그녀를 만났다. 웃음도, 눈물도 그림 속에 있었다. 연필로 즐거움을 표현했고, 물감으로 슬픔을 적셔 놓은 서로하의 그림은 여전히 그를 설레게 했다.

"서로하."

서진의 손이 멈춘 건 한 장의 그림이었다. 당당히 제 이름으로 서명을 해 둔. 연필로 명암을 넣다 만 미완성의 스케치에 불과했는데도 보는 순간 심장이 불규칙적으로 뛰었다.

로하의 그림에 또 한 번 자신이 담겨 있었다. 초상화가 아니었음에도 명확하게 알아볼 수 있었다. 서진의 손가락이 깔끔한 로하의 서명을 천천히 훑었다.

자신은 여전히 저를 뛰게 하는 이 그림의 작가를 원했다.

애초에 그녀의 이름이 제니퍼 안이든 아니든 그건 전혀 중요하지 않았다. 처음부터 이름을 좇은 것이 아니라 저를 설레게 하는 그림을 좇은 것뿐이었다. 원하는 건 그녀였다. 하와이에 갈 때도, 돌아와서도, 지금 이 순간까지도.

서진은 조심스럽게 스케치북을 챙겼다. 모델료 대신이라고, 만나기 전까지만 맡아 두는 것뿐이라고 중얼거리며 창밖을 바라보았다.

가을비가 맺힌 창문은 모든 것을 흐릿하게 보여 주었다. 진짜와 가짜가 뒤죽박죽 섞인 것만 같은 몽롱한 풍경. 저 바깥 어딘가에 숨어 있을 서로하가 무척이나 그리웠다.

07
사과의 환상

아침인지 낮인지 혹은 저녁인지 밤인지 알 수 없었다. 며칠이 흘렀는지도 정확히 가늠되지 않았다. 고작 다섯 평이 살짝 넘는 대학가의 좁은 원룸, 작은 창문에 달린 커튼은 시간의 흐름을 전혀 인지하지 못하게 했다.

로하는 낡은 이불 사이에 푹 박혀 시간을 보냈다. 전화기도 꺼 버리니 세상과 완전히 차단되었다. 이토록 쉽게 고립될 수 있는 이 세상에서 어떻게든 살아 보고자 발버둥 쳤던 것이 허무할 지경이었다.

비를 맞은 탓에 한동안 감기를 앓기도 했다. 어쩌면 허해진 몸과 마음에 찾아온 몸살인지도 몰랐다. 어떤 것이든 로하는 성장통이라 생각했다. 비현실적으로 살아가던 피터 팬이 바스러진 꿈 앞에서 겪어야만 했던 아픔.

하루라도 그림을 그리지 못하면 죽을 줄 알았는데 살아 있는 걸 보면 그렇지도 않은 모양이라고, 꿈이란 이렇듯 부질없는 것이라고 스스로를 달랬다. 어쨌거나 살아 있으니 살아야 하지 않겠냐고, 언제까지 꿈만 뜯어먹고 살 거냐고 질책도 해 보았다.

그렇지만 여전히 그림을 그리고 싶었다. 그리고 그 생각의 끝에는 언제나 서진이 떠올랐다. 다른 건 다 흐릿해도 그에 대한 기억만은 점점 뚜렷해졌다.

강렬한 느낌은 늘 그녀를 그림으로 이끌었다. 이런 기분이 들었을 때 연필을 잡지 않은 적은 태어나서 한 번도 없었다. 그렇지만 연필을 쥐면 안 되었다. 다시 꿈을 꾸는 건 바보 같은 일이었다.

결국 화장실로 달려가 속을 게워 냈다. 먹은 게 없어 올라오는 것도 없었다. 식도로 넘어오는 신물이 썼다.

습관이란 무서웠다. 멍하니 있다 보면 제 손엔 어느새 연필이 들려 있었다. 집에 있는 연필을 모두 모아 쓰레기통에 넣었을 때, 로하는 또다시 울었다. 그림을 그리고 싶은 건지, 이름 빼곤 다 진짜였으니 자신의 꿈을 계속 도와 달라고 서진에게 이기적으로 매달리고 싶은 건지 알 수 없어 로하는 답답했다. 자꾸만 갈증이 났다.

결국 쓰레기통을 뒤져 연필을 다시 쥐었다. 제멋대로 움직이는 선이 그려 낸 건 야자수 한 그루와 갯벌, 그 위에 덩그러니 놓인 사과 하나, 그리고 하서진이었다. 고작 스케치였지만 그의 흔적만큼은 지나치게 선명해서 로하는 한동안 멍하니 제가 그린 그림을 바라보았다.

그가 보고 싶었다. 그와 대화를 나누고 싶기도 했다. 아무것도 하지 않고 함께 바다를 바라보고 있어도 좋을 것만 같았다. 하지만 이젠 의미 없는 바람일 뿐.

로하는 손으로 스케치를 몇 번이고 쓸어 보았다. 연필 선이 손바닥에 뭉개질 때쯤 그녀는 쓰러지듯 다시 잠에 빠졌다. 아주 오랜만에 로하는 꿈조차 꾸지 않고 편안히 잠들 수 있었다.

띵동.

로하의 잠을 깨운 것은 제 귀에도 낯선 초인종 소리였다. 처음엔 희미하게 들려왔던 소리가 점점 커졌다. 비몽사몽간에 몸을 일으켰다.

이 집에 딱히 찾아올 사람은 없었다. 퉁퉁 부었는지 눈꺼풀이 들러붙어 눈을 뜨기도 쉽지 않았다. 간신히 눈을 떠 몇 번 깜빡인 뒤, 로하는 현관문을 열었다. 아주 오랜만에 맛보는 바깥 공기는 차가웠다.

"자는데 방해했어요?"

쾅! 전혀 예상 못 한 이의 방문에 무의식적으로 문을 세게 닫아 버렸다. 심장이 세차게 뛰었다. 손발이 찼다. 불안함, 두려움, 잊고 있었던 현실이란 이름의 파도가 그녀를 덮쳤다. 현관문에 등을 기대고 심호흡을 뱉었다.

쿵쿵. 방문자는 로하의 행동에 당황했는지 문을 두드렸다.

문 너머로 그의 목소리 또한 들려왔다.

"갑자기 찾아와서 놀란 건 알겠는데 문전박대는 너무 하잖아요. 좀 열어 주면 안 돼요? 로하 씨!"

로하는 몇 번이고 깊은숨을 들이마시고 내쉬기를 반복했다. 쉽게 진정되지 않았다. 언젠가는 부딪쳐야 할 일. 마지막으로 긴 숨을 내쉬고 다시 문을 열었다. 표정 관리가 전혀 되질 않았다.

"갑자기 찾아와서 놀랐죠? 미안해요,"

"왜 오셨어요?"

"카페도 그만뒀다 그러고, 휴대폰 연락은 안 되고, 교수님도 로하 씨 행방을 모른다고 하고…… 방법이 없었어요. 집에 찾아오는 거 말고는."

"부대표님, 저희가 이렇게 개인적으로 만날 사이는 아닌 것 같은데요."

로하는 제 목소리가 다 쉬어 버린 것을 감출 노력도 하지 않았다. 규안에게 잘 보인다 해도 이젠 달라질 게 없었다.

"서진이가 갑자기 휴가를 던졌는데 그거 로하 씨 때문이죠?"

"네?"

"제니퍼 안 전시가 내일 당장 프리뷰인데 책임 큐레이터가 어디로 갔는지 모르겠어요. 난 걔가 최근에 목매달던 작가가 제니퍼 안이라고 생각했는데 틀렸단 거죠. 사실 하서진이 저러기 시작한 시점이 서로하 씨가 사라진 때랑 같고요. 내 추측

이 지나친 비약인가요?"

"대체 무슨……."

오랜만에 듣는 서진의 이름. 그가 제니퍼 안의 전시가 아닌 제가 사라진 것에 더 동요를 보였다는 소식이 기쁘다 하면 미친 사람 같을까. 로하는 스스로에게 어이가 없었다. 미안함이 밀려들어 저도 모르게 고개를 푹 숙였다. 그가 제니퍼 안의 첫 단독 전시를 얼마나 열심히 준비했는지 누구보다 잘 알았다. 이럴 줄 알았으면 다친 손에 밴드라도 붙여 줄걸. 왜 이제 와 후회가 되는지 모를 일이었다.

"추측 하나 더 붙여 볼까요. 난 말이죠. 로하 씨랑 제니퍼 안 사이에 아주 긴밀한 연결 고리가 있다고 생각하는데…… 그게 뭘까요?"

"아무 관계 아녜요. 제 은사님의 따님이셔서 조금 도왔을 뿐이에요."

"미술계에서 도움은 많은 걸 의미하죠. 안 그런가요?"

"부대표님."

저를 떠보듯 건네는 규안의 질문. 서진이 아무 말도 하지 않은 걸까. 그럼 대체 이 사람은 어떻게 안 거지. 로하는 제멋대로 떨리는 입술을 꾹 깨물었다.

"그 의미가 무엇이든 상관없어요. 내게 상관있는 건 작가와 그림이 상품성이 있느냐 없느냐예요. 상품성을 결정하는 요소는 참 다양하죠. 남들에게 없는 나만의 기준 중 하나는 하서진의 눈이고요."

하얗게 질리다 못해 흙빛으로 어두워진 로하의 얼굴에서 규안은 제가 내린 결론이 틀리지 않았음을 확신했다. 물론 재미있는 사실이고 가치 있는 정보이긴 했다. 그렇지만 상관없다는 말도 거짓은 아니었다. 어차피 한국 현대 미술계에 공공연히 퍼져 있는 나쁜 관행에는 이미 익숙했다. 안환희쯤 되는 거장이 안 그랬다면 오히려 놀라웠을 것이다. 그저 이 작은 정보 하나가 나중에 큰 도움이 되면 좋겠다 싶을 뿐.

그래서 지금 규안에게 중요한 것은 서로하였다. 하서진을 홀리게 할 정도의 그림을 그리는 데다가 안환희에 이어 제니퍼까지 낚아 올릴 수 있는 정보를 쥐고 있는 재미난 존재.

"하서진이 맘에 들어 하다 못해 잠적까지 할 정도로 푹 빠져 있는 작가를 보고서 내가 어떻게 가만히 있을 수 있겠어요."

"저와 하서진 씨 사이를 오해하신 것 같네요. 동생분께 물어보시면 저에 대해서 절대 좋은 말은 못 들으실 것……."

"걔는 원래 한 번 아니면 아닌 애라 정말 그랬다면 나한테 아무 말 안 했을 리가 없어요."

"부대표님."

"지금 포트폴리오 보여 줄 수 있어요? 바로 계약서를 준비해 줄 수 있는데."

"아뇨."

"그럼 오늘은 미팅 약속만 잡죠. 언제가 좋아요?"

"죄송하지만 전 미팅도, 계약도 하지 않아요."

"왜 그렇게 거절하는 거예요? 조건 때문에 그래요? 백지 계약서면 돼요?"

"저 이제 그림 안 그려요. 특히나 하서진 씨가 있는 곳에서는⋯⋯."

서진이 어떤 눈으로 자신을 바라볼까 상상하지 않으려 애써도 지워지지 않았다. 갑자기 로하의 머릿속에 사과가 떠올랐다. 그가 세 입이나 베어 물고서 제 앞에 내려놓았던, 거의 심지밖에 남아 있지 않던 그 사과가. 서진에게 자신은 진짜도, 가짜도 못 되는 그저 그런 존재란 뜻이었을 그 사과가 그녀를 두렵게 했다.

"걔 문제는 나랑 계약하는 거랑 별개죠. 우리 갤러리에 큐레이터가 하서진 한 사람도 아니고, 그건 상관없어요. 하지만 그림을 안 그린다라. 그건 좀 큰 문제긴 하네요. 대체 왜요?"

"그림을 그릴 수가⋯⋯."

"데뷔 전에 다른 작가 보조 노릇 한 게 그렇게 마음에 걸려요?"

"네?"

"단어는 중요하지 않지만, 대작보단 보조가 듣기에 낫지 않나요? 마무리 터치 정도는 제니퍼가 직접 했을 테니 어느 정도는 사실이기도 할 거고."

규안은 제가 품고 있던 결론을 직설적으로 던졌다. 태연한 그의 표정과 정반대로 로하는 온몸을 떨고 있었다. 다리가 풀리려 했지만 주저앉지 않기 위해 모든 힘을 다리에 고정시켰다. 이대로 다시 현관문을 닫아 버리고 세상으로부터 숨고 싶은 기분이었다.

"어떻게……."

"예술에 도덕성이 얼마나 중요할까요?"

"무슨 뜻이에요?"

"잭슨 폴록이 알코올 중독자이고 결국 과속 음주 운전으로 죽었어도 아무도 그의 예술을 비난하지는 않잖아요?"

"미술과 직접적으로 관련 있는 잘못은 아니잖아요."

"앤디 워홀, 데미안 허스트*, 제프 쿤스*…… 현대 미술사의 거장들 중에 조수 없는 사람이 있을까요?"

"회화는 또 다르니까요."

"에이, 왜 그래요. 회화도 똑같은 거 알잖아요. 루벤스 공방*이 어디 공방인가요, 공장이지."

자신을 위로하려는 걸까. 연신 미소 지으며 별거 아니라는 투로 말하는 규안의 모습에도 로하는 웃을 수 없었다.

모두가 다 하는 관행이라 해도 저는 한 번도 기꺼웠던 적이 없었다. 안환희 교수의 작품을 보조하는 것도, 제니퍼 안의 그림을 대신 그려 주는 것도. 어쩔 수 없으니까, 라는 변명으로

---

*데미안 허스트(Damien Hirst, 1965~):현대 미술의 거장. 특히 yBa(young British artists)의 선구자로 영국 현대 미술의 신호탄을 쏘아 올린 인물. 주로 죽음의 이미지를 충격적으로 표현해 낸 것으로 유명함.
*제프 쿤스(Jeff Koons, 1955~):키치(kitsch)의 황제라 불리는 미국을 대표하는 현대 미술가. 어린이 장난감 등 기성품의 규모를 거대하게 키우는 것이 특징.
*루벤스(Peter Paul Rubens, 1577~1640) 공방:전 유럽에서 밀려드는 주문을 감당하기 위해 공방을 만들었고 그곳에서 1600점이 넘는 작품이 만들어짐.

스스로 외면해 왔을 뿐.

"서로하 씨, 현대 개념 미술에서 미술 행위 자체를 누가 했느냐고 따지는 사람이 어디 있어요. 아이디어만 작가의 것이면 되지."

"아이디어가 제 것이라면…… 아니에요. 어차피 전 더는 그림을 그릴 수 없을 것 같아요."

"좋아요. 시각을 조금만 바꿔 보죠. 그렇게까지 싫은 걸 해 줄 정도로 간절히 그림을 그리고 싶었던 거 아녜요? 그 꿈에 드디어 날개를 달아 준다는데 왜 거절해요?"

꿈. 그 단어가 과연 제가 했던 모든 행동을 정당화할 수 있는 걸까. 로하는 그 짧은 한마디에 파도치는 제 마음이 싫었다. 그 이중성이 역겹기까지 했다.

"아마 서진이도 로하 씨 찾고 있을 걸요?"

"혹시 하서진 씨가 저랑, 아니 적어도 제 그림으로라도…… 뭐라도 좋으니까 간단한 작업이라도 하고 싶어 할까요?"

"글쎄요. 걔 마음은 형인 저도 전혀 모르겠어서 뭐라 말은 못 해 주겠네요. 말했잖아요. 며칠째 연락 두절이에요. 혹시 로하 씨가 만나거든 출근은 좀 하라고 전해 주세요."

"만나러 오실 것 같진 않지만…… 혹시 보게 된다면 그럴게요."

"고민을 혼자 하려고 하지 마요. 미술계에 팽배한 관행을 로하 씨가 다 떠안을 필요는 없어요. 어떤 수단으로든 목표는 이루면 그만이죠. 자기 부모 이용하는 건 괜찮고 로하 씨 방식은 안 될 건 또 뭐예요? 날 봐요. 나도 부모 이용해서 이렇게 잘 살고 있잖아요."

규안은 동의를 구하는 듯 그녀를 바라보았다. 그 시선이 불편해 로하는 잠시 고개를 돌렸다. 별것 아닌 저를 설득하겠답시고 노력하는 그에게 억지로나마 고개를 끄덕여 줄 수도 있었다. 하지만 짧은 동의의 표시가 또다시 다른 사람인 양 연필을 잡겠다는 선언인 것 같아서 로하의 속이 꼬였다. 배 속이 더부룩했다.

"부대표님, 지금은 확답을 드릴 수 없어요. 죄송하지만 제안에 대해서 조금만…… 조금만 고민해 봐도 될까요?"

"일주일. 그 안엔 포트폴리오 들고 찾아와요. 사실 시간은 문제가 아닌데, 서로하 씨가 나 보러 안 온 게 한두 번이 아니잖아요? 그 안에도 안 오면 나도 더는 설득하지 않고 깔끔하게 포기할게요."

규안은 마지막까지 미소를 잃지 않았다. 반반(半半). 로하가 일주일 안에 저를 찾아올 확률은 그 정도밖에 안 되어 보였지만 더 밀어붙이고 싶지 않았다. 무너지기 직전인 탑마냥 위태위태한 그녀를 보고 있자니 점점 더 호기심이 이는 것은 사실이었으나 그는 제 동생과 달리 끼고 빠질 타이밍을 잴 줄 아는 사람이었다.

"아 참, 궁금해서 그러는데 요즘 많이 그리는 주제가 뭔지 물어봐도 돼요?"

"……글쎄요. 그냥 손이 가는 대로 그리고 있어요."

그림을 그리지 않았다고 하기엔 너무 많이 그렸다. 낙서인지 그림인지, 그도 아니면 쓰레기인지 알 수 없었지만 로하는 마치 중독자처럼 그리고 또 그렸다.

그 그림들엔 하나같이 공통점이 있었다. 야자수와 바다, 사과와 하서진. 그 이름을 차마 규안에게 말할 수 없어 로하는 대충 얼버무렸다.

"하서진이 사무실 한쪽 벽과 바닥을 온통 사과로 도배해 놨던데 로하 씨랑 관련 있는 거 아녜요?"

"사과요?"

"그림이며 모형이며 심지어 애플 로고까지 온통 사과 천지더라고요."

"저는 잘……."

"그래요. 그럼…… 일단은 가 볼게요. 꼭 생각해 봐요. 알았죠?"

로하의 우물쭈물하는 입술에서 규안은 확신을 얻었다. 서로 하는 사과를 주제로 그림 혹은 연작을 그리고 있을 게 뻔했다. 그리고 하서진은 아마도 그 전시 기획을 하던 중이었으리라.

그녀에게서 얻을 정보는 다 얻었다. 반신반의하며 찾아왔지만 예상보다 더 큰 수확을 거두었다. 이제 규안에게 필요한 것은 혼자만의 시간이었다. 어떻게 이 정보들을 활용하면 좋을지 생각할 시간. 규안은 미련 없이 돌아섰다.

"저, 부대표님."

로하는 익숙한 듯 낯선, 그와는 분명 다른 규안의 뒷모습을 바라보다가 그를 불러 세웠다. 그녀의 심장이 건물 복도를 울릴 정도로 세차게 뛰었다. 울렁거리는 속을 간신히 진정시킨 채 로하가 입술을 뗐다.

"다음 주에 꼭 갈게요."

"안 올 확률이 더 높다고 생각했는데 그래 주면 나야 좋죠."

"저 좀…… 도와주세요."

"얼마든지요. 로하 씨도 나 좀 많이 도와줘요. 그럼 다음 주에 봐요."

미술계에서 도움은 많은 것을 의미하는 법이다. 그렇기에 규안이 말한 도움과 로하가 말한 도움 또한 분명히 달랐다.

그러나 지금 그녀에게 중요한 것은 그림을 그려야겠다는 사실 뿐이었다. 또다시 서진이 소중히 준비한 전시를 망치고 싶지 않았다. 설사 그가 다시는 그녀와 작업할 생각이 없다 해도 그림을 그리고 싶었다.

로하는 천천히 옷을 갈아입고 세수를 했다. 다시 세상에 나가려니 몸이 떨렸지만 꿋꿋하게 신발을 신었다. 가을 햇살은 따사로웠고 공기는 생각보다 더 찼다. 땅에 비치는 제 그림자가 유달리 길게 보였다.

입술을 꾹 깨문 로하가 고개를 들고 앞을 보았다. 사과가 아주 많이 필요했다.

❖　　　❖　　　❖

하하하, 껄껄껄, 호호호. 가식적인 웃음이 왔다 갔다 하는 공간에서 서진은 노골적으로 표정을 굳힌 채 동상처럼 앉아 있었다. 제가 끼어들 여지가 없어 보이는 자리에 기어코 자신을 불러들인 제 형을 흘겨보면서.

서진은 규안에게 약했다. 한국에 들어와서 활동할 이유가 없었음에도 결국 이안 갤러리로 돌아온 것부터가 그랬다. 서 대표나 제 아버지보다는 규안에게 마음의 빚을 느끼며 살아왔다. 그는 가끔 그런 제 심리를 이용할 줄 알았는데 오늘이 바로 그 날인 모양이었다.

"전시에 나온 그림들 대다수가 이미 판매되었습니다. 신인 작가치고는 이례적으로 빠른 행보죠. 특히 알로하 연작의 마지막 열 번째 그림은 프리뷰 첫날 바로 판매되었어요. 축하드립니다, 안 교수님. 앞으로도 잘 부탁해요, 제니퍼 씨."

마지막 열 번째 그림. 유일하게 서로하의 진심이 담겨 있던 그림을 산 건 서진이었다. 전시에 나와 보지도 않았지만 종종 익명으로 거래가 이루어지는 미술 시장의 특성상 수월하게 손에 넣을 수 있었다.

규안에겐 딱히 알리지 않았다. 알릴 필요도 느끼지 못했다. 그만큼 충동적인 결정이었으나 침대 위에 그 그림을 걸어 놓고 나니 한결 마음이 편해졌다. 며칠간 이루지 못하던 잠도 잘 수 있었고 한동안 눈에 들어오지 않아 미뤄뒀던 다른 일들에도 드디어 집중할 수 있었다.

물론 순간순간 그녀가 떠오르는 것까지 막지는 못했다. 서진은 여전히 그녀를 만나 무엇이든 이야기를 나누고 싶었다. 그림 그리는 걸 옆에서 지켜보며 다시 그녀의 그림으로 숨 쉬고 싶었다. 할 수만 있다면 그 그림을 마음껏 전시하여 세상과 소통하는 걸 돕고 싶기까지 했다.

서진은 며칠간 제집에 틀어박혀 보이지 않는 서로하를 찾아 헤맸다. 그녀를 향한 갈증이 커질 때면 항상 스케치북을 열었다.

한 장 한 장 넘기던 손은 늘 한곳에서 멈췄다. 서로하의 연필 선으로 표현된 제 모습. 처음으로 서진은 자신이 마음에 들었다. 그녀가 그린 모든 것이 좋았다. 그림 속에 있는 불안함, 모순, 경계 그 모든 것이 이젠 이해가 되었다.

그녀가 보고 싶어지면 서로하가 테이블 위에 끼적여 둔 낙서를 들여다보았다. 어느 날 서진은 직접 톱을 들었다. 하루를 꼬박 들여 작은 액자에 담아냈다. 테이블 위에 있을 때와는 또 다르게 진짜 작품처럼 보였다. 그 그림 속에도 서로하가 있었다. 그제야 서진은 조금이나마 웃을 수 있었다.

그렇지만 갈증은 쉬이 채워지질 않았다. 결국은 몇 시간이고 다시 일출 그림을 들여다보았다. 코코넛 그로브, 그때 왜 그녀는 진실을 말해 주지 않은 걸까. 아니, 그때 진실을 들었다면 그녀를 이해할 수 있었을까. 답해 줄 이 없는 의미 없는 질문이 자꾸만 서진을 괴롭혔다.

며칠이 지난 뒤 서진은 다시 출근할 수밖에 없었다. 조금은 수척해진 모습으로 나타난 그에게 규안은 이유를 묻지 않았

다. 성공적으로 전시가 개최된 덕분일까, 굳이 일을 시킬 생각
도 없는 듯했다.

덕분에 서진은 제 일을 하면서 시간이 날 때면 카페 주변을
맴돌 수 있었다. 사실 그곳에 간다고 그녀를 다시 볼 수 있을
것 같지는 않았다. 그렇지만 그렇게라도 하지 않으면 견딜 수
가 없었다.

가끔은 습관처럼 카페에 앉아 멍하니 카운터를 바라보았
다. 사라진 서로하의 흔적을 좇아 그녀가 바라보던 햇살을 보
고, 그녀가 듣던 음악을 듣고, 그녀가 맡던 커피 향을 맡았다.
서로하가 되어 들여다보는 그녀의 스케치북은 환상 그 자체였
다.

종이의 끝부분이 닳아 너덜너덜해질 때까지 서진은 그림을
넘기고 또 넘겼다. 치열한 삶의 와중에 지친 그녀의 영혼이 그
림 속에 있었다. 그렇지만 그림은 아무 말도 해 주지 않았다.
진짜 서로하만이 무엇이든 말을 해 줄 수 있을 터였다.

그런데 왜 지금 눈앞에는 제니퍼 안뿐일까. 이젠 그녀가 가
짜 서로하처럼 보일 지경이었다. 이러다가는 서로하 노이로제
에 걸릴 것 같았다.

아무래도 카페 사장을 추궁하든 갤러리 직원 명부를 뒤지든
무엇이든 해야겠다는 생각을 하는 순간, 저를 노골적으로 바
라보는 안 교수의 시선을 느꼈다.

"다 부대표님 덕분이죠. 저도 잘 부탁드려요."

"아니지, 아니지. 여기 있는 큐레이터 진 덕분이지. 맡았던

전시들은 나도 풍문으로 들어 알고 있네. 조만간 내 전시도 한 번 부탁해도 되겠지?"

"요즘 좀 바빠서 어려울 것 같습니다."

최대한 직설적이지 않으면서도 정중한 말을 고르려 애썼으나 묻어 나오는 본능적인 거부는 어쩔 수 없는 듯했다.

"날 싫어하는군."

"그럴 리가 있겠습니까, 안 교수님. 이 친구가 미국에서 오래 있기도 했고, 요즘 바쁜 것도 사실이에요. 런던 프리즈 아트 페어 때문이요."

"아아, 그래? 작품 목록은 다 추렸고? 혹시……."

"이번엔 컨템퍼러리(contemporary) 쪽 일은 하지 않습니다. 예전에 친분 있던 해외 큐레이터분을 도와 프리즈 마스터스*의 한 부스를 맡았을 뿐이라서요. 교수님 그림이 들어갈 자리는 없을 것 같네요."

규안이 안 교수를 간신히 달래고 있다는 것을 알면서도 서진은 속이 훤히 보이는 그의 말을 단칼에 잘랐다. 제가 안 교수를 어떻게 평하는지 알면서도 굳이 이 자리에 불러들인 규안 탓이었다.

"제니퍼 계약에 대한 의논을 좀 할까 하는데, 앞으로 혹시 전시는 쭉 자네가……."

---

*프리즈 마스터스(Frieze Masters):상업적인 아트 페어라는 느낌을 주는 대신 소규모 미술관을 보는 듯 심플한 부스에 네다섯 개 정도의 아름다운 작품이 걸려 있는 것이 매력.

"계약 이야기는 저 말고 부대표님과 의논하시면 될 것 같습니다. 제가 알기로 저희 갤러리의 전시는 소속 큐레이터들이 성심성의껏 하고 있고요."

"툭 까놓고 말하지. 앞으로 제니퍼 전시는 무조건 자네가 맡아 줬으면 하는데."

규안이 곤란하다는 표정을 짓고 있었지만 서진은 어깨를 으쓱해 보였다. 제 성격을 형이 모를 리 없다. 안 되는 걸 괜히 된다고 말했다가 계약 이후에 문제가 생기면 그걸 처리하는 게 훨씬 더 골머리가 아플 터였다. 문제가 될 싹은 미리 잘라 버려야 편했다.

"그림이 절 설레게 하면 얼마든지요."

"그게 무슨……."

"전 명성만 듣고 무조건 전시하는 성격이 아닙니다. 작가가 안환희든 제니퍼 안이든, 심지어는 데미안 허스트든, 제프 쿤스든 간에 제가 설레지 않으면 못 해서요. 오죽하면 이번 프리즈 작품 목록 추리면서 렘브란트(Rembrandt van Rijn)도 뺐어요."

"지금 제니퍼의 그림에 대해 비난이라도 하고 싶은 건가."

"비평이죠. 필요하시면 본격적으로 해 드릴 수는 있을 것 같은데…… 듣고 싶으신 건가요? 비평할 가치가 있는지도 의문이지만요."

"왜 이렇게 노골적으로 싫어하는 건지 모르겠군."

"진짜가 아니라서요."

결국 서진은 꾹 참고 있던 말을 꺼냈다. 그리고는 슬쩍 규안을 바라보았다. 예상대로 제 형은 고개를 저어 보였다. 그러나 그뿐이었다. 팔짱을 낀 채 소파에 기댄 그는 말릴 생각이 없는지 대화에 끼어들지 않았다. 서진이 한숨을 내쉬었다.

"이봐, 자네가 아무리 잘났다 해도 한국 미술계에서 내 지위는……."

"안 교수님께서 한국 미술계를 주름 잡으신다는 것쯤은 압니다. 그러니 저 말고 더 좋은 큐레이터 찾아서 따님 일을 맡기시는 게 좋을 것 같습니다."

붉으락푸르락 달아오른 얼굴로 저를 노려보는 안환희를 쳐다보지 않았다. 상대할 가치가 있는 사람이 못 되었다. 미술계에서 제 권력을 이용해 얼마나 많은 사람들을 압박해 왔을지 충분히 상상이 됐다. 특히 서로하는…….

다시 그녀에게 생각이 미쳤을 때 서진은 자리에서 일어났다. 도저히 자리를 지키고 있을 자신이 없어졌다. 더 이곳에 앉아 있다가는 싸움이 날 것이 뻔했다. 작품 목록을 추리러 제 사무실에 가든, 카페에 내려가 그녀의 행방을 찾든 이 자리를 벗어나고 싶었다.

"저는 이만 가 보겠습니다."

"내 딸이 진짜가 아니란 말 책임질 수 있나?"

"네, 책임질 수 있습니다."

"어떻게 그런 모욕을……."

"하와이의 수많은 해변 중에서 알로하 연작이 그려진 곳을 아는 두 명 중 한 사람이 바로 저니까요."

안환희가 또 서로하를 괴롭히고 닦달하게 될까. 그럼 그녀는 또다시 다른 사람의 이름 앞에 제 그림을 던지게 될까. 지금껏 진실을 다 알고서도 서진이 입을 열지 않았던 건 오로지 서로하 때문이었다. 혹시라도 그녀가 다치게 될까 봐.

그녀 또한 이 일의 공범임을 모르지 않았지만 그럼에도 그녀를 지켜 주고 싶었다. 화가 나지 않았던 건 아니었다. 다만 그녀 또한 피해자란 걸 알기 때문이었다. 그녀가 그림을 사랑하는 마음은 절대 거짓이 아니었다.

그것을 증명하듯 역시나 안환희의 태도는 제 예상을 크게 벗어나지 않았다. 그의 표정을 보고 있자니 한시라도 빨리 그녀를 찾아야겠다는 생각이 들었다.

로하를 찾으면 하고 싶은 말이 많았다. 정말 제대로 된 그림을 그려 달라고 부탁하고 싶었다. 더는 허수아비처럼 놀아나지 말라고 혼내고도 싶었다. 차라리 내가 보호해 주겠노라 선언이라도 하고 싶었다.

"하서진, 일단 넌 자리 좀 비켜 봐. 교수님 저랑 이야기하시죠. 쟤가 원래 좀 제멋대로인 경향이 있어서요."

결국 규안이 나섰다. 이야기가 격해져 봤자 결국에는 제가 피곤해질 것 같다는 생각이 들었다. 더는 들을 필요도 없다는 듯 오만상을 쓰고서 씩씩대고 있는 안환희와 기가 막힌다는 듯 눈을 꽉 감고 있는 제니퍼.

규안이 끼어들었다는 의미가 무엇인지를 아는 서진은 세 사람을 남겨 둔 채 밖으로 나왔다. 애초에 이 자리에 자신은 어울리는 사람이 아니었다.

주먹을 꽉 쥐고서 엘리베이터를 향해 걸었다. 목적지는 한 곳이었다.

띵동. 경쾌한 소리와 함께 엘리베이터 문이 열렸다.

"······하서진 씨?"

서진이 그토록 찾고 싶었던 서로하가 우연처럼 그곳에 서 있었다. 두 팔로 파일을 꼭 끌어안은 채로.

그녀를 다시 만났다는 안도감일까, 아니면 그동안 어디 있다가 이제야 나타났느냐고 소리치고 싶은 걸까.

서로하와 관계된 일에서만은 늘 감정이 날뛰었다. 서진은 자신의 복잡한 심경을 이해하는 것을 포기했다. 로하의 손목을 확 잡아끌어 제 품 안에 가두었다.

투두둑. 로하가 들고 있던 파일을 놓쳤다. 요란한 소리를 내며 떨어진 파일 사이에서 사진들이 쏟아졌다. 바닥에 제멋대로 널브러진 사진들엔 그림이 찍혀 있었다.

"이것들은 다 뭐예요?"

"포트폴리오요. 이것 좀 놔······."

"부대표한테 가는 길이에요? 포트폴리오 들고 계약하자고?"

서진의 시선이 사진들에 고정되었다. 얼핏 보기에 사과 그림이 넘쳐 났다. 그녀가 여전히 제가 준 주제인 사과를 그리고 있었다는 방증. 자신이 그토록 보고 싶어 했던, 제 손으로 전시해 주고 싶었던 그녀의 사과 그림들이었다. 그런데 이상하게 기분이 좋지 않았다.

"그럼 안 되나요? 일단 이것 좀 놓고……."

"저 안에 안환희랑 제니퍼 안이 있어요. 그래도 갈 수 있으면 가 봐요, 어디."

서진은 그녀의 손을 신경질적으로 뿌리쳤다. 로하는 순간적으로 중심을 잃고 벽에 살짝 부딪혔다. 서진은 제게 으르렁거리고 있었다. 모든 걸 알고 있는 그가 제게 친절할 리 없었으니 그건 괜찮았다. 그런데 왜 제 그림이 담긴 사진들을 하나씩 줍고 있는지, 주우면서 왜 유심히 들여다보는지, 그리고는 왜 얼굴을 찌푸리는지를 이해할 수 없었다.

로하는 서진에게서 사진을 낚아챘다. 순간, 사진 중 한 장이 찢어졌다. 진짜 그림도 아니고 캔버스를 찍어 온 사진에 불과했으나 마음이 찢기는 기분이었다. 게다가 서진의 말대로 자신은 지금 규안의 사무실에 들어갈 수 없었다. 노크조차 하지 못할 것이 분명했다.

"어째서 내가 아니라 이규안한테 찾아온 거죠?"

서진은 지금 제 속에 차오르는 분노가 설마 질투심인가 싶었다. 한 번 든 의문은 곧 확신이 되었다. 질투심. 저보다 서로하의 사과 그림을 누군가가 먼저 볼 뻔했다는 것도, 요 며칠 힘들었을 서로하가 저보다 더 믿고 의지하는 존재가 있다는 것도, 두 사람은 연락을 하고 지냈을지도 모른다는 것도 싫었다. 이런 감정을 하나로 표현하는 단어가 질투라면 얼마든지 인정할 수 있었다.

"계약을 담당하는 건……."

"당신 그림 전시는 내가 해 줬으면 좋겠다고 했잖아요. 당신의 사과를 주제로 전시 기획을 얼마나 열심히 하고 있었는데…… 어떻게 나한테 이래요?"

"그래요! 그랬었죠. 그걸 알고 있는데 내가 어떻게 당신한테 가요. 내가 했던 거짓말을 다 알게 되었는데 어떻게…… 지금 찾아가면 내가 뻔뻔한 거죠."

어째서 거짓말을 한 거냐고 자신을 몰아붙이는 거라면 모를까, 그림을 들고 자신을 찾아오지 않았다고 화를 내는 건지 로하는 알 수 없었다. 기획해 둔 전시를 제대로 할 수 없어서 속이 상한 걸까.

그렇다고 하기에 저를 보는 그의 눈에는 여전히 따스함이 어려 있었다. 놀라움과 동시에 솔직히 기뻤다. 기쁨이 이기적인 감정인 걸 모르지 않았지만 숨길 수 없었다. 빨개진 눈, 어색한 미소, 떨리는 손. 로하는 지금껏 가장 솔직한 감정을 드러내며 서진의 앞에 가능한 반듯하게 섰다.

"한 가지만 물어볼게요."

서진의 시선이 로하의 눈을 향했다. 로하 또한 이번엔 회피하지 않고서 천천히 고개를 끄덕였다.

"이제 진짜 서로하로 그림을 그릴 생각이 있어요?"

"그건……."

로하는 제 눈이 촉촉하게 젖었음을 깨닫고 눈을 비볐다. 새어 나오는 눈물을 손으로 감춘 채 미소를 띠었다.

"언제나 그랬어요."

"약속 하나만 해 줘요. 다시는 당신 그림에 다른 사람 서명은 넣지 않겠다고."

"그럴 생각도 없지만 제가 왜 하서진 씨한테 그런 약속을……."

"첫째, 내가 앞으로 서로하 씨 전담 큐레이터가 될 거고."

로하가 침을 꿀꺽 삼켰다. 혹시 잠을 너무 많이 잔 나머지 꿈을 꾸고 있는 걸까. 서진의 단호한 말에 로하는 제 볼을 꼬집고 싶어졌다. 심장이 터질 것만 같았다. 제가 꾸던 꿈을 그가 말해 줄 줄은 전혀 몰랐다.

"둘째, 혹시라도 쓸데없는 일에 연루되지 않게 단단히 감시하는 차원에서 매니저 노릇도 할 생각이고."

"하지만……."

"셋째, 이미 내가 서로하 씨 서명이 담긴 그림을 갖고 있기 때문이죠."

로하의 입이 딱 벌어졌다. 카페에 두고 왔던 제 스케치북이 떠올랐다. 그래 봤자 연습한 종이들이 대부분이라 대수롭지 않게 여겼다. 규안과 미팅 이후 카페에 들러 찾아가면 그뿐이라고 생각했다.

그런데 그 스케치북을 서진이 봤다면 이야기가 달랐다. 변명의 여지도 없을 정도로 확실한 서진의 초상이 담겨져 있었다. 게다가 제 기억이 정확하다면 서명이 담긴 그림은 그 스케치북에 딱 한 장뿐이었다.

"남의 스케치북을 왜 갖고 있는 건데요! 당장 돌려줘요."

"싫어요. 인질이에요."

"무슨……."

"따라와요."

서진의 손이 다시 한 번 로하의 손을 꽉 붙잡았다. 엘리베이터에 올라타는 그의 움직임에 머뭇거림은 없었다. 로하는 덩그러니 바닥에 버려진 제 파일을 가리켰지만 엘리베이터 문은 인내심 없이 냉정히 닫혔다.

"이보세요, 하서진 씨."

"이규안이 그림 보는 눈이 없어서 제니퍼 안이나 안환희 같은 사람이랑 상종한다지만 그렇다 해도 저런 그림들론 어림없어요."

"나름대로 진심을 담아 그린 사과……."

"정말 저게 100%라고 하지 마요. 당신 그림은 내가 제일 잘 알아요."

로하는 변명하지 못했다. 포트폴리오를 준비하면서도 혹시라도 규안이 눈치챌까 두려워 서진이 그려진 그림은 단 한 장도 찍어 오질 못했다. 그러다 보니 작품 숫자도 많이 줄었고 일관성도 없었다.

저를 꿰뚫어본 듯 이야기하는 서진이 신기했다. 어찌 보면 그림에 대한 비판이라고 할 수 있는 말임에도 싫지 않은 건 그 때문이었다. 여전히 제 그림을 정확하게 봐 주는 유일무이한 존재, 그게 제 옆의 남자였다.

"그래서 지금 어디 가는 건데요."

엘리베이터 문은 낯선 지하 1층에서 열렸다. 여전히 손을 꼭 붙잡은 서진은 로하의 물음에 답 없이 걸음만 재촉했다. 제 차에 로하를 태운 뒤 운전대를 잡고서 그가 다시 입을 뗐다.

"난 지금부터 당신을 가둬 둘 생각이에요."

"네?"

달칵. 차 문이 잠기는 소리가 들렸다. 순간적으로 로하의 눈이 날카롭게 변했다. 서진의 얼굴엔 뜻 모를 미소가 걸쳐 있었다.

"싫어도 어쩔 수 없어요."

"이보세요, 하서진 씨."

"날 살게 하는 건 당신 그림이라고 했잖아요. 당신의 진심이 담긴 그림."

"하지만……."

"당신이 물으려는 게 뭔지 알아요. 이 자리에서 똑바로 대답할 테니 잘 들어요. 날 살게 하는 건 제니퍼 안이 아니라 서로하, 바로 당신의 그림이에요."

"지금도 그 말 유효해요?"

저를 가둬 두겠다는 말도 안 되는 소리를 듣고도, 어디로 가는지 목적지도 모르는 차에 태워져 끌려가고 있으면서도, 심장이 떨리는 걸 보면 미친 것이 분명했다.

그렇지만 좋았다. 그가 여전히 제 그림을 좋아해 주는 것이 정말로 좋았다. 할 수만 있다면 지금 당장 연필을 잡고 이 감정을 쏟아 내고 싶을 정도로.

"아마요. 그렇지만 아까 그 사진들은 부족해요."

"실물은 집에……."

"핵심에서 벗어나지 마요. 그게 당신의 전부가 아닌 거 알아요."

"그래서요?"

"전부를 보여 줄 때까지 내 옆에 가둬 두려고요."

"그거 범죄예요."

"서로하 씨는 살인미수니까 괜찮아요."

"제가 왜……."

남의 이름 행세를 했으니 사기죄라면 모를까 어쩌다 제 죄명이 살인미수가 된 건지 로하는 궁금했다.

서진이 액셀러레이터를 부드럽게 밟았다. 조수석에 달린 손잡이를 꽉 쥐는 순간, 그의 오른손이 로하의 왼손을 다시 잡았다. 손에서 느껴지는 따뜻한 온기가 차창으로 들어오는 가을 햇살보다 더 좋았다.

"날 살게 하는 그림을 며칠이나 못 봤으니 보상받아야겠어요."

"스케치북 갖고 계신다고 하셨잖아요."

"그건 그거고 이건 이거죠. 걱정 마요. 당신이 마음껏 꿈꿀 수 있는 곳으로 데려가 줄게요."

하서진이란 사람이 전시를 맡아 주겠다는 이야기만으로도, 여전히 제 그림이 좋다고 말해 준 것만으로도, 자신은 어디서든 꿈꿀 수 있고 그림을 그릴 수 있음을 그는 눈치채지 못한 모양이었다.

로하가 진심을 이야기하려는 순간 서진이 브레이크를 밟았다. 끼익, 조금 거칠게 차가 멈춰 섰다. 로하는 이곳이 어디인지 가늠하기 위해 차창 밖을 두리번거렸다. 그러는 사이 서진이 먼저 운전석 문을 열고 내렸다.

"그곳에서 나도 당신 그림으로 꿈꿀 수 있게 해 줄래요?"

조수석 문이 열리고 서진의 손이 그녀의 앞에 내밀어졌다. 잠시 머뭇거리던 로하는 그의 손 위에 제 손을 포개었다. 어디든 상관없었지만 그의 옆이라면 얼마든지 꿈꿀 수 있을 것 같았다. 몰로카이 섬에서의 그날처럼.

08

제 주 도 의 푸 른 밤

"하서진 씨, 이건 너무 막무가내라고 생각하지 않아요?"

"이 복잡한 공간에서 떠날 필요가 있어 보여서요."

"하지만……."

로하가 고개를 설레설레 젓는 이유는 두 사람이 도착한 곳이 전혀 예상치 못한 장소였기 때문이다. 김포 공항, 바람 소리와 뒤섞인 소음들이 더욱더 이곳이 어디인지를 확실하게 해 주었다.

로하는 당혹스러웠으나 서진은 뭐가 문제냐는 듯 발걸음만 재촉했다. 결국 로하가 먼저 멈추었다.

"왜요? 난 사실 다시 하와이에 가고 싶은걸요. 갑자기 출국하는 건 좀 무리일 것 같아서 제주도로 마음 바꾼 거지만요. 제주도에도 예쁜 야자수는 많이 있으니까 기분 전환 좀 되지 않을까요?"

"비행기 표는 언제⋯⋯."

"서울에서 제주도 가는 비행기는 거의 15분 간격에 한 대씩은 있을걸요. 아무거나 끊으면 되죠."

"진짜 아무것도 가지고 온 게 없어요. 생필품은 둘째 치고⋯⋯."

"어디 피난이라도 가요? 제주도에도 마트는 있어요. 숙소에도 웬만한 건 있을 거고."

"그러고 보니 숙소 예약은 한 거예요? 아니 그런데 근본적으로⋯⋯ 하서진 씨, 왜 우리가 같이 제주도에 가요?"

"오늘부로 당신은 내 전담 작가가 되었고, 난 당신 매니저 겸 큐레이터 하기로 했잖아요. 설명 더 필요해요?"

"하서진 씨는 남자고 나는 여잔데요?"

로하가 아주 당연한 사실을 지적했다. 단순히 지방 도시도 아니고 제주도로 떠나는 이상 하룻밤, 혹은 며칠을 묵다 돌아올 것이 뻔했다. 그림을 그리러 가는 게 목적이라면 더더욱.

무엇보다 자신이 언급한 숙소란 말에 서진이 토를 달지 않았으니 확실했다. 로하는 서진에게서 한 발짝 뒤로 물러섰다. 둘 사이의 간격이 조금 벌어졌다. 이제 와서 자신을 경계하는 로하를 보며 서진은 조금 어이가 없었다.

"무슨 상상을 하는지 모르겠지만요, 서로하 씨. 나 LK 콘도 회원이에요."

"그게 무슨⋯⋯."

"콘도를 빌릴 거라고요. 성수기가 아니니 당일이어도 괜찮을 거예요. 콘도 안엔 방이 여러 개 있으니까 하나는 서로하 씨 쓰고, 하나는 내가 쓰고. 그래도 남을 테니 그건 서로하 씨 작업실로 쓰면 되겠네요. 자, 그럼 이제 문제없죠?"

"아뇨! 있어요!"

저도 제 마음을 알 수가 없었다. 분명 가고 싶지 않은 건 아니었다. 제주도로 떠나면 하와이에서 그랬던 것처럼 그림이 잘 그려질지도 모른다. 아니, 저를 짓누르는 삭막하기만 한 서울보다는 훨씬 잘될 것이 분명했다.

하지만 지금은 서진에게 뭐라도 딴죽을 걸어야 할 것 같았다. 그의 페이스에 김밥 말리듯 말려들어 가도 되는 건지 알 수 없었다. 너무 갑작스러운 데다가 이 모든 걸 미리 계획이라도 한 듯 저 혼자 태연한 서진이 마음에 들지 않았다.

로하는 빠르게 머리를 굴렸으나 회전을 멈춘 듯 별다른 생각이 떠오르지 않았다. 마음 같아선 주먹으로 콩콩 머리를 내리치고 싶은 심정이었지만 그랬다간 서진이 놀릴 것이 뻔했다.

우물쭈물하는 사이 서진은 다시 로하의 손을 덥석 잡고 공항 안으로 들어가려 했다. 왜 이 남자는 아무렇지도 않게 제 손을 잡는 걸까 싶어 뭐라도 한마디 하려는 순간 로하의 머릿속에 중요한 사실이 스쳤다.

"연필! 붓! 물감! 아무것도 없는데요, 나?"

"무슨 문제라도 있나요. 신분증만 있으면 돼요."

"네? 하지만 그림 그리러……."

"우리 피난 가는 거 아니라니까요. 도착하자마자 사러 가면 되죠. 차도 빌릴게요."

"하지만 쓰던 게 편한 건……."

"프로는 도구 탓을 하지 않는 법이에요."

왠지 모르게 서진은 완강했다. 지금이 아니면 안 된다는 듯. 로하는 당혹스러웠다. 필요하다면 준비를 해서 며칠 후에 떠나도, 하다못해 몇 시간이라도 여유를 갖고 움직여도 되지 않을까.

일주일 후에 지구가 멸망할 것처럼 구는 그를 이해할 수 없어 입술만 달싹이던 로하가 다시 손가락을 뻗어 서진의 작은 서류 가방을 가리켰다.

"그렇지만 불공평하잖아요."

"뭐가요?"

"서진 씨는 쓰던 노트북 들고 가는데 나는 왜……."

"난 말이죠. 서로하 씨가 예전 기억은 전부 다 지우고 새로 시작했으면 좋겠거든요. 작가 서로하로서 본격적으로 떼는 첫발이잖아요."

모든 걸 잊고 새롭게 시작하자. 그녀를 무작정 끌고 공항에 온 건 서진의 배려인지도 몰랐다.

로하는 순간 할 말을 잊고서 멍하니 그의 눈만 바라보았다. 언제나 그러했듯 진심만 가득했다. 지금 제 눈도 그에게 그렇게 보일까. 이제 그에게 숨길 것도 없어진 서진 또한 지금 제

눈에서 진심만 읽었으면 좋겠다는 생각이 그녀를 웃게 만들었
다.

"그리고 나한테 시간이 별로 없어요."

"네?"

"일정이 조금 복잡하게 잡혀 있어요. 내 멋대로 떠나면 무
단결근이라 갤러리에선 잘릴 수도 있겠지만, 그쪽과 별개로
해야 할 일이 좀 있거든요."

서진은 굳이 런던 프리즈 아트 페어의 이야기를 로하에게
꺼내지 않았다. 제가 진인 것도 숨긴 마당에 괜한 언급을 했다
가 색안경의 대상이 되고 싶지는 않았다. 덧붙여 런던에 가서
하려는 또 다른 일은 일단 비밀로 하고 싶었다.

어쨌거나 잠시 나갔다가 돌아온다 해도 한국을 비워야 하는
건 사실이었다. 짧으면 일주일, 길면 보름 정도.

그전에 서로하가 좀 더 단단해지길 바랐다. 제가 거름을 뿌
려 꽃을 피워 낼 수 있도록. 막무가내란 걸 알지만 물러설 수
없었다. 그녀가 너무 불쾌해하지 않기만을 바랄 뿐이었다.

"혹시 저 때문에 억지로 가시는 거면 무리 안 하셔도 돼요.
이제 정말 그림 잘 그려 보고 싶어졌거든요. 욕심나요, 진짜
로. 물론 옛날에 진심이 아니었다는 건 아니지만 사정상……
어쨌든 서울에서도 충분히 잘할 수 있어요. 실망하시지 않
게……."

"뭘 모르시네요. 난 나 때문에 가는 거예요."

"제주도에 볼일 있으신 건가요?"

"서로하 씨요."

"네?"

"당신 보조할 거예요. 사과도 사다 주고, 물감도 사다 주고, 혹시 모를 나쁜 생각으로부터 지켜 주고. 오롯이 그림만 그릴 수 있게 도와줄 거예요. 허락해 준다면 그 그림들로 내가 하고 싶은 전시를 마음껏 상상하고 싶기도 하네요. 그게 내 유일하 면서도 가장 중요한 볼일이에요."

"아…… 뭔가 뉘앙스가 좀 이상하게 들리네요, 하하."

서진의 말이 로하의 마음을 간지럽혔다. 그는 늘 이런 식이 었다. 연인 사이에서나 던질 법한 낯간지러운 말을 아무렇지 않게 하곤 했다. 두 사람 사이가 아무 사이가 아님을 알면서도 로하는 이런 말을 들을 때면 왠지 속이 울렁거렸다. 혹시 그가 다른 작가에게도 저러는 건 아닐까 심술도 났다. 그렇지만 언 제나 그렇듯 그는 태연한 표정이었다. 저 혼자만 유난인 것 같 아 괜히 어색한 웃음만 지었다.

"왜요? 그림 그리라고 감금하고 사육하는 거 같아요?"

"설마…… 그런 취향이었어요? 아까 그런 비슷한 단어를 말 씀하셨던 것도 같은데 말이죠."

"날 뭐로 보는 거예요. 안전한 보금자리를 마련해 주고 맛 있는 먹을거리를 사다 바치는 돌쇠 쪽에 가까울걸요. 날 숨 쉬 게 하는 그림을 그려 주길 바라면서 문 앞을 지키는 기사도 괜 찮고요. 물론 가장 좋은 건 따로 있지만."

"……그건 뭔데요?"

"당신이 가는 길, 당신이 꾸는 꿈을 함께하는 동반자."

"어째서 나한테……."

"지금 나한테 서로하 씨보다 중요한 게 없어요. 날 하루하루 말려 죽일 셈이 아니라면 같이 가 줘요."

로하는 아무 말도 하지 못하고 눈만 깜빡거렸다. 대체 그가 원하는 게 무엇인지 짐작해 보려고 애써 봤지만 알 수 없었다. 눈꺼풀이 움직일 때마다 심장이 뛰었다.

"당신이 언제 그림을 그려 줄까 멀리서 기다리기만 하는 거 지쳤어요. 떼쓰는 것 같죠? 맞아요. 부인하지 않을 테니 이제 그만 들어가실까요?"

더는 억지를 부릴 수 없었다. 저도 원하는 일을 거부하는 것은 애초에 어불성설이었다. 가능한 밝게 미소 지으며 고개를 끄덕였다.

"그렇게까지 안 하셔도 돼요. 들어가요."

"이보다 더한 것도 할 수 있는데요."

"하서진 씨, 아무래도 잘 모르시는 것 같아서 드리는 말씀인데요."

로하가 한 발짝 서진에게 다가섰다. 다시 둘 사이의 간격이 가까워졌다. 용기를 내서 먼저 서진의 손을 잡았다. 그의 손에서 느껴지는 온기는 여전했고 로하는 그것이 무척 편안했다.

"요즘 제 꿈은 당신이 보여 줬던 그 전시 모형이에요. 하서진 씨 덕분에 지금 이 순간조차도 그림을 그리고 싶은걸요."

"그거 잘됐네요."

"뭐가요?"

"나는 당신의 그림으로 꿈을 꾸고 당신은 내 전시 기획으로 꿈을 꾼다면, 우린 천생연분이잖아요."

"……천생연분이요?"

"그 단어가 싫으면…… 최고의 파트너? 뭐라고 부르든 나는 서로하 씨 덕분에 꿈을 꿀 테니 서로하 씨는 내 덕분에 꿈을 꿔요. 당신이 원하는 건 내가 할 수 있는 한 뭐든 해 줄게요."

서진은 앞장서서 걸으면서도 잡고 있는 그녀의 손을 놓지 않았다. 두 사람의 꿈이 맞닿을 수 있는 것은 그에겐 더할 나위 없이 유쾌한 일이었고 숨길 생각도 없었다. 그의 입가에 걸린 미소가 그걸 증명하고 있었다.

그러나 로하는 아니었다. 천생연분이란 단어를 들은 순간부터 심장 박동이 지나치게 빨라져 어찌할 바를 몰랐다.

끌려가듯 공항 안으로 따라 들어가며 로하는 서진의 뒤통수를 살폈다. 그는 분명 선수는 아니었다. 그런데도 능구렁이를 몇 마리 삶아 먹기라도 한 양 툭툭 뱉는 단어가 놀라움을 넘어 경이로웠다.

먼저 좋아하면 지는 거라던데.

로하가 서진의 뒤에서 고개를 설레설레 저었다.

"여기 꼼짝 말고 기다려요. 일단 비행기 표 끊어 올 테니까. 어디 도망가거나 숨으면 안 돼요. 물론 난 당신이 어디 있더라도 찾을 수 있다는 확신이 있긴 하지만요. 우리 첫 만남, 기억하죠?"

"잊었을 리가요. 어디 안 갈 테니 다녀오세요."

서진은 정말로 불안해 보였다. 그래서 로하는 손을 놓고서도 한참을 뒷걸음질로 걷는 서진을 향해 어서 다녀오기나 하라는 듯 손짓을 보냈다. 그제야 돌아서긴 했지만 허겁지겁 서두르는 모양새는 여전했다. 가만히 그 모습을 바라보고 서 있던 로하는 웃을 수밖에 없었다.

아무래도 그를 좋아하는 것이 분명했다. 큐레이터로서 납득할 만한 스토리를 부여하기 위해 고민하던 모습도, 첫 만남부터 제 그림을 사랑하다 못해 진심을 담아 건네던 조언도, 세상 어디에서 헤어지더라도 그림 하나만 있으면 저를 찾아 줄 것만 같은 믿음도. 저와 함께 꿈을 꾸며 짓던 웃음까지 다 좋았다. 이 환상이 깨져 버리고 그가 사라질까 봐 불안한 것은 실은 자신이었다.

그의 뒷모습을 좇으며 로하는 이번에 그리게 될 연작의 주제가 사과가 아닐 수도 있겠다는 생각을 했다. 아무리 다른 사물로 가리려 해도 그림을 보는 순간 그는 대번에 눈치챌 것이 분명했다.

숨길 생각은 없었다. 그에게만은 모든 것을 솔직하게 보여 주고 싶었다. 그도 같은 마음이길 바랐다. 이 또한 이기적인 욕심이라 해도 어쩔 수 없었다. 인간은 원래 하나를 가지면 또 하나를 원하게 되는 법이니까. 서로하는 그렇게 하서진이란 이름에 또 다른 꿈을 심었다.

"카드 지갑만 들고 나왔을 줄은 몰랐네요. 그것도 덜렁 체크카드 한 장 들어 있는."

"포트폴리오 보여 주는 게 오늘 외출의 유일한 목적이었으니까요. 아까 아무것도 준비 안 되어 있다고 했잖아요."

무인 발급기 앞에 길게 늘어선 줄을 보며 로하가 입술을 삐죽였다. 국내선 비행기 탑승에 필요한 것은 오직 신분증 한 장뿐이었지만 지금 로하에겐 없는 물건이었다. 아침에 포트폴리오를 정리하느라 뭐 하나 제대로 챙긴 것이 없었다.

규안의 눈초리를 받을 법한 그림은 다 빼고 그나마 괜찮은 몇 작품을 추리는 일은 생각보다 더 어려웠다. 지하철을 타지 않았다면 카드 지갑마저 놓고 나왔을 것이 뻔했을 정도로 로하는 아침 내내 정신이 없었다. 신분증은커녕 휴대폰조차 주머니에 들어 있지 않았다.

안내 데스크에 부랴부랴 문의하자 신분증이 없는 사람들을 위해 지문 인식으로 주민등록등본을 발급해 주는 무인 발급기가 공항에 설치되어 있다고 했다. 그마저도 없었다면 두 사람은 아까의 실랑이가 무색하게 꼼짝없이 되돌아가야만 했을 테니 다행이었지만 문제는 얼마 남지 않은 비행기 시간과 줄어들 기미가 보이지 않는 줄이었다.

"신분증은 당연히 갖고 있는 줄 알았죠. 포트폴리오 통과되면 계약할 때 필요하니까요."

"그 그림들론 통과될 리 없다면서요."

"그런 뜻이 아니라…… 어쨌든 그 그림들 당신 100%가 아닌 건 맞잖아요. 무슨 기준으로 작품을 추려 온 거예요?"

"진짜 내 그림을 좋아하는 건 맞는 거죠?"

"몇 번을 말해요. 못 봐서 죽을 뻔했다니까. 살 빠진 거 티 안 나요?"

무척이나 억울한 듯 말하는 서진을 보며 로하는 품 웃어 버렸다. 알면서도 확인하고 싶었다. 몇 번을 들어도 기분 좋은 말이었다. 이렇게라도 감정을 보상받고 싶은 심술인지도 모르지만 내색하지 않았다.

"급하게 추리다 보니 그렇게 됐어요. 마음에 안 들면 스케치북 줘요."

"인질이라니까요. 그리고 계약 안 한 게 궁극적으로 나한텐 더 좋으니 안 줄래요."

"왜요? 이안 갤러리 소속이시잖아요."

"무단결근이라 잘릴 수도 있다고 했잖아요. 그리고 내 소속이 좀 미묘하기도 해요. 말하자면 복잡하지만……."

로하는 가볍게 고개를 끄덕였다. 이규안 부대표와 하서진 사이의 미묘한 형제 관계는 이미 규안에게 들어 알고 있었다. 그렇지만 서진이 먼저 말해 주지 않은 것을 이미 알고 있었다고 내색할 정도로 눈치 없지는 않았다.

"어쨌거나 이안 갤러리와 계약하면 내가 독자적으로 결정하기도 힘들거든요. 그래서 말인데 전적으로 나한테 맡긴 거 서로하 씨가 나중에 후회할지도 몰라요. 이안은 대형 갤러리고…… 미리 말해 두는데 절대 물러 줄 생각은 없어요."

212

아직 로하에게 밝힐 수 없는 계획들이 서진의 머릿속에 두둥실 떠다녔다. 이렇게 많은 것들을 구상하고 제가 먼저 열의를 불태우기도 오랜만이었다. 제 형에게 혹시라도 누가 될까 봐 늘 숨죽이고 살아왔기에 한국에서는 처음 있는 일이기도 했다. 걱정은 됐지만 이제 와서 포기하기엔 이 즐거움이 너무나도 컸다.

로하와 함께하는 이 시간이 천천히 흘러가길 바랐다. 이 순간만큼은 정말 살아 있는 기분이었다. 태어날 때부터 존재 자체를 부정당했던 제 인생에도 드디어 어떤 의미가 부여된 것 같았다.

이안 갤러리와 규안에게 피해를 끼치지 않아야 한다는, 제 마음이 그어 둔 한계선을 넘어설 순 없을 테지만 서진은 로하에게 최선을 다하고 싶었다.

제게 꿈을 걸어 준 사람이자 자신의 꿈이기도 한 그녀를 위해서.

"저야말로 그림 마음에 안 든다고 하셔도 무조건 전시 맡길 거니까 각오 단단히 하세요."

"우리 서로한테 꽉 묶였네요. 그렇죠?"

"……그러게요. 그나저나 비행기 시간은 괜찮은 거죠?"

로하는 또 한 번 아무렇지 않게 가슴을 흔들어 놓는 서진의 말을 의식하지 않으려 노력하며 딴청을 피웠다.

"짐 부칠 것도 없고 놓치면 다음 거 타면 되죠. 수수료도 얼마 안 하니까 천천히 해요."

"지금 당장 떠나자고 할 정도로 급하셨던 것 같은데 말이죠."

"그래 봤자 몇 분 차이잖아요. 그리고 당신이 내 옆에 있어서 그런가. 시간이 천천히 가는 것 같고 불안하지도 않아요. 인공호흡기 같은 건가 봐요. 로하 씨 보고 있으면 로하 씨 그림으로 숨 쉬는 깃만큼 편안하기든요."

"저기요, 하서진 씨. 혹시…… 아녜요."

"뭔데요. 뭐든 편하게 말해 봐요."

간신히 순간적인 충동을 억눌렀다. 턱 끝까지 차올랐던 질문을 가라앉히기 위해 시선을 일부러 딴 곳으로 돌렸다.

"다, 다음에요."

혹시 애인 있는 건 아니죠? 여자 꽤나 울려 봤을 것 같은 말솜씬데. 물론 나를 포함해서요. 만약에 없으면요, 우리…….

절대 내뱉을 수 없는 말을 꾹꾹 눌러 참으며 로하는 한숨을 푹 쉬었다. 서진의 표정은 저를 홀린 사람치고 너무 태연했다. 그저 제가 하려다 만 말에 대한 호기심만 담고 있을 뿐. 만일 그에게 정말 아무런 사심이 없다면…….

그와는 어쨌거나 파트너였다. 꿈을 위해 같은 길을 함께 걷고 싶다고 간절히 바라마지 않던 파트너. 이제 와서 모든 관계를 말짱 도루묵으로 만들 수 없었다. 도저히 속마음을 꺼낼 수 없어 속앓이는 결국 제 몫이었다.

사랑을 하는 작가의 손에서 명작이 탄생하는 게 미술사의 진리라 했던가. 이러다간 제주도에서 제 혼을 불살라 그림에 쏟아 넣을지도 모르겠다는 생각이 드는 순간 야속하게도 제 앞의 기계가 비었다.

"아, 제 차례다. 빨리 받아 올게요. 잠깐만요."

로하는 제멋대로 뛰는 심장 박동 소리를 따라 기계의 버튼을 하나하나 눌렀다. 지문을 찍는 손가락 끝에 여전히 남아 있는 그의 온기가 포근하게 저를 감싸는 기분이 들었다. 이 감정이 계속된다면 그림을 몇백 장이라도 그릴 수 있을 것 같았다.

❦　　　❦　　　❦

"가을 밤바다도 좋네요. 처음인데…… 파도 소리도 시원하고."

"몰로카이 섬에서 보았던 바다와는 또 다르죠?"

"거긴 워낙 고요했잖아요. 우리밖에 없기도 했고."

그녀가 발을 내딛기 전 코코넛 그로브엔 자연만이 있었다. 마음 놓고 그림을 그릴 수 있는 저만의 낙원이었다.

그런 제 세상에 하서진이 침범했다. 엉뚱한 이방인에 불과했던 그가 제 가슴을 이렇게 흔들어 놓을 줄 그때는 몰랐는데…….

로하는 그를 가만히 바라보다가 이내 연필을 쥐었다. 자연스럽게 서진이 로하에게 스케치북을 내밀었다. 말이 없어도 무엇을 원하는지 알고 있는 듯했다. 파트너란 단어가 와 닿았다.

"스케치하는 동안 서진 씨는……."

"그때처럼 뒤에서 기다릴게요."

"좀 오래 걸릴 수도 있어요."

"상관없어요. 뭐든 편히 그려요. 필요한 거 있으면 말하고."

로하가 고개를 끄덕이며 모래사장에 주저앉았다. 두 무릎을 모으고서 그 위에 스케치북을 올려놓았다.

이미 해는 저물었지만 조명이 밝아 그림을 그리는 데 지장이 없었다. 자칫 인공적으로 느껴질 수 있는 조명마저도 지금 로하의 눈엔 이 해변을 이루는 한 요소처럼 보였다. 옹기종기 모여서 수다를 떨고 있는 몇몇 사람들의 모습 또한 싫지 않았다. 모든 것이 좋게만 보였다. 뒤에서 저를 응원하고 있을 서진 덕분일까. 도화지 위에서 로하의 연필이 춤을 췄다.

한동안 방 안에 갇혀 비슷한 것만 그렸던 탓일까. 로하는 스스로가 지나치게 상기되어 있다는 생각이 들었지만 그림으로 승화시키면 그뿐이었다. 무엇이든 가능한 많이 그리고 싶었다. 지금 제가 느끼는 이 기분을 그림 속에 쏟아 내고 싶었다. 할 수만 있다면 이 공간의 숨소리마저 담아내고 싶은 심정이었다.

그제야 로하는 그림을 대하는 제 태도가 바뀌었음을 깨달았다. 하와이에서의 자신과 지금의 자신은 똑같이 열정적이었지만 분명히 달랐다.

그때 알로하 연작은 수단에 불과했다. 진심을 아무리 담아낸다 해도 제 그림이 되지 못하리란 것을 알고 있었기 때문이다. 가장 마음에 든 그림이었던 일출을 연작 목록에서 과감히 빼고 심지어 다시 만날 일 없으리라 생각했던 이에게 줘 버렸던 건 그 때문이었다.

그러나 지금 제주도에서 그리는 그림들은, 그리고 앞으로 그려 낼 그림들은 모조리 목표이자 꿈 그 자체였다.

로하가 슬쩍 고개를 돌렸다. 방해하지 않겠단 약속을 지키겠다는 듯 서진은 열 발자국쯤 떨어진 곳에서 저를 바라봤다. 노란 조명이 그의 얼굴에 그림자를 드리워 표정을 정확히 읽을 순 없었지만 그의 입가에 떠 있는 미소만큼은 확실히 느낄 수 있었다. 보지 않아도 알 수 있는 무언가.

편안했다. 그 또한 저를 보면서 포근한 기분을 느꼈으면 싶었다. 엷은 미소를 입가에 머금은 채 새 종이에 쓱쓱 새로운 스케치를 해 나가기 시작했다.

그가 알아차리더라도 어쩔 수 없었다. 지금 그녀가 가장 그리고 싶은 것은 바다도, 야자수도, 사람들도 아닌 그였다. 하와이에서 그러했듯 지금도 이 해변과 안 어울리게 꼿꼿하게 서 있는 그.

"당신 그림엔 늘 모순적인 것들이 공존해요. 경계가 모호하죠."

첫 만남에 그가 했던 말이 이제야 공감이 됐다. 저조차 정확히 몰랐던 제 그림의 특징은 바로 그런 것들이었다. 아마도 이번 제주도에서 그려 낼 그림의 모순과 모호함은 결국 그로부터 시작되리라.

그는 풍경을 위주로 담아내는 그림에서 가장 이질적인 주제였다. 비례도 맞지 않았고 때로는 색감도 달랐다. 그림의 장르를 저조차도 정의할 수 없었다.

그러나 그가 있기에 그림이 완성되는 기분이었다. 피하려 해도 피할 수 없었다. 마음에서 절로 우러나오는 영감을 무시하고 좋은 예술 작품을 만들 수 있을 리 만무했다. 규안에게 보여 주려던 포트폴리오가 서진의 눈에 부족해 보였던 것만 봐도 증명되는 절대적인 진리였다. 그러니 마음껏 그릴 생각이었다. 지금 서로하의 뮤즈(muse)는 하서진이었다.

몇 컷이고 서진의 스케치를 담아낸 로하가 다시 고개를 돌렸다. 눈앞에 검푸른 밤바다가 조명을 받아 반짝였다. 반짝거림. 고개를 들었다. 넘어갈 듯 젖혀진 고개, 하늘이 눈에 담겼다. 하늘의 색이 오묘하게 바다를 닮아 있었다. 까맣다기엔 밝았으며 푸르다기엔 어두웠다. 구름에 가린 걸까, 아니면 이곳까지 오염된 걸까. 정확히 알 수 없었지만 별빛은 희미했다. 그러나 바다의 반짝거림만으로도 충분했다.

로하는 하늘과 바다가 맞닿는 느낌이 좋아 모래사장에 드러누웠다. 그리고 팔을 쭉 뻗어 스케치북을 하늘 높이 들어 올렸다. 이 느낌을 있는 그대로 담아내기 위해 낑낑거렸다.

"조금 춥지 않아요?"

갑자기 서진이 하늘을 가렸다. 어느새 다가온 건지 로하의 몸을 가운데 둔 채 다리를 벌리고 서서는 얼굴을 들이미는 그의 돌발적인 행동 때문에 그녀는 화들짝 놀라 스케치북을 내렸다. 무어라 입을 떼려는 순간 그가 제 몸에 재킷을 덮어 주었다.

"도와줄게요. 얼마든지."

"하늘이 안 보이는데 가리지 마시고……."

"자요."

서진이 로하의 스케치북을 잡아 주었다. 제 팔이 닿을 수 있는 거리에 딱 맞춰 주고자 엉거주춤 선 그가 불편해 보여 로하는 무어라 말을 하려 입술을 달싹였다.

그러나 서진이 한발 빨랐다. 그는 아무 말도 할 필요 없다는 듯 손가락 하나를 자신의 입술에 가져다 댔다. 그림에만 집중하길 바라며 자신을 도와주는 그의 배려가 고마웠지만 로하는 쉽게 연필을 들 수 없었다.

"하지만……."

"쉿. 날이면 날마다 올 수 있는 해변이 아니잖아요. 밤바다, 밤하늘, 지금 이 순간의 느낌이 날아가기 전에 스케치해요. 뭐라도 도와주고 싶어서 그래요."

"불편해 보이시는데…… 그리고 계시면 저도 마음이 안 편해요."

"이 정도는 하나도 안 힘들어요. 그리고 이렇게라도 몰래 그림이 그려지는 걸 보고 싶은 욕심 때문이기도 한걸요."

"그럼……."

"아, 잠깐만요."

잠시 생각하던 서진은 아예 모래사장에 무릎을 댔다. 이젠 그의 무릎 사이에 로하가 있었다. 무릎을 꿇었다 해도 서진의 허벅지와 종아리가 떨어져 있어 둘 사이에 간격은 분명 존재했지만 고작 스케치북으로 가려질 정도의 가까움이었다. 그가 허리를 숙여 내려다볼 때와는 사뭇 다른 느낌이었다.

"불편해요? 내가 로하 씨 성격을 모르는 것도 아니고 한 번 그리기 시작하면 꽤 오래 그리잖아요. 그럴 거면 조금이라도 편한 게 서로 좋을 것 같아서요. 괜찮죠?"

태연하게 묻는 서진의 말에 당황한 나머지 로하는 손에 쥐고 있던 연필을 떨어뜨렸다. 연필은 로하의 얼굴을 툭 치고 옆에 떨어졌다.

"에이, 연필이 없으면 그림을 못 그리죠."

연필을 주우려는 듯 서진이 몸을 숙이려는 순간 로하는 호흡을 멈췄다. 두 사람 사이의 간격이 너무나도 좁아져 제 두근거림이 그의 심장에 닿을 것만 같았다.

"자요. 그럼 시작해 보실까요, 작가님?"

간신히 시선을 돌려 마주한 서진의 얼굴엔 그림자가 더 짙게 깔려 있었다. 조명을 역으로 받은 탓이었다. 로하는 그의 귀에 들리지 않게끔 가는 한숨을 내쉬었다. 그리고 그가 내미는 연필을 떨리는 손으로 받아 쥐었다.

그는 로하가 닿을 수 있는 거리에 맞춰 두 손으로 스케치북을 들었다. 공중에 떠 있는 이젤이라도 걸린 양 단단하게 고정된 스케치북. 본격적으로 그림을 그려도 된다는 메시지가 아닐까. 스케치북 뒤에 숨겨진, 소리 없는 그의 응원이 느껴지는 기분이었다.

로하는 조금 어이가 없었다. 그는 저와 가까운 거리에 있어도, 심지어 오해받기 딱 좋은 자세를 취하고도 아무렇지 않은 걸까. 제 심장이 어떻게 된 거든지 아니면 그의 심장이 어떻게 된 거든지 이 상황은 분명 정상이 아니었다.

그렇지만 로하는 그에게 진심을 말하지도, 그의 의중을 묻지도 못했다. 입을 떼는 대신 그저 연필을 들었다. 이렇게까지 철저하게 비즈니스 파트너로 대한다면 저도 그리 해 줄 의무가 있는 거라 생각하면서.

스케치북 너머의 밤하늘은 짜증 날 정도로 예뻤다. 하늘과 구분 없이 시원한 소리를 내며 흐르는 바다마저 억울할 정도로 멋있었다. 무엇보다 변함없이 저를 위해 한 자세로 선 제 뮤즈가 미울 정도로 좋았다.

로하는 제가 우는 건지 웃는 건지 알 수 없었다. 어둠 속에 가려져 다행이라고 생각하며 모든 말을 숨긴 채 끊임없이 연필을 움직였다.

파도가 치는 소리, 연필이 사각거리는 소리, 심장이 두근거리는 소리가 경계를 알 수 없이 모호하게 뒤섞여 버린 제주도의 푸른 밤이 점점 깊어 가고 있었다.

얼마나 시간이 흐른 걸까. 불편할 법한데도 서진은 전혀 내색하지 않았고 로하 또한 처음보다는 편한 마음으로 계속해서 그림을 그렸다. 덕분에 거의 끝이 보이는 듯했다. 로하는 마지막으로 구석에 무언가 하나를 더 그려 넣기 위해 손을 뻗었다.

"조금만……."

표면이 판판하지 않은 탓에 아무리 노력해도 세밀한 명암이 잘 표현되지 않았다. 끙끙거리며 고개를 들어 보려 했지만 영 불편한 자세라 머리가 다시 바닥에 닿고 말았다. 푸석한 모래 알갱이들이 머리카락 사이사이에서 느껴졌다.

"네?"

"조금만 더 가까이요."

로하는 기어들어 가는 목소리로 간신히 입을 뗐다. 스케치 북으로 가려진 덕분에 서진의 눈을 마주하지 않아도 된다는 것이 다행이다 싶었다.

로하의 부탁에 고개를 끄덕이며 서진은 조금 더 상체를 숙였다. 엉거주춤한 자세를 계속 유지하다 보니 허리가 살짝 뻐근했지만 그럭저럭 참을 만했다.

그보다는 호기심 때문에 미칠 지경이었다. 이대로 스케치북을 뒤집어 서로하가 그리고 있는 그림을 보고 싶다는 충동. 몇 번이나 참고 또 참았다. 인내심은 늘 보답을 하는 법이라고 스스로를 달래면서. 힘들어도 로하를 돕는 것이 빨리 그림을 볼 수 있는 유일한 길이었다.

"이 정도면 됐어요?"

"아, 음……."

한결 가까워진 스케치북 덕분에 서진의 숨소리도 더 가까워진 기분이었지만 로하는 집중하려 노력하며 명암을 넣었다. 흐릿한 밤하늘과 검푸른 밤바다가 만나는 오묘한 경계선, 그 것을 어찌 표현할지 정하는 것이 이 스케치의 마지막 숙제이 자 동시에 가장 어려운 과제였다. 그리고 가장 중요하기도 했 다.

머뭇거릴 수 없었다. 이러다 조명마저 꺼지면 아무것도 그 릴 수 없을 터였다. 바다는 영원하겠지만 내일이 오늘과 같을 리 없었다. 이 순간의 느낌도 절대 같을 리 없었다. 그러니 반 드시 오늘 완성해야만 했다.

로하는 그림을 위해 조금은 더 뻔뻔해지기로 했다. 스케치 북 너머에 그가 있다는 사실은 여전히 민망했지만 어차피 시 작한 일이었다. 차라리 과감히 부탁해서 빨리 끝내는 편이 나 았다. 처음엔 간단한 한마디 말조차 힘들었지만 한 번 물꼬가 터지고 나니 오히려 수월했다.

"조금 더요."

"이렇게요?"

"네. 아, 오른쪽으로 조금만 더…… 네, 됐어요. 거기 잠깐 만 그대로요."

모델에게 포즈를 요구한 경험은 대학 시절에 몇 번 있었다. 특히 크로키 과제 때는 동기들끼리 돌아가며 모델을 해 주곤 했었다. 위쪽으로, 오른쪽으로, 다시 왼쪽으로, 조금 더 뒤로. 그때 이런 식으로 서로에게 주문을 했었다. 그때와 그리 다를 바 없는 말들이었지만 느낌은 완전히 달랐다. 로하는 속이 간질거리는 느낌에 괜한 헛기침을 뱉어 냈다.

"조금만 더 오른쪽으로 잡아 줄 수 있어요?"

"이렇게요?"

로하의 말에 최대한 맞추려 서진은 허리를 상당히 기울였다. 그러면서도 행여나 스케치북이 로하에게서 너무 멀어질까 최대한 숙이는 것도 잊지 않았다. 온몸의 근육들이 외치는 원성 자자한 욱신거림이 느껴졌지만 꾹 참았다.

서로하의 그림을 위해서라면 이 정도 일쯤은 아무것도 아니었다. 그저 머릿속에 샘솟는 아이디어를 적지 못하는 것이 아쉬웠다. 제가 이젤이 되고 보니, 적어도 이 그림만큼은 확실히 어디에 전시해야 할지 알 것 같은 기분.

서진은 갤러리 천장에 줄을 매다는 상상을 했다. 천장과 벽, 바닥을 전부 검푸른 색으로 도배한 뒤, 천장에 지금 취하고 있는 자세와 비슷한 각도로 매달면…….

공간의 재현. 지금 이 순간을 그대로 살려 낼 수 있는 전시 공간을 생각하는 것은 언제나 설레는 일이었다. 로하의 말을 따라 조금 더 오른쪽으로 몸을 기울이며 서진은 저도 모르게 키득거렸다.

"왜 웃어요?"

"상상하는 중이었어요."

"무슨 상상이요?"

"전시요. 말했다시피 당신의 그림을 보며 내 전시를 기획하고 싶었거든요. 하와이에서도 그랬고 지금도 그렇고. 이거 되게 즐거운데요."

"힘들진 않고요?"

"안 힘들다면 거짓말인데…… 버틸 만은 해요. 아, 이 그림을 전시할 때는 관람객들도 꼭 눕혀 볼까 싶긴 하네요."

방금 머릿속으로 구상하고 있던 전시장의 모습을 일부 꺼내 풀어 놓는 서진의 목소리가 상기되어 있었다. 로하의 반응도 궁금했다.

"전시장 바닥에요? 복수하는 거예요?"

"설마요. 애먼 관람객들한테 복수를 왜 해요."

서진은 제 의도를 전혀 다른 방향으로 해석한 그녀에게 조금 툴툴거렸다. 제가 전시에 대해 가진 열정은 절대 그 정도가 아니란 것을 말해 주고 싶었다.

"그럼 저한테……."

"에이, 내가 좋아서 하는 거니까 염려하지 마요. 그리고 복수가 목표였다면 관람객들을 천장에 매달겠다고 했겠죠."

"하지만 트릭 아트 전시도 아니고 관람객들을 눕히게 하는 건……."

"지금 그 그림 속에 담고 있는 하늘과 바다의 모호한 경계를 가장 효과적으로 보여 줄 방법에 대해 끊임없이 생각해 보긴 할게요. 이건 하나의 아이디어일 뿐이니까요. 작가가 그림을 그리는 그 순간으로 관람객들을 끌어 들이는 건 어떨까, 뭐 그런."

"나쁘진 않네요. 아니, 사실 좋아요. 전체적인 전시 콘셉트에 따라 다르긴 하겠지만…… 그나저나 다 끝나 가요. 미안해요, 괜히."

로하는 가능한 제 상상의 나래를 멈추려 노력했다. 알로하 연작 전시 모형에서 이미 보여 주었듯 그의 전시 기획은 그동안 제가 생각해 왔던 것들과는 완전히 다른 것이었다.

그 이야기를 듣고 있으면 단순히 꿈을 꾸는 것 그 이상의 환상에 빠져들어 갔다. 꿈속에서 유영하는 기분. 환상 속에 빠져 있다 보면 그림 그리는 것에 집중할 수 없을 정도로 들뜨곤 했다.

그렇기에 지금은 적절한 타이밍이 아니었다. 그녀가 다시 연필을 바로 쥐었다.

"하늘을 날아 보라는 요구만 아니면 이 정도야, 뭐. 그래서 이번엔 어떻게 해 드릴까요?"

"다 되어 가는데 그게…… 오른쪽으로 조금만, 아니, 아뇨. 일단 다시 왼쪽으로. 아, 어, 잠깐만요."

"네. 뭐든 편하게 이야기해요."

"그…… 오른손 엄지를 조금만 비켜줄 수 있어요? 가능하면 검지도. 거기 끝부분에…… 어, 어!"

"어, 어, 어!"

몸을 어정쩡하게 기울인 채 스케치북을 한 손으로 지탱한 탓일까. 순간 서진의 왼손에서 스케치북이 미끄러졌다. 투두둑 떨어진 스케치북은 허공에서 잠시 펄럭이다가 로하의 옆에 떨어졌다.

로하가 몸을 돌려 주우려는데 서진의 움직임이 한발 빨랐다. 그는 몸을 완전히 기울여 스케치북에 손을 뻗었다. 그 찰나의 순간, 중심을 완전히 잃은 서진의 몸이 기우뚱 쓰러졌다.

간신히 유지하고 있던 두 사람 사이의 거리가 완전히 좁아졌다. 둘 사이엔 그 무엇도 끼어 들 틈이 없었다. 그 어떤 소리도, 심지어는 그 어떤 그림마저도. 지금은 바람 한 점 느껴지질 않았다.

따스한 온기가 서로를 감쌌다. 어설프게 그녀의 볼에 머물렀던 서진의 삐뚜름한 입술이 제자리를 찾은 듯 로하의 입술에 맞닿았다. 몇 초간의 정적, 세상이 멈춘 것 같은 순간이었다. 이 해변 위에 오롯이 둘밖에 없는 환상적인 느낌.

서로의 심장 박동 소리가 서로에게 닿았을 때 먼저 현실로 돌아온 건 로하였다. 어슴푸레한 밤에 가려져 잘 보이진 않을 터였지만 로하는 지금 제 얼굴이 완전히 새빨갛게 달아올랐음을 느꼈다. 진심을 들켜 버린 것 같은 민망함일까, 그도 아니면 갑작스러운 일에 대한 당황스러움일까. 점점 익어 가는 볼만큼이나 더욱 세차게 요동치는 심장 때문에 로하는 저도 모르게 서진을 밀쳐 버렸다.

오랜 시간 누워 있었던 탓에 다리가 저려 왔지만 로하는 무작정 달렸다. 그가 없는 곳이면 어디든 괜찮을 것 같았다.

서진은 로하가 가 버린 뒤에도 한참을 멍하니 해변에 주저앉아 있었다. 무슨 감정인지 정확히 알 수 없었지만 싫지 않았다. 이젠 사람들도 별로 남아 있지 않은 적막한 해변에서 그는 저도 모르게 유쾌한 웃음을 터뜨렸다.

제 옆에 덩그러니 놓여 있는 스케치북. 서진은 그것을 주워 연필 선이 뭉개지지 않게끔 조심스럽게 모래를 털어 냈다.

그 속에 그려진 그림은 숨 막히게 좋았다. 하지만 그보다 저를 더 짜릿하게 하는 것은 스스로도 전혀 예상하지 못했던 서로하와의 입맞춤이었다.

제주도의 푸른 밤, 이 해변에 아침이 영영 찾아오지 않았으면 좋겠다고 생각하며 제 손가락으로 입술에 남아 있는 따스함을 천천히 쓸어내렸다. 생전 처음 느끼는 이 감정이 무엇일지 알고 싶었지만 정답을 쥐고 있는 것은 바다도, 모래사장도 아닌 서로하였다.

한참을 숙소 방에 틀어박혀 쥐 죽은 듯이 침대에 누워 있던 로하가 다시 몸을 일으킨 건 새벽 3시였다. 서진이 숙소로 돌아오긴 한 건지, 왔다면 방에 있는 건지, 혹은 거실에 있는 건지 그녀로서는 알 수가 없어 섣불리 방문을 열지 못했다.

어찌 보면 사고로 벌어진 일이었다. 그런데 이상하게도 그를 다시 볼 자신이 없었다. 민망함은 이미 지나간 지 오래였다.

지금은 그저 그의 입에서 그 입맞춤이 해프닝에 불과했다는 이야기를 듣는 것이 싫었다. 그에겐 잠시의 실수였다 해도 서로하는 진심이었으니까. 제 진심이 그저 지나갈 추억 정도에 묻혀 버릴까 봐 짜증이 났다.

로하는 손톱을 물어뜯었다. 정작 고백할 용기도 없는 주제에 이런 걸로 입술을 삐죽이는 자신이 싫었지만 어쩔 수 없다는 생각이 들었다. 이러다간 감정이 폭발할 것 같았다. 이럴 때 자신을 달랠 수 있는 건 딱 하나뿐이었다. 그림.

아까 스케치북을 떨어뜨리고 왔으니 분명 서진이 챙겨 왔을 것이다. 아무리 싫어도 부딪쳐야만 했다. 이젤에 놓여 있는 캔버스 위에 무턱대고 그릴 자신은 없었다. 이 감정으로 그렸다간 잭슨 폴록 저리 가라 할 법한 추상화가 나올 것이 분명했다. 감정을 토해 내다시피 쏟아 낸 그런 그림.

로하가 한숨을 푹 쉬고 자리에서 일어났다. 피하는 것이 능사는 아니었다.

끼익. 아주 조심스레 방문을 열었다. 바깥은 조용했다. 거실에선 그 어떤 인기척도 느껴지지 않았고 조명이 모두 꺼져 어둡기까지 했다.

로하가 까치발을 세웠다. 운이 좋다면 거실에서 찾을 수 있지 않을까. 살금살금 걸어 나가 보려는데 그녀의 발에 무언가가 툭 걸렸다.

"어."

나름대로 심혈을 기울여 그림을 그려 넣었던 스케치북이 바닥에 놓여 있었다. 로하가 떨리는 손으로 주워 들었다. 희미하게 새어 나오는 방 불빛 덕분에 스케치북 위에 붙여진 편지를 읽을 수 있었다.

스케치만 봤을 뿐인데 숨이 막힐 정도네요. 그런데 아직 내가 살아 있는 거 보니 날 살게 하는 건 따로 있나 봐요. 지금 나는 좀 헷갈려요. 답을 알려면 그림도, 당신도 만나야겠지만 일단 아침까지는 참을게요.

P. S. 그림을 만나고 싶다고 완성을 바라면 내가 너무 나쁜 매니저겠죠? 서로하 씨가 푹 쉬었으면 좋겠는 마음이 반, 그림을 보고 싶은 마음이 반. 선택은 맡길게요.

성격을 닮은 걸까. 깔끔한 글씨체. 로하는 저도 모르게 편지지의 글씨들을 만지작거리며 배시시 웃다가 이내 그 소리가 새어 나가 당사자에게 들릴까 두려워졌다. 간신히 입을 막고 살금살금 방으로 들어가 문을 닫았다. 닫힌 문에 기대서서야 안도의 한숨을 내쉴 수 있었다.

이상하게도 한숨과 함께 연신 웃음이 새어 나왔다. 드디어 미친 걸까. 하지만 스스로도 제어할 수 없을 정도로 감정이 폭발한 지 오래였다. 스케치북보다 편지를 더 단단히 쥐고서 로하는 결심한 듯 이젤 앞 작은 의자에 앉았다.

감정 과잉인 상태의 새벽에 그림을 그렸다가 다음 날 도저히 못 봐 주겠다며 태워 버린 습작이 대학 시절부터 지금까지 수도 없었음에도 오늘은 무조건 그리고 싶었다.

무릎 위에 편지를 조심스레 내려놓고 나니 오늘 그리는 이 그림만큼은 내일 태울 일이 없을 것이라 확신할 수 있었다.

로하는 한동안 그림에 집중했다. 스케치해 온 것을 바탕으로 캔버스 위에 조심스럽게 선을 옮겨 그리고 쓱쓱 붓 칠을 했다. 본래의 스타일보다 좀 더 과감한 붓 터치가 이루어지는 듯했지만 오늘은 제 감정에 모든 것을 맡기고 싶었다.

하늘과 바다의 경계선에 색을 입히자 더욱 모호해졌다. 검푸른색, 투명함, 반짝거림. 모든 것이 로하의 붓끝에서 캔버스 위로 옮겨졌다. 조명의 빛 번짐까지 자리를 잡았다.

스케치의 모든 것이 캔버스 위에서 완벽하게 표현되었음에도 로하는 붓을 놓지 않았다. 스케치에도 없는 무언가를 그림의 한가운데 새겨 넣기 시작했다. 본래 유화 물감은 진한 것이 특징이지만 이번만큼은 옅었다. 희미했지만 가장 선명해, 누구라도 이 그림을 본다면 사로잡힐 수밖에 없는 주제였다. 이 그림의 가장 이질적인 존재이자 서로하의 뮤즈. 그건 하서진이었다.

그림을 완성하고 나서야 로하는 침대 위로 뛰어들 수 있었다. 기가 다 빠진 듯 팔 하나 까딱할 힘조차 없었다. 제 손가락으로 입술을 만지작거리는 게 전부였다.

그 단순한 동작 하나가 또다시 그녀의 심장을 뛰게 했다. 입맞춤 한 번이 모든 감정을 품게 할 수 있다는 걸 몰랐다고 생각하며 로하는 잠 속으로 빠져들었다.

그림과 서로하, 두 가지 모두가 하서진에게 답이 되길 바라며, 이미 아침 해가 떠올랐음에도 그가 만들어 준 꿈속을 마음껏 유영할 수 있었다.

09

오래된 상처

서진은 아침부터 정신이 없었다. 깔끔한 성격답지 않게 책상에 어지러울 정도로 사진들을 늘어놓고 나름대로 추려 배열했다가 다시 흩트렸다가 또 다른 방식으로 배열하기를 반복했다. 실물보다 별로라고 연신 불만을 내뱉으면서도 이 상황에서 최선을 다하기 위해 노력하는 중이었다.

바닥엔 캐리어가 열린 채로 아무렇게나 놓여 있었다. 오늘 저녁 늦게 비행기를 타야 했지만 지금은 짐을 싸는 것보다 이게 더 중요했다.

몇 번을 반복한 끝에 그나마 마음에 드는 순서를 찾은 서진은 사진들을 순차적으로 배열한 뒤 조심스럽게 한쪽 끝을 클립으로 묶었다. 그러고 나니 시간이 정말로 모자랐다.

에라 모르겠다, 하는 심정으로 간단하게 옷가지와 세면도구 정도만 캐리어에 대충 던져 넣었다. 몇 번이나 방과 거실을 왔다 갔다 하면서 여권도 아무렇게나 쑤셔 넣었다.

"아, 충전기."

급하게 캐리어를 닫으려다 빠뜨린 것이 생각나 다시 방으로 향했다. 충전기를 한 손에 들고서 엉망으로 흐트러진 머리칼을 다른 손으로 정리했다.

거울에 비친 제게 물었다. 굳이 오늘이어야 할까. 오늘이어야 했다. 런던으로 가기 전, 오늘. 답은 정해졌으니 서둘러 움직이기만 하면 되었다.

그녀에게 제가 할 수 있는 한 무엇이든 쥐여 주고 싶었다. 제주도에서 돌아오며 몇 번이고 스스로 다짐했던 바였다. 서진은 벽에 기대 잠시 눈을 감았다. 아직도 얼굴이 하얗게 질린 채 벌벌 떨던 로하의 모습이 생생하게 떠올랐다. 그건 갑작스러웠던 입맞춤보다도 훨씬 더 강렬한 기억이었다.

다음 날 아침 일찌감치 눈을 뜬 서진은 로하를 깨우지 않았다. 제 방 앞에 놓여 있는 캔버스 하나만으로도 충분했다. 그림이 완성되어 있었다. 메모 한 장과 함께.

나는 답을 했어요. 하서진 씨의 답은 스스로 찾으세요.

그림 속에 무엇보다 강렬하게 자리하고 있는 건 자신의 모습이었다. 서진은 처음으로 마음에 드는 그림을 전시하고 싶지 않다는 생각에 사로잡혔다. 어딘가에 꽁꽁 감춰 두고 혼자만 보고 싶은 이상한 충동. 좋은 그림을 늘 선별해 시장이나 전시에 내놓고 그것에 대한 평가를 받는 것이 일상이었던 그에게 이토록 강렬한 소유욕을 주는 그림은 처음이었다. 이 그림이 서로하의 답이라면, 제 답은 무엇일까.

지나가 버린 찰나의 기억, 짧았던 입맞춤 하나만으로 서로에게 무언가를 요구하기엔 어린 나이가 아니었다. 그렇다고 의미 없이 넘길 수 있는 일일까. 서진은 그림을 가만히 들여다보며 스스로에게 물었다. 서로하일까, 서로하의 그림일까.

몇 시간 동안 캔버스를 들여다보다가 결국 내려놓았다. 답을 그림 속에서 찾을 수 있을 리 없었다. 새로운 충동이 서진의 심장을 뛰게 했다.

시선을 문에 고정했다. 간밤에 모든 에너지를 그림에 쏟아내고 서로하가 자고 있을 방. 침을 꿀꺽 삼켰다. 전날 후유증일까. 팔이 뻐근한 게 왠지 움직이고 싶었다. 아니, 그냥 저 문을 열고 싶었다. 그녀를 봐야만 답을 찾을 수 있을 것 같았다.

"……서진 씨."

방문 앞에 서서 심호흡을 하고 있을 때였다. 바로 그 순간 방문이 활짝 열렸다. 온몸을 부르르 떨면서 들고 있던 휴대폰을 툭 바닥에 떨어뜨리는 로하의 모습이 서진의 머리를 세게 치고 가는 듯했다. 아무 말 하지 않았지만 대략적인 상황을 판단할 수 있었다.

　"안환희예요?"

　"괜찮다고 말해 줄래요."

　"괜찮아요."

　"내 그림들만으로…… 아무것도 없어도 괜찮다고 말해 줘요."

　서진은 순간 로하를 안아 주고 싶은 또 다른 충동에 사로잡혔다. 그러나 꾹 눌러 참았다. 무슨 통화를 했는지 몰라도 어느 정도 짐작할 수 있었다. 흔들거리는 그녀를 보며 제가 단단한 방패막이 혹은 그녀가 뿌리 내릴 수 있는 토양, 그도 아니면 무엇이든 되어 주고 싶은 마음이 충동보다 더 컸다. 가능하다면 그녀를 흔드는 모든 적도 없애 주고 싶었다.

　제게 그런 능력이 있을까. 서진은 눈을 감았다 떴다. 제 능력이 어디까지일지 이번에 제대로 시험해 볼 작정이었다.

　"로하 씨 그림만으로 안 된다면 내가 어떻게든 도와줄게요. 걱정 마요."

　"나…… 그림 그리고 싶어요."

　"그래요, 얼마든지."

　"내 그림 좋다고 해 줘서 정말로 고마워요."

　새파란 입술, 파리하게 질린 얼굴, 부들부들 떨리는 손으로

236

뭘 그리겠다는 건지 알 수는 없었지만, 서진은 그녀를 부축하다시피 지탱해 이젤 앞에 데려다주었다. 그리고 그녀의 손에 연필을 쥐여 주었다. 종이가 필요할까, 캔버스가 필요할까. 본래라면 물어야 했지만 서진은 묻지 않았다. 대신 캔버스 하나를 조심스럽게 올려 주었다. 지금 이 심정을 고스란히 쏟아 내는 것도 좋을 것 같았다.

"필요한 거 있으면 언제든 불러요."

"지금은 그냥……."

"얼마든지 그려요. 쏟아 내면 좀 나을 거예요."

"네."

로하는 연필을 눕혀 캔버스 위에 거침없이 선을 그렸다. 평소보다 흔들리고 있었지만 그 삐뚤빼뚤함마저도 매력적이라고 생각했다.

문득 서진의 머릿속에 새로운 의문이 떠올랐다. 제아무리 그림이 좋고 작가가 좋아도 선 하나에까지 미칠 수 있는 걸까. 방해하지 않기 위해 뒤로 한 발짝 물러나 뒷짐을 지고서 서진은 로하의 뒷모습을 멍하니 바라보았다. 어쩌면 제 답은 진작 정해져 있었는지도 모르겠다는 강렬한 느낌에 사로잡혀 서진은 허공 속에서 로하의 헝클어진 머리를 천천히 쓸어내렸다.

서둘러 방 밖으로 나갔다. 한 손으로 번쩍 캐리어를 들고 다른 한 손엔 작은 가방을 챙겨 들었다. 가방 속엔 소중히 챙겨 넣은 사진이 들어 있었다. 그녀에게, 그리고 스스로에게 답을 주기 위해서는 필요한 것들이 몇 가지 있었다. 지금 제일 부족한 것은 역시 시간이었다.

❖   ❖   ❖

"카페는 다시 나오기로 한 건가요?"

"아, 부대표님……."

갑작스럽게 맞닥뜨린 규안의 얼굴을 보고 로하는 당혹스러움을 숨길 수 없었다. 그는 그녀의 표정을 알아차렸지만 일단 카운터 앞에 자리를 잡고 앉았다.

"오해할까 봐 말하는 건데, 나 서로하 씨 스토커는 아녜요. 나 싫다고 몇 번이나 거절한 사람 쫓아다니는 취미는 없거든요. 그냥 커피 마시러 왔는데 낯익은 얼굴이 보여서…… 잘못한 것도 없이 도망갈 순 없잖아요?"

"죄송해요. 거절은 아니었는데……."

"변명은 됐어요. 커피나 한 잔 줄래요?"

"오늘도 아메리카노로 드리면 될까요?"

"아뇨. 오늘은 좀 센 게 당기네요. 연이어 미팅이 잡혀 있어서 그런가. 에스프레소로 한 잔 줘요. 샷도 하나 추가해서."

"많이 쓸 텐데 괜찮으시겠어요?"

"커피 못 마시는 건 서진이지, 내가 아니니까요. 자, 그럼 만난 김에……."

규안이 손가락으로 카운터를 두드렸다. 제 나름의 박자를
타는 듯 유쾌하게 울리는 소리를 들으며 로하는 서둘러 커피
를 내렸다. 진한 커피 향이 두 사람 사이를 맴돌았다.

"이유나 좀 물어봅시다. 이안 갤러리 카페에서 일하는 건
되고, 나한테 포트폴리오 들고 오는 건 안 되는 이유가 뭐예
요?"

"카페에서 다시 일하는 건 아녜요. 아르바이트 생이 펑크
냈다고 사장님께서 급하게 대타를 구하시는 바람에…… 그리
고 아직 포트폴리오 보여 줄 정도로 준비가 안 되어서 못 찾아
뵀을 뿐이에요."

"내가 형식적인 절차라고 이야기했잖아요. 찾아오기만 하면
계약서 준비해 준다는데 거절한 건 다른 이유가 있을 것 같은
데요?"

"찾아갔었는데……."

로하가 입술을 달싹였다. 저를 꿰뚫어 보기라도 할 것처럼
빤히 바라보는 규안의 시선이 불편했다. 서진과 닮은 눈매였
지만 전혀 다른 색의 눈빛이었다.

"왔었다고요?"

"네. 그런데 그 그림 갖고는 안 된다는 이야기를 들었어요.
그땐 이해할 수 없었는데 지금 생각해 보면 잘 되었다 싶어요.
스스로 만족할 수 없는 그림으로 계약해 봤자 제 마음이 불편
했을 테니까요."

"누가 안 된다고 했는데요? 계약을 담당하는 갤러리의 책임자는 난데, 대체 누가…… 혹시 하서진이 그래요?"

"어쨌든 찾아뵙더라도 조금 더 발전한 후에……."

"서진이는 보여 줘도 되는데 나한텐 못 보여 주겠다, 이거죠? 한 사람의 큐레이터보단 갤러리 부대표랑 가까워지는 게 낫지 않은가요?"

규안은 깍지 낀 손으로 턱을 괴었다. 탁했던 머릿속이 맑아지는 이유가 제 입에 감도는 진한 에스프레소의 향 때문인지 예상치 못했던 로하의 답변 때문인지 알 수가 없었다.

"서진 씨는…… 그냥 큐레이터가 아녜요. 이런저런 조언을 해 주셔서 덕분에 많이 배우고 있습니다."

이런 짧은 말들로 두 사람의 관계를 정의할 순 없었다. 하지만 로하는 조언자 정도로 갈음하기로 했다. 서로가 서로에겐 꿈이라는 이야기를 남에게 하고 싶지 않았다. 소중한 비밀은 간직할수록 더 저를 간절하게 했다.

"한 방 먹은 기분인데요."

"본의 아니게 죄송하네요."

"됐어요. 나도 나 싫다는 사람 길게 붙잡진 않아요."

"싫다는 게 아니라……."

"대신 다른 제안을 하죠."

규안은 마음속에 드는 이 기분이 무엇일까 궁금해졌다. 제가 주는 제안을 거절할 정도의 배짱도, 배경도 안 되는 주제에 번번이 퇴짜를 놓는 서로하에 대한 오기인 걸까. 내색하지 않고 커피를 한 모금 입에 머금었다. 로하의 눈빛에 떠오른 의문을 알면서도 일부러 천천히 입을 열었다.

"나도 서로하 씨한테 조언이라도 하게 해 줘요."

"하지만 부대표님은 바쁘실 테고……."

"로하 씨가 아는지는 모르겠지만 바쁜 걸로 따지면 하서진이 나보다 더해요. 그리고 어차피 그림 보여 달라고 할 생각도 없어요. 보여 주기 싫은 거 억지로 봐서 뭐해요."

"보여 드리기 싫은 건 아녜요. 완성되지 않은 걸 누구 앞에 내놓는 게 민망해서 그렇죠."

"난 그림 보는 눈 없어요. 그다지 전문 분야도 아니니까. 대신 외적인 것들을 도와줄 수 있을 겁니다. 이를테면……."

그 순간 로하의 휴대폰이 요란한 소리를 내며 울렸다. 당황한 로하가 손바닥으로 휴대폰을 가렸다. 소리는 사라졌지만 화면에 떠 있는 이름은 그대로였다. 안환희 교수. 로하의 입술이 파르르 떨렸다.

그 이름과 그녀의 얼굴을 번갈아 바라보던 규안이 가볍게 휴대폰을 뺏어 들었다. 그리고는 통화 거절을 의미하는 빨간 버튼을 거침없이 눌렀다.

"아, 저……."

전화받을 생각은 없었다. 이미 제주도에서 결심했던 부분이었다. 그렇지만 몇 년간 박혀 있던 습관을 버리는 것이 쉽지 않았다. 제가 하고 싶었으나 하지 못하던 일을 대신 해 준 규안에게 고맙다고 해야 하는데 이상하게 온몸이 떨렸다.

"이런 전화는 받지 말라는 거. 그런 거 조언하고 도와줄 수 있는데."

"하지만……."

"받지 마요. 어차피 안 교수님 서로하 씨한테 화 많이 나 있을걸요. 한동안 연락 두절이었단 이야기 들었어요."

로하는 대답하지 못했다. 고개를 푹 숙인 채 손가락만 달싹였다. 제멋대로 흔들리는 손 때문에 옆에 놓여 있던 연필을 꽉 쥐어 봤지만 소용없었다.

"내가 내민 동아줄도 안 잡으면서 굳이 안 교수 동아줄은 잡아서 뭐하게요. 버려요. 적어도 내 동아줄보다 썩었다는 확신 있으니까. 서진이 조언은 되고 내 조언은 안 되는 이유, 딱히 없죠?"

"……네, 해 주신다면 감사히 듣겠습니다."

로하는 정신이 하나도 없었다. 예상치 못하게 찾아온 규안이 친근한 제안을 건네는 것도, 오랫동안 저를 지배해 온 안교수의 전화를 이렇게 무시하는 것도 그녀를 혼란스럽게 했다. 무슨 질문에 어떤 답변을 하고 있는 건지도 잘 몰랐다. 그저 형식적으로 고개를 끄덕이고 예의에 어긋나지 않는 선에서 대답하면 그뿐이라고 생각했다.

"다행이다. 난 둘이 무슨 특별한 사이라도 되나 싶었거든요."

"네? 아니 그게……."

갑자기 치고 들어온 규안의 말에 혹시라도 얼굴이 빨개졌을까 봐 저도 모르게 로하는 제 한쪽 볼을 손으로 가렸다.

규안은 그녀의 표정 변화를 놓치지 않았다. 사업하는 사람으로서 타고난 감각이었다. 그러나 어떤 내색도 하지 않았다. 그 또한 동물적인 판단이었다.

그저 태연한 척 커피를 한 모금 넘길 뿐. 작기만 한 에스프레소 컵의 바닥이 보이는 듯했다.

"농담이에요. 커피 잘 마셨어요. 계산은 여기. 그럼 올라가볼게요."

때마침 규안의 휴대폰이 주머니 속에서 진동했다. 미소를 지으며 휴대폰을 로하의 눈앞에 흔들어 보였다. 액정에 떠 있는 이름은 하서진이었다. 로하의 눈가가 살짝 떨렸다.

"얜 왜 갑자기 온다고 사람을 귀찮게 하는지 모르겠어요. 휴가도 제멋대로. 미팅도 제멋대로. 아주 상전이 따로 없다니까요."

"가, 가 보세요."

"로하 씨도 같이 갈래요? 서진이랑 친하면 보고 싶을 것 같은데."

"아뇨. 전 일해야 해서……."

딱히 묻은 것도 없는데 로하는 제 손을 앞치마에 비비며 말했다. 규안이 그녀를 보며 다시 한 번 미소 지었다.

"그럼 나 혼자 올라가죠. 아, 그리고……."

"네?"

"하서진은 그림밖에 모르는 놈이라 가끔 답답할 거예요. 그럴 땐 내 손잡을 생각해요. 계속 거절하지 말고. 어차피 두 사람, 특별한 사이도 아니라면서요."

정확히 의중을 알 수 없는 규안의 말에 로하가 입술을 달싹였다. 무의식중에 손은 뒤로 숨긴 채로. 모든 속이 바깥으로 드러나는 듯한 로하의 행동과 표정이 규안의 흥미를 더욱 돋웠지만 지금은 그리 좋지 않은 타이밍이었다.

"걔는 모르고 나만 아는 게 꽤 많거든요."

규안이 카운터 위에 팔 한쪽을 올린 채 제 몸을 기울였다. 고개를 살짝 내밀고서 마치 로하에게 비밀 이야기라도 하는 양 목소리까지 낮추었다.

"이를테면 성공하는 법? 그림을 잘 그린다고 성공하는 건 아녜요, 절대로. 이미 잘 알겠지만요."

로하가 멍한 표정으로 천천히 고개를 끄덕였다. 규안은 그 말을 끝으로 멀어졌다. 멀찍이 걸어가는 그의 뒷모습을 보며 로하는 얼마 전 이곳 카페에서 했던 또 다른 대화를 떠올렸다.

"물론 언제나 그렇듯 신선한 시도는 성공할 수밖에 없죠. 하지만 성공했다 해서 모두 다 신선한 건 아니란 뜻이에요."

규안이 의미심장하게 꺼냈던 말과 얼마 전 서진이 했던 말은 분명 비슷한 형태를 띠고 있었다. 그리고 실력만으로 성공할 수 없는 세상이란 건 스스로가 어릴 때부터 알고 있던 사실이었다.

오래된 자격지심이 스멀스멀 올라오는 기분이었다. 이 오래된 고질병에 두 사람이 던지는 해결책은 아마도 다를 것이다. 서진이 제게 준 답이 전시 방식의 중요성이라면 과연 규안이 줄 열쇠는 무엇일까. 정확하게 알 수는 없었지만 느낌이 좋지 않았다. 제가 잡아야 할 손은……

같은 장소, 같은 내용, 그러나 다른 사람, 다른 느낌. 실내에 있는데도 조금 싸늘한 느낌이 들었다. 이번 가을도 짧게 지나갈 모양이었다. 으슬으슬 떨리는 몸을 두 팔로 감싸 쥐었다. 문득 저를 따스하게 감싸 주던 서진의 온기가 생각났다. 그의 손을 잡고 함께 꿈을 꾸는 것이 유일한 정답이길 바라며 로하는 서둘러 카페의 창문을 닫았다. 그가 많이 보고 싶었다. 이 순간 그녀가 쥘 수 있는 답은 하나였다.

"너 출국 준비는 하고 있는 거야?"

"놀러 가는 것도 아닌데 대충 챙기면 되지. 괜찮아. 그건 그렇고 보여 줄 거 있어서 바쁜 와중에 온 거니까 이거나 좀 봐 줘."

"뭔데."

서진은 아침에 챙겼던 사진들을 가방에서 꺼냈다. 정성스럽게 맞춘 순서대로 규안의 책상 위에 늘어놓으면서 어떤 설명도 하지 않았다. 덕분에 규안의 시선이 자연스럽게 사진으로 향했다.

사진 속에 담긴 것들은 전부 그림이었다. 한 치의 예상도 벗어나지 않았다. 확실히 제 동생 하서진은 그림으로 사는 남자였다.

"어때?"

"뭐가 어떻냐는 거야?"

"그림. 형이 오케이 하면 다음번 전시 기획 들어가려고."

"작가가 누군데, 대체."

"작가가 누구냐가 중요한 게 아니잖아."

"중요하지, 안 중요해? 너 말 들어 보니까 단독 전시 생각 중인 거 같은데…… 야, 서진아."

규안이 고개를 절레절레 저었다. 누군지 작가 이름을 밝히려고 하지 않는 걸 보니 뻔했다. 아예 초짜 신인 작가일 것이다. 그의 직감대로라면 그건 바로 서로하. 그림의 배경이 바다인 걸 보니 며칠 전 서진이 무단결근하고 다녀온 곳이 어딘지도 알 것 같았다.

몇 번이고 포트폴리오 보여 달라며 찾아가도 무시하더니 이런 식으로 그림들을 들이밀 줄이야. 물론 아까 전 로하의 태도로 보아 그녀 또한 이 상황을 모르고 있는 모양이지만.

천천히 제 동생의 눈을 살폈다. 저 눈에 담긴 진심이 과연 그림만을 향한 걸까. 호기심이 점점 커졌다.

"명성에 매달리려는 안일한 생각을 버리고 그림을 봐. 그림들 충분히 좋아. 내가 정말 심혈을 기울여서 전시를……"

"하서진, 내 말 좀 들어 봐. 여긴 유럽이 아니고 미국이 아니야. 하다못해 중국이나 일본도 아니지."

"무슨 뜻이야."

"그래, 서양 쪽에선 블라인드로 작가 이름 가리고 전시하기도 해. 잘 팔리는 경우도 꽤 있다는 거 나도 알아. 하지만 우리나라는 아냐."

"형, 나 못 믿어?"

서진의 목소리에 다급함이 묻어 있었다. 제가 생각하는 가장 쉬운 길이 처음부터 어긋났기 때문일까. 그의 구겨진 얼굴을 보면서도 규안은 단호하게 고개를 저었다.

"네 그림 보는 감각이야 당연히 믿지. 하지만 내 사업 감각도 믿어."

"하지만…… 하아, 알겠어. 나 그럼…….."

"야, 너 온 김에 이거 좀 보고 가."

"런던 다녀와서."

마음이 급했다. 비행 시간까지 아직은 여유가 있었지만 다시 브리핑을 준비하려면 공항에 가서도 라운지에 앉아 컴퓨터만 들여다봐야 할 정도로 일정이 빠듯해졌다. 그래도 마냥 기분이 나쁘지만은 않았다. 마치 규안에게 거절당할 것을 이미 알고 있었던 것처럼. 진작부터 다른 계획을 2안, 3안까지 세웠던 이유가 이 거절을 예감했기 때문이었다.

그의 머릿속은 다음을 그리는 것으로도 충분히 복잡했다. 차라리 한시라도 빨리 출국하고 싶었다.

"야! 보고 가라니까?"

"대체 뭔데."

결국 다시 몸을 돌렸다. 규안이 내민 것은 웬 서류였다. 힐 끗 시선만 내렸다가 다시 규안을 바라보았다.

"요점만 말해 줘."

"아주 네가 상전이지."

"형."

"이번에 크리스티*에서 경매를 해."

"그것참 놀라운 소식이네."

매년 경매만 500여 건 정도 진행하는 곳이 크리스티였다. 다시 말해 전 세계 각지에서 적어도 하루에 한 번은 경매가 이루어지고 있단 뜻이었다. 예상하고 있었던 서진의 심드렁한 반응에 규안이 피식 웃었다.

"장소는 싱가포르. 메인 행사는 이브닝 경매."

"요점만."

"그 이브닝 경매에 우리 갤러리도 참여할까 하는데……."

"안 해. 기간이 언젠지 모르겠지만 런던 다녀오면 빠듯할 거 뻔하잖아."

"너 마음먹고 큐레이션 하면 그렇게 오래 안 걸리잖아."

"요즘 신인들에 관심 없어서……."

---

*크리스티(Christie's):소더비(Sotheby's)와 함께 세계 미술품 경매의 양대 산맥. 미술 품뿐만 아니라 다양한 부문에서 매년 수백 건 이상의 경매를 진행.

"굵직굵직한 것들로 20여 점 정도만 추려 주면 돼."

"형, 미리 말할게. 나 이번에 프리즈 마스터스 끝나고도 상황에 따라 갤러리 몇 곳 돌아볼 수도 있어. 그래서……."

그게 자신이 세운 플랜 C였다.

지금 런던은 프리즈 위크 기간이었고 제 계획을 실현할 다시 오지 않을 적기였다.

"인터넷 시대다. 자료 정리해서 보내 주면 되잖아. 나머지는 내가 알아서 할게. 너 앞장세우지 않을 테니까 걱정 말고 자료만 줘."

"갑자기 왜 부려먹으려고 해."

"어쨌거나 이안 갤러리 직원이잖아."

"해 주면 내 부탁……."

"말도 안 되는 걸로 딜하려고 하지 마."

서진은 재고해 볼 여지도 없다는 듯 딱 잘라 끊는 규안을 보며 한숨을 푹 내쉬었다. 언제 봐도 제 형은 확실히 타고난 사업가였다. 자신도 그런 형의 성격을 잘 알고 있었기에 플랜 C까지 생각한 것이었지만.

"이름도 없는 신인을 데리고 단독 전시를 하는 건 제아무리 이안 갤러리라도 미친 짓이야. 제니퍼 안과는 달라. 너도 알겠지만 그림만 갖고 승부하는 건 이 나라에서 안 돼."

"그래서 더 말 안 하고 간다잖아. 내 일은 내가 알아서 할 테니 형 일은 형이 알아서 해."

"야, 하서진. 냉정하게 그러지 말고 이번 큐레이션 좀 도와

줘. 어?"

서진은 도무지 내키지 않았다. 그는 아트 페어나 경매에 출품할 작품을 고를 때도 신중했다. 예비 구매자들에게 큐레이터로서 나름대로의 스토리를 들려주길 원했다. 이런 식으로 급하게 준비하는 것은 제 스타일과 한참 거리가 멀었다.

"야! 형이 이렇게 부탁하는데."

"알았어. 도와줄게. 대신 진 단독으로 가지 말고, 이안 갤러리 큐레이터 공동 명의로 출품해 줘. 스케줄상 전념하지도 못할 텐데 이름 걸기도 싫고…… 무엇보다 나 런던 간 김에 해야 할 게 좀 있어. 크리스티 경매 동시에 맡았다고 하면 안 좋아할 것 같아서."

서진은 규안의 책상 위에 늘어져 있던 사진들을 하나하나 소중하게 챙기며 말했다. 할 일이 늘었다 해도 가장 중요한 것을 빠뜨릴 수는 없었다.

"진짜? 진짜 해 주는 거지? 그럴 줄 알았어. 어차피 하는 김에 작품 목록은…… 그래, 한 일주일 내로 추려 줘. 알았지?"

"뭐? 너무하는 거 아냐?"

"난 네 능력을 믿어. 싫으면 무단결근에 대한 시말서 대신이라고 생각해."

"차라리 잘라."

"해 줄 거 알아."

서진은 입술을 삐죽였지만 그뿐이었다. 제 형은 자신이 그의 부탁을 거절하지 못할 것을 너무 잘 알고 있었다. 런던 가서 하룻밤도 제대로 못 자겠다는 생각이 들어 아찔해졌지만 그은 가능한 힘차게 발걸음을 재촉했다. 지쳐서 늘어져 있기엔 해야 할 일이 너무나도 많았다.

띵동 소리가 경쾌하게 울리고 몇 초 후 엘리베이터 문이 열렸다. 자연스럽게 내리고 타려던 두 사람의 시선이 마주쳤다.

"어."

"어, 로하 씨."

손가락이 서로를 가리켰다. 의외의 마주침이었지만 반가웠다. 서진은 엘리베이터의 열림 버튼을 누르며 반갑게 손을 흔들었다. 턱 끝으로 로하가 들고 있던 커피 두 잔을 가리키며 자연스레 안부 인사를 건넸다.

"카페에서 다시 일하는 거예요?"

"아뇨. 그냥 일일 대타예요. 지금은 커피 배달 가는 중이고요."

"그렇구나."

"걱정하지 마요."

"뭘요?"

"그림이요. 열심히 그리는 중이에요. 오늘만 잠깐……."

마치 다른 짓을 하다 걸린 학생처럼 로하는 주절주절 변명을 늘어놓다가 말을 멈췄다. 애초에 변명할 이유가 없었기 때문이다.

그런데도 변명하고 싶었다. 제 열정을 그에게만큼은 확실히 보여 주고 싶었다. 서진이 고개를 갸웃했다.

"누가 보면 내가 되게 악덕 매니저인 줄 알겠어요. 나 그렇게 나빠요?"

"그게 아니라……."

"압박받지 마요. 난 로하 씨가 무엇에도 억눌리지 않고 속에 있는 모든 것을 쏟아 내서 마음껏 그림 그리는 모습을 보고 싶을 뿐이에요."

"그리고 싶은 게 너무 많아졌어요."

"그건 좋은 소식이네요."

"누구 덕분이죠."

로하가 생긋 웃었다. 그 순간 엘리베이터에서 요란한 경고음이 났다. 지나치게 오래 잡아 둔 탓이었다.

"안 내리세요?"

"일단 타요. 배달 어디로 가는데요?"

아까까지만 해도 급했던 마음이 로하를 보자마자 눈 녹듯 사라졌다. 서진은 로하에게 여유로운 손짓을 보냈다.

매장을 너무 오래 비워 두는 것이 마음에 걸렸던 로하는 일단 엘리베이터에 올라탔다. 잠시 후 문이 닫혔다.

"부대표님 사무실이요. 미팅 중인데 상대방이 까다로워서 꼭 갓 로스팅 된 커피가 필요하다고 하셔서요."

"그래도 그렇지. 비서도 아니고 왜 카페 직원을 부려 먹어요?"

서진은 툴툴거리면서도 방금 제가 내려왔던 층의 버튼을 눌렀다. 한참을 멈춰 있던 엘리베이터가 움직이기 시작했다.

"가끔 배달해요. 서진 씨가 커피를 싫어하셔서 모르는 거지."

"그런데 부대표랑 로하 씨, 둘이 언제부터 개인 연락했어요?"

"아, 그건 아닌데…… 왜요? 하면 안 돼요?"

"안 되는 건 아닌데 어쨌든 하지 마요."

"네?"

"그냥요. 그냥 그림이랑 소통하면서 살아갔으면 좋겠어요."

"그게 무슨 소리예요. 아까는 압박하지 않겠다더니, 완전 이상하잖아요."

"하지만……."

제가 뱉은 말이 이상하다는 것을 자신도 알고 있었다. 서진은 어떻게든 둘러댈 말을 찾기 위해서 머리를 굴렸지만 마땅히 떠오르는 변명이 없었다. 솔직히 서진은 로하와 제 형이 연락하는 게 싫었다. 상대가 아무리 제 형이라 해도 어쨌든 남자였다. 그녀에게 그림에 대해 조언해 줄 수 있는 사람도, 그녀에게 편한 친구로 기댈 어깨를 내어 줄 사람도 자신뿐이길 바랐다. 그러나 그 말을 그녀에게 직접 할 수는 없었다.

서진이 멍청한 표정을 지으며 빨개진 얼굴을 돌리는 순간 고맙게도 엘리베이터가 띵동 소리를 냈다. 열린 문으로 서진이 먼저 성큼 내렸다.

로하는 자신을 따라 내린 서진이 이해가 가지 않아 고개를 갸웃했다. 그렇지만 따질 시간이 없었다. 손에서 느껴지는 커피의 온기가 사라지고 있었다. 무엇보다 그가 자신을 따라온 것이 전혀 싫지 않았다.

"커피만 빨리 전달하고 나올게요. 같이 들어가실 거 아니죠?"

"사양이에요. 다녀와요."

서진은 노크 후 규안의 방으로 들어가는 로하의 뒷모습을 가만히 지켜보았다. 이내 벽에 등을 기대 나지막이 읊조리듯 숫자를 세기 시작했다. 1, 2, 3…… 10. 초조함이 밀려왔다. 다시 11, 12, 13…… 120. 2분이 지나자 복잡한 감정이 밀려왔다. 고개를 저으며 눈을 감고 숫자에만 집중했다. 121, 122, 123…… 600. 5분. 커피 배달하는 데 5분이나 걸리나.

눈을 떴다. 마음만 먹으면 들어갈 수 있는 규안의 사무실 문을 노려보았다. 곧 런던으로 가는 비행기를 타야 했다. 오랫동안 그녀를 보지 못할 거란 느낌이 저를 괴롭혔다. 평소 같으면 별것 아니었을 짧은 시간이었지만 자꾸만 예민해졌다.

서진은 잠시 고민하다 결심한 듯 문고리를 잡았다. 깊은 한숨을 내쉬고 손잡이를 돌리려는 순간 반대쪽에서 벌컥 문이 열렸다. 서진은 저도 모르게 한 발짝 뒷걸음질을 쳤다. 이내 다시 문이 닫혔다.

"커피만 주고 나온다더니 뭐 이리 늦어요."

"나 오래 걸렸어요? 아, 그게……."

"이리 와요."

서진은 로하의 손을 낚아채고 최대한 빠르게 걸음을 옮겼다. 갑작스러운 서진의 행동에 로하는 당황했지만 뿌리치지 않았다. 그가 이럴 땐 이유가 있는 게 아닐까 막연히 생각만 할 뿐. 엘리베이터 앞에 다시 도착해서야 그가 입을 뗐다.

"부대표랑 무슨 이야기했어요?"

"무슨 이야기를 해요? 그냥 커피 배달하러 온 거라니까. 서진 씨, 오늘 이상해요."

"나 오늘…… 이상해요?"

"네, 무지 이상한데요?"

"……일단 내려가죠."

서진은 먼저 엘리베이터에 올라탔다. 두 사람 사이엔 어색한 침묵이 흘렀다. 로하는 이 분위기를 깨 보기 위해 헛기침을 했지만 서진은 그녀를 보지 않았다. 그녀는 어색하게 웃으며 엘리베이터에 붙어 있는 포스터를 가리켰다.

"다음 달에 또 유명한 작가 전시하네요."

"네, 뭐."

"명성이 있다는 건 참 좋은 것 같아요. 얻는 건 힘들지만, 한 번 얻고 나면 그다음부터는 쉬워지니까요."

"작가의 중요한 자질은 명성이 아니라 진심이죠."

"그건 그렇지만 진심만 갖고서……."

로하의 목소리가 조금 날카로워져 있었다. 드디어 서진의 시선이 그녀를 향했다. 그는 그녀가 가시를 세운 고슴도치 같다고 생각했다. 정작 누군가 안아 줬으면 하는 마음으로 부르르 떨고 있으면서도 아닌 척하는 고슴도치. 서진은 그제야 예민하게 굳은 눈빛을 풀고서 잡고 있던 로하의 손을 더욱 꽉 쥐었다.

"명성…… 그래요, 중요하죠. 어쩔 수 없거든요."

"그런 게 싫어요. 진심만으로는 명성을 이길 수 없는 사회가……."

"아뇨."

"아니라뇨. 애써 위로하지 않으셔도 돼요."

"로하 씨는 이미 진심으로 명성을 한 번 이겼어요. 봐요. 내가 당신이랑 같이 일하고 싶어 하잖아요."

"아."

그사이에 엘리베이터가 1층에 도착했으나 서진은 다시 닫힘 버튼을 눌렀다. 꼭 그녀에게 주고 싶은 것이 있었다.

로하는 멍하니 서진을 바라보았다. 지금은 그냥 그가 이끄는 대로 따르고 싶었다.

다른 층에서 엘리베이터 문이 열렸다. 두 사람은 아무 말 없이 걸었다. 서진이 앞장서서 들어간 곳은 제 사무실이었다. 전에 있던 알로하 연작의 전시 모형은 사라지고, 그 자리에는 각종 모형 사과들이 빼곡하게 놓여 있었다.

그걸 보는 순간 로하의 심장이 세차게 뛰었다. 왈칵 눈물이 쏟아질 것 같아 입술을 꾹 깨물며 억지로 시선을 천장으로 돌렸다.

"알아요. 로하 씨 상처가 오래된 거. 힘들었을 것도 알고.

하지만 난 로하 씨가 나아갔으면 좋겠어요. 우리에겐 꿈이 있 잖아요. 기억하죠?"

"말이 쉽죠."

"한 번 이겼는데 왜 여러 번은 못 이길 거라고 생각해요. 로 하 씨 진심으로 승부해요."

"하아."

로하는 아주 오랫동안 속에 담아 두었던 한숨을 길게 내쉬 었다. 볼을 타고 흐르는 눈물을 닦을 생각도 하지 못한 채 주 저앉아 한참을 울었다. 서진은 로하를 한동안 가만히 내버려 두었다. 제가 달래 줄 수 없는 과거를 그녀 스스로 흘려보낼 수 있도록 시간을 주고 싶었다. 제가 도와줄 수 있는 것은 그 녀의 현재였다. 그리고 그녀의 미래까지도. 가능하다면 그녀 의 곁을 지켜 주고 싶었다.

"나도 알아요."

한참 후에 조금은 쉰 목소리로 로하가 입을 뗐다. 토끼같이 빨개진 눈으로 서진을 올려다보면서.

"이거 다 자격지심인 거…… 아는데, 아는데도 잘 안 돼요."

"내 손 잡을래요?"

서진이 그녀의 눈앞에 손을 내밀었다. 잠시 머뭇거리던 로 하가 그의 손을 꽉 잡았다. 서진이 그녀를 천천히 끌어당겼다. 덕분에 그녀는 다시 일어설 수 있었다.

"혼자 이겨 내라고 안 할게요. 지금처럼 같이 일어나면 되 죠."

안환희와 제니퍼 안, 그리고 이름 모를 수많은 사람들이 그녀의 상처를 만들었을 것이다. 상처 위에 만들어진 흉터는 지워 줄 수 없어도 꿋꿋하게 길을 걸어가게끔 도와주며 새로운 상처가 나지 않도록 지켜보는 건 할 수 있었다. 결국 그녀가 스스로의 상처를 치유할 유일한 방법은 그림이었다.

"고마워요."

"별말씀을요. 아, 나 오늘 출국해요."

"네?"

"별건 아니고 볼일이 좀 있어서요. 저번에 말했잖아요. 어쨌든 다녀오면 하고 싶은 이야기가 산더미처럼 쌓일 것 같아요. 하지만 이야기 대신……."

로하가 눈을 깜빡였다. 서진이 양손으로 그녀의 손을 감싸 쥐었다. 차갑게 식었던 손이 점점 따뜻해져 갔다.

"새로운 세상을 선물해 줄게요. 서로하가 단단히 뿌리 내리고 진심을 담은 그림만 그릴 수 있게. 그걸로 이겨 내며 살아갈 수 있게."

"서진 씨."

"그러니까 로하 씨도 나 없는 사이에 흔들리지 마요, 그 어떤 것에도. 혹시 누가 달콤한 말을 해도 속지 마요. 그냥 그림만 보고 있어요, 그림만."

"……기다릴게요."

로하가 고개를 세게 끄덕였다. 서진 또한 로하를 보며 고개를 끄덕였다.

잠시 그가 그녀의 손을 놓았다. 로하의 눈이 동그랗게 변했다. 서진은 천천히 사무실 벽으로 다가가 액자를 떼어 로하의 손에 건네주었다. 그리 크지 않은 액자는 그녀의 한 손에 편안히 안겼다.

"선물이에요. 보잘것없긴 하지만, 내 진심을 담아 그렸던 처음이자 마지막 그림이죠."

"그럼 너무 소중한데……."

"이게 나 없는 사이에 대신 이정표 역할을 해 줄 거예요."

"서진 씨, 나는……."

"쉿."

서진이 로하의 또 다른 손을 잡았다. 그리고는 천천히 입을 맞췄다. 기분이 묘했다. 마치 성스러운 의식을 치르는 듯한 그의 행동이 로하의 심장을 더욱 세차게 뛰게 했다.

"오늘은 여기까지만. 하고 싶은 이야기, 듣고 싶은 말 많은데 조금만 미루죠. 내가 돌아오면 많은 게 달라질 거예요. 약속할게요."

로하는 서진의 눈을 바라보았다. 그의 눈은 여전히 진실했다. 그래서 입을 열지 않았다. 묻고 싶은 것도 많고 하고 싶은 고백도 있었지만 지금은 아니었다. 로하가 끄덕이자 서진이 입가에 미소를 그렸다.

"그림 그리면서 기다리고 있을게요."

"최고의 기다림이네요. 그림이 보고 싶어서라도 빨리 돌아와야겠어요."

로하는 손에 들린 그림을 천천히 내려다보았다. 서툰 붓 터치, 그렇지만 무언가 시선을 붙잡았다. 가장자리에 있는 새 한 마리였다.

새는 투쟁하여 알에서 나온다. 알은 세계이다. 태어나려는 자는 하나의 세계를 깨뜨려야 한다. 새는 신에게로 날아간다. 신의 이름은 압락사스.

—〈데미안〉中에서

작게 쓰인 문구가 그림의 모든 것을 말해 줬다. 로하의 시선이 다시 서진을 향했다. 이 남자와 함께라면 저도 오래된 자격지심을 깰 수 있으리란 믿음이 생겼다. 그걸 깨야만 그가 약속하는 새로운 세계로 날아갈 수 있을 것이다.

아마 제 새로운 신의 이름은 하서진이 되지 않을까. 로하는 다시 한 번 고개를 끄덕이며 그림을 꼭 끌어안았다. 그의 미소를 보고 있으니 한없이 편안해지는 기분이었다.

10

같은 꿈, 다른 길

"서로하 씨."

"부대표님?"

택배인 줄 알았다. 제집에 찾아올 사람이 없었기 때문이다. 그런데 그 자리엔 익숙지 않은 사람이 서 있었다. 로하는 당혹 스러움을 감추지 않았다.

"반가워하진 않네요?"

"좀…… 갑작스러워서요."

"그림 그리고 있었어요?"

"네."

"서진이 없어서 심심하지 않아요? 말동무 필요할까 봐 왔는 데."

"그게……"

로하는 어떻게 반응해야 좋을지 알 수 없었다. 서진이 없어서 허전하긴 했지만 그럭저럭 잘 버티고 있었다. 그림으로 허전함을 메우고 이따금 그가 보내 주는 조언으로 성장해 가다 보니 시간이 잘 흘렀다.

서진은 종종 런던 갤러리들에 걸린 그림을 사진으로 찍어 보내 주곤 했다. 컨템퍼러리. 지금 이 시대를 대변하는 생동적인 그림들은 로하에게 좋은 자극제였다.

"잘못 짚었나 보네요. 그렇죠?"

"작업하다 보니 시간 가는 줄 모르고 있어서요."

"그럼 이것만 전해 주고 갈게요."

"이게 뭔데요?"

로하는 규안이 내민 서류 뭉치를 받아 들었다. 제목은 단순했다. 국립 대한 미술관 산하 레지던시의 새로운 작가를 모집한다는 공고문이었다. 로하가 눈을 동그랗게 뜨고 규안을 바라보았다.

"작업할 수 있는 스튜디오도 지원해 주고 다양한 작가들과 교류할 수 있게 해 주는 데다가 전시까지 열어 주는데 이보다 더 좋은 프로그램이 어디 있겠어요. 포트폴리오만 있으면 지원할 수 있다니까 한 번 써 봐요."

"너무 갑작스러워서……."

"안 교수의 말도 안 되는 요구를 받아들인 건 형편이 어려워서 그런 거 아녜요? 성공하고 싶어서 물불 안 가릴 성격은 아닌 거 같은데."

"부대표님!"

로하가 버럭 소리를 질렀다. 그러나 규안은 어깨를 으쓱해 보일 뿐이었다. 뱉은 말을 바로 잡을 생각이 없어 보였다. 로하는 안쪽 입술을 세게 깨물었다.

"무례한 말인 거 알아요. 하지만 말했잖아요. 내 나름대로 조언해 주고 돕겠다고. 과거는 과거고 미래는 미래니까."

"……앞으로 나아가란 뜻이죠?"

정말 형제는 형제인 모양이다. 뉘앙스는 달랐지만 출국 전 서진이 했던 말과 비슷해 로하는 피식 웃을 수밖에 없었다. 과거를 털어 내고 현재를 충실히 살면서 미래를 그리는 것. 과연 할 수 있을까.

분명 그의 손을 잡았을 땐 할 수 있을 것 같았는데 혼자서는 자신이 없었다. 그가 봤다면 실망할 것이 뻔하다고 스스로를 다독여도 기운이 나질 않았다.

"빙고. 나랑 계약하는 게 최선인데 그건 싫다니까, 뭐. 이런 거라도 도전해 보면 어떨까 싶었어요. 꽤 공정하게 선발하니까 서로하 씨 실력만으로 발돋움할 좋은 기회 같은데요?"

규안의 말에 조금은 용기를 낸 로하가 다시 한 번 서류를 내려다보았다. 자신의 실력만으로 발돋움할 기회. 가슴이 뛰었다.

그저 그림만 많이 그려 두면 될 줄 알았는데 그보다 더한 것을 해낼 수 있다면…….

멀리 가서도 늘 제게 힘을 주는 그가 돌아왔을 때, 조금이라도 더 떳떳한 모습을 보여 주고 싶었다. 자격지심을 다 털어 내고 진짜 작가가 되기 위해 한 발짝 앞으로 나아간 당당한 모습을 자랑하고 싶어졌다.

유치하다 해도 좋아하는 사람 앞에서 잘 보이고 싶은 건 당연한 사람의 마음이었다.

"해 볼게요. 해 보고 싶어요."

"잘 생각했어요."

"포트폴리오 준비는……."

"난 그림 볼 줄은 모르지만 심사 담당은 많이 해 봤거든요. 내가 도와줄게요. 지원서 쓰는 것부터 하나씩 차근차근."

"감사합니다, 정말로."

"나야말로 감사하죠."

"네?"

"드디어 서로하 씨 그림을 볼 수 있겠구나 싶어서 좀 설레거든요."

규안이 반짝이는 로하의 눈을 똑바로 바라보며 말했다. 하서진을 뒤흔들어 놓은 그림이 정말로 궁금했다. 끼워 팔기는 절대 안 된다고 거절할 정도로 서진이 인정하는 그림이 얼마나 대단할지 기대가 되었다.

물론 그녀의 그림이 조금이라도 이용 가치가 있으면 더할 나위 없이 좋을 거란 생각 또한 그를 즐겁게 했지만 내색하지 않았다. 규안은 생긋 미소를 지었다.

"기대해도 되죠?"

"저, 부대표님."

"네?"

"실은 최근에 그린 그림들은 아직 공개하기가 조금 그래서……."

"아쉽지만 할 수 없죠. 서진이 오기 전에 먼저 내놓기가 그래요?"

"그, 그게……."

정곡을 찔린 로하가 우물쭈물 말을 잇지 못했다. 그림은 제가 그리는 것이지만 그림을 그릴 수 있게 해 준 뮤즈는 서진이었다. 그러니 그 그림들로 무엇을 할지는 서진이 돌아오고 나서 결정하고 싶었다.

그가 제 그림들로 단독 전시를 기획해 줬으면 하는 마음이 간절했다. 그가 비평을 해 주어도 좋을 것 같았다. 그림들의 또 다른 주인은 서진이었으니 그가 돌아와야 무엇이든 할 수 있었다.

"이러다가 제수씨 되는 건 아니죠?"

"절대 아니에요!"

로하의 얼굴이 새빨개진 것을 놓치지 않은 규안이 피식 웃었다. 두 사람 사이에 제가 모르는 무언가가 있는 것이 분명했다. 그림을 그리 좋아하는 제 동생도 개인적인 감정 앞에서 속수무책인 건 아니었을까. 의문이 꼬리에 꼬리를 물고 점점 더 커져 갔다.

"아니면 아닌 거지, 뭘 그렇게 단호하게 말해요. 괜히 더 의

265

심스럽게."

"부대표님!"

"농담이에요. 그럼 내친김에 오늘 시작할까요?"

규안과 있을 땐 어느 장단에 맞춰야 좋을지 전혀 감을 잡지 못했다. 그가 건네는 말들 중 무엇이 농담이고 무엇이 진담인지 구분하기가 어려웠다. 그래서 그와 함께 있을 때면 유독 긴장이 되었다. 단순히 이안 갤러리의 부대표라는 높은 자리 탓은 아니었다. 이규안이란 사람 자체가 로하에게 무척 어려웠다.

로하는 먼저 집 안으로 들어가면서 규안에게 손짓했다. 좁은 방에 캔버스와 종이들이 이리저리 늘어져 있어 전혀 정리가 되어 있지 않았다. 작업실이 따로 없는 탓이었다. 조금은 민망해진 로하가 멋쩍게 웃었다.

그러나 규안의 시선은 그녀에게 향해 있지 않았다. 바닥에 늘어진 그림들을 빠르게 살펴볼 뿐. 그래 봤자 풍경화. 딱 이거다 싶은 느낌은 아니었다. 대체 제 동생을 자극한 건 뭘까. 그림이 아니라 서로하란 사람 자체인 걸까.

"로하 씨."

"네?"

"혹시 내 동생이랑 잤어요?"

"부대표님, 무슨……."

전혀 예상하지 못했던 질문에 로하는 어안이 벙벙해졌다. 방금 들은 말이 제가 아는 그 뜻이 맞는 걸까. 서진도 저를 깜

266

짝 놀라게 하는 말들을 많이 던지곤 했지만 규안이 꺼낸 말은 폭탄 그 이상이었다.

"아니면 말고."

"저희는 아무 사이도 아니고 그저……."

형제가 맞긴 맞는 모양인지 그녀를 억울하게 하는 것도 닮아 있었다. 서진과 똑같이 위험한 말을 꺼낸 주제에 아무렇지 않게 태연한 표정을 짓는 규안을 보며 어찌 대처해야 좋을지 몰라 로하는 일부러 늘어져 있는 그림들을 정리하는 척 시선을 다른 데 두었다.

"에이, 아무 사이도 아니란 건 거짓말이죠."

그에 비해 규안의 시선은 한곳에 꽂혀 있었다. 수많은 그림들 사이에 공통된 주제가 몇 가지 보였다. 그림을 잘 볼 줄 모른다 해도 어디까지나 하서진에 비해서였지, 그도 엄연히 한국 미술계를 대표하는 갤러리스트 중 한 사람이었다. 한두 번도 아니고 수차례 나오는 주제를 못 알아볼 리 없었다.

처음엔 가닥을 잡을 수 없었지만 지금은 확신할 수 있었다. 적어도 서로하는 하서진에게 마음이 있었다. 그렇지 않고서 모든 그림들이 자신의 뮤즈가 하서진이노라 말하고 있을 수는 없었다.

"부대표님?"

"자자, 그럼 일을 해 볼까요? 무슨 주제로 포트폴리오 짤 건지부터 말해 봐요."

로하가 알 수 없는 불안함에 떠는 눈빛으로 규안을 바라보았다. 닮긴 했지만 서진과는 분명히 다른 사람. 그는 표정만으로는 알 수 없는 사람이었다.

규안이 저를 재촉하는 듯 손짓하고 나서야 로하는 다시 그림 생각에 집중할 수 있었다. 차라리 빨리 끝내는 것이 속 편한 길인 듯했다.

❀   ❀   ❀

하루의 일정을 마치고 호텔로 들어온 서진은 침대에 몸을 던지고 싶은 충동을 간신히 억눌렀다. 런던에 온 지도 벌써 보름. 서울에서 대략 지구 반 바퀴를 돌아야 하는 런던은 참 먼 곳이었다. 아홉 시간의 시차가 애매한 곳이기도 했다.

게다가 결정적으로 서로하는 작가였다. 영감을 받으면 며칠씩 날을 새며 그림에 몰두하다가도 어느 날은 쥐 죽은 듯이 잠만 자는 천생 예술가. 보름의 시간 동안 두 사람이 통화한 횟수는 손에 꼽을 정도였고, 메신저마저도 그리 수월하지는 않았다.

그렇지만 제게 도착하는 사진들은 심장을 뛰게 하는 원동력이었다. 아침에 눈을 뜰 때 그녀의 그림으로 깰 수 있음에 서진은 감사했다. 런던에 있을 때면 늘 달고 살던 홍차를 마시지 않아도 그는 매일매일 서로하 덕분에 상쾌한 아침을 맞이할 수 있었다.

그러는 사이 프리즈 마스터스가 막을 내렸다. 역시 큐레이터 진이란 찬사가 여기저기에서 쏟아졌다. 그가 심혈을 기울여 고른 그림들은 프리뷰로부터 정확히 사흘째 되던 날 모두 최고가를 경신하며 팔렸다. 여기저기서 인터뷰 요청부터 시작해 큐레이션 의뢰까지 그를 찾는 사람은 많았지만 서진은 모두 정중히 거절했다. 해야 할 일이 있었기 때문이다.

서진은 해외의 많은 갤러리 관계자들을 만났다. 정작 당사자인 로하에게 말도 하지 않은 채 벌이고 있는 일인 데다가 급히 추진하는 일이라, 작품이 담긴 사진만으로 승부해야 하기에 절대적으로 불리했다. 그럼에도 서진은 열심히 돌아다녔다.

만난 사람들 중 몇몇은 그림이 좋아서가 아니라 큐레이터 진이 골랐다는 이유만으로 관심을 표하기도 했지만, 그런 경우는 서진 측에서 단호하게 잘랐다. 반면 무턱대고 동양 작가에게 반감을 품는 이들도 더러 있었다. 중국도, 일본도 아닌 한국의 작가라는 이유로 무시하는 이들도 적지 않았다. 관심을 보이면서도 실물을 보지 못했다는 이유로 확답을 주지 않는 이들도 있었다.

시간이 흐를수록 초조해져 아침부터 저녁까지 배로 열심히 뛰어다녔다. 세계 각지의 갤러리스트들을 한곳에서 만날 기회란 좀처럼 찾아오는 것이 아니었다. 서진은 멈추지 않고 아트 딜러들부터 수집하는 것을 취미로 즐기는 애호가들, 평론가들까지 미술계의 관계자들이란 관계자들은 전부 만나고 다녔다.

「그림 속에 한이 있어. 난 동양인, 그중에서도 한국인들만이 담아낼 수 있는 이 정서가 오묘하다고 생각해. 젊은 작가 같은데 풍경 속에 그런 감정을 표현해 내다니 신기하기까지 한걸.」

「모순되는 것들의 조화, 경계가 무너진 역설, 이런 것들이 제가 이 작가의 그림에 반한 이유입니다.」

「진, 평론을 부탁해도 될까?」

로하의 그림을 제대로 볼 줄 아는 사람을 만난 건 불과 몇 시간 전, 저녁때였다. 대학원 재학 시절 제가 도움을 주었던 선배의 주선으로 만나게 된 뉴욕 구겐하임 미술관의 시니어 큐레이터 마이클.

조심스레 내민 사진들에 그가 관심을 보인 건 정말 의외였다. 현대미술을 대표하는 전 세계 미술관들 중 한 곳, 그곳을 대표하는 큐레이터 중 한 사람이 이름도 알려지지 않은 한국 출신 신인 작가에게 관심을 표하는 건 일반적으로는 있을 수 없는 일이었다. 서진은 살짝 의심이 들었다.

「혹시 제 평론으로 그녀의 그림을 전시할 기회를 잡으라는 제안이시라면 정중하게…….」

「말도 안 되는 소리.」

마이클의 단호한 표정에서 서진은 그의 뜻을 오해했음을 깨달았다. 그에게 사과를 건네며 오해를 할 수밖에 없었던 이유

또한 구구절절 늘어놓았다.

출국하기 전 제 형이 꺼냈던 이야기처럼 말도 안 되는 거래를 요구한 이들이 많았다. 편한 길인 것을 모르지 않았으나 서진은 내키지 않았다. 진심만으로 이겨 내 보라고 그녀에게 조언한 이상 저 또한 절대 타협할 수 없었다.

「아시아 작가들 중에 20대, 30대 신인 작가들을 발굴해서 작게나마 기획전을 열기 위해 준비 중이야. 책임 큐레이터는 내가 맡을 건데 거기에 그녀의 그림을 포함하고 싶군. 아직은 사진밖에 보지 못해서 확신하긴 이르지만, 어쨌든 느낌이 좋아. 꽤 신선해.」

「그럼 제게 평론은 뭘 부탁하려고…….」

「괜찮다면 그 전시의 도록을 맡아 줬으면 좋겠어.」

「하지만…….」

「아시아 그림을 잘 아는 사람 중에 진, 네가 영어를 제일 잘해. 그리고 너, 네 이름값이 너무 높다고 착각하고 있는 거 아냐?」

「그런 건 아닙니다. 그저…… 약속했습니다. 지키고 싶고요.」

「약속? 무슨 약속?」

「그림으로만 기회를 만들어 주겠다고요.」

「아아, 오해하고 있군. 아직 확정은 아냐. 도록을 맡기는 거랑은 별도라고. 그 작가의 그림은 실물을 보고 최종 결정해야겠지. 그래도 안 되겠어?」

「아뇨, 감사합니다.」

서진은 미니바에서 와인을 한 병 꺼내 유리잔에 따랐다. 한 모금 입에 머금으니 진한 향이 온몸에 퍼졌다. 초조하긴 했지만 불안하진 않았다.

이 떨림은 차라리 설렘일까. 그녀는 약속대로 정말 그림 속에 파묻혀 살고 있었고 저는 그녀가 꿈을 펼칠 수 있는 세상을 만드는 중이었다. 멀리 떨어져 있어도 꿈이란 단어가 두 사람을 이어 주고 있었다. 그녀가 기쁘게 받아들여 줄지 조금 겁이 났지만 그 또한 헤쳐 나가면 그뿐이었다.

「아참, 작가 이름은 뭐야?」

「서로하요.」

「서로하.」

「알로하랑 닮았죠?」

「좋은 이름이네. 그녀의 그림을 직접 볼 날이 기다려지는군.」

「후회하지 않으실 겁니다.」

서진은 유리잔을 들고 노트북 앞에 앉았다. 마이클에게 보내 줄 개략적인 작가 및 작품 소개 포트폴리오를 정리해야 했다. 이것만 마무리하면 한국으로 돌아가도 될까. 최종 결정은 그림의 실물을 본 이후라고 이야기했기에 확실한 것은 아무것도 없었지만 성과는 분명 있었다.

무엇이 그를 이토록 강하게 확신시키는 건지 알 수 없었지만 이번 일은 잘 풀릴 것 같았다. 무엇보다 서로하가 보고 싶었다. 그녀의 반응이 궁금했다. 다음번에 비행기를 탈 땐 그녀와 그녀의 그림, 모두 함께 떠나게 되겠구나 생각하며 서진은 마우스를 쥐었다.

「혹시 말이야. 혹시나 해서 묻는 건데 그림 속 이 사람은 진, 너야?」

「그게 중요할까요?」

「중요하지. 그림에 대한 순수한 열정인지, 개인적인 감정이 섞인 건지 궁금했거든.」

「뭐가…….」

「촉망 받는 젊은 큐레이터 진이 요즘 한 작가에게 미쳐서, 만나는 사람마다 그 작가를 추천하고 있다는 이야기. 이번 프리즈 위크 내내 굉장히 떠들썩했던 가십이야.」

「그냥 그림만 봐 주세요, 그림만.」

「내 궁금증에 대한 답은 안 줄 거야?」

그림에 대한 설명을 가볍게 적어 넣으며 서진은 마이클이 예리하다고 생각했다. 의자에 목을 기대 잠시 몸을 뒤로 젖혔다.

제가 이렇게 열성적으로 움직이고 있는 이유. 자신을 설레게 했던 그림들이 묻히는 게 싫어서? 아니면 서로하가 좋아서? 서진은 이미 답을 알고 있었다.

"둘 다."

서진이 와인을 입안에 머금었다 삼켰다. 잠시 컴퓨터에서 눈을 뗀 채 휴대폰을 쥐었다.

⟨나 곧 돌아가요.⟩

한국 시간은 고려하지 않은 채 서진은 로하에게 메시지를 보냈다. 충동적이긴 했지만 어쩔 수 없는 일이었다.

⟨보고 싶어요.⟩

속에 있던 말까지 꺼내고서야 서진은 휴대폰을 내려놓았다. 작업 중이라면 답장이 올 수도 있겠지만 왠지 보고 싶지 않았다. 와인 탓에 혈액 순환이 되기라도 하는 건지 심장이 조금 세차게 뛰었다. 이대로는 일에 집중할 수 없었다.

서진은 한참을 휴대폰만 바라보았다. 몇 번이고 버튼을 눌렀다가 다시 껐다가를 반복했다. 전화라도 걸고 싶었으나 마땅히 할 이야기가 없었다. 이러다가 술김에 고백이라도 해 버리는 건 아닐까 싶어 서진은 스스로를 말렸다. 고백을 한다 해도 이런 식으로는 절대 하고 싶지 않았다. 서진은 제가 만들고 있는 세상, 그 세상의 한 자락이라도 그녀에게 보여 준 뒤에 당당히 옆에 서고 싶었다.

자리에서 벌떡 일어났다. 옷장 문을 열고 옷을 전부 꺼내 캐리어에 던지기 시작했다. 각종 서류 뭉치도, 제가 몇 날 며칠을 소중히 들고 다니던 사진들도 빠르게 챙겼다. 날이 밝는 대로 한국에 돌아갈 생각이었다.

「아, 한 가지만 약속해 줘.」

「말씀하세요.」

「반드시 신인이었으면 좋겠어.」

「말씀드렸다시피 완전 신인이에요.」

「아니, 아예 그 누구에게도 알려지지 않은 원석.」

「아.」

「말했잖아. 이번에 구겐하임 미술관 이름을 걸고 발굴 프로젝트를 진행하는 거야. 내 말 무슨 뜻인지 알지?」

그녀를 보면 말할 것이다. 사랑한다고. 네 그림만큼이나 너를 사랑하고 있노라고. 그리고 보여 줄 것이다. 제가 준비한 세상을. 그곳에서 편히 꿈꾸라고, 나도 같은 꿈을 꾸겠노라고 말하며 안아 주고 싶었다. 서진의 심장이 미친 듯이 요동쳤다.

한국까지 날아가는데 걸리는 시간은 열두 시간 남짓. 내일 오후 비행기를 타려면 걸리는 시간이 또 열두 시간 남짓. 만 하루. 그 만 하루의 시간이 지나고 나면 그녀는 제가 만들어 준 날개를 달고 날아오를 수 있으리라.

서진은 그리 생각하며 침대에 누웠다. 이제 곧 세상에 내어 놓을 저만의 보석이 반짝반짝 빛나는 미래를 꿈꾸며 잠을 청했다.

〈나도 보고 싶어요.〉

〈더 멋진 작가가 되기 위해 오늘도 노력할게요.〉

〈참, 그림 대신 각오만 보냈다고 미워하지 마요.〉

뒤척거리다 잠시 휴대폰을 들여다보았다. 짧은 진동 소리에도 잠이 깼다. 이미 한국 시간으로는 아침이 되어 있었다. 한참 전에 보낸 메시지에 대한 로하의 답.

고작 텍스트였지만 그의 마음이 따스하게 물들었다. 그녀가 조금은 단단해진 것 같아 기뻤다. 휴대폰을 꼭 쥐니 마치 로하가 곁에 있는 듯했다. 이 침대 너머 어딘가에서 그림을 그리며 이것 좀 보라고 손짓할 것 같았다. 그 모습을 상상하자 절로 미소가 나왔다.

아까까지만 해도 전혀 잠을 이룰 수 없었는데 이제는 조금이나마 눈을 붙일 수 있겠다. 서진은 그렇게 스르르 꿈에 취해 갔다.

로하는 다리가 후들거렸다. 이런 곳에서 추한 모습을 보이고 싶지 않아 간신히 몇 걸음을 뗐지만 결국 길바닥에 주저앉고 말았다. 어려서부터 현실의 높은 벽에 수도 없이 치여 왔기 때문에 충분히 면역력을 길렀다 생각했는데 그도 아닌 모양이었다. 아무리 겪어도 상처에는 익숙해질 수 없었다. 아무 생각이 나질 않았다. 흐리멍덩해진 머릿속. 눈앞이 캄캄했다.

다급한 손으로 주머니를 뒤적거렸다. 휴대폰을 꺼내 지금 가장 보고 싶은 사람에게 전화를 걸었다. 그러나 신호만 갈 뿐 목소리를 듣지는 못했다. 몇 번을 다시 시도해도 마찬가지였다. 바쁘다더니 전화도 못 받을 정도인 걸까. 아니면 지금 그곳은 저녁인 걸까. 생각이 뒤죽박죽 꼬였다. 로하는 제 무릎에 얼굴을 묻어 버렸다.

"서로하 씨, 포트폴리오는 잘 봤습니다만…… 단도직입적으로 물어보죠. 표절 아닙니까?"

"아닙니다. 순수 창작이에요. 제가 지금 하려고 하는 프로젝트의 주제는 사과이고 그건……."

"새로 들어가려는 주제 말고요. 기존 작품들 말입니다."

"표절이라뇨? 그럴 리 없습니다."

"그럼 아류작입니까?"

"그게 무슨……."

"학교도 좋은 곳 나오셨고 무려 학부 때부터 쭉 안환희 교수님께 사사받았다고 이력서상 표기되어 있던데…… 새로 시작하려는 프로젝트 주제도 나쁘지 않고요. 하지만 너무 뻔뻔하다고 생각하지 않으세요?"

시작 때부터 시종일관 제게 공격적이기만 하던 심사 위원들. 그때만 해도 그들이 왜 그러는지 이해할 수 없었다. 심사이니 일부러 까다롭게 구는 거라고, 현명하게 넘기면 그뿐이라고 스스로를 달랬다. 하지만 제 생각이 틀렸음은 뒤이어 나온 한 단어에 의해 간단하게 증명되었다.

"제니퍼 안. 요즘 막 데뷔한 신인 작가의 그림을 과하게 닮았는데요."

"그건 제 지도 교수님이 안 교수님이시고……."

"그러니까요. 그 안 교수님 따님의 붓 터치를 표절하는 건 너무 뻔뻔하지 않으냐는 질문인데, 어떻게 생각하세요?"

"무슨 오해가……."

"혹시나 하는 마음으로 심사 들어오기 전에 안 교수님과 통화했습니다. 썩 재능 있는 인재는 아니라고 하시더군요."

"네?"

"서로하 씨, 우리 레지던시는 국민의 세금으로 운영되는 곳입니다. 아무한테나 투자할 수 없어요. 특히 자기 작품 세계가 뚜렷하지 않은 아마추어한테는 더더욱 내줄 것이 없네요."

제가 지금 느끼는 감정을 무어라 해야 할지 알 수 없었다. 억울하다고 호소하기에는 모두 스스로가 자초한 일이었다. 제니퍼 안의 그림을 그릴 때조차도 진심을 다했기에 어쩔 수 없이 전부 서로하의 색이 묻어났다.

그림이라면 사소한 낙서라도 늘 최선을 다했다. 그것이 연필과 붓을 쥐고 사는 사람이 가져야 할 자세라고 생각해 왔다. 이제 와서 그런 것들이 발목을 잡았다 해도 할 수 있는 말은 아무것도 없었다.

"유감이군요. 더 심사할 것도 없겠어요. 탈락입니다."

그렇지만 억울했다. 모두 제 잘못이라 인정하고 받아들이기엔 너무나도 억울했다. 가진 것 없는 사람이 꿈꾼 것이 그리 잘못일까. 꿈꾸다 보니 잘못된 관행에 부딪혔고 그 속에 휘말려 버린 것이 오로지 제 잘못일까. 남의 것이나 대신 그려 주던 주제에 그래도 진심을 다 쏟아부은 것이 앞길을 가로막을 정도로 엄청난 잘못이었을까.

아니라고 말해 줄 사람이 필요했다. 위태로운 자신을 지탱해 주고 여전히 괜찮다고 손 내밀어 줄 사람이 필요했다. 서진이라면 그래 줄 것 같았다. 제 잘못을 완전히 덮어 주진 않아도 적어도 진심만큼은 틀리지 않았다고 말해 줄 것 같았다. 제 니퍼 안이란 이름을 단 그림 속에서도, 아무렇게나 끼적여 둔 낙서 속에서도 진심을 찾아냈던 그라면. 로하는 덜덜 떨리는 손으로 다시 한 번 통화 버튼을 눌렀다.

그러나 여전히 상대방은 묵묵부답이었다. 결국 로하는 휴대폰을 떨어뜨렸다. 이럴 땐 어떻게 해야 할지 아무것도 떠오르지 않았다. 그저 머릿속에 떠오르는 거라곤 연락조차 닿지 않는 하서진과 절망의 나락으로 떨어져 버린 제 꿈뿐.

그 순간 아스팔트 바닥에서 요란한 진동 소리가 울렸다. 로하는 심호흡을 한 뒤 전화를 받았다. 그의 위로가 절실했다.

"언제 와요? 나 당신이……."

—날세. 로하 양, 지금 제정신이 아니군 그래.

"……교수님."

지금 이 순간 가장 피하고 싶었던 사람이 있다면 바로 안환희였다. 로하는 목소리가 떨리는 것을 막지 못했다. 이미 온몸이 떨리고 있었다. 그의 웃음소리가 귀를 괴롭혔다. 정신이 한순간에 너무 피폐해져 차마 전화를 끊을 엄두조차 낼 수 없었다.

—많이 힘들어 보이니 본론만 간단하게 이야기하고 끊겠네. 경고하려고 전화했어. 자네는 이미 내 손바닥을 한참 벗어났네.

"교수님, 저는 교수님께서 그동안 시키시는 일은 다……."

—과거는 그리 중요하지 않아. 결국 지금이 중요하지. 몇 주간 내 연락도 받지 않고 뭐라도 된 것 같이 희희낙락할 때는 좋았을지도 모르겠지만, 명심하는 게 좋을 거야. 이 바닥에서 내 허락 없이 자네가 할 수 있는 건 아무것도 없어.

"저는 교수님께 아무 잘못도…… 제 실력으로 조금이라도 일어나 보려고 발버둥 친 게 그렇게 잘못인가요?"

그동안 참고 참아 꾹꾹 눌러 담아 왔던 억울함을 내뱉었다. 자신의 작품을 위한 밑그림은 몇 년간 로하를 비롯한 제자들에게 떠맡겨 왔던 스승에게, 심지어 제 딸의 미술계 데뷔를 위한 작품마저도 대리로 그리도록 시켜 왔던 그에게 이 정도는 해도 될 것 같았다.

—실력? 같잖은 실력으로 뭐가 될 것 같은가? 미술계에서 실력보다 중요한 건 아주 많지. 자네 정도 그리는 사람이 정말 없을 것 같아?

"그림 그리는 사람에게 제일 중요한 건 진심이에요."

가슴이 너무 시려서 서진이 더 그리워졌다. 제 가치관이 틀리지 않았다고, 그 길 함께 걸어 주겠다고 당당히 말하는 서진이 정말로 보고 싶었다.

—아직도 이상 속에 살아가는군. 진심만으로는 아무것도 안 될 거야. 다시는…… 다시는 어디 공식적인 자리에 제니퍼와 닮은 그림 들이밀지 말게. 이건 경고야.

"……제 그림입니다."

로하가 주먹을 꽉 쥐고서 중얼거리듯 말했다. 제니퍼의 그림이 저를 닮은 것이지, 제 그림이 제니퍼 안을 닮은 건 아니었다. 같잖은 자존심이라 해도 제 그림을 폄하하는 건 도저히 받아들일 수 없었다.

그가 좋아하는 그림이다. 하서진이 무려 저를 살게 하는 그림이라고 말해 줬던 그림이다. 제가 짓밟히는 건 상관없었다. 그러나 진심이 담긴 그림만큼은 무시당하지 않기를 바랐다. 그림만은 그의 앞에서 당당하길 원했다.

—자신 있으면 그렇게 말해 보든가. 모든 사람 앞에서.

"교수님, 제발…… 저는 그저 꿈을 꾸고 싶을 뿐이에요."

—꿈? 하찮은 자네의 꿈보다 중요한 건 나와 내 딸이야. 자네는 이미 내 손바닥을 멋대로 뛰쳐나간 멍청한 옛 제자에 불과하고.

"제게 이러실 순 없어요. 제가 교수님을 위해서……."

—협박하는 것 같은데 잘 들어. 자네가 아무리 떠들어도 그 허무맹랑한 말이 사실이 되는 일은 없을 거야. 다만 조금이라도 구설수에 오르락내리락하는 게 싫어서 경고하는 걸세. 똑바로 처신해. 옛정이 남아서 해 주는 충고이기도 해. 이만 끊겠네.

끊긴 전화는 냉혹했다. 차가운 현실 같았다. 벌써 겨울이 온 걸까. 바람이 너무나도 찼다. 지금 이 순간 저를 따스하게 안아 줄 온기가 필요했다.

그의 바람과 달리 저는 전혀 단단해지지 못했다. 그가 떠나기 전이나 지금이나 어리석게 흔들리는 갈대와 다름없었다. 그 이전의 세계를 깨고 나와 보려고 발버둥을 쳐도 결국은 나약한 존재에 불과했다. 혼자서는 자신이 없었다. 제게 새로운 세상을 열어 주겠노라 이야기하던 그의 자신 있는 목소리가 그리웠다. 그가 괜찮다고 한마디만 해 주면 로하는 방금 겪은 모든 일을 다 잊을 수 있을 것 같았다.

"여기서 뭐해요?"

로하는 눈앞에 불쑥 내밀어진 손을 보았다. 손을 따라 시선을 움직였다. 보고 싶었던 인물 대신 다른 사람이 저를 반기고 있었다.

"······부대표님?"

"심사 끝났단 이야기, 결과 안 좋다는 이야기도 관계자 통해서 이미 다 들었어요. 문자 안 보기에 혹시나 해서 들렀는데······ 괜찮은 거예요?"

"그게······."

"일단 자리 옮길까요? 일어날 수 있겠어요?"

로하는 잠시 머뭇거렸다. 규안의 손을 잡아도 될지 감이 오지 않았다. 제게 답을 줄 사람은 한 사람뿐인데······. 그러나 그는 지금 연락이 되지 않았다. 제 머리는 회전을 멈춘 지 오래였다.

"안 잡을 거예요? 혹시 하서진이 낯선 사람 따라가지 말랬어요?"

"그런 게 아니라······."

"만약 그랬대도 잡아요. 지금 걘 여기 없잖아요. 힘들어서 길바닥에서 울고 있던 서로하 씨 앞에 있는 건 나 아닌가."

여전히 쭈뼛대며 손을 잡지 못하는 로하를 보고 규안이 피식 웃었다. 무슨 이유인지 알 수 없었으나 그녀는 자신을 경계하고 있었다. 그렇다고 물러날 성격이 아니었다. 오늘은 제가 계획하던 일의 끝을 봐야 했다. 그녀의 눈빛이 그를 기다리고 있음을 명백하게 보여 줬다. 서진이 오기 전에 마무리를 지어야 했다.

그러니 하서진이 비행기를 타 연락이 되지 않는다는 사실은 말해 줄 필요가 없다고 생각했다.

"안 잡아요? 나 그냥 가요?"

"⋯⋯아뇨."

여전히 서진에게선 연락이 없었다. 로하는 결심한 듯 규안의 손을 잡았다. 다른 한 손엔 전화기를 꽉 쥔 채로. 지금은 누구의 손이라도 잡아야 했다. 그렇지 않으면 완전히 무너져 버릴 것만 같은 위태로움. 규안을 따라 걸으면서 로하는 입술을 꾹 깨물었다. 어쨌거나 버텨야만 했다. 그가 올 때까지 제힘으로.

❖　　　❖　　　❖

"마셔요. 중국에서 들여온 녹차라 나쁘지 않을 거예요."

"감사합니다."

언제 이안 갤러리까지 온 건지 알 수가 없었다. 정신을 차려 보니 규안의 사무실 안이었고 그가 끓여 준 녹차는 테이블 위에 얌전히 놓여 있었다. 녹차를 마시니 얼어붙었던 몸도 조금은 녹는 듯했다. 향이 참 좋았다.

"미안해요. 좋은 뜻으로 권유한 건데 이렇게 될 줄은 몰랐네요. 갑작스럽게 준비하느라 힘들었을 텐데 내 마음이 안 좋아요."

"제 잘못이죠. 그런 문제가 있을 거라고는⋯⋯."

규안이 어디까지 들은 걸까. 알 수 없었지만 로하는 굳이 제 입으로 이유를 이야기하고 싶지 않았다. 제 상처를 스스로

후벼 파는 것만큼 어리석은 일도 없었다.

"국내 미술계가 그래요. 참 좁죠. 모험하는 것도 싫어하고. 그저 편하면 좋으니까요."

"하지만……."

"사실 나도 마찬가지예요. 명성 있는 작가, 뻔한 그림 그리는 작가, 그런 사람들하고 일하면 편해요. 돈도 잘 벌리고. 난 사업하는 사람이니까요."

어쩔 수 없이 고개를 끄덕이면서도 그의 말이 마음에 들지 않아 로하는 입술을 꾹 깨물었다. 제게 진심만으로 승부해 보라 손 내밀어 줄 사람은 역시 그밖에 없는 걸까. 몸은 녹았는데 마음은 시리기만 했다.

"눈을 좀 돌려 보면 어때요?"

"무슨 뜻인지……."

"단도직입적으로 말하는 게 좋겠죠? 이번에 이안 갤러리에서 몇 작품 골라 크리스티 경매에 나갈 거예요."

"그런데요?"

로하가 필요 이상으로 날카롭게 되물었다. 저를 강하게 덮치는 불안감은 오랜 경험에서 나오는 것이었다. 설마 규안마저도 제게 대작을 부탁하려는 걸까.

"왜 그런 반응이에요? 설마 내가 대작이라도 부탁할까 봐요?"

"아니, 그게……."

컵을 내려놓는 로하의 손이 떨렸다. 컵과 테이블이 부딪히는 소리가 요란하게 사무실 안을 울렸다. 규안은 저도 모르게 고개를 저었다. 저렇게 순진한 양이 어쩌다가 안 교수 같은 능구렁이랑 엮인 건지 알다가도 모를 일이었다. 안쓰러웠지만 자신은 도와주는 것 외에 할 수 있는 게 없었다. 안 교수뿐 아니라 하서진이랑도 엮였으니 그녀 입장에선 불행 중 다행이 아닐까 생각하며 규안은 말을 이었다.

"나는 출품 리스트에 서로하 씨 작품을 한두 점 넣었으면 하는데 어떻게 생각해요?"

"저는 크리스티 경매에 나가기엔 너무 신인인데요. 엄밀히 말하면 아직 데뷔도 못 한……."

"무슨 상관이에요. 사실 말이죠. 그 큐레이션 서진이가 한 거예요."

"……서진 씨가요?"

"런던에 있으면서도 형이 부탁한 일이라 잠도 못 자 가며 도와준 거죠. 그 리스트에 로하 씨도 한 숟가락 얹어 가요. 한 번에 유명해질 좋은 기회잖아요?"

"서진 씨한테 얹어 가는 거면 더더욱 안 내키네요."

"내키는 일만 해서 언제 나아갈 수 있는데요? 한국 미술계에서 안환희 교수의 입김은 정말 세요. 나도 못 이길걸요. 그런 사람을 상대로 로하 씨가 이길 방법도 생각해 봐야 되지 않겠어요?"

"서진 씨랑 약속한 게 있어서요. 말씀은 감사하지만 저는 못 할 것 같습니다."

"무슨 약속을 했는데요?"

"그림만으로 모든 걸 이겨 내기로요. 명성도, 억압도, 이 세상에 있는 모든 것들 전부 다."

참으로 올바르고 이상적인 이야기였다. 규안은 참 서진답다고 생각했다. 하지만 이상과 현실은 분명히 다르다. 저는 지독히 현실주의자였다. 아주 어린 나이에 배다른 동생이 있다는 것을 처음 알았을 때부터 제게 이상이란 의미 없는 단어에 불과했다.

"하서진이 큐레이터로 활동할 때 쓰는 예명이 뭔지 알아요?"

"……아뇨."

"큐레이터 진이에요. 그 이름은 들어 봤죠?"

"진이요? 설마…… 그 진인가요?"

"네, 요즘 미술계에서 무척 주목 받고 있는 그 큐레이터 진이요."

"전시 기획 능력이 출중하다고 생각은 했었지만…… 그 정도일 줄은……."

로하는 저도 모르게 입술을 꾹 깨물었다. 그가 보여 줬던 능력을 떠올려 보면 그의 정체는 그리 놀라운 것이 아니었다. 애초에 제니퍼 안의 전시를 그가 맡아 했던 것만 봐도 지금껏 눈치채지 못한 제가 멍청해 보일 정도였다. 지금껏 밝히지 않은 이유도 선입견을 싫어하는 그의 성격 때문이지 다른 이유는 아니었으리라.

머리로는 분명히 이해할 수 있었다. 그런데 가슴이 이상하게 울렁거렸다. 서진에 비하면 자신이 아무것도 아닌 것만 같았다. 스스로가 초라해져 로하는 저도 모르게 한 발짝 뒤로 물러났다. 자신의 눈앞에 서진이 아닌 규안이 있음에도 어디론가 숨고 싶었다.

"그 유명한 진이 런던에 갔어요. 왜 갔는지 알아요?"

"……볼일 보러 갔다고만 들었어요."

"그 볼일이란 게 말이죠. 런던 프리즈 아트 페어에서 부스하나 맡은 거예요. 대단하지 않아요? 그런데 그 대단한 애가 무슨 생각인지 몰라도 로하 씨 도우려 이런저런 계획을 세운 모양이던데…… 서로하 씨, 하서진의 계획들이 로하 씨 그림만으로 가능할 것 같아요?"

"그렇게 하기로 약속을……."

"결국엔 진의 명성을 이용하는 거죠, 하서진도. 서로하 씨를 위해서."

"그게……."

"걔가 로하 씨 때문에 자기 가치관도 접고 고군분투하고 있는데 미안하지도 않아요?"

"부대표님."

"내 생각엔 미안해해야 할 것 같은데."

"하지만……."

"그냥 내버려 둘 거예요? 그러지 말고 내 손을 잡아요. 서진이한테 기대지 않아도 되게, 로하 씨 스스로 일어날 수 있게 도와줄게요."

로하의 눈이 세차게 흔들렸다. 그가 저로 인해 가치관을 접었다는 말이 가슴에 무겁게 내리꽂혔다. 자신이 바보처럼 그림에만 집중하는 동안 그는 무엇을 감수하려 했던 걸까. 왜 아무 말도 하지 않은 걸까. 로하는 입술을 꾹 깨물었다.

서진이 한국에 돌아왔을 때 한층 더 당당해진 작가로서 그를 맞이할 수 있다면, 그래서 당당하게 큐레이터 진의 손을 잡을 수 있는 작가가 될 수 있다면…… 악마에게 영혼이라도 팔 수 있을 것만 같은 기분이었다. 그만큼 절망적이었다. 고작 규안의 손을 잡는 것쯤이라면.

"이번 일이 잘되면…… 저 혼자 일어날 수 있을까요?"

"그럼요. 무려 크리스티 경매에서 데뷔한 신인 작가라니. 우리 미술계가 떠들썩해질 거예요. 새로운 스타의 탄생이죠. 이보다 더한 기회가 또 올 것 같아요? 고민할 시간 없어요."

"……그럼 저도 당당해질 수 있을까요?"

"얼마든지요."

그가 만들어 주는 새로운 세상에서 한 사람의 작가로 당당히 서고 싶었다. 그가 큐레이션을 맡아도 전혀 부끄럽지 않은 이름을 갖고 싶었다. 미술계의 떠오르는 신인 스타 서로하와 이미 실력을 인정받은 큐레이터 하서진, 정말 좋은 콤비가 될 수 있을 것 같았다.

심장이 제멋대로 두근거리기 시작했다. 아까만 해도 완전히 무너진 줄 알았던 꿈을 다시 꿀 수 있다는 것 또한 저를 행복하게 만들었다.

"쇠뿔도 단김에 빼랬다고 지금 작품 고를까요? 시간이 많이 남진 않았거든요."

"네, 부대표님. 감사합니다."

"별말씀을요. 앞으로도 종종 도와줄 테니 로하 씨도 나 좀 도와줘요."

"뭐든 말씀하시면……."

"그 뭐든이란 단어는 좀 위험하지 않아요?"

"네?"

규안이 의미심장한 표정으로 그녀를 바라보았다. 그의 말을 정확히 이해할 수 없어서 로하는 눈만 몇 번 깜빡였다.

"내가 뭘 부탁할 줄 알고."

"이상한 부탁은 안 하실 것 같은데……."

"사업가는 그렇게 쉽게 믿는 거 아닌데."

규안의 머릿속엔 많은 것들이 있었다. 그의 가치관이 말해 주듯 그 계획들은 세상에서 흔히 옳다고 여길 만한 것들은 아니었다.

하지만 정도(正道)가 꼭 승리를 보장해 주지 않는 이상 저는 얼마든지 다른 길을 걸을 수 있었다. 이 세상은 결국 꼭대기에 서야 인정받았다. 특히 좁은 미술계에선 더더욱 그랬다.

그 길을 그녀에게도 열어 줄 생각이었다. 그녀는 늘 억울하게 패배해 왔던 사람이니만큼 제 길에 가장 적합한 동반자였다.

"하지만……."

"일단 나랑 점심이나 한 끼 같이 먹을래요? 요즘 추워져서 그런가, 혼자 밥 먹으려니까 외로워서요."

"네, 얼마든지."

"그리고 그림 고르러 가죠. 오늘 안에 해치워요, 우리."

규안이 자연스럽게 로하의 곁으로 가 그녀에게 손을 내밀었다. 로하 또한 이번엔 망설임이 없었다.

11

너만 안 되는 이유

"형, 이게 뭐야?"

인천 공항에 입국하자마자 로하에게 달려가려던 서진은 규안의 호출을 받고 내키지 않는 마음으로 이안 갤러리에 왔다. 경매에 출품할 작품 목록들을 마지막으로 살펴 달라던 규안의 부탁 때문이었다.

서진은 성격상 아무리 피곤해도 해야 할 일은 꼼꼼히 보아야 했다. 자리를 잡고 앉아 작품 목록을 하나하나 넘기던 그의 눈에 매우 낯익은 그림이 들어왔다. 갑자기 밝은 빛이라도 본 듯 그의 눈이 커졌다.

"보면 몰라? 크리스티 경매 출품 목록들이잖아."

"그러니까! 여기에 이 그림이 왜 있는데?"

서진의 눈길을 사로잡은 것은 목록 마지막 장에 급하게 추가된 듯한 그림 두 점이었다. 제가 규안에게 넘겼던 목록에는 없었던, 제주도의 바닷가를 그린 그림 한 장과 사과를 그린 그림 한 장. 옆에 쓰인 부연 설명을 읽지 않고도 서진은 확신했다.

이건 서로하의 그림이었다. 고작 프린트된 사진만으로도 제 심장을 뛰게 하는 것 보면 확실했다.

"서로하 씨도 오케이 한 거야. 좋은 기회잖아. 왜 화내고 그래?"

"서로하가 이걸 오케이 했다고?"

"처음엔 고민하긴 했지만 결국엔 본인이 오케이 한 거야. 그런데 네 표정은 왜 그래?"

"왜 그런 제안을 했는데? 형이 먼저 건드린 거지?"

"야, 말이 좀 심하다? 건드리긴 누굴 건드려. 네가 아끼는 작가 같으니까 형으로서 도와주려고 그런 거야. 뭐 문제 있어?"

"다른 건 다 형 멋대로 해도 되는데…… 서로하는 건들지 마."

분명 서진은 규안에게 약했지만 아무리 그렇다 해도 한계선이 있었다. 제아무리 자신의 형이라 해도 넘어서는 안 되는 선. 서로하만은 안 되었다. 아무리 좋은 의도로 한 것이라 해도 싫었다. 제 심장이 원치 않았다.

"야!"

"나한테 계획이 있어."

"그거랑 무슨 상관……."

"서로하 씨가 지금이라도 안 한다고 하면…… 빼 줘."

서진이 단호하게 말하자 규안은 어이가 없다는 듯 고개를 저었다. 이런 태도를 보이는 것이 처음이라 당황스러웠다. 예상했던 것 이상이라 더더욱 서로하가 탐이 났다. 물론 소유욕이나 연애 감정 같은 시답잖은 부류는 아니었다. 철저하게 비즈니스맨으로서의 예리한 감각일 뿐.

"이미 목록 다 보냈는데 뭘 어떻게 빼. 대체 무슨 계획을 갖고 있는 건데? 말해 주면 안 돼? 궁금하게."

"그냥 빼 줘. 빼 줄 수 있는 거 다 알아. 도와주려던 거라며."

"설마 진짜 내 동생이 서로하 씨한테 개인적인 감정이라도 품고 있는 거야?"

"아마도."

"진심이야, 아니면 그냥 서로하 씨 그림이 좋은 거야?"

"아직은…… 아직은 나도 확신할 수 없어. 모르겠는데 어쨌거나 내 사람이야. 그러니까 망가뜨리지 마. 서로하 꿈도, 그림도, 그녀 자신까지도 다. 다 내가 지킬 거야."

"누가 들으면 내가 작정하고 서로하 씨 공격하는 줄 알겠다. 난 나름대로 기회를……."

"형, 제발!"

서로하와 그녀의 그림을 지킬 수 있다면 서진은 무엇이든 할 수 있었다. 자신의 귀국을 기다리지 못하고 섣불리 이런 결정을 해 버린 그녀가 조금 미웠지만 이미 제 마음은 생각대로 조절되지 않았다. 언제 이렇게까지 그녀가 제 속 깊은 곳으로 들어온 건지 알 수 없었으나 감정의 색은 점점 더 확실해져 갔다.

"알았다, 알았어. 그렇지만 결정권은 이미 내 손을 떠났어."

"뭐?"

"네 말대로 서로하 씨가 알아서 결정할 일이지. 가서 물어 봐. 난 자신 있으니까. 내가 강요한 거 아냐, 절대로."

"나도 자신 있어. 서로하 씨는 내가 더 잘 알아. 형이 무슨 말로 설득했든 내가 다시 돌려놓을 거야. 난 로하 씨 믿어."

"믿는다라…… 그림에 눈이 먼 거야, 아니면 여자에 눈이 먼 거야?"

"어느 쪽이든 그게 뭐 달라?"

"다른 거 아냐? 내가 젠틸레스키*의 그림을 사랑한다고 해서, 그녀를 이성적으로 좋아하는 건 아니잖아?"

"시답잖은 농담할 거면 관두자. 나 간다."

"지금 당장 가게? 너도 참."

애초에 서진에게 그림이냐 서로하냐는 의미가 없는 질문이었다. 제게는 그림이 곧 서로하였고, 서로하가 곧 그림이었다. 그녀의 온 감정과 모든 가치관이 녹아들어 있는 그림이 바로

---

*아르테미시아 젠틸레스키(Artemisia Gentileschi, 1593~1652 추정):이탈리아 바로크를 대표하는 여성 화가. 어렸을 적 당했던 성폭행의 트라우마를 그림으로 승화시켰으며 페미니즘을 대표하는 화가임.

서로하 자신이었다. 그러니 그가 그림을 사랑한다면 서로하를 사랑하는 것이었다.

사랑. 단어가 입 끝에 간질간질하게 맴돌다 다시 가슴 속으로 들어갔다. 서진의 심장이 미친 듯이 뛰었다. 지금 당장 서로하를 봐야만 한다고, 제 가슴이 그렇게 말하고 있었다.

❧   ❧   ❧

속전속결로 일 처리를 마치고서 로하는 한동안 제 방에 멍하니 앉아 있었다. 규안은 정말로 급한 사람처럼 그림을 몇 작품 꺼내기도 전에 두 점을 골라 가져갔다. 제주도의 바다에서 그렸던 그림 중 인물이 들어 있지 않은 순수 풍경화 하나와 카페에서 연습 삼아 그리던 사과 그림 중 완성된 작품 하나.

그림을 떠나보내고 나니 허전함이 밀려왔다. 서진에게 보내주기 위해 뭐라도 그려야 할 것 같았지만 연필을 쥘 힘도 없었다.

선 몇 개를 끼적거리다가 결국 포기했다. 제 결정이 잘한 건지 확신할 수 없어 더욱 힘들었다. 몸살 기운이라도 있는지 온몸에 오한이 났다.

자꾸만 시선이 휴대폰으로 향했다. 연락이 올 때가 되었는데 메시지도, 전화도 없었다. 지금 런던은 몇 시지. 먼저 연락이라도 해 볼까 싶어 휴대폰을 확인하는데 갑자기 쾅쾅쾅 소리가 들렸다. 누군가 방문을 세게 내리치는 소리였다.

"누구세요?"

"서로하 씨, 문 열어요. 나예요."

살짝 격앙된 목소리였지만 정확하게 알아들었다. 꿈을 꾸는 걸까. 다급해진 로하는 잠시 거울을 살폈다. 아까 많이 울어서 얼굴이 엉망이었다. 말라 버린 입술에 침이라도 바르려는데 다시 쾅쾅쾅 소리가 들렸다.

"서로하 씨!"

"네, 나가요!"

그도 저만큼이나 제가 그리웠던 걸까. 그의 다급함이 기뻤다. 맨발로 현관으로 달려가 단숨에 문을 활짝 열었다. 하루 종일 저를 애태우던 그가 그곳에 있었다.

"언제 한국 왔어요? 그래서 연락이 안 됐던……."

"당장 무르러 가요. 나와요, 빨리."

"무슨 소리예요?"

"제정신이에요? 그걸 왜 오케이 해요? 나하고 한 약속 다 잊었어요?"

"하서진 씨!"

제 손을 거칠게 끌어당기려는 서진의 손을 뿌리쳤다. 그의 표정에 가득 찬 분노를 로하는 이해할 수 없었다. 제게는 반갑게 인사를 나누고 밀린 대화를 나누기에도 모자란, 간절히 기다려 왔던 시간이었다.

"당장 나와요, 어서."

"대체 무슨 소리냐고요!"

"크리스티 경매, 나가기로 했다면서요."

서진은 가능한 이성적으로 행동하기 위해 애썼다. 마음이 조급했다. 조금이라도 빨리 모든 것을 되돌리고 싶었다. 제가 잡아 온 날개를 그녀에게 달아 주고 싶었다. 그러기에도 모자란 시간을 화내면서 낭비하고 싶지 않았다. 한편으로는 자꾸만 화가 났다. 저를 믿지 못하고 조급하게 결정해 버린 그녀가 원망스러웠다.

"지금 그것 때문에 오자마자 화내는 거예요? 왜요?"

"그걸 왜 나가요? 기회랑 끼워 팔기를 구분 못 해요? 그저 크리스티면 옳다구나 해도 되는 거예요?"

"그런 거 아녜요!"

"그런 거 아니면 납득이 가게 설명을 해요. 대체 왜 끼워 팔기를……."

"그 큐레이션 하서진 씨가 한 거라면서요."

로하는 당장이라도 울 것 같았다. 심사 위원에게 제 그림이 난도질당했을 때도 이렇게 비참하지 않았다. 안환희 교수가 윽박지를 때도 이렇게 슬프지 않았다. 결국 규안의 손을 잡기로 결정했을 때도 이렇게 가슴이 뻥 뚫린 것 같지 않았다.

서진을 이해할 수 없었다. 다른 누구도 아니고 서진이 저를 이렇게 몰아붙일 순 없는 거였다. 그와 연락도 닿지 않는 상황에서 제가 어떤 마음으로 그 결정을 내렸는지를 알면 이래선 안 되었다.

"하, 그래요. 내가 했어요. 내가 했으면 뭐가 달라져요? 어차피 내 이름 걸고 나가는 것도 아니고……."

"하서진 씨 이름 걸고 나가면 나한테 기회고, 다른 사람 이름으로 나가면 끼워 팔기예요?"

"내 이름 걸고 나갔어도 이건 절대 기회가 못 돼요. 하물며……."

"신인이 크리스티 경매에 나가는 건데 끼워 팔기면 어떻고 기회면 어때요? 난 그런 거 잡으면 왜 안 되는데요?"

저를 이해하려고 하지 않는 그가 미웠다. 그저 그의 앞에서 당당한 작가로 서고 싶었을 뿐인데 성공하기 위해 물불 안 가리는 사람으로 저를 오해하는 그가 야속했다. 결국 그에게 서로하란 사람은 고작 대작이나 하는 작가에 불과했던 것 같아서 마음이 아팠다.

제 속에 난 상처를 또 다른 상처가 후벼 파고 있었다. 가장 위로해 줬으면 싶었던 이가 제 상처를 난도질했다. 그런데도 여전히 그를 보는 심장이 뛰고 있었다.

"스스로의 가치를 왜 스스로가 깎아 먹어요? 서로하 씨, 진짜 그거밖에 안 돼요?"

"네, 전 그거밖에 안 되나 보죠. 대단하신 큐레이터 진 씨는 모르겠지만요. 저한텐 어떤 거든 다 소중한 기회예요."

"서로하 씨!"

"당신 손잡는 건 기회고, 이번 건 기회가 아닌 이유가 뭐예요? 어차피 그래 봤자 누구든 남의 명성을 이용하는 건 똑같잖아요."

"달라요."

"뭐가 다른데요?"

"서로하 씨, 당신만 상처 받을 거라고요. 제대로 된 큐레이션은커녕 아무런 지원도 받지 못할 거고 그저 들러리로 끝날……."

"가세요."

"서로하 씨!"

서진은 기가 막혔다. 지금이라도 번복할 수 있는데도 버티는 그녀를 이해할 수가 없었다. 제가 돌아오길 기다릴 거라던 말을 믿었는데, 그 믿음이 연기처럼 사라져 버렸다. 그림에 담겨 있던 그녀의 진심은 대체 어디로 간 걸까. 제 판단이 틀린 걸까.

하지만 그녀를 보는 제 심장은 여전히 뛰었다. 그녀의 그림이 보고 싶었다. 문틈 사이로 새어 나오는 물감 향기가 저를 미치도록 설레게 했다.

그녀를 설득하고 싶었다. 잘못된 결정은 되돌리면 그뿐이다. 이제 그녀의 옆에 있어 줄 테니 상관없었다. 그런데도 그녀는 완강했다. 서진이 한 손으로 벽을 툭툭 쳤다. 숨이 막힐 정도로 답답했다.

"더 할 이야기 없어요. 가세요. 그래요, 전 들러리가 잘 어울려요. 애초에 대작이나 하는 그저 그런 작가한테 관심 가져 줄 사람이 누가 있겠어요. 그러니까 그냥 가세요."

"어디서부터 이렇게 꼬인 건데요. 서로하 씨, 제발……."

"우리는 길이 달랐어요. 당신은 이안 갤러리 부대표의 동생이고 세계에서 인정받는 큐레이터라 모르겠지만 난 뭐라도 간절해요. 그게 끼워 팔기든 기회든 따질 게재가 못 된다고요. 애초에 같은 꿈을 꿀 수도 없는 사이였던 거예요."

"……진심이에요?"

"네, 진심이에요."

서진에게 로하가 곧 그림이고 그림이 곧 로하였다. 그림 속 진심은 로하의 진심이었기에 그녀가 하는 말을 믿을 수 없었다.

그녀의 눈을 똑바로 바라보았다. 촉촉하게 젖은 동공이 흔들리고 있었다. 서진이 한숨을 푹 내쉬었다. 대체 어디서부터 꼬인 건지 알 수가 없어서 풀 수 있을 거란 생각조차 들지 않았다.

"그러니까…… 우리 그냥 제 갈 길 가요, 이제."

"난 우리 꿈이 같은 거라고 생각했어요."

"부대표님이 꿈만으로 살 수 없대요."

로하의 목소리는 떨렸지만 말투는 어느 때보다 단호했다. 스스로 납득해 보기 위한 일종의 발악이었다.

"내 말보다 이규안이 한 말을 더 믿는다는 거죠?"

"……교수님께서도 비슷한 말을 하더라고요."

"안환희 따위보다 날 믿어 줄 순 없어요?"

"하서진 씨도……."

"내가 당신을 위해서 뭘 계획하고 있었는지 알아요?"

문에 가려진 서진의 한쪽 손이 흔들렸다. 그 손에 들린 종이 뭉치도 같이 흔들렸다. 그러나 로하는 눈치채지 못했다. 그저 저를 이해하지 못하는 그가 원망스웠다. 저와 출발선이 다른 그가 미웠다.

　하지만 여전히 미움보다 설렘이 더 커서 울고 싶었다. 결국 로하의 한쪽 눈에서 눈물이 떨어졌다. 서둘러 한 손으로 눈물을 훔쳐 내었다. 그는 그녀의 떨리는 눈동자를 똑바로 바라보고 있었다. 그의 눈동자도 함께 떨렸다.

　"하서진 씨도 날 안 믿잖아요, 지금."

　"서로하 씨가 말도 안 되는 일을……."

　"우리 꿈은 같은 게 아니었어요. 그동안 꿈속에 취해 있게 해 주셔서 감사했습니다."

　"이렇게 이별인가요?"

　"사실 우리 시작도 안 했잖아요?"

　"하, 대체……."

　쾅. 로하가 먼저 문을 닫아 버렸다. 닫힌 문에 등을 기대었다. 힘이 풀린 다리는 더는 버티지 못했다. 그대로 현관에 주저앉아서 소리 없는 눈물을 쏟아 냈다.

　그와 마음껏 꿈꿀 수 없는 제가 미웠고, 자신을 무턱대고 몰아붙이는 그가 미웠다. 여전히 꿈꾸고 싶은 제 심장은 뛰고 있었고, 문밖에 있을지도 모르는 그가 미치도록 좋았다. 이 감정의 아이러니함을 풀어낼 방법이 없어서 로하는 그 자리에 돌처럼 굳어진 채 한없이 눈물만 쏟아 냈다.

"서로하."

서진은 굳게 닫힌 철문을 노려보았다. 다시 한 번 두들겨 볼까, 발로 차 보기라도 할까. 사람을 불러서 강제로라도 열어 볼까. 제 심장을 무겁게 짓누르는 답답함이 참을 수가 없었다.

저 너머에 있는 서로하가 보고 싶었고 서로하가 그려 두었을 많은 그림들이 보고 싶었다. 제가 인정하는 만큼 그 가치를 세상 사람들도 알게 해 주고 싶다는 마음이 그렇게도 큰 욕심이었을까. 정말로 다른 꿈을 꾸고 있었던 걸까.

서진은 부르르 떨리는 주먹을 벽에 쾅 내리꽂았다. 빨갛게 부어오른 손가락이 욱신거렸다. 그와 함께 들고 있던 종이 뭉치들이 바닥으로 떨어졌다. 이제는 소용없어진 것들이었다. 제가 하고 싶었던 말들도, 주려 했던 것들도, 함께 살아가고 싶었던 세상도, 함께 꾸고 싶었던 꿈도 다 물거품이 되어 버렸다. 그대로 돌아서서 뚜벅뚜벅 걸었다. 오늘 같은 날은 술이라도 한잔해야 할 듯싶었다.

Overview:the New Exhibition of Guggenheim Museum
개요:구겐하임 미술관의 새로운 전시

그가 떠나간 차가운 바닥엔 빛바랜 꿈 한 조각만이 흩날리고 있었다.

피곤하다는 핑계로 출근도 하지 않고서 멍하니 시간을 보내던 서진은 해가 온 방 안을 비추는 오후가 되어서야 간신히 책상 앞에 앉았다. 시차 적응을 탓하며 변명하는 것도 우스웠다. 이유는 하나였다. 서로하.

컴퓨터를 켜고 자판을 두들겨 봐도 도무지 집중이 되지 않았다. 손대야 할 일들은 자질구레한 것부터 중요한 것까지 꽤 많았지만 하나도 들여다볼 수 없었다.

특히 정치권에서 비리 사건이 터지면서 바빠진 규안을 조금이라도 도와야 했다. 하지만 원래도 제 분야가 아닌 일에 이런 기분으로 나섰다간 민폐만 될 것이 뻔해 한발 물러나 있었다.

마이클은 어제 저녁부터 이메일을 보내 로하에 대해 물어왔지만 답장을 할 수가 없었다. 그렇다고 계속 시간을 끌 수도 없었다. 이럴 바엔 차라리 로하를 만나러 갈까, 가서 다시 설득해 볼까도 싶었지만 소용없을 것 같다는 생각이 강하게 밀려왔다.

서진은 아무리 이해하려 애를 써 봐도 로하의 결정을 이해할 수 없었다. 심지어 배신당한 기분까지 들었다. 어째서 자신이 아니라 규안의 제안을 선택한 걸까. 제가 직접 찾아가 설득을 했음에도 마음을 돌리려 하지 않는 이유는 뭘까. 로하에게 준 믿음은 고작 이 정도에 불과했던 걸까.

차라리 런던에 가지 않았다면, 로하를 위해 이리저리 뛰어다니지 않았다면 이 허전함이 덜했을까. 스스로가 미워질 정도로 밀려드는 감정을 주체할 수 없었다. 울컥한 마음에 서진은 차라리 생각을 접기로 했다.

자리를 박차고 일어난 순간 그의 시선을 사로잡은 것은 엉망진창인 책상 한구석에 놓여 있는 팸플릿이었다.

연극 레드

서진은 무언가에 홀린 것처럼 팸플릿을 집어 들었다. 종이에 쓰여 있는 수많은 설명은 눈에 들어오지 않았다. 오직 단하나의 이름. 그거면 충분했다. 첫사랑을 찾으면 로하에게 상처 받은 마음이 조금이라도 달래질까. 어이없는 생각에 서진은 피식 웃어 버렸다.

마음과 달리 어느새 제 다른 팔은 외투를 집어 든 채였다. 다행히 시간은 충분했다. 서진은 주차장으로 향했다. 그의 목적지는 예술의 전당이었다. 전시가 아닌 연극을 보기 위해 가는 것은 오랜만이었지만 오늘은 일탈이 끌렸다. 엄밀히 말해일탈이라 볼 수도 없었지만.

무턱대고 예술의 전당에 오긴 했지만 연극 시작 시간까지는 꽤 많이 남았고, 매표소도 아직 닫혀 있었다. 서진은 멍한 표정으로 실내에 있는 의자에 앉았다. 평일이라 그런지 사람들이 거의 없어 한산했다.

한국 현대 미술을 대표하는 작가 중 하나인 김기운 화백의 전시가 예술의 전당에서 열린다고 들었던 기억이 났다. 그거라도 살펴보며 시간을 보내는 편이 나을까 싶어 일어나던 순간, 서진의 눈에 낯익은 인영이 들어왔다. 애써 잊으려 했던 감정들이 순식간에 그를 덮쳐 왔다. 어떤 표정을 지어야 할지 몰라 완전히 굳어 버린 얼굴을 한 서진이 천천히 그녀에게 다가섰다.

"서로하 씨."

"……하서진 씨? 여긴 어떻게 왔어요?"

로하는 조금 당황스러웠다. 이런 곳에서 서진을 만날 거라곤 생각하지 못했다.

아침에 일어난 후에도 침대에서 꼼짝도 못 하고 드러누워 있었던 로하였다. 몸이 아픈 건 아니었는데 기운이 하나도 없었다. 그랬던 그녀가 오늘 이곳까지 억지로 나온 건 순전히 규안의 문자 때문이었다.

〈시간 있으면 예술의 전당에 좀 다녀와요.〉

처음엔 무시하려고 했다. 어제의 서진이 자꾸만 떠올라 로하는 아무것도 할 수가 없었다. 무언가 단단히 꼬인 듯 저를 이해하려 하지 않은 채 저를 비난하듯 몰아붙이던 그가 미웠다. 순전히 그의 옆에서 당당해지고 싶었던 제 꿈을 말할 수조차 없을 만큼 초라한 자신이 한심스러웠다. 그래서 하염없이 시간을 죽이며 하루를 보내고 있었다. 그때 문자가 한 통 더 도착했다.

〈이번에 크리스티 경매에 함께 출품하는 김기운 화백이 예술의
전당에서 전시를 해요. 내 이름 대고 인사해 놔요. 미술계에서 인
맥은 무척이나 중요하니까요. 꼭 다녀와요.〉

인맥. 다른 인맥 다 필요 없고 하서진만 옆에 있으면 된다
고, 그가 제 작품을 사랑해 주고 제 작품으로 마음껏 전시를
기획해 주기만 한다면 저는 행복할 거라고, 그래서 그의 이름
에 누가 되지 않는 작가가 되고 싶을 뿐이라고.
누구에게라도 털어놓고 싶은데 들어 줄 사람이 없어서 로하
는 결국 울어 버렸다. 모든 것이 다 물거품이 된 기분이 그녀
를 힘들게 했다.

〈서진이 앞에서 당당한 작가로 성장하고 싶으면 서로하 씨도
철판 깔 필요가 좀 있어요.〉

마지막 문자 때문에 로하는 나올 수밖에 없었다. 여전히 그
녀는 하서진이란 이름 앞에 약했다. 가식적인 표정으로 김기
운 화백과 인사를 나누고 잘 부탁드린다고 입에 발린 말도 했
다. 아무런 감정도 느껴지지 않는 그림들을 보며 형식적으로
고개를 끄덕이기도 했다. 그리고 난 뒤 지친 몸을 이끌고 집에
돌아가려던 참이었다. 그런데 이곳에서 그를 만나게 되다니.

로하는 저도 모르게 입술을 달싹였다.

"멀쩡한가 보네요."

"네?"

"전시 볼 정신은 있어 보이니까."

퉁명스러운 표정을 한 서진은 로하의 손에 들린 전시 팸플 릿을 손가락으로 가리켰다. 로하는 순간적으로 팸플릿을 뒤로 숨겼다가 죄를 지은 것도 아닌데 왜 그러나 싶어 다시 앞으로 뺐다. 그의 앞에서 당당해진 뒤 함께 꿈을 꾸는 것이 유일한 바람이었는데 그의 앞에 서면 자꾸만 작아지는 기분이었다. 모든 것이 엉망진창이었다.

"내가 왜 하서진 씨한테 해명을 해야 되죠? 그러는 하서진 씨도 여기 나온 거 보면……."

"난 하나도 안 멀쩡하니까요."

"그게 무슨……."

"그래서 첫사랑이나 만나 볼까 싶어 나왔어요."

"……네?"

당황스러운 서진의 말에 로하가 눈을 날카롭게 떴다. 첫사 랑이란 단어가 무척이나 거슬렸다. 그러나 서진은 농담이 아 니라는 듯 진지한 표정으로 말을 이어 갔다.

"서로하 씨한테 상처 받은 마음을 치료받으러 왔다고요, 첫 사랑한테."

"그럼 첫사랑 잘 만나고 가시면 되겠네요! 전 그럼 이만."

제가 발끈한 것이 우스워 보일 수 있다는 걸 알면서도 로하는 감정을 주체할 수가 없었다. 어제부터 제멋대로 롤러코스터를 타는 감정은 이미 제 통제를 벗어난 지 오래였다.

로하는 입술을 꾹 깨물며 홱 돌아섰다.

서진이 미웠다. 제게 상처 받았다면 차라리 자신을 찾아올 것이지 첫사랑을 만나러 오다니. 그가 진짜 저를 찾아왔다면 당황했겠지만 지금 로하의 머릿속엔 첫사랑이란 단어 말고는 남은 것이 없었다.

"어딜 가요."

순간 서진의 손이 로하의 손목을 세게 움켜쥐었다. 로하의 몸이 다시 서진 쪽으로 반 바퀴쯤 돌아갔다. 두 사람의 시선이 교차했다.

"놔요."

"어차피 그림 그릴 정신은 없을 테니까 나랑 머리나 식히러 가죠."

"첫사랑 만나러 오셨다면서요."

"그러니까요. 그림 그릴 정신이 있어도 없다고 해 줘요. 서로하 씨 혼자 멀쩡하면 더 배신감 느낄 것 같거든요."

"무슨……."

로하는 서진의 말을 이해할 수 없어서 그의 손을 세게 뿌리쳤다. 그의 손을 잡고 싶었던 것은 사실이지만 이미 모든 것이 끝나 버린 마당에 미련을 남길 필요는 없었다. 안 그래도 잊히지 않아 미칠 지경이었다. 꿈도, 마음도, 하서진도. 게다가 배신감이라니. 아무리 봐도 고백 한 번 못 해 본 제 감정이 배신당한 것 같은데 왜 그가 배신감을 운운하는 걸까. 이해할 수 없었다.

"나는 서로하 씨 때문에 한숨도 못 잤고, 일도 못 했어요. 도저히 안 되겠어서 도피성으로 나왔는데 첫사랑이라고 눈에 들어올까요. 물론 아직도 서로하 씨 결정을 이해 못 하겠어요. 하지만 그보다 더 이해할 수 없는 건……."

"하서진 씨, 우리 이 이야긴 어제 다 끝……."

"그래요, 끝났죠. 우리 같이 꾸기로 한 꿈은 끝났다 칩시다. 우리가 같이할 수 있었던 일도 끝났다 치죠. 완전히 끝난 건 아니라고 믿고 싶지만, 어쨌든요."

서진도 미련이 남은 걸까. 그렇다면 무엇에 미련이 남은 걸까. 서로하의 그림에? 아니면 서로하란 사람에? 로하는 아무런 말없이 서진을 빤히 바라보았다. 그의 눈빛에서 느껴지는 감정은 참으로 다양했다. 로하는 저도 모르게 눈을 깜빡였다. 그 감정의 색이 제 눈에 담긴 것과 비슷해 보였다. 그 순간 서진이 말을 이어 나갔다.

"우리 관계는 아직 시작도 안 했잖아요? 그런데 끝낸다니 뭔가 억울해요. 그게 억울하다는 게 이해가 안 가고요."

"대체 무슨 말이에요?"

"내가 서로하 씨를 못 보면 안 될 것 같단 뜻이에요."

"그러니까 그게 무슨……."

"우리 연애하죠."

서진은 저를 계속해서 짓누르던 이야기 중 하나를 꺼냈다.

말하고 나니 속이 뻥 뚫린 듯 한결 가벼워졌다. 고백이란 조금 더 저를 떨리게 하는 무언가일 줄 알았는데, 마치 원래 있어야 할 자리에 조각을 끼워 맞추기라도 한 것처럼 편안했다. 이런 자연스러운 것인 줄 알았다면 진작 털어놓을 걸 그랬다고 생각하며 그녀의 눈동자를 바라보았다.

아무리 서운해도, 아무리 배신감이 느껴져도 그녀는 똑같은 서로하였다. 전엔 그녀가 그린 그림이 저를 설레게 했지만 이젠 그녀 자체가 제 심장을 고동치게 만들었다. 저와 마찬가지로 잠을 잘 못 잤는지 푸석푸석해진 모습마저 좋은 걸 보면 제 감정의 깊이를 알 것도 같았다.

"여전히 서로하 씨랑 일하고 싶어요."

"하서진 씨."

"여전히 서로하 씨랑 꿈꾸고 싶고요."

"그건 저도……."

서진은 담담하게 꺼낸 말이지만 로하에겐 더할 나위 없이 큰 고백이었다. 로하는 순간적으로 심장이 떨려 저도 모르게 가슴 위로 한 손을 올렸다.

"하지만 서로하 씨랑 연애는 더 늦기 전에 시작하고 싶어요. 그러니까 우리 같이 머리 식히러 가죠."

"갑자기 그게 무슨 말이에요."

로하는 제 얼굴이 빨개지기라도 했을까 봐 일부러 시선을 피했다. 그에게 가장 듣고 싶었던 말이긴 했지만 너무 갑작스러웠다.

눈앞에 있는 것이 하서진, 그가 맞을까 의심스러울 정도였고 어쩌면 너무 정신없이 자다 보니 지금 꿈을 꾸고 있는 걸지도 모르겠단 생각까지 들었다. 여기가 예술의 전당이 아니라 제 집 침대 위인 것은 아닐까. 이대로 깨어 버리면 사라질 꿈인 건 아닐까.

차마 그의 앞에서 볼을 꼬집어 볼 수는 없어 로하는 입술을 세게 깨물었다. 아팠다. 갈라진 입술이 찢겨져 더욱 쓰라렸다. 정말 이게 현실일까. 어제 그렇게 싸웠는데 오늘은 이렇게 서로를 바라보아도 괜찮은 걸까.

하지만 로하는 알고 있었다. 실은 어제 그 순간조차도 여전히 그를 보고 있었던 제 심장을. 서진은 도저히 외면할 수 없는 사람임을.

"고백에도 설명이 필요한가요? 서로하 씨 그림을 정말 좋아합니다. 그리고 서로하 씨 자체를 좋아하고 있어요. 당신이랑 일 말고도 같이 하고 싶은 게 많아요. 런던에 있을 때도 말했잖아요. 보고 싶다고."

"그래서 지금 우리 뭐하자고요?"

"연애요. 사귀자고요. 왜요? 내가 싫어요? 나 나름 능력 있어요. 매력도 있는지는 잘 모르겠지만…… 그건 서로하 씨가 판단하면 되겠네요."

"우리 어제 싸운 건 기억나요? 갑자기 무슨 말도 안 되는 이야기예요."

그는 늘 이런 사람이었다. 아무렇지도 않게 엄청난 말들을 던지는. 로하는 심장이 콩닥거리는 걸 애써 무시했다. 이대로 승낙해도 되는 건지 확신이 서지 않았다. 그가 저를 놀리고 있는 것만 같았다. 서진의 눈동자에 있는 진심이 제가 아는 그 사람임을 알려 주었지만 그럼에도 믿겨지지 않았다.

"그림에 날 많이 그렸잖아요. 가까이에 있는 아무 소재나 그렸다고 둘러댈 셈이에요?"

"하서진 씨, 당신이 제 뮤즈였던 건 맞아요. 하지만……."

"그럼 지금이라도 이규안한테 전화해요. 그림 바꾼다고."

"그건 또 무슨 소리예요?"

"어차피 출품하기로 마음먹은 거면 좀 더 좋은 작품으로 나가라고요. 어째서 내가 그려진 그림들은 뺀 건데요? 크리스티 경매에 나가는 거 치곤 너무 허술한 거 아녜요?"

"그야…… 그야 제 눈엔 다른 그림들이 더 좋아 보였으니까요."

이 남자의 자신감은 어디서부터 나오는 걸까. 로하는 살짝 두통이 오는 머리를 꾹꾹 누르면서 투덜거렸다. 그가 하는 말이 틀리지 않았다는 것을 인정하고 싶지 않았다. 제가 그를 먼저 좋아했다는 것을 밝히기 싫은 걸지도 모른다.

"서로하 씨, 그림 그리는 능력은 되시는데 보는 능력은 영 없네요. 당신 그림의 큰 매력이라고 할 만한 아이러니함이 배가 되는 건 내가 그려진 그림들이니까 전화를 하든 찾아가든 그걸로 바꿔요, 당장. 원하면 태워다 줄게요."

"하지만……."

"못 바꾸는 데는 다른 이유가 있는 거죠?"

"이미 결정한 사항을⋯⋯."

"서로하 씨도 나 좋아하잖아요? 이유는 정확히 모르겠지만."

서진의 모든 말은 충동적이었지만 진심이기도 했다. 사생아로 태어나 늘 신중하게 말하고 행동해 왔던 그가 태어나서 처음으로 하고 싶었던 모든 말을 다 하는 중이었다. 쌓여 있던 모든 감정이 녹아내리는 듯 속이 시원해졌다.

크리스티 경매에 로하가 참여하든 말든, 구겐하임 미술관에서 제가 준비한 전시를 할 수 있든 없든, 어차피 제게는 서로하가 필요했다. 첫사랑이 몇 발짝 앞에 있는데도 아쉬움 하나 느껴지지 않는 걸 보면 확실했다.

사랑해 마지않는 서로하의 그림을 제가 꿈꾸는 대로 남들 앞에 내보일 수 없다는 것은 절망적이었지만 서로하 자체와 서로하의 그림 중 고르라면 망설임 없이 고를 수 있었다. 눈앞에 서 있는 그녀를 보니 그 마음이 더욱 분명해졌다.

"하서진 씨!"

로하는 순간적으로 말문이 막혔다. 그의 자신 있는 콧대를 눌러 주고 싶었지만 차마 진심을 부정할 수 없었다. 이쯤 되니 스스로에게 묻고 싶을 지경이었다. 대체 왜 저런 남자를 좋아하는 거냐고.

하지만 물을 필요도 없었다. 두근거리는 심장은 지금도 그를 좋아하고 있음을 몸소 증명하고 있었다. 저는 가진 적 없던 당당한 자신감마저도 얄밉지만 사랑했다. 빠져나갈 곳이 없었다. 못 이기는 척 그의 손을 잡아도 되지 않을까.

"그러니까 그만 튕겨요. 밀고 당기는 건 그림으로도 충분했잖아요. 주차장에서 기다릴 테니 싫으면 오지 말든가."

휙 돌아서는 서진의 뒷모습에 로하는 짧은 탄식을 하, 내뱉고는 고개를 저었다. 그를 향해 내밀려던 손이 민망해져 머리를 마구 헝클었다.

아무리 봐도 그에게 휘둘리는 모양새다. 저를 매번 돌돌 말아 버리는 그의 능청스러움마저도 싫지 않다는 것이 더욱 저를 미치게 했다. 사랑은 미친 짓이라는 말이 실감 났다. 뚜벅뚜벅 뒤도 돌아보지 않고서 자신 있게 걸어가는 서진의 뒤를 따라가며 로하는 저도 모르게 한숨을 쉬었다가 미소를 지었다가를 반복했다.

"결국엔 오고 싶었던 곳이 바다예요?"

"탁 트여 있어서 좋아요. 덜 답답하거든요."

"로하 씨랑 나는 바다랑 꽤 깊은 인연이 있는 기분이네요."

"그런가요."

막상 데이트라고 나왔지만 제안한 서진도 따라나선 로하도 어디로 가야 좋을지 몰랐다. 두 사람을 태운 차는 목적지도 없이 그저 길을 따라 달렸다. 한참 서울 시내를 헤매다가 바다로

오게 된 건 로하의 갑작스러운 한마디 때문이었다. 운전대를 잡고 있던 서진은 잠시 고민하다가 멀리 가는 대신 인천 앞바다를 택했다.

"여긴 또 느낌이 다르네요."

"이제 겨울이기도 하고, 서해는 조금 더 황량하죠."

"그래도 나름 매력 있어요."

"그럼 그릴래요?"

"아뇨."

강한 느낌을 받을 때면 늘 연필을 잡곤 했었지만 오늘은 그러고 싶지 않았다. 그림과 조금 거리를 두고 하서진이란 사람과 시간을 보내고 싶었다.

"하도 뉴스가 시끄러워서 그런가. 바닷가가 고요하니 좋긴 하네요."

"고위 공직자 비리 사건 말이죠? 아침에 대충 봤는데 복잡하더라고요."

"네, 정치권에서부터 경제계까지 줄줄이 이어진 모양이에요."

"그런 거에도 관심 있어요?"

"아트 딜러로 살아갈 때는 관심을 둬야 했어요. 물론 그런 쪽에 젬병이지만요. 난 어쨌거나 그림이 좋아요. 그림만 보고 살고 싶었어요."

"과거형이네요?"

"그림만 보고 살고 싶었는데…… 서로하 씨가 눈에 들어왔거든요. 그래서 과거형이요."

"내 그림만 좋아하는 줄 알았는데요."

"처음엔 그림이었죠. 하지만 지금은 서로하 씨가 더 많이 보여요. 사실 그림 볼 때 작가를 투영하는 걸 그리 좋아하진 않아요. 사연에 집착하는 건 감성팔이 같았거든요. 그런데 내가 너무 오만했던 거죠. 당연하게도 그림 속엔 작가가 있을 수밖에 없어요. 당신 그림도 마찬가지예요. 당신이 느끼는 감정, 생각, 가치관, 경험 그런 것들이 다 녹아 있어요."

서진의 말에 얼굴이 붉어진 로하는 굳이 대답을 하지 않았다. 대신 바닷가를 걸으며 딴청을 피웠다. 서진 또한 그런 로하에게 답을 요구하지도 말을 걸지도 않았다. 그저 함께 옆에서 걸어 줄 뿐. 함께 걷는 것만으로도 둘 사이의 여백이 좁혀지는 느낌이었다.

"한국에도 이젠 여기저기 미술 작품이 많이 보이네요. 저건 누가 만들었을까요?"

말없이 걷기만 하던 로하가 손가락으로 멀리 떨어진 해변을 가리켰다. 요즘은 공공건물 앞 공터부터 길거리 한복판, 심지어는 바닷가까지 어디에든 자리만 있으면 미술 작품 하나쯤은 설치하는 모양이었다. 작품에 담긴 의미가 무엇인지, 공간에 잘 어우러지는지보다는 누가 만들었는지, 가격은 얼마나 나가는지에 더 집착하는 것이 우습긴 했지만. 결국 공공 미술 작품에서도 중요한 건 명성이었나. 로하가 쓰게 웃었다.

"누가 만들었나가 중요한가요, 뭐."

"안 중요한 건 아니잖아요."

"리처드 세라*의 작품이 유명하지 않아서 철거된 건 아니잖아요."

"그건 그렇지만……."

"오늘은 이런 이야기 안 하고 싶었는데 로하 씨가 먼저 꺼냈으니 한마디만 할게요."

"……그래요."

살짝 긴장한 듯한 표정으로 고개를 끄덕였다. 서진이 입을 떼기 전에 먼저 로하의 손을 잡았다. 차갑게 식은 손을 제 온기로 녹여 주며 그는 속에 있는 말을 꺼냈다.

"나는 여전히 서로하 씨가 왜 그런 결정을 했는지 이해할 수 없어요."

"그건……."

"애써 설명하려 하지 마요. 그건 로하 씨 선택이고 나는 왈가왈부할 자격 없어요. 설명할 필요도 없고요. 어젠 좀 흥분했었지만 지금은 받아들이려고 노력하는 중이에요."

로하가 서진의 말에 천천히 고개를 끄덕였다. 조곤조곤 제 손을 붙잡고 한 단어 한 단어 진심을 담아 이야기하는 서진을 보고 있으려니 어제와는 다른 이유로 눈물이 날 것 같았다.

"그런데 어떤 결정이든 그게 진짜 서로하 씨 결정이었으면

---

*리처드 세라(Richard Serra, 1939~):미니멀리즘을 추구하는 미국의 현대 조각가. 그의 작품은 종종 사람들에게 논란을 불러일으켰으며 그중 〈기울어진 호(弧)〉는 논쟁 끝에 철거됨.

좋겠단 생각은 있어요."

"무슨 의미예요?"

"로하 씨를 괴롭히는 오래된 상처나 자격지심에 의한 결정 말고 진짜 서로하의 심장이 시킨 결정이었으면 좋겠단 뜻이요."

"그건……."

확신할 수 없었다. 제 자격지심 때문이 아니라고 자신 있게 말할 수 있을까. 서진의 시선을 살짝 피하며 로하가 침을 꿀꺽 삼켰다. 추위가 몸 깊숙이 파고드는 듯했다.

그 순간 로하의 휴대폰이 울렸다. 로하가 곤란한 표정으로 액정을 내려다보았다. 규안의 이름이 반듯하게 적혀 있었다.

"받아요."

"받는다고 해도…… 서진 씨, 이제 와서 내 결정을 철회할 순 없어요."

"말했잖아요. 그게 온전히 로하 씨 결정이면 더 이상 불만을 갖지 않겠다고."

서진이 편하게 전화를 받으라는 듯 한 발짝 거리를 벌려 주었다. 그녀를 더는 뒤흔들지 말라고, 전화기를 뺏어 제 형에게 소리치고 싶은 심정이었지만 꾹 참았다.

제겐 여러 개의 선이 있었다. 서로하의 꿈을 제멋대로 꾸지 않아야 한다는 선이 첫 번째. 서로하의 감정적 연인 그 이상의 자리를 막무가내로 욕심내지 않아야 한다는 선이 두 번째. 그리고 저를 오래도록 짓누르는 제 형에 대한 복잡한 감정의 선이 세 번째.

넘을 수 없는 선들이 서진을 괴롭혔다. 로하에게서 한 발짝, 다시 한 발짝, 또다시 한 발짝, 거리를 벌렸다. 멀어진 간격만큼 그의 마음이 간지러웠다. 그사이 적막을 깨고 요란하게 울리던 전화벨이 뚝 끊겼다.

"안 받아요?"

"받아도 될지 잘 모르겠어서요."

"받아요. 불편하면 더 멀리 떨어져 있을까요?"

"그게 아니라……."

"내 의견이 듣고 싶은 거라면…… 그래요. 왜 서로하 씨한테 이규안은 되고 나는 안 되는지 여전히 이해할 수 없어요."

세차게 부는 겨울 바다의 바람 소리가 두 사람의 귓가에서 윙윙댔다. 그러나 한 자 한 자 또박또박 감정을 담아 털어놓는 그의 말은 로하의 귀를 따라 가슴에 꽂혀 왔다. 두 사람 사이의 간격이 벌어진 탓일까. 이상하게 더욱 추웠다. 두 팔로 팔짱을 끼며 로하가 조금 목소리를 높였다.

"우리 오늘부터 사귀기로 한 거 아녜요? 그럼 나한테 하서진 씨가 되고……."

"서로하라는 한 사람한테 하서진이란 한 사람은 되는 모양이지만 내가 묻는 건 그런 게 아녜요."

"그럼요?"

"작가 서로하한테 왜 이규안의 도움은 되고 하서진의 도움은 안 되는지 모르겠다고요. 어차피 갤러리 부대표나 유명 큐레이터나 그게 그거 아녜요?"

"달라요. 아주 달라요."

"뭐가요?"

"하서진 씨는 그냥 큐레이터가 아니니까요."

로하가 중얼거리듯 답했다. 제게 그는 그냥 큐레이터가 아니었다. 특히나 그 유명한 큐레이터 진이란 걸 알게 된 이상 더더욱 그의 도움을 받고 싶지 않았다. 그와 같은 선상에서 같은 꿈을 꾸고 싶었지, 일방적으로 도움을 받는 것은 싫었다.

로하에게 그는 제 마음을 깨닫기 한참 전부터 동반자였다. 지금은 믿기지 않게도 연인이기도 했다. 그가 혹시라도 또 오해할까 싶어 부연 설명하려는데 전화벨이 다시 울리기 시작했다.

"그러니까 유명 큐레이터라고…… 됐어요. 내 입으로 이런 말하기도 민망하네요. 일단 전화나 받아 봐요. 저런 성격 아닌데 계속 거는 걸 보니 급한 모양이네요. 어쩌면 그림 바꿔 달라고 할지도 모르잖아요? 이건 진심인데 그 그림보다는 다른 게 낫거든요."

서진은 어깨를 으쓱하며 편히 전화를 받으라는 듯 손짓해 주었다. 그의 농담인지 진담인지 알 수 없는 말에 잠시 입술을 삐죽였지만 결국은 웃음이 나와 버렸다. 정말 좋아하면 어쩔 수 없는 모양이라고 생각하며 로하는 일부러 고개를 홱 돌려 전화를 받았다.

"여보세요?"

―아, 로하 씨. 전화 안 받아서 걱정했네요. 바빠요?

"잠시 뭘 하고 있었어요. 밖이기도 하고요. 무슨 일이신데
요?"

늘 여유롭던 규안의 목소리에 다급함이 묻어나 로하는 고개
를 갸웃했다. 크리스티 경매 건이 무산됐다는 이야기라도 하
려는 걸까. 불현듯 레지던시 심사가 생각났다. 로하의 온몸에
소름이 돋았다. 어쩌면 안 교수가 또 방해하는 걸지도 몰랐다.

―돌려 말할 여유가 없어서 그러는데 나 좀 도와줄 수 있어
요?

"무슨 일인지 알아야 도와드릴 수 있죠."

―안환희 그림 어느 정도 똑같이 그릴 수 있죠?

"갑자기 그게 무슨……."

로하는 자신도 모르게 몇 발짝 더 뒤로 물러났다. 저를 의
아한 시선으로 바라보는 서진의 눈빛이 제 양심을 더욱 요동
치게 만들었다. 아직 뭘 하겠다 말한 것도 아닌데 마치 죄인이
된 기분이었다.

―안환희 작품이 몇 개 필요해요.

"저기요, 부대표님."

―안환희에게 복수하게 해 줄게요. 자세한 건 만나서 이야
기해요. 지금 어디…….

"저 못 해요. 아니, 안 해요. 절대로, 절대로 못 해요."

목소리가 달달 떨렸다. 전화기를 쥐고 있는 손도 바르르 떨
렸다. 예상치도 못한 폭탄에 숨이 막힐 지경이었다. 전화기 너

머로 규안의 한숨이 들려왔다. 전화로 이야기하기에 좋은 주제가 아닌 건 알았지만 상황이 상황이니만큼 그도 다급했다. 결국 하나씩 차근차근 설명을 하기 시작했다. 로하가 반드시 승낙을 해 줘야만 했다. 그러지 않으면 많은 일이 꼬일 것이다.

—우리 어머니와 관계가 깊은 국내 굴지의 대기업이 하나 있어요.

"……그런데요?"

—최근 정치권에서 터지고 있는 일련의 게이트들 때문에 그 대기업 회장이 조만간 검찰 수사를 받게 생겼어요. 우리 어머니까지 줄줄이 엮일 거예요. 그래서 돈을 국외로 빼돌려야 할 상황인데 그러자면 그림이 필요해요. 서로하 씨 도움도 필요하고.

아까 서진과 나눴던 대화가 떠올랐다. 그때만 해도 그저 그런 수다였다. 세상 돌아가는 이야기, 자신과는 관련 없는 이야기. 그런데 지금부터는 자신과 연관이 생길 것 같았다. 이 전화를 계속하다 보면 그렇게 되어 버릴 것이 분명했다. 그 전에 끊어야 했지만 로하는 그러지 못했다. 그저 멍하니 중얼거릴 뿐.

"……범죄네요, 그거. 완전히 큰 범죄."

—서로하 씨는 아무것도 모르고 있으면 돼요. 그냥 안환희 교수 진품 몇 개를 비슷하게 복제만 해 주면 끝이에요. 괜히 알려고 하지 말고…… 하, 솔직히 안 교수 진품 중에서도 서로

하 씨 도움받아 그린 거 많잖아요?

아무렇지 않은 듯 제 과거의 상처를 찔러 오는 규안의 말에 로하의 눈이 흔들렸다. 그 순간 멀리 있던 서진과 시선이 교차했다. 아무것도 모르고 생글생글 웃는 그의 눈을 바라보자니 속이 울렁거릴 지경이었다.

먹은 것도 없는데 자꾸만 게워 내고 싶었다. 할 수만 있다면 과거를 다 토해 내고 싶은 심정이었다. 관행이라는 이유로 안환희 교수의 그림을 보조했던 그 어리석은 과거를, 제니퍼 안의 그림을 대신 그려 주었던 그 지우고 싶은 얼룩을.

천진난만한 표정으로 모래사장에 무언가를 적어 내려가는 서진을 보던 로하가 다시 한 번 고개를 홱 돌렸다. 차라리 울고 싶은데 눈물마저 말라 버린 듯 흐르지 않았다. 벗어날 수 없는 과거를 들이미는 규안보다 그런 과거를 살아온 스스로가 더 미웠다. 그렇기에 더더욱 과거에서 벗어나야 했다. 로하는 규안의 이야기를 받아들일 수 없었다. 절대로.

"부대표님, 제가 그런 제안을 수용할 것 같으세요?"

—내가 무너지면 크리스티 경매도 완전히 무산될 수 있어요. 서로하 씨 데뷔도 물 건너가는 거죠.

"그렇다고 어떻게…… 전 절대로 못 해요."

—검찰 수사 이후 일이 어느 정도 안정되면 시장에 안환희 교수 위작이 풀렸다는 소문을 책임지고 낼게요. 그럼 안환희 작품들의 값어치가 걷잡을 수 없이 떨어지게 되겠죠. 어차피 미술품 거래하는 사람들 다 그 나물에 그 밥이라 한 번 의심이

번지기 시작하면 안환희도 끝이에요. 안환희 때문에 로하 씨도 많이 힘들었잖아요? 로하 씨한테도 나쁠 거 없는…….

안환희 교수에게 복수하는 일, 하고 싶었다. 복수까진 아니더라도 그가 다시는 저를 괴롭히지 못하도록 하고 싶었다. 제 모든 걸 걸어 도왔음에도 결국 저를 쓰다 버린 붓보다도 못하게 대하는 그를 어떻게든 끌어내리고 싶었다. 그러나 이런 식으로는 아니었다. 로하는 멀리 떨어진 서진을 다시 힐끗 바라보았다.

지금 들은 말을 털어놓는다면 그는 무슨 답을 줄까. 묻지 않아도, 듣지 않아도 알 것 같았다. 그를 끌어내리겠답시고 말도 안 되는 진흙탕에 빠지느니 차라리 네가 훨훨 날아 올라가라고. 내가 얼마든지 돕겠다고.

제 손이 저도 모르게 움찔했다. 손이 시려웠다. 자신을 따뜻하게 해 줄 그의 손을 꽉 잡고 싶었다. 그러니 이런 말도 안 되는 제안에 눈 하나 깜짝하지 않으리라.

"제 양심은요?"

─이미 몇 번 해 온 일이잖아요. 딱 한 번만 눈 감아요. 그리고 더 높은 곳으로 올라갈 기회를 잡아요. 이번 일 잘 마무리 지으면 로하 씨 그림도 많이 팔리게 다리 놔준다고…….

"제 작가로서의 자존심은요?"

─자존심이 당신을 띄워 놓나요? 안환희 같은 사람한테 짓밟히느니 깔끔하게 한 번 접어요.

"제 마음은요?"

—네?

상처가 채 아물기도 전에 자꾸만 상처가 난다. 제 마음속이 난도질당하고 있었다.

제겐 안환희나 이규안이나 다를 바 없었다. 결국 규안의 손을 잡으면 또 저만 버려질 것이 분명했다. 제가 잡아야 할 손은 따로 있었다. 그가 이미 제 결정에 크게 실망했다 해도 그 손 말고는 기댈 곳이 없었다. 모든 걸 솔직히 말하면 그가 받아 줄까. 눈앞의 바다에서 물결이 일었다. 그걸 바라보는 로하의 가슴도 울렁였다.

"끊을게요, 부대표님. 저는 절대 못 해요. 아니, 안 해요."

—생각할 시간이 필요한 거면 짧게는 줄 수 있어요. 오늘 저녁까지만……

"제가 경매에 나가고 싶었던 건 당당하고 싶어서였어요. 이런 일을 해 가면서까지 나가면 당당해질 수 없어요. 저 스스로에게도 그리고……"

—로하 씨가 당당하게 마주 서고 싶어 하는 그 하서진도 완벽하지 않아요. 결국엔 가치관을 접고 당신을 위해 자기 명성을 팔았잖아요. 인간이란 다 그런 거예요.

규안이 으르렁거렸다. 제 뜻대로 풀리지 않자 화가 났다. 서로하를 처음 본 순간부터 지금까지 언젠가 그녀와 안환희의 관계를 적당히 이용할 생각은 있었다. 다만 이렇게 빨리 그 순간이 찾아올 줄은 스스로도 몰랐을 뿐.

당황스럽다고 물러설 수 없었다. 반드시 해내야만 했다. 검찰 수사 직전에 미리 정보를 알아냈으니 손쓸 여유는 충분했다. 유일한 열쇠는 서로하였다. 그녀만 제 뜻대로 움직여 준다면.

대기업 회장들과의 관계는 국내에서 이안 갤러리의 자리를 굳건히 하는 데 가장 중요한 받침대였다. 그림을 이용한 비자금 조성부터 위작을 활용한 해외 재산 은닉까지. 제 목숨줄을 서로하가 쥐고 있다는 것이 우스웠지만 규안은 자신 있었다. 필요하다면 제 동생의 목줄을 쥐고서라도 이 일을 성사시킬 생각이었다.

"그러니까 더 안 돼요. 그분이 그러신 건 순전히 저 때문이었으니까…… 저만 아니면 그럴 사람이 아니었으니까……."

—그 단단한 믿음의 근거가 뭔지 모르겠지만 걔도…… 됐고, 세상에 변명 없는 일이 어디 있어요. 로하 씨한테도 중요한 변명이 있는 거죠, 꿈. 로하 씨의 꿈은 안 중요해요? 제니퍼 안 대작할 때는 됐고, 왜 내 부탁은 안 되는데요?

"그때랑 지금은 많이 달라졌거든요. 저 자신이 많이 바뀌었어요."

그때는 그 길밖에 없는 줄 알았다. 작가로 데뷔하려면 안 교수의 말을 듣는 것 말고는 없는 줄 알았다. 제 그림이 정말로 가치 없는 것인 줄로만 알았다.

그런 자신을 바꿔 놓은 건 서진이었다. 제 그림을 아낌없이 칭찬해 주고 진심만으로 세상을 이길 수 있다며 손 내밀어 준 사람. 다시 암울했던 과거로 되돌아갈 수 없었다.

―좋아요. 오늘 저녁까지는 기다릴 테니까 생각해서 제대로 답 줘요. 그대로 놓치기는 많이 아까운 기회잖아요?

"제 답에 변화는 없을 거예요."

로하가 단호하게 말했다. 제가 잡으려던 동아줄이 썩은 동아줄이었던 게 처음도 아니고 이 정도는 이겨 낼 수 있다고 스스로를 달랬다. 절대로 울지 않을 생각이었다. 여전히 저를 바라보며 모래 위에서 발장난을 하는 서진의 모습에 로하는 애써 입꼬리를 올렸다. 찬바람에 코끝이 시렸다.

―하서진이 오케이하면 서로하 씨도 내 말 들어줄 건가요?

"그럴 일 없어요. 서진 씨는 절대로 그럴 사람이 아닌걸요."

―우리 아버지랑 걔네 어머니랑 바람나면서 우리 집안의 평화롭던 가정이 완벽하게 박살 났어요. 솔직히 평화라는 단어가 어울리는 집은 아니었는데 적어도 서진이는 그렇게 알고 컸죠. 그래서 나한테 꼼짝을 못 해요. 걔가 그런 능력과 커리어를 갖추고도 내 밑에 있는 건 아주 오래된 미안함 때문이죠. 로하 씨랑 나, 둘 중에 누가 서진이를 더 잘 아는지 시험해 볼까요?

로하가 서진을 다시 한 번 바라보았다. 통화가 길어진 탓일까. 저를 보는 대신 모래사장에 발로 무언가를 새겨 넣는 데 집중하는 그의 표정에 장난스러움이 묻어 있었다. 무얼 쓰고 있는 걸지 살펴보려 해도 멀어서 잘 보이지 않았다.

빤히 그를 보고 있다 보니 두 사람의 눈이 마주쳤다. 그가 이제 그만 끊으라는 듯 허공에 엑스를 크게 그리며 웃어 보였다. 그러나 로하는 차마 웃을 수 없었다. 이 슬픔의 원천을 알 수는 없었지만 그냥 울고만 싶었다.

생각해 보면 그에 대해 아는 게 없었다. 늘 제 앞에선 자신 감 넘치는 모습만 보여 줬기 때문에 그의 등에 그림자가 있을 거라곤 상상해 본 적 없었다. 제 짐이 너무 무거워서 그의 등 은 보려고 하지 않았다.

이안 갤러리 부대표의 동생인 네가 뭘 아느냐는 식으로 쏘 아붙였던 어젯밤이 생각났다. 그 이름이 그에게 빛이 아니라 그림자였음을 왜 몰랐을까. 규안과 달리 제 형의 이야길 한 적 이 한 번도 없었는데 왜 눈치채지 못했을까. 평범하지 않은 가 정사란 걸 알면서도 왜 모르는 척 내 상처만 봐 달라고 징징거 렸을까.

결국 저는 그의 앞에서 당당할 자격조차 없었다. 그를 좋아 한다고 말할 자격은 있을까. 캔버스 위에 그를 그리며 즐거워 할 자격은?

차마 울 수도 없었다. 살짝 촉촉해진 눈가를 얼른 손으로 닦아 냈다. 오늘은 절대로 울지 않을 거였다.

—이번에도 마찬가지일걸요? 서로하 씨가 안 하겠다면 걔 한테 위작 작가 구해 달라고 해야죠, 별수 있나. 나보단 작가 들을 많이 아니까요. 나야 사업이나 하는 사람이라.

"부대표님, 지금…… 협박하시는 거예요?"

—내가 서로하 씨를 협박할 리가 있나요. 도와 달라고 사정 하는 거죠. 협박이 필요하다면 서로하 씨 대신 내 동생한테 전

화를 걸지 않았을까요?

규안은 통화하는 내내 까칠한 기분을 느꼈다. 가슴속이 답답한 게 불편하기 그지없었지만 고작 그런 걸로 멈추기엔 제 목 앞에 칼이 드리워져 있었다. 빨리 매듭짓고 전화를 끊고 싶었다.

다행히도 이 통화의 추는 제 쪽으로 기운 듯했다. 이런 일에 승패가 있을 수 없겠지만 어차피 해야 할 일이라면 악역이 되어도 상관없었다. 서로하에 대한 사소한 호기심으로 망치기엔 너무 많은 것이 걸려 있었다.

"하지 마세요."

─혹시 같이 있으면 형이랑 서 대표님이 많이 보고 싶어 한다고 전해 주세요. 저녁까진 답 기다릴게요. 이만 끊죠.

끊긴 전화를 멍하니 내려다보았다. 다시 걸 용기는 없었다. 시간이 멈춘 듯 한동안 서 있었다. 다시 그녀를 현실로 불러들인 건 서진이었다.

"부대표가 뭐래요? 별로 안 좋은 이야기했어요? 표정이 영 아닌데."

"아, 그게……."

"그림 진짜 바꾸래요? 아니면 이제 와서 못 내보내 주겠다고 해요? 그러면 솔직히 난 좋은데…… 로하 씨는 실망하려나."

"서진 씨, 이규안 부대표는 어떤 사람이에요?"

서진을 마주하자 다시 눈물이 나오려는 것을 질끈 참고서

로하는 담담하게 질문을 했다. 제 마음속에 이는 갈등. 다른 사람은 몰라도 그에게는 말할 수 없었다. 나중에 그가 제게 질타를 퍼붓는다 해도, 그의 미움을 사게 된다 해도 절대로 말할 수가 없었다.

"나도 잘 몰라요. 형제라곤 하지만 같이 큰 것도 아니고 서 대표님 눈치를 볼 수밖에 없는 사이이기도 했고요. 나하고는 많이 다르죠. 어쨌거나 국립 미술관도 아니고 주로 컨템퍼러리 작품을 취급하는 갤러리를 운영하는 이상 이 일도 사업이라고 생각하는 사람이에요."

"이규안 씨는 좋은 사람일까요?"

"오늘부로 당신 남자 친구 된 사람한테 다른 남자가 좋은 사람이냐고 묻는 건 좀 우습지 않아요? 내가 질투해 주길 바라요?"

"그런 건 아니고……."

"설마 부대표가 고백이라도 했어요? 그러고 보니까 둘은 언제부터 그렇게 가까워진 거예요? 내가 관심 있던 작가가 서로 하라는 건 언제부터 알았던 거고……."

"아까 물으셨던 거, 아직도 궁금하세요?"

"지금 말 돌리는 거예요? 그러니까 더 수상하잖아요."

무언가 축 가라앉은 로하에게 조금이라도 힘이 됐으면 하는 마음으로 농담을 건네던 서진의 표정이 진지해졌다. 서진은 로하가 눈치채지 못하게 그녀의 표정을 천천히 살폈다. 아까 규안과 통화할 때 그녀의 표정이 심상치 않았던 것이 왠지 마음에 걸렸다.

정·재계를 발칵 뒤집어 놓은 비리 사건, 그 사건에 얽혀 있는 서 대표의 아들이자 제 형인 규안. 지금 그 일로 정신없을 규안이 로하에게 전화를 걸었다는 점이 수상했다. 통화는 짧지 않았다. 무언가 중요한 일이었을 텐데 집히는 게 없었다.

머릿속에 떠오르는 흐트러진 퍼즐 조각들이 서진을 불안하게 했다. 완벽한 사업가인 제 형이 이안 갤러리와 서 대표를 위해 무슨 짓까지 할 수 있을까. 자신과 전혀 다른 규안의 가치관 탓에 그가 무슨 일을 계획 중인지 종잡을 수 없었다. 제 머리로는 그 일과 로하가 관계 있을 이유가 없었기 때문이었다. 서진이 입술 안쪽을 깨물었다. 무슨 일이 있다면 부디 제게 기대길 바라며 서진은 로하를 빤히 바라보았다.

"……그런 거 아녜요. 그냥 지금도 궁금한가 해서요. 이규안 부대표 도움은 되는데 왜 하서진 씨 도움은 안 되냐고 물으셨던 거."

서진은 그녀가 피하려는 시선을 애써 맞추며 제 마음을 전했다. 네가 무슨 답을 하더라도 나는 곁에 있겠다고. 그러니 혼자서 이겨 내려 애쓰지 말라고.

"그랬죠. 답해 줄 거예요?"

"하서진 씨는 뭘 도와줄 수 있어요?"

"저울에 오른 기분인데 화나지 않는 걸 보니 내가 서로하 씨를 정말 좋아하나 보네요. 이미 지나간 일에 의미가 있을지 모르겠지만 난 어떻게든 전시 기회를 만들어 주고 싶었어요.

큐레이터를 내가 맡든 다른 사람이 맡든, 로하 씨의 그림이 다른 사람들한테도 그 가치를 인정받길 바랐다고요."

"미안해요. 고맙고."

로하는 짧은 두 마디에 모든 감정을 꾹꾹 눌러 담았다. 가슴이 먹먹해질수록 결심은 점점 더 굳어졌다. 서진이 바라던 제 단단함이 이런 것이 아님을 알면서도, 언젠가 균열이 생길지 모른다는 것을 알면서도 로하는 마음을 더 강하게 먹었다. 아이러니하게도 이런 자신을 단단하게 해 준 것은 서진이었다.

"뭐예요, 그게. 데이트하러 나왔는데 분위기 이상해졌네. 그림 이야기 안 하려고 했더니…… 형이 동생 방해하는 건 좀 나쁘죠? 전화라도 해서 뭐라고 한마디 해야겠어요."

서진은 장난스러운 표정으로 전화기를 꺼내 들었다. 로하가 걱정할까 싶어 농담으로 둘러대긴 했지만 진심으로 규안에게 확인하고 싶었다. 도대체 서로하에게 무슨 말을 한 거냐고. 다시 한 번 더 강하게 말하고 싶기도 했다. 서로하는 내 사람이니 어떤 이유로도 절대로 건드리지 말라고.

"하지 마세요!"

"네?"

"또 방해받고 싶지 않아요."

떨리는 목소리로 자신을 말리는 로하의 목소리에 서진은 전화기를 주머니에 도로 집어넣었다. 필사적으로 규안과 연락을 못 하게 하는 그녀를 보고 있으려니 더욱 불안해졌지만 대놓고 그녀 앞에서 전화를 걸 수 없었다.

서진의 머릿속이 복잡해졌다. 오늘 같은 날 왜 이런 일로 고민해야 하는지 울컥할 정도였지만 지금은 감정을 가라앉히고 로하에게 집중해야 할 때였다. 서진이 로하의 손을 잡았다.

"알았어요. 그럼 자리라도 옮길까요?"

로하가 고개를 설레설레 저었다. 아직은 이 바닷가에 더 있고 싶었다. 서울로 돌아가면 현실이 닥쳐올 것을 알았다. 답답함을 없앨 수는 없었지만 일시적으로나마 멈추고 싶었다. 담담하게 속에 담아 두었던 이야기들을 꺼내기 시작했다.

"전 당신 앞에서 당당하고 싶었어요. 내 힘으로 할 수 있다고 보여 주고 싶었거든요."

"그게 무슨……."

"당신은 내 그림을 처음 본 순간부터 제대로 봐 준 유일한 사람이에요. 나조차 잊고 있었던 오래된 낙서까지도 진실되게 바라봐 줬죠. 내 그림을 제대로 봐 준 유일한 사람에게 짐이 되고 싶지 않았어요. 당신이 유명한 큐레이터란 사실을 알았을 땐 더더욱…… 내 힘으로 당신에게 어울리는 사람이 되고 싶었어요."

"나는 아무것도 아닌데요. 그냥 가끔 글 쓰고, 좋아하는 전시 기획도 하고, 때로는 미술품 수집하러 다니고. 그냥 그뿐이에요."

로하의 눈은 말라 있었지만 서진은 그녀의 목소리에서 촉촉한 물기를 느꼈다. 닦아 줄 수 없는 눈물이 그의 마음을 더 아리게 했다. 대체 규안이 무슨 소리를 한 걸까. 그러나 규안에게도, 로하에게도 물을 수 없었다. 그녀가 원치 않았기에.

"당신이 진짜 큐레이터이듯 나도 진짜 작가여야 같은 선상에서 같은 꿈을 꿀 수 있을 것 같았거든요. 그래서 당신 도움만큼은 받고 싶지 않았어요."

"나한테까지 자격지심 느낄 필요 없는데. 왜 몰라요? 나는 서로하 씨 같은 작가가 없으면 아무것도 할 수 없는 존재예요. 말했잖아요. 내 숨을 멎게 하는 건 당신 그림이고 그런 내 숨을 되찾아 준 건 당신이라고. 바보같이…… 그런 거였으면 차라리 솔직히 말하지 그랬어요? 괜히 오해했잖아요."

"지금이라도 솔직해질 수 있어서 다행이라고 생각하고 있어요."

"나도 그래요. 크리스티 경매도 나쁜 기회는 아닌데 내가 너무 내 생각만 했나 봐요. 더 좋은 기회를 만들어 주고 싶었거든요. 세상을 열어 주고 싶었다는 말 기억해요? 실은 그것도 다 내 욕심이죠. 미안해요."

"서진 씨."

겨울. 겨울은 여러 가지로 시린 계절이었다. 찬바람이 둘 사이를 감싸고돌았다. 어느덧 노을이 하늘을 붉게 물들였다. 그 석양에 로하는 붉게 달아오른 제 얼굴을 숨겼다. 가능하면 저 바닷물에 눈물도 숨기고 싶었다.

"키스해 줄래요? 저번처럼 얼렁뚱땅 말고 진심으로."

서진이 희미하게 미소를 지으며 고개를 끄덕였다. 둘 사이의 간격이 좁아졌다. 서진의 입술이 로하의 입술 위에 머무를 때 따스한 온기가 두 사람을 감쌌다. 추운 겨울의 인천 앞바다가 아니라 따뜻한 하와이의 바닷가에 있는 환상 속에서 둘은 잠시 동안 서로를 탐했다. 수평선까지 짙은 붉은색으로 깔린 노을이 두 사람을 꿈으로 이끌었다.

"로하 씨."

눈을 몇 번 깜빡이는 로하의 손을 이끌고 서진이 모래사장을 몇 발짝 걸었다. 로하가 규안과 전화 통화를 하는 동안 한참을 서진이 서 있던 그 땅 위에는 글자가 새겨져 있었다.

Moe'uhane.

꿈. 그것만큼 어렵고 무거운 단어가 또 있을까. 그것만큼 설레고 들뜨는 단어가 또 있을까. 로하의 눈에서 눈물이 흘러내렸다.

서진의 손이 그녀의 눈 밑을 부드럽게 스쳤다. 로하의 입술이 달싹였다. 무슨 말이든 하고 싶었지만 입 밖으로 나오질 않았다. 그 순간 서진의 입술이 로하의 두 눈 위에 차례로 닿았다 떨어졌다.

"이제 나랑 다시 같은 꿈을 꿔 줄래요?"

"언제나 같이 꿈꾸고 싶었어요."

"과거형 말고요."

"그럴 수 있다면요."

"나야 언제든 환영이죠."

로하가 조심스럽게 고개를 끄덕였다. 이번엔 서진의 입술이 그녀의 이마에 닿았다. 그는 한참을 그대로 머물렀다. 그녀의 머릿속에 있는 복잡한 생각을 다 흡수해 버리려는 듯.

둘 사이에 살짝 틈을 벌린 것은 로하였다. 그로 인해 위로 받았지만 제 고민은 절대로 그에게만은 넘겨줄 수 없었다.

"이거 하나만 기억해 줄래요?"

"뭘요?"

"나는 당신 앞에서 부끄럽고 싶지 않았어요. 지금 이 순간 조차도 늘 당당하고 싶어요."

"당당해도 돼요. 당신은 창작자고, 나는 창작자를 돕는 존재에 불과하니까."

"작가 서로하, 큐레이터 하서진 말고 그냥 모든 면에서요."

"기억해요? 우리 처음 만났을 때, 내가 했던 말."

엉뚱한 이야기를 수도 없이 주고받았지만 지금 그가 하려는 말은 알 것 같았다. 절대로 잊을 수 없는 그날의 기억은 로하에게도, 서진에게도 생생했다.

『Nou No Ka Iini.』

내가 당신을 원합니다. 귓가를 간지럽히는 부드러운 말이었다. 그날의 추억이 오늘의 만남이 되었다. 로하가 그의 말을 읊조리듯 따라 했다. 어색한 발음이었지만 마치 아주 오래전부터 해 왔던 말처럼 제 입에서 자꾸만 맴돌았다.

"그때도 지금도, 여전히 당신을 원하고 있어요. 그것만 기억해요."

"그거면…… 그거면 됐어요."

"사랑합니다, 로하 씨."

"나도 많이 좋아해요, 서진 씨."

로하와 서진이 서로를 마주하며 눈빛을 주고받았다. 누가 먼저랄 것도 없이 한 사람의 손이 다른 한 사람의 손을 맞잡았다.

어느새 어두워진 하늘과 바다를 뒤로 한 채 한참을 거닐었다. 하고 싶은 말도, 묻고 싶은 것도 전부 그들의 그림자에 묻었다. 대신 환상인지 실제인지 알 수 없을 꿈에 젖어 들었다. 두 사람의 첫 데이트, 그 짧고도 긴 하루가 저물고 있었다.

12
폭풍전야

　내키지 않는 그림을 그리려니 자꾸만 진도가 나가질 않았다. 오늘 하루만 해도 급하다는 말을 몇 번이나 들었는데 눈앞이 깜깜한 것처럼 꽉 막힌 기분이었다.

　그 순간 치워 버리고 싶은 휴대폰이 주머니 속에서 진동했다. 또 규안의 재촉이겠지 싶어 확인도 하지 않으려는데 다시 한 번 짧은 진동이 울렸다. 휴대폰을 핑계 삼아 로하가 붓을 내려놓았다.

　〈뭐해요?〉
　〈보고 싶은데 바쁜가 봐요.〉

　예전부터 느낀 거지만 그는 참 낯간지러운 말을 잘했다. 서진의 메시지를 보며 로하가 배시시 웃었다. 그에게 당당할 수 없는 일을 하는 주제에 그를 위한다는 핑계로 이러고 있는 마음만큼은 알아줬으면 싶은 모순이 저를 감쌌다.

이런 감정으로는 제 그림을 그려야 하는데 눈앞의 캔버스엔 몇 년 전 안환희 교수가 그렸던 그림과 꼭 닮은 스케치가 있었다. 로하는 아예 몸을 돌려 캔버스를 등지고 휴대폰을 내려다보았다.

〈그림 그리고 있었어요. 서진 씨는 뭐해요?〉

〈뉴스 보고 있었어요. 미술계에서 로하 씨 이름이 벌써 오르락내리락하고 있네요. 축하해요.〉

〈축하받을 일은 맞을까요?〉

〈글쎄요. 나도 잘은 모르겠네요. 하지만 이제 시작이잖아요. 좋게 생각해요.〉

서진의 문자를 보고 로하가 잠시 머뭇거렸다. 이안 갤러리에서 크리스티 경매에 출품하기로 한 목록이 공개된 이후 로하의 이름은 미술계의 뉴스를 장식했다. 신인 작가가 이안 갤러리 줄을 타고 크리스티 경매에 나가게 된 것은 확실히 큰 뉴스거리였다.

그런 건 아무래도 좋았다. 제가 그토록 쥐고 싶었던 명성이지만 지금은 전혀 기쁘지 않았다. 오히려 마음에 들지 않았을 텐데도 제게 좋은 말만 해 주려는 서진 덕분에 그나마 웃을 수 있었다.

명성이란 게 이토록 부질없는 것임을 왜 몰랐을까. 로하는 잠시 고개를 돌렸다. 옆쪽에 놓인 이젤 위에 걸린 작품의 사진을 보니 참 허무했다. 대작, 위작, 비리. 제가 동경하던 미술계란 고작 이런 거였을까. 입술을 꾹 깨물었다. 건조한 날씨 탓에 입술이 부르터 금세 찢어졌지만 아프지도 않았다. 그보다는 마음이 아렸다.

현실에서 도망가듯 로하가 휴대폰을 다시 내려다보았다. 제가 답을 하기도 전에 서진에게 한 줄의 메시지가 더 도착해 있었다.

〈보고 싶다는 말은 진짠데 어디예요? 그림 그리고 있는 거면 집이에요?〉

〈아, 작업실이에요.〉

〈작업실이요? 어디요?〉

〈네, 어쩌다 보니 작업실에 와 있네요.〉

〈어딘지는 안 가르쳐 줄 모양이네요. 하긴 작업 중엔 방해하면 안 되겠죠?〉

로하는 차마 어디에 있다 말할 수 없었다. 작업실 같은 걸 따로 두고 있을 형편이 못 되어서 집에서 그림을 그렸지만 지금은 규안이 제공해 준 경기도 인근의 한적한 작업실에서 그림을 그리고 있었기 때문이었다.

규안은 모든 것을 제공해 주었다. 물감부터 캔버스, 먹거리와 작업할 수 있는 공간까지. 생애 처음으로 마음 편히 작업할 환경을 가졌음에도 도저히 그림을 그리고 싶은 마음이 들질 않았다. 이번 일을 마치고 나면 전적으로 이 작업실을 내어 줄 수 있다는 말을 들었으나 예전처럼 미래를 위한 수단 정도로 치부할 수 없었다.

그렇지만 제가 하는 편이 나았다. 자신은 그림을 사랑했지만 서진은 그런 자신보다 더 그림을 사랑했다. 그가 상처 받는 것보다 차라리 제가 한 번 더 양심을 무시하는 편이 나았다. 서진을 위해 자신이 단단해져야만 했다. 그게 제 가치관까지 접어야 했던 연인을 위해 스스로가 해 줄 수 있는 유일한 일이었다. 그렇게 스스로를 다시 한 번 달래며 로하는 눈을 질끈 감았다 떴다.

〈아마요. 가능한 빨리 마쳐 볼게요.〉

〈마치면 영화라도 볼까요? 아니면 드라이브?〉

〈글쎄요. 늦게 끝날까 봐 장담은 못 하겠어요.〉

〈그럼 마치는 대로 데리러 갈게요. 어디쯤인지 알려 줘요.〉

서진은 휴대폰을 잠시 주머니에 넣고 규안의 사무실 문을 가볍게 두드렸다. 그에게 건네줄 것이 있었다.

그런데 안에서 들려오는 답이 없었다. 잠시 머뭇거리던 서진이 문을 벌컥 열었다. 규안이 바쁜 손놀림으로 짐을 챙기고 있었다.

"뭐해?"

서진은 슬쩍 규안의 눈치를 살폈다. 그날 로하에게 무슨 말을 한 건지 묻고 싶은 마음은 굴뚝같았지만 지난 며칠간 그의 얼굴을 보지 못했기에 직접 사무실로 찾아올 수밖에 없었다.

"보다시피 좀 바빠. 잡담이면 나중에 하자."

"어디 가는데? 크리스티 경매 이브닝 세션 큐레이터 대본 필요하다며. 뭐하러 이안 갤러리 전시 팀 직원들을 괴롭혀? 목록은 내가 다 뽑았으니 나한테 말하지."

"네가 직접 할 정도는 아니라고 판단해서."

"내 이름 걸고 나가는 건 아니라지만 제대로 하는 게 낫잖아. 자, 서로하 씨 작품까지 완벽하게 정리해 놨으니까 진행자한테 잘 전해 줘."

여전히 내키는 일은 아니었다. 하지만 로하가 이미 하겠다고 결정한 일이고 번복할 수도 없기에 제가 해 줄 수 있는 만큼 도와주고 싶었다. 그래서 며칠에 걸쳐 대본도 열심히 썼다. 제가 읽을 대본도 아니건만 이렇게까지 공을 들인 건 오직 서로하 때문이었다. 그녀가 제 앞에서 당당해지겠다며 간신히 잡고 있는 동아줄이라면 조금이라도 튼튼하게 만들어 주는 것이 제가 할 수 있는 유일한 일이었다. 물론 직접 가져다주러 온 것은 규안을 보기 위한 핑계였지만.

"책상에 좀 놔 줘. 지금은 가 볼 데가 있어서…… 어쨌든 고맙다. 먼저 나갈게."

"어디 가기에 그렇게 바빠? 혹시…… 서 대표님 뵈러 가?"

서진은 조심스럽게 본론을 꺼낼 준비를 했다. 정치판부터 재벌들까지 줄줄이 엮여서 조사를 받고 있는 상황에서 뉴스에 하루에도 수십 번씩 이름이 오르락내리락 하고 있는 이가 규안의 어머니인 서 대표였다. 그녀가 죄를 지은 것이 확실함에도 뉴스를 보는 서진의 마음은 불편했다. 오래도록 서 대표와 규안에게 품고 있는 마음의 짐 때문이었다.

규안에게 직접 서 대표의 일을 묻는 것은 엄청난 용기가 필요했다. 그러나 규안이 로하에게 꺼낸 말이 혹시라도 그 일과 관계가 있을까 신경이 쓰였다. 그래서 서진은 용기를 냈다. 계속 고민해 봤자 답이 나올 리 없었고, 부딪혀야 했다. 서진은 그만큼 로하를 걱정하고 있었다. 왠지 모르게 그날 이후 자신을 피하는 것만 같은 제 연인을.

"아니, 일단은 파주 작업실. 당연히 어머니랑도 관계 있는 일이긴 하고."

"거긴 왜? 비어 있는 거 아니었어? 누가 쓰고 있는데?"

"중요하게 의뢰한 일이 좀 있거든. 더 할 말 없는 거지? 그럼 나 먼저 나간다?"

"……아, 형."

서진은 급하게 돌아 나가는 규안을 불렀다. 그러나 입술만 벙긋거릴 뿐 아무런 말도 할 수 없었다. 규안의 입에서 나온 어머니란 단어가 그를 강하게 짓눌렀다.

"왜?"

"혹시 서로하 씨랑······."

"개인적인 일은 나중에. 나 좀 바빠."

규안은 노골적으로 얼굴을 찌푸리며 서진의 말을 자른 뒤, 뒤도 돌아보지 않고 밖으로 나가 버렸다. 서진은 사라진 제 형의 뒷모습을 멍하니 바라보다 이내 소파에 털썩 주저앉았다.

서로하의 이름은 듣고 싶지도 않다는 듯 보였던 규안의 낯빛은 단순히 착각이었을까. 머릿속에 떠오르는 이상한 퍼즐 조각들은 그저 제 기우에 불과할까. 스스로를 달래려 애써 보아도 계속해서 불안한 기운이 그를 강하게 짓눌렀다.

잠시 눈을 감았다. 며칠간 얼굴도 제대로 보지 못했던 제 연인이 무척이나 보고 싶었다. 눈으로 봐야만 이 불안함을 지울 수 있을 것 같았다. 다시 문자라도 해 볼까. 아니, 차라리 전화를 해 볼까. 그림 그리는 중이니 방해하면 안 되는 걸까. 무슨 그림을 그리는 걸까. 언제쯤 마칠까. 그럼 작업실 앞으로 가서 기다릴까. 그 작업실은 어딜까. 작업실······.

불현듯 그 흔한 듯 흔하지 않은 한 단어가 두 사람의 목소리로 그의 머릿속을 스치고 지나갔다.

〈혹시······.〉

숫자 '1'이 사라지지 않는 대화창을 바라보며 서진이 중얼거렸다. 아니었으면 좋겠다고. 그가 자리에서 벌떡 일어났다. 불길한 예감이 제 심장을 뛰게 했다.

〈아녜요. 끝나고 봐요. 여유 있을 때 답장 줘요.〉

서진이 급하게 규안의 방을 나섰다. 제 사무실에 들러 외투만 챙긴 채 서둘러 지하 주차장으로 향했다. 확인하고 싶었다. 그녀와 제 꿈에 대한 두 사람의 신뢰가 여전하다는 사실을. 액셀러레이터를 밟는 그의 몸이 살짝 떨리고 있었다.

❖　　　　　❖　　　　　❖

파주 작업실 앞 공터에 차를 주차해 두고도 서진은 선뜻 들어가지 못했다. 혹시라도 저 안에서 규안과 로하를 동시에 마주할까 두려웠다. 제 연인을 믿지 못하고, 제 작가를 신뢰하지 못하는 스스로가 너무나도 못나 보여 웃음이 나왔다.

며칠 전 인천 앞바다에서 규안과 통화를 마치고 떨리던 그녀의 목소리가 귓가에 맴돌았다. 작업실, 세상에 작업실은 넘쳐 났다. 꼭 여기라는 법은 없었다. 서진은 고개를 저었다. 제 차에서 조금 떨어진 곳에 주차되어 있는 규안의 차만 노려보았다. 의자에 목을 기대고 눈을 감았다.

그 순간 휴대폰에서 메일 도착을 알리는 경쾌한 소리가 울렸다. 주머니에서 휴대폰을 꺼내고서도 잠시 동안 메일을 열지 못했다. 아마도 짐작이 맞다면 마이클로부터 온 것일 터였다. 뭐 하나 뚜렷한 게 없었다. 한숨을 푹 내쉬며 간신히 버튼을 눌렀다. 피한다고 해결될 일이 아니었다.

「진, 그동안 잘 지냈어? 일단 네 메일은 잘 받았어.

한국에서 일어나는 일들에 관한 시끄러운 뉴스가 뉴욕까지 들리고 있어. 이안 갤러리를 둘러싼 좋지 않은 소문들이 있던데 넌 괜찮은 거야? 혹시 미국으로 돌아올 생각이 있으면 언제든 말해 줘. 너에게 일을 맡기고 싶다는 갤러리와 미술관들은 여전히 많아. 내 말 무슨 뜻인지 알지?」

이안 갤러리를 둘러싼 좋지 않은 소문들. 결국엔 정·재계 검은돈을 세탁해 주는 곳에 불과하다는 이야기. 서진이 애써 무시하고 있던 이야기였지만 그건 사실일 것이다.

그러나 서 대표는커녕 제 형조차 말릴 수 없었다. 제가 미술 쪽에 실력을 쌓고 묵묵히 이안 갤러리를 위해 일하다 보면, 형도 이런 일에 얽히지 않고 떳떳하게 살아가리라 믿었는데 결국은 말짱 도루묵이었다.

오히려 제 명성이 형에게 더 걸림돌이 되기라도 한 걸까. 왜 태어나는 순간부터 지금까지 자신은 문제만 일으키는 걸까. 차라리 미국에서 눈감고 귀를 막고 살았으면 괜찮았을까.

그 고민 속에서도 마음에 걸리는 이름은 서로하 하나였다. 그녀만 괜찮다고 해 주면 차라리 함께 떠나고 싶은 심정이었다. 누군가 도피라고 비웃는다 한들 지금 와서 제가 규안과 서 대표를 위해 할 수 있는 일이 없었다. 서진은 계속해서 메일을 읽어 나갔다.

「안부는 이쯤 묻고 네가 궁금해하고 있을 본론에 대한 이야기로 넘어가자면, 그래. 사실 실망했어. 싱가포르 크리스티 경매 건은 우리도 들었어. 두 작품이지만 거기 출품하게 됐다면 사실상 내가 찾던 완벽한 새 인물은 아닌 셈이잖아? 그러니까 우리가 나눴던 대화도 여기서 중단하는 게 맞겠지? 아, 정말 실망이야. 진짜 궁금했거든. 실물도 못 보고 이렇게 물러나야 한다니 이건 내 자존심이 용납할 수 없어. 무슨 방법이 없을까? 혹시 찾는다면 알려줘. 나도 생각 좀 해 보게.

진, 서로하 작가와 이번 일을 같이하지 못했다고 해서 우리 관계가 끝이 아닌 건 알지? 난 언제든 당신의 재능을 응원하고 있어. 혹시라도 도움이 필요하다면 언제든 말해. 조금 무리한 부탁이라도. 또 알아? 내가 미친 척 받아들여 줄 수도 있잖아? 믿진 않겠지만.

그럼 잘 지내. 저번에 말했던 전시 도록 문제는 곧 다시 상의하자고.

— 네 친구, 마이클.」

미국인들은 영국인들에 비해 돌려 말하는 법을 모른다지만 동부 엘리트 집안 출신 백인들은 확실히 조상의 피를 기억하고 있는 모양이다.

마이클의 메일에 숨긴 의미를 찾기 위해 서진은 몇 번이고 반복해서 읽었지만 포기했다. 답장 버튼을 누르고 빠르게 답장을 적어 내려갔다. 돌려 말하고 싶지 않아 직설적으로 제안을 던졌다. 이 일은 제게 매우 중요한 것이었다.

답장을 보낸 뒤 휴대폰을 주머니에 밀어 넣었다. 직접 나서서 해결할 일은 이거 말고도 또 있었다. 여기까지 온 이상 확인하지 않으면 어차피 저만 의심 속에 침전될 터였다. 달칵, 차 문을 열었다. 겨울바람이 유독 더 차게 느껴졌다.

❦   ❦   ❦

"그림 그린다던 작업실이 여기였으면 진작 말하지 그랬어요. 나도 잘 아는 곳인데."

"서진 씨, 그게……."

"새로 시작한 주제는 뭐예요? 사과 전시도 아직 제대로 못 했는데 자꾸 주제를 늘이는 건 나한테 일감을 던져 주는 거죠?"

"하서진, 내가 설명할게. 일단 나와."

한숨을 쉬며 제 어깨를 툭툭 치는 규안의 손길을 뿌리쳤다. 서진의 표정은 완전히 굳어져 있었다.

로하는 서진과 규안 사이를 번갈아 보았다. 어째서 그가 여기에 있는지 알 수 없었고 무슨 말을 해야 할지도 몰랐다.

"형은 빠져 있어 봐. 로하 씨, 내가 그 그림 봐도 되는 거예요?"

서진의 손가락이 캔버스를 가리켰다. 방금 전까지 로하가 작업하고 있던. 로하가 황급히 일어나 몸으로 가려 보려 했지만 이미 늦은 뒤였다.

"아직 완성이 안 되어서……."

"2013년 작(作), 무제 3."

"서진 씨."

"그 스케치, 안환희가 몇 년 전에 발표했던 작품이랑 똑같아 보이는 건 착각인가요? 내가 그림 보는 눈이 꽝이라고 말해 줄래요?"

"맞아요. 맞는데……."

"이미 발표된 작품이니…… 대가(大家)의 그림을 따라서 연습하는 뭐 그런 거죠? 그런데 대가치고는 너무 못 고른 거 아닌가. 우리나라에 좋은 현대 작가들이 얼마나 많은데 하필 안환희를 골랐어요?"

"나는……."

로하의 입술이 파르르 떨렸다. 다리에 힘이 빠져 그대로 주저앉았다. 캔버스 위의 그림이 세 사람 모두에게 훤히 보였다. 누가 봐도 복제품이었다.

"내가 시켰어. 내가 부탁한 일이야. 그러니까 나랑 이야기해, 하서진."

"형이랑 할 이야기……."

"이안 갤러리와 나, 심지어는 어머니 목숨줄까지 전부 서로하 씨한테 달렸어. 물론 우리가 무너지면 너라고 멀쩡할지 의문이고. 어쨌거나 공식적으로 이안 소속이잖아, 너."

"무슨 소리야?"

"별거 아냐. 그냥…… 그래. 그냥 회장님들이 늘 필요로 하
시는 돈세탁일 뿐이야. 너 이런 거 안 좋아하는 거 알지만 그
렇게 고상한 척해서 살아남을 수 있는 바닥이 아냐. 네가 깨끗
한 놀이를 할 때 내가 더러운 거 뒤집어써 주면서, 그렇게 비
즈니스가 이루어지는 거라고."

"지금 무슨 소리를 하고 있는 거야, 대체!"

"해외 경매에서 진품 사들여 온 것들, 그대로 국내에 뒀다
가는 재산 압수 때 전부 걸려 들어가잖아. 그래서 해외에 재산
은닉시켜야 하고. 가장 만만한 게 진품을 외국으로 빼돌리는
건데 그냥 빼돌리면 검찰이 가만있어? 위작은 국내에 남겨 놓
겠다는 거지. 그냥 그뿐이야."

"형 미쳤구나."

서진이 날카롭게 노려보았지만 규안은 꿈쩍도 하지 않았다.
어차피 그는 저를 꺾을 수 없다. 이 일이 더 간절한 건 규안이
었다.

두 사람 사이에서 로하는 고개만 푹 숙인 채 멍하니 있었
다. 서진이 모르길 바랐기에 시작한 일이 어쩌다가 이 지경에
이르렀는지 알 수 없었다. 늑장을 부린 탓일까. 애초에 승낙하
지 말았어야 하나. 그랬으면 그는 규안이 아무리 밀어붙였어
도 거절했을까. 그에 대해 잘못된 판단을 한 걸까.

로하는 서진과 시선이 마주칠까 무서워 차마 고개를 들 수

없었다. 그가 저를 경멸하듯 바라볼까 봐, 그의 시선이 차갑게 얼어붙었을까 봐 두려웠다.

"시간 지나고 나면 안환희 위작이 시장에 돌았다는 풍문으로 안환희 명성도 떨어뜨릴 수 있으니 더할 나위 없이 괜찮잖아? 너도 애초에 안환희 별로 좋아하지도 않았고."

"안 좋아하는 거랑 범죄랑 같아?"

"혼자 깨끗한 척……."

"로하 씨, 나와요. 가요."

"하지만……."

더는 듣고 싶지 않았다. 이 구렁텅이에서 형을 구해 낼 수 없다면 로하만이라도 건질 생각이었다. 그러나 로하는 우물쭈물대며 의자에서 엉덩이조차 떼지 못했다.

서진이 손바닥으로 얼굴을 쓸어내렸다. 속이 터질 듯한 답답함. 결국 터져 버렸다.

"나오라고, 서로하!"

"가고 싶으면 가."

흥분한 서진을 바라보며 규안이 피식 웃었다. 정말 가도 된다는 듯 두 손을 펼쳐 보이며 로하에게 길까지 터 줬다. 로하는 머뭇거리면서도 용기를 내 자리에서 일어나 한 발짝 뗐다. 다시 한 발짝. 규안을 스쳐 지나가 서진 쪽으로 다가갔다. 그러나 그의 손을 잡을 수 없었다. 그의 눈을 마주칠 수조차 없었다.

규안이 두 사람을 빤히 바라보았다. 하여간 재미있는 한 쌍이다. 그러나 이 진흙탕 싸움에서 승리는 제 몫이었다.

"너 때문에 우리가 한 번 더 망가지는 게 보고 싶으면 가도 돼."

"그게 왜 나 때문이야?"

"이번 일 잘못되면 어머니는 물론이고 나도 구속이야. 너 그거 지켜만 볼 거야? 진짜 네가 그럴 수 있다고?"

서진의 동공이 흔들렸다. 덩달아 그 옆에 서 있던 로하도 흔들렸다. 마음속 깊은 곳에 응어리진 무언가가 또다시 그를 힘들게 하고 있는 것이 분명했다.

규안을 노려보던 로하가 서진을 향해 살짝 손을 뻗었다. 제 손가락 끝부분이 그의 손끝을 살짝 스쳤지만 차마 잡지 못했다. 입술을 달싹였다. 뭐라도 말을 해야 했다. 말라 버린 입술을 혀끝으로 쓸어도 딱 달라붙은 것처럼 쉽게 떨어지지 않았다.

"……서진 씨."

이름 두 글자, 단지 그뿐이었는데 이토록 어려운 말인 줄 몰랐다. 잘한 것도 없이 눈물부터 나오려고 하는 제 속을 꾹 누르며 로하가 서진을 올려다보았다.

"미안해요."

서진이 중얼거렸다. 좁은 공간이지만 너무나도 작은 소리라 바로 옆에 있는 로하에게만 들렸다. 대체 그가 미안한 게 뭘까. 그런 말하지 말라는 듯 입을 떼려던 로하를 가로막은 건 지친 듯한 서진의 목소리였다.

"미안해요, 로하 씨. 나는…… 하, 먼저 갈게요."

혼란스러움에 모든 것이 빙빙 도는 듯했다. 서진은 제 손을 스치고 지나간 로하의 손길을 알면서도 답지 않게 잡지 못했다. 의아한 눈으로 저를 보는 로하의 시선을 애써 무시했다. 돌아서서 밖으로 나가는 것 말고는 선택할 수 있는 것이 없었다. 제 형과 서 대표가 무너지는 걸 지켜보고 멀쩡하게 살 자신이 없었다. 그런 게 있었다면 애초에 사생아 딱지가 붙어 있는 이 나라로 돌아오지도 않았을 테니.

로하는 멍하니 서진의 뒷모습을 바라보았다. 한 발짝 한 발짝 너무나도 위태롭게 넘어질 것 같이 걷는 그를 잡아 주고 싶어도 그럴 수 없었다. 무엇보다 그가 그걸 원하는지 알 수가 없었다. 로하는 입술을 꽉 깨물었다. 피가 새어 나왔으나 울지 않으려면 그 방법밖에 없었다.

쾅, 문이 닫히고 좁은 작업실 내에 적막이 찾아왔다. 로하가 규안을 노려보았다.

"이렇게까지 하실 건가요?"

"내가 뭘요?"

"사람의 상처를 이용하고도 부대표님은 멀쩡하시냐고 묻는 거죠."

"이용할 수 있으면 뭐라도 이용할 겁니다. 서로하 씨의 과거도, 하서진의 오래된 상처도, 나한텐 아무것도 아니에요. 그러니까 빨리 끝내요. 그게 최선이에요."

규안은 냉정한 말투로 제 할 말만 뱉었다. 나라고 양심이 없는 거 아니라고, 이렇게밖에 할 수 없는 내 마음도 한 번쯤 헤아려 달라고 말해 봤자 그녀의 귀에 들릴 리 없었다. 로하의 시선은 여전히 굳게 닫힌 문에 고정되어 있었기 때문이다.

❖   ❖   ❖

해가 이미 저물고 한참 후에 작업실에서 나온 로하는 기진 맥진한 표정으로 까만 밤하늘을 바라보았다. 풀벌레 소리 하나 들리지 않는 공허한 겨울밤이었다. 심호흡을 하니 답답하던 가슴이 아주 조금은 풀어지는 듯했다.

이리저리 시선을 돌렸다. 제가 찾는 사람이 여기 있을 것 같진 않았지만.

그러다 문득 낯익은 차 한 대를 보았다. 똑똑. 로하가 차창을 조심스레 두드렸다. 노크는 형식적인 것에 불과했다. 주인의 허락이 떨어지기도 전에 냉큼 조수석에 올라탔다.

"여기서 뭐해요?"

"그냥 있었어요. 어디로 가야 할지를 몰라서……."

"되게 하서진 씨답지 않네요."

"나 바보 같죠?"

"위작이나 만들어 주고 있는 나도 있는데요."

로하가 씁쓸한 말투로 중얼거렸다. 제 입으로 뱉고 싶은 말은 아니었지만 그의 앞에선 솔직한 것이 나을 듯했다. 그와 쓸데없는 걸로 싸우고 싶지 않았다. 설사 더 이상 같은 꿈을 꿀 수는 없다 해도, 이것이 정말 욕심이라 해도 마주 잡은 연인의 두 손을 놓고 싶지 않았다.

"나는…… 나는 차마 형을 꺾을 수 없어요. 내 존재 자체가 늘 문제였는데……."

"하서진 씨, 날 봐요."

용기 내어 그의 손을 잡았다. 덜덜 떨고 있는 그 손을 차갑게 식은 제 손으로 감쌌다. 서진의 시선이 제 눈을 향했다. 누가 잘했고 누가 잘못했느냐보단 그저 함께 있다는 것이 중요했다.

"당신의 존재로 행복한 사람들도 많아요. 나도 그렇고, 당신 전시 덕에 생명력을 얻은 많은 작가들이 그래요. 물론 전시를 보러 온 관람객들도 그럴 거고요."

"잘못된 거 알아요. 이제 그만하라고 소리치고 싶은데 형이나 서 대표님이 잘못될까 봐…… 게다가 당신까지 연루되어 있어서…… 난, 나는……."

"서진 씨, 나는 당신이 모르길 바랐어요. 내 선에서 해결, 이런 걸 해결이라고 부를 수 있는지 모르겠지만 아무튼 해결하고 싶었어요. 잘못된 방법인 거 모르지 않으면서도 오래된 상처를 후벼 파는 게 얼마나 아픈지 너무 잘 알고 있으니까요."

"형이…… 그러니까 이규안 부대표가 설마 나로 협박했어요?"

로하가 잠시 머뭇거렸다. 그러다 이내 천천히, 아주 어렵게 고개를 끄덕였다. 아무것도 감추지 않기 위해 눈빛 속에는 진심만 눌러 담았다.

"진짜로 당신한테 나를 들먹…… 하, 내가 진짜 미안해요."

고개를 저었다. 그가 미안해할 이유는 없었다. 애초에 안환희와 제 관계가 빌미가 된 일이었다. 어떻게 그의 탓이라 할 수 있을까.

"이미 알아 버렸으니까 말하는 건데요. 나는 정말 하고 싶지 않았어요. 그저…… 그저 당신이 형이란 이름 아래에서 억눌린 채 울까 봐…… 내가 우는 건 익숙한데 당신이 우는 건 익숙하지가 않아서요."

서진의 눈엔 눈물이 없었지만 로하는 그의 마음속에 맺힌 오래된 눈물을 느낄 수 있었다. 이미 너무 많이 흘려서 더는 흘릴 수도 없을 그 피맺힌 눈물을. 그래서 잡고 있던 손을 더욱 꽉 쥐었다. 부족한 저라도 그에게 조금이나마 힘이 되길 바랐다. 늘 그가 제게 힘이 되었던 것을 생각하면서.

"내가…… 내가 극복할 수 있을까요?"

"자격지심을 이겨 내라고 가르쳐 준 건 서진 씨잖아요."

"내가 이 오래된 선을 넘어도 될까요?"

"아무 선도 내게는 보이지 않아요. 그저 당신의 허상일 뿐이에요."

로하는 제 그림 속의 서진을 생각했다. 그가 자꾸만 제 그림 속에서 이질적으로 느껴졌던 이유는 풍경 속에 어울리지 않는 인물의 양면성 때문이었다. 늘 단단하게만 보였던 그의 등 뒤에 너무나도 큰 상처가 있었던 탓이었다. 어째서 그 아이러니함을 이제야 본 걸까. 로하가 그의 손등을 천천히 쓸어내렸다.

"날 믿어요?"

"네. 나보다 더 믿어요. 나는 이런 식으로 붓을 잡고 있는 내가…… 끔찍하게 싫거든요. 또다시 이러고 있을 줄 몰랐어요."

"나도 내가 끔찍하게 싫어요."

"난 서진 씨가 미칠 듯이 좋은걸요."

"나도 그래요. 나도 나보다 로하 씨가 더 좋아요."

서로 낯간지러울 수 있는 말을 하면서도 두 사람은 쉽게 웃을 수가 없었다. 지금은 울지 않는 것만으로도 잘하는 거라고 생각했다. 그 순간 경쾌한 벨 소리가 울렸다.

"잠깐만요."

서진이 잠시 로하의 손을 놓았다. 잠깐 놓을 뿐인데도 불안한 건지 모든 게 조심스러웠다. 로하가 애써 배시시 웃었다. 그 웃음에 조금은 안도한 그가 제 주머니를 뒤적거렸다. 휴대폰엔 메일이 한 통 도착해 있었다.

「두 손 두 발 다 들었다. 어쩔 수 없지. 네 제안을 100% 수용할게.

미술관 별관에 작은 전시실 하나 비어 있어. 너무 작은 공간을 내줘서 모자라다고 하진 않겠지? 비자도 급히 신청해 놨어. 처리

되는 대로 건너와.

　뉴욕에서 기다리고 있을게. 너도 보고 싶지만 지금은 네 작가님이 더 궁금해.

— 네 친구, 마이클.」

　자신이 기대했던 것보다 더 완벽한 답장이었다. 서진의 얼굴에 그제야 미소가 번졌다. 이제 필요한 건 다짐뿐이었다. 그는 휴대폰을 주머니에 집어넣고 로하의 얼굴을 가만히 살폈다.

　그녀가 자격지심을 완전히 이겨 내지 못한 것처럼 저 또한 제 가족이란 굴레를 완전히 벗어날 수 없을 것이다. 하지만 그녀가 최선을 다하는 만큼 저 또한 노력해야 했다. 그게 제 손을 잡아 준 존중하는 작가에 대한 예의이자, 제게 솔직히 말해 준 사랑하는 연인에 대한 진심이었다.

　서진이 잠시 눈을 감았다가 떴다. 여전히 제 앞에는 로하가 있었다. 그거면 충분했다.

　"나랑 같이 미국 갈래요?"

　"네?"

　"당신의 그림들을 내게 줘요."

　"그건 원래부터 당신 거였어요."

　"난 당신에게 전시를 줄게요."

　"하지만 이렇게 갑자기……."

　"우리 둘 다 오래된 자격지심을 이겨 내고 선도 넘어 보는 거죠. 당신은 가진 것 많았던 주변 사람들을, 나는 날 이용하던 내 가족들을 벗어나 보는 거예요. 이제 진짜⋯⋯."

서진이 다시 로하의 손을 꽉 붙잡았다. 더는 차갑지 않았다. 어느덧 두 사람 사이엔 온기가 가득했다. 로하는 침을 꿀꺽 삼켰다. 긴장되지 않는다면 거짓이었지만 불안하진 않았다. 그만 있으면 뭐든지 할 수 있을 것 같았다.

"이제 진짜 우리 둘만 남겠네요."

"괜찮을까요? 이 나라가 뒤집어질지도 몰라요. 줄줄이 엮여 있다고⋯⋯."

"잘못한 일이 있으면 책임져야죠."

서진이 조금은 쉰 목소리로 단호하게 말했다. 로하는 그의 눈빛을 보며 생각했다. 제가 아는 하서진이 돌아왔다고. 힘들더라도 그는 극복할 터였다. 그는 그런 사람이니까.

"하지만 그건 나도 마찬가지잖아요."

문제는 서로하 자신이었다. 저는 그처럼 자신 있지도, 단단하지도 못했다. 제 목소리가 떨리는 것을 막을 수 없어서 저도 모르게 시선을 피해 버렸다.

"그러니 로하 씨도 책임져야죠."

서진의 한쪽 손이 로하의 얼굴을 쓰다듬었다. 두 사람의 시선이 다시 마주했다. 떨지 말라는 듯 저를 봐 주는 그의 시선에 조금은 안정감을 되찾았다.

잠시 두 사람은 아무 말도 하지 않았다. 서진은 로하가 마음의 준비를 할 수 있게끔 시간을 줬다. 제가 그녀의 옆에 있음을 기억할 수 있도록 손을 더욱 꽉 잡아 주었다. 그녀가 심호흡을 했다.

"……어떻게요?"

"모두에게 진실을 알림으로써."

"내 옆에 있어 줄 거죠?"

"내가 하고 싶은 말이에요."

로하는 깊게 숨을 들이마셨다가 다시 내쉬었다. 그렇게 몇 번 호흡이 허공을 가를 때였다. 갑작스럽지만 부드럽게 서진의 따스한 숨이 로하의 가쁜 숨을 덮었다. 두 사람은 살짝 눈을 감았다. 함께라는 것은 이토록 불안했기에 늘 증명이 필요했다.

"가요, 우리."

잠시 뒤 두 사람이 눈을 떴다. 둘 사이에 아주 조금의 간격이 생겼다. 로하의 옅은 미소와 서진의 부드러운 미소가 맞닿았다.

불안함을 건넌 순간순간의 떨림은 무엇과도 바꿀 수 없는 소중함이었다. 두 사람은 그렇게 아슬아슬하게 서로를 사랑하고 있었다. 폭풍이 밀려오기 직전과도 같은 시리고도 아름다운 밤이었다.

13

남 은 건 우 리

붓을 내려놓았다. 로하의 앞에는 여러 개의 캔버스가 놓여 있었다. 단 이틀 만에 완성해 낸 것들이었다. 뒤쪽에서 박수 소리가 들렸다. 로하가 애써 미소를 지었다.

"드디어 끝났네요."

"그러게요."

"고생했어요. 역시 로하 씨한테 부탁드리기를 잘했다 싶네요. 거의 진짜 같아요."

"칭찬처럼 들리지만은 않네요."

로하의 표정엔 아무것도 없었다. 끝냈다는 후련함도, 그래 봤자 위작을 완성했을 뿐이라는 공허함도. 그저 담담했다. 규안은 조금 의아했지만 묻지 않았다. 어쨌든 제게 필요한 것은 완성되어 있었다. 이 이상을 바라는 건 과한 욕심이었다.

"실력에 대한 칭찬일 뿐이에요. 로하 씨한테 내가 좋은 사람으로 보이진 않겠지만 너무 고깝게 여기지는 말아 줘요. 나도 간절했을 뿐이니까요."

"그런 분이 사람의 간절함을 잘 이용하셨네요."

"간절함이 얼마나 힘든 감정인지 잘 아니까 필요에 따라 이용할 수도 있는 거죠. 그런데 말이에요. 저 부분 색깔……."

"네?"

로하가 살짝 긴장한 눈빛으로 규안을 바라보았다. 심장이 필요 이상으로 콩닥거렸다. 규안의 그림을 보는 감각이 서진에 비해 둔하다고는 해도 미술계에서 잔뼈가 굵은 사람이었다.

이런 얄팍한 수로 속이는 건 무리였나. 살짝 빨라진 호흡을 애써 숨기며 일부러 그의 눈을 똑바로 바라보았다. 피하는 건 의심받는 지름길이었다.

"일부러 연하게 넣은 건가 해서요. 푸른색, 붉은색이 전체적으로 연해요."

"아, 그건……."

"하긴 나중에라도 진짜와 가짜 구분은 해야 제대로 거래를 하고 대처할 테니 나쁘지 않은 단서네요. 색이 좀만 더 진했으면 나도 구분 못 할 뻔했어요. 몇 년쯤 후에 다시 사들일 수도 있을 텐데 위작을 사면 곤란하니까."

아무 말 없이 고개만 끄덕였다. 규안의 표정에 의심을 찾아볼 수 없었다. 그제야 제 심장도 약간은 진정된 듯했다.

고개를 돌려 다시 한 번 그림들을 살폈다. 눈에 띌 정도는 아니지만 그림을 아는 이라면 누구나 알아볼 수 있을 법한 연한 채색. 일부러 그리 한 것이었다.

애초에 그녀가 사용한 물감은 진짜가 아니었다. 규안이 구해다 준 물감은 안환희가 몇 년 전에 사용했던 것과 완벽히 같은 것이었지만 그 물감 사이사이에 로하가 다른 것을 섞어 넣었다. 시간이 지나 마르고 나면 완전하게 사라질 화학 약품. 그건 서진이 구해 준 해결책이었다. 모든 것을 바로 잡을 첫 번째 단추. 그것을 잘 꿴 것 같아 조금은 안심이 되었다.

"밥이라도 먹을래요? 그동안 수고했는데 우리 너무 일 이야기만 한 거 같아서……"

"바쁘신 거 아녜요? 하루라도 빨리 이 그림들 외국으로 숨긴다고 하셨잖아요."

"일단은 갤러리 창고에 뒀다가 곧 회장님들 자택으로 보내야죠. 진품들은 사흘 후에 크리스티 경매 출품작과 함께 비행기에 태울 거예요. 너무 서둘러도 꼬리 잡히기 마련이라…… 경매에 출품하는 건 사실이고, 그때 그림들을 내보내는 건 전혀 의심받을 이유가 없죠."

"그렇군요."

모든 것은 서진의 계산대로였다. 웃음이 나올 것 같았지만 꾹 참았다. 아직은 축포를 터뜨릴 때가 아니었다. 그러고 나니 서진이 보고 싶었다. 혼자서 많은 것들을 준비하고 있을 그가. 그의 그림자를 덜어 주기는커녕 짐을 보탰나 싶어 마음이 무거웠지만 애써 고개를 저었다. 미련도, 고민도 전부 한국에 두고 떠날 생각이었다.

"예전보다 훨씬 냉정해졌네요. 당연한 거겠지만."

"딱히 부대표님께 친절했던 기억조차 없네요."

"이봐요, 서로하 씨. 아니 제수씨라고 부르면 밥이라도 한 끼 먹어 줄 거예요? 어쨌든 한 배를 탄 동지인데 너무……."

"설마요. 저는 부대표님께 진짜 동생이 있는지도 의문인데요. 그리고 한 배를 탄 적도 없어요. 제게 아무것도 몰라도 된다고 하신 건 부대표님이시잖아요. 전 다 잊을 생각이에요. 이제 와서 끌어들이지 마세요. 제 일은 끝났어요."

로하는 자리에서 일어나 앞치마를 벗어 놓고 옷을 털었다. 작업실 안까지 찬바람이 느껴져서 천천히 재킷을 걸쳤다.

규안은 로하를 잠시 바라보았다. 철저히 저를 경계하고 멀리하겠다는 것이 뻔히 보이는 그녀를 보며 밀려오는 아쉬움에 입맛을 다셨다. 좋은 상품 하나를 놓친 기분이었다.

"하하, 졌네요. 싫다는 사람 계속 붙잡을 수는 없고 서울로 태워다 주는 건 괜찮은 거죠? 그것도 거절할 건가요?"

"버스가 있으니 거절해야겠네요. 저 먼저 나가 볼게요."

"아무리 그래도 그렇지. 로하 씨 그림 잘 부탁한다는 말도 안 해요? 우리 어쨌거나 함께 비즈니스 하는 건 맞잖아요."

"꼭 잘 부탁드려야 하나요?"

"그게 무슨……."

"크리스티 경매가 잘될지는 모르겠지만 부대표님께서 판은 잘 짜 두셨을 것 같고, 그럼 잘 팔리겠죠. 안 팔리더라도 이젠 상관없고요. 그럼 이만."

"……그럼 복수는요?"

로하는 단호한 표정으로 고개를 저었다. 규안과 더 이상 할 이야기가 없었다. 그가 왜 자꾸 자신을 붙잡으려는 듯 이야기를 거는지 이해할 수 없었다. 규안은 이제 두 번 다시 만날 일이 없는 사람이다. 아무리 제가 사랑하는 이의 하나뿐인 형이라 해도.

"제 복수는 제가 알아서 할게요. 부대표님께 부탁드릴 이유가 없는 것 같네요. 그럼 진짜 가 보겠습니다. 안녕히 계세요."

"우리 비즈니스 파트너로는 꽤 좋은 관계를 유지할 수도 있을 것 같은데…… 정말 이렇게 갈 거예요?"

규안의 마지막 말을 정확히 들었음에도 로하는 대답하지 않았다. 다시는 그럴 일 없을 거라는 말조차도 아까울 정도의 물음이었기 때문이다. 그녀는 아무런 미련도 없다는 듯 작업실 문을 열어젖혔다.

벌써 완연한 겨울의 냄새가 공기 중에 물씬했다. 문득 하와이의 따스했던 바닷가가 그리웠다. 하지만 지금은 과거를 그리워하기보다는 미래를 향해 나아가야만 할 시간이었다. 다행히 그 따스했던 여름날에도, 지금 이 시린 겨울날에도 제 곁엔 그가 있었다. 그것으로 충분했다.

로하는 돌아보지 않았다. 자신의 뒷모습을 묘한 표정으로 바라보고 있을 규안도, 다시는 그리고 싶지 않았던 안환희 스타일의 그림도. 무엇이든 그녀에겐 지나간 과거에 불과했다.

❧　　❧　　❧

"이건 뭐야?"

"보면 몰라? 사직서야. 내 존재가 형에게 조금이라도 도움이 되는 줄 알았는데 어릴 때도, 그리고 지금도 상처만 되는 걸 알아 버려서 이제 그만 놓아주려고."

서진은 깔끔하게 각이 잡힌 봉투를 규안의 책상 위에 내려놓았다. 애초에 둘 사이에 고용 계약이 존재한 건 아니었지만 제대로 끝맺고 싶었다. 사적인 관계로서도, 공적인 관계로서도 규안은 제 속에서 내보내야 할 존재였다.

"뭐 때문인지는 알겠는데 나중에 하자, 나중에. 너 아니어도 지금 충분히 복잡해."

"미국에 갈 거야. 일자리도 구해 놨고 하고 싶은 것들도 좀 있고."

"사직서를 낸다고 해도 후임자 인수인계까지는 해 주는 게 도리야. 그런데 뭐? 하, 너만 살겠다고 떠나겠다고?"

눈앞에 닥친 현실적인 문제들로 머리가 터질 것 같던 규안이었다. 로하가 그렇게 나가 버리고 규안은 무시당한 기분에 한참을 작업실에 서 있었다. 전화벨이 울린 뒤에야 겨우 정신을 차릴 수 있었고, 너무 늦지 않게 사람을 시켜 그림들을 옮겨 두었다.

그 후 사무실에 돌아와 이 일을 부탁했던 회장님과 제 어머니 서 대표에게 연락을 취했다. 잘 끝났다고. 겨우 한숨 돌리려던 찰나였는데, 짐까지 다 챙긴 채 결심을 굳혔다는 듯 찾아온 서진을 보니 결국 폭발하고 말았다.

"우린 살길이 많이 다르잖아. 몇 년 전에 떠날 때처럼 형이 필요하면 언제든 도와주겠단 약속…… 지금은 못 하겠다."

"하서진!"

"나도 이제 내 상처와 내 사람만 보려고 해. 그럼 잘 지내."

"여자에 미쳐서 네 커리어도, 가족도 버려?"

"나한테는 원래 가족이 없었잖아. 그리고 서로하 씨를 사랑하는 건 맞지만 난 내 커리어도, 로하 씨 커리어도 지켜 낼 거야. 난 큐레이터고 그녀는 작가니까. 사랑도 꿈도 함께하기로 했어. 겁나는 건 없고."

서진이 담담하게 말했다. 이미 제 계획들은 차근차근 실현되는 중이었다. 재킷 안쪽 주머니에 있는 가벼운 봉투 하나의 무게가 무겁게 느껴져 저도 모르게 한쪽 가슴에 손을 올렸다. 오랜 상처를 마주하는 건 쉬운 일이 아니었다. 그러나 극복할 생각이었다. 로하가 해냈기에 저도 해내야만 했다. 아직 갈 길이 멀었다.

"너 진짜……"

"마지막으로 형이라 생각하고 충고 하나만 할게. 멈출 수 있을 때 멈춰. 더 늦기 전에."

머릿속에 없던 말이 가슴을 통해 불현듯 튀어나왔다. 스스로도 놀랐지만 제 형을 향한 마지막 진심이었기에 입을 닫지 않았다. 흐르는 대로 둘 뿐.

규안이 멈추면 저도 멈출 수 있을까. 로하의 눈망울이 제 옆에 있는 듯했다. 서진은 이미 답을 알고 있었다. 어차피 제 형은 멈추지 못할 사람이었다.

"어디로 가는데."

"글쎄, 일단은 뉴욕. 전시 오프닝 할 때 초대장은 보내 줄게."

그대로 몸을 돌렸다. 짐작하건대 한동안 형의 얼굴을 마주할 일이 없을 것이다. 서진은 천천히 사무실에서 걸어 나왔다. 그를 부르는 목소리가 들렸지만 돌아보지 않았다. 더는 과거의 상처를 짊어질 필요가 없었다.

"이거 등기로 보내 주세요."

"빠른 걸로 보내 드릴까요, 보통으로 보내 드릴까요?"

"가장 빠른 게 언제 들어가죠?"

"내일 들어갑니다."

"그럼 그걸로 보내 주세요."

제 마음을 무겁게 짓누르던 서류를 등기 우편으로 접수시키고 나니 한결 가벼워진 듯했다. 우체국 직원이 무언가를 입력하고 우편 스티커를 출력해 붙인 뒤 접수된 우편물 바구니에 던져 넣는 것을 서진은 가만히 지켜보고 있었다.

이제 제 손을 떠난 일이 되어 버렸다. 더는 되돌릴 수도 없고, 되돌리고 싶지도 않은 일. 봉투에는 이런 글씨가 적혀 있었다.

서울 서초구 대검찰청 특별수사본부 담당 검사님 귀하.

서진이 가벼운 발걸음으로 우체국을 나섰다. 찬바람이 그의 머릿속을 시원하게 식혀 주는 한겨울 날의 오후였다. 멈추지 않고 걸으며 한 손으로 휴대폰을 꺼내 익숙한 번호를 꾹 눌렀다. 이제 떠날 시간이었다.

"로하 씨, 어디예요?"

—짐 다 챙겨 가요. 서진 씨는요?

"나도 일 다 마쳤어요. 지금 집으로 데리러 갈게요. 그림들은……."

—챙기고 있긴 한데 그게 제일 일이네요. 몇 작품만 추려서 가야 하려나 봐요. 이거 추가 수화물 요금도 엄청 나올 거 같은데요?

낑낑거리는 소리가 전화기 너머까지 들려왔다. 서진이 피식 웃었다. 역시 저를 웃게 하는 건 그녀뿐이었다. 발걸음을 서둘렀다. 그녀를 돕기 위해 빨리 움직일 필요가 있었다.

"설마요. 다 들고 갈 거예요. 하나도 빠뜨리지 않을 겁니다. 잊었나 본데 난 서로하 씨 그림에 미쳐 있는 사람이잖아요. 가서 도와줄게요. 천천히 챙기고 있어요. 그리고 돈 때문이면 신경 쓰지 말고 챙겨요. 전 재산을 탈탈 털어서라도 다 들고 갈 테니까."

―아무리 봐도 서진 씨는 나보다 내 그림을 더 좋아하는 것 같다니까요. 진짜 힘들어요. 크기도 만만치 않고…….

전화기 너머에서 로하가 툴툴거리는 소리가 들렸다. 어제 캔버스를 담을 수 있도록 알루미늄 상자 여러 개를 그녀의 집에 가져다주었다. 충분하다 생각했는데 모자랄까.

서진의 마음이 급해졌다. 그녀의 그림 중 그 무엇도 빠뜨릴 수 없었다. 그녀의 그림 한 장 한 장이 제겐 꿈이었다. 모두 소중했다.

서진은 저도 모르게 웃음을 터뜨렸다. 작가와 큐레이터, 세상에 이런 천생연분이 또 있을까. 서로가 서로의 꿈일 수 있는 이 관계가 진심으로 좋았다.

그들 앞에 펼쳐질 미래 또한 꿈으로 가득 차리라. 자신이 꼭 그렇게 만들고 말리라. 그리 생각하며 서진은 혼자 낑낑거리고 있을 로하를 달랬다.

"나한테 제일 중요한 서로하도 안 빠뜨리고 갈 테니까 서운한 말은 꺼내지도 마요. 집에 잠깐 들렀다가 바로 갈게요. 조금만 기다려요."

―집이에요? 짐 챙길 거 있어요? 비행기 시간…….

"아니, 짐은 다 챙겼는데 제일 중요한 두 가지를 빠뜨려서요. 오래 안 걸려요. 아직 여유 있으니 너무 걱정 마요."

―그 두 가지가 뭔데요.

"비밀이에요. 그럼 조금 이따 봐요."

서진은 휴대폰을 다시 주머니에 넣고 차에 올라탔다. 검찰 수사에 맡긴 것만으로 끝내기엔 제 계획은 이제 시작이었다.

대한민국 검찰을 믿을 수 있고 없고의 문제가 아니었다. 미술계에 암처럼 뿌리 내린 비리, 그걸 찾아낼 진실의 단초를 알리는 것도 중요했지만 그간 그녀를 힘들게 했던 이들에게 한 방 먹이는 것도 중요한 일이었다.

설사 검찰이 제 제보를 다 덮는다 해도 미리 준비한 계획을 계속 실행해 나갈 생각이었다. 제가 큐레이터이고 그녀가 작가이기에 할 수 있는 그들만의 방식으로. 모든 걸 걸고 그녀를 위한 전시를 올릴 생각을 하니 벌써부터 심장이 터질 것 같았다. 전시의 제목은 이미 정해져 있었다.

"알로하."

액셀러레이터를 부드럽게 밟으며 엷은 미소를 지었다. 사랑하는 연인이, 좋아하는 작가가 서로란 이름을 가진 건 하늘이 준 선물이 틀림없었다.

❖   ❖   ❖

"떨려요?"

"안 떨린다면 거짓말이죠."

"다 잘 될 거예요."

서진이 로하의 손을 꽉 잡았다. 두 사람은 구겐하임 미술관

별관 3층의 한 전시장에 있었다. 몇 분 후면 서진이 로하의 그림들로 준비한 '알로하' 전시의 프리뷰가 시작될 예정이었다.

예상보다 더 많은 관람객들이 기다린다고 마이클이 조금 전에 귀띔해 주었다. 로하의 표정이 눈에 띄게 굳어서 서진은 그녀의 긴장을 풀어 주기 위해 애쓰는 중이었다. 그러나 로하의 시선은 제가 아닌 유리문에 고정되어 있었다.

처음이란 늘 이런 것이었다. 서진은 제 처음을 떠올리며 그녀의 머리칼을 한 손으로 정돈해 주었다.

"서진 씨는 괜찮아요? 문이 열리면 전시 담당자로서 평가받게 될 텐데."

"나요? 에이, 내가 누군데. 큐레이터 진의 명성을 들어 봤다면서요. 베니스 비엔날레도 갔다 왔는데 고작 이런 전시에 떨지 않습니다."

"······고작? 너무한 거 아녜요?"

괜히 긴장을 풀어 볼 겸 툴툴거렸지만 누구보다 제가 잘 알고 있는 사실이었다. 구겐하임 미술관에서의 전시라니. 작가로서의 데뷔전을 이런 곳에서 할 수 있으리라곤 감히 꿈조차 꿔 본 적 없었다. 모두 그의 덕분이었다. 하지만 그와는 별개로 입술이 바싹바싹 말랐다.

"큐레이터로서의 나는 하나도 안 떨려요. 충분히 자신 있어요. 로하 씨 그림은 정말 좋고 나는 전시에 진짜 많은 공을 들였거든요. 하지만······."

"하지만?"

"서로하의 연인으로서는 좀 떨리네요. 드디어 데뷔하는 내 연인을 바라보는 느낌은…… 그래요, 떨려요. 그 단어 말곤 생각나는 말이 없네요. 돈만 있으면 그림을 전부 내가 사들일 테지만…… 연인을 세상의 평가에 내놓아야 해서 뭔가 미안하기까지 한데요?"

농담을 섞어 말했지만 그의 목소리엔 진심이 묻어났다. 로하는 서진과 눈을 맞추었다. 그와 함께이기에 겁나는 것은 없었다. 이 긴장마저도 즐길 수 있었다.

"고마워요, 정말로."

"별말씀을. 이제 시작인데요. 앞으로도 잘 부탁드립니다, 작가님."

"저야말로 잘 부탁드립니다, 큐레이터님."

"그리고 진짜…… 진짜 괜찮은 거죠? 뉴스……."

"괜찮아요. 그 정도 각오도 없이 저지르고 왔을까 봐요."

서진은 잠시 시선을 다른 곳으로 돌렸다. 로하는 그를 재촉하지 않았다. 두 사람의 머릿속에 떠오른 기사는 제목이 무엇이든 전부 같은 내용이리라.

그들이 떠난 지 하루 만에 검찰은 기습적으로 이안 갤러리를 압수 수색했다. 익명의 제보가 결정적이었다. 그들의 압수 수색 대상에는 크리스티 경매 출품을 위해 비행기에 오를 준비를 하던 수화물도 포함이었다.

경매와 하등 관계가 없는 안환희의 그림들이 여러 점 쏟아졌다. 조사 결과 모두 진품이었다. 당연히 진품을 소장하고 있다고 알려진 재력가들을 상대로도 압수 수색 영장이 떨어졌다. 검찰을 그들의 자택에서 똑같은 그림들을 발견해 냈다. 물론 찾아낸 것들이 위작이었다. 증명은 어렵지 않았다. 말라 버린 그림의 특정 부분에 있어야 할 색이 없었다. 정밀 감식을 통해 물감의 화학 성분을 입증하지 않아도 될 만큼 뚜렷한 증거였다.

완벽한 재산 도피 시도였다. 대기업 회장들을 필두로 많은 이들에게 구속 영장이 떨어졌다. 규안 또한 예외는 아니었다. 뚜렷한 증거에 반박할 수조차 없었다. 그가 계획하고 있던 싱가포르 크리스티 경매는 당연히 무산되었다. 고작 몇 주 만에 대한민국이 발칵 뒤집혔다.

서진은 규안을 생각했다. 검찰청에 조사받으러 가면서 그가 무슨 생각을 했을지 짐작해 보려 했다. 저를 원망했을까, 아니면 반성이란 걸 했을까. 기왕이면 후자였으면 좋겠다고 생각했지만 어느 쪽이든 상관없었다. 이미 모두 지난 일이었다.

다시 고개를 돌려 로하를 빤히 바라보았다. 일부러 미소를 지어 주었다. 그녀가 불안하지 않기를 바랐다. 중요한 것은 그뿐이었다.

"로하 씨, 지금은 아무것도 신경 쓰지 말고 전시만 생각해요. 그리고 미리 말하는데 혹시 평가가 좀 박하더라도 너무 실망하진 말고요. 여긴 뉴욕이고 현대 미술의 중심지예요. 생각보다 고지식해서 데뷔전으로 좋은 평가받기는 쉽지 않죠. 만일 그렇더라도 다 전시 기획 잘못한 내 탓. 알죠?"

"그게 왜 서진 씨 탓이에요. 부족한 제 실력 탓이죠."

"원래 작가는 매니저 탓하는 거예요."

"그럼 성공하면요? 물론 그럴 일 없겠지만……."

"그건 우리 작가님 덕분. 당연한 거 아니겠어요?"

두 사람의 웃음이 마주한 순간, 어두웠던 전시장에 드디어 불이 켜졌다. 이제 얼마 남지 않았다는 신호였다. 환상과 현실의 모호한 경계에 서 있는 기분 속으로 젖어 들어갔다. 조명과 배경 음악 하나까지도 서진의 손을 거치지 않은 것은 없었다. 그렇기에 로하는 그 어떤 것도 그를 탓할 생각이 없었다. 이 전시는 두 사람의 꿈이었다. 모두 다 그의 덕분이었다.

"얼마 안 남았네요."

"그러게요. 그럼 잠깐만 이쪽으로……."

서진이 로하의 손을 잡아끌었다. 전시장 한가운데. 낯선 천이 많은 것을 덮고 있었다. 로하가 의아한 눈으로 서진을 바라보았다. 아무 말 없이 그는 가볍게 천막을 걷어 냈다. 로하는 너무나도 익숙한 그림 한 점과 마주할 수 있었다. 그녀의 동공이 흔들렸다.

"서진 씨, 이건……."

"날 믿어요?"

"물론 믿지만 이건…… 어떻게 갖고 왔어요?"

"애초에 내가 사 둔 거예요. 이건 내 그림이니까."

로하의 시선이 그림의 뒤편을 향했다. 당연한 것이었을까. 익숙한 그림이 허공에 매달려 있었다. 로하의 몸이 파르르 떨렸다. 앞의 것은 제니퍼 안의 알로하 연작 중 열 번째 그림으로로 저번 전시에서 소개되었던 작품이었고 그 뒤에 걸린 것은 서진에게 선물했던 숨겨진 알로하 연작 중 하나, 바로 코코넛 그로브의 일출을 담은 그림이었다. 그녀의 시선이 닿은 곳에 그림에 대한 작은 설명이 연달아 붙어 있었다.

Aloha Series No.10 returns to real Artist
Aloha Series No.0 by Seo Loha

서진이 의도한 것이 무엇인지 정확히 알 수 있었다. 왜 몰랐을까. 전시장 한가운데로 오는 동안 둘이 함께 밟았던 바닥이 물이 섞인 흙이었음을. 잔잔하게 흐르던 음악이 실은 바닷물 소리였음을. 이 전시의 제목이 알로하인지 왜 눈치채지 못했을까. 서진의 손이 떨리는 로하의 손을 더욱 꽉 붙잡아 주었다.

"괜찮을까요?"

"당연하죠. 날 믿는다면서요."

"하지만……."

"자신 없으면 나한테 맡기고 밖에 있을래요?"

잠시 머뭇거리던 로하가 고개를 저었다. 아무리 그래도 이건 제 전시였다. 그것도 데뷔전. 서진에게만 모든 짐을 떠넘길 수 없었다. 애초에 제가 저지른 잘못은 제 손으로 바로 잡아야 했다. 그래야만 과거를 잊고 미래로 나아갈 수 있었다. 서진의 눈동자가 제게 그렇게 말하고 있었다.

로하는 말라 버린 입술을 혀로 살짝 훑었다. 따끔거렸다. 마음속 상처가 아픈 건지, 부르튼 입술이 아픈 건지 알 수 없었다.

"함께해 줘요. 그럼 나…… 버텨 볼게요."

"얼마든지요. 저길 봐요."

서진의 손가락이 가리킨 곳은 전시장을 나가는 출구 바로 옆 벽면이었다. 아무것도 없어야 할 벽면에 작은 액자가 하나 걸려 있었다. 조금 더 가까이서 보기 위해 로하가 몇 발짝 앞으로 걸어갔다.

무엇인지 알아본 순간 눈물이 왈칵 터져 나왔다. 언제 액자로 만들어 둔 건지, 제가 카페 테이블에 해 두었던 낙서가 조명을 받아 하나의 작품으로 반짝이고 있었다. 그 밑에 작은 글씨가 또박또박 쓰여 있었다. 제목조차 없었던 빛바랜 낙서에 벽찰 정도로 멋진 선물이었다.

Moe'uhane. Dream.

"서진 씨, 정말…… 정말 고마……."

하고 싶던 수많은 말을 대신해 서진은 로하의 입술에 제 입술을 맞추었다. 때로는 백 마디 말보다 한 번의 입맞춤이 서로에게 확신을 주는 법이었다.

"이제 시작이에요. 그러니 과거는 다 털어 버려요."

"네, 해 볼게요."

"그럼 관람객들에게 인사하러 가 볼까요, 작가님?"

눈물을 닦으며 로하가 배시시 웃었다. 무엇도 두렵지 않았다. 그가 옆에 있기에 무엇이든 이겨 낼 수 있었다. 두 사람에게 남은 건 함께란 것뿐이었다.

❀　　　❀　　　❀

12월의 뉴욕은 추웠다. 한 해를 보내고 새해를 맞이하는 뉴욕은 거리마다 들뜬 분위기가 한가득이었다.

맨해튼 파크 애비뉴에 자리한 시그램 빌딩은 지어진 지 거의 100년이 되었음에도 여전히 세련됨을 자랑했다. 서진은 연신 두리번거리는 로하의 손을 꼭 붙잡고 천천히 빌딩 내부로 안내했다.

"광장이 참 보기 좋네요."

"건축가들의 철학이죠. 비싼 맨해튼 땅값을 생각하면 말도 안 되는 낭비 같아 보이지만 덕분에 거의 한 세기 동안 매력을 잃지 않고 있는 거죠."

"건축물, 아니 이 풍경 자체가 하나의 미술 작품이네요."

엘리베이터로 비치는 바깥 풍경과 건물의 외벽에서 눈을 떼지 못하는 로하를 보며 서진이 미소 지었다. 참 평화로운 저녁이었다. 엘리베이터가 멈추고 예약해 뒀던 레스토랑으로 발을 떼면서도 서진은 계속해서 로하의 손을 만지작거렸다. 이것이 현실임을 잊지 않기 위한 나름대로의 방책이었다. 로하가 꼼지락거리는 서진의 손가락을 손톱으로 살짝 눌렀다. 그녀 또한 이것이 꿈이 아님을 제 방식대로 자각했다. 함께이기에 두 사람은 현실을 살 수 있었다. 한 달 전에는 도저히 상상할 수 없었던 두 사람만의 잔잔한 현실이었다.

"분위기는 진짜 좋은데 너무 비싼 곳에 온 거 아녜요?"

"막 전시를 내린 기념으로 이 정도는 내가 사 줄 수 있어요. 그동안 수고했어요, 작가님."

레스토랑에 들어서도 두리번거리는 로하를 보며 서진이 웃었다. 전시는 성공적으로 막을 내렸지만 그녀는 여전히 변함없이 서로하였다. 그 당연한 사실이 좋았다.

직원의 안내를 따라 창가에 앉았다. 그녀가 창밖 풍경에 취해 있을 때 서진은 자연스럽게 주문을 마쳤다.

"실은 아직도 실감이 안 나요."

"전시 막 내린게요?"

"내가 구겐하임에서 전시를 했다는 거요."

"앞으로가 더 중요하죠. 그래서 다음 작품 주제는 생각해 봤어요?"

"아직 못 했어요. 조금 쉬고 싶기도 하고 그리고 싶기도 하고 반반이네요. 이 풍경을 보고 있으니까 뉴욕 시내도 그리고 싶긴 한데…… 역시 나는 삭막한 도시보다는 자연이 좋아요."

이번 전시는 서로하가 그동안 그린 것을 전부 쏟아 낸 것이었다. 예상치 못하게 대중들 앞에 선보였던 하와이 그림부터 사과 그림, 제주도에서 그렸던 그림까지 모두다. 전혀 다른 주제들이 서진의 손에 의해 제각기 자리를 잡고 조화로운 이야기를 만들어 냈다. 그 전시가 막을 내린 지금, 작가 서로하는 완벽하게 새로운 출발점에 선 셈이었다.

"빨리 다음 작품에 들어가는 게 좋을 것 같은데요."

"왜요?"

"자요."

서진이 제 가방에서 잡지를 하나 꺼내 테이블에 내려놓았다. 주로 미술계의 새로운 이슈와 전시에 관한 평들이 실리곤 하는 세계적인 미술 잡지였다. 로하의 눈이 동그랗게 변했다.

"작가 서로하의 데뷔전에 관한 평이 실렸는데…… 안 궁금해요?"

"떨려서 못 보겠어요. 뭐라고 했는데요?"

"그건 로하 씨가 직접 봐요. 못 보겠으면 안환희에 관한 기사부터 볼래요?"

"무슨 기사가 났는데요?"

"실은 나온 지 좀 됐어요. 기사는 이 잡지 말고도 많은 곳에서 쏟아지고 있고요. 정신없을 것 같아서 전시 끝날 때까지 보여 주는 걸 미뤘어요. 미안해요."

실제로 오늘 오후까지 로하는 매일을 정신없이 보냈다. 순수 미술 전시의 성격을 띠면서도 서로하란 신인 작가를 미술계에 소개하는 기회였던 알로하 전시 내내 로하는 저를 찾아온 많은 고객들을 만나야 했다. 주로 아트 딜러나 미술품 수집가들이었다.

그들은 구겐하임 미술관에서 데뷔한, 시니어 큐레이터인 마이클이 칭찬하고 촉망받는 큐레이터 진이 선택한 서로하의 그림에 많은 관심을 보였다. 몇몇은 후원을 약속하기도 했다. 몇 작품은 전시를 마치기도 전에 주인이 결정되었다. 신인 작가로서는 엄청난 성공을 거둔 셈이지만, 사실 서진이 옆에 없었다면 해내지 못했을 일들이다.

"……볼게요."

로하가 용기를 내 잡지를 집어 들었다. 무슨 이야기가 있다 해도 그가 옆에 있으면 괜찮을 거라고 스스로를 달래면서 자신의 과거와 마주했다. 이유는 알 수 없었지만 이 기사가 비로소 마지막이 될 것 같은 느낌이 들어 그녀를 편안하게 해 주었다. 뒤적거릴 필요도 없었다. 잡지의 첫머리에 톱뉴스로 실린 기사의 제목에서 낯익은 이름을 발견했다.

「한국을 대표하는 현대 작가 안환희, 대작 논란으로 신뢰를 잃어」

로하는 잠시 시선을 올려 서진을 바라보았다. 그는 제게 시간을 주고 싶은 듯 자신을 보고 있지 않았다. 그의 얼굴을 보는 순간 전시를 개막했던 날이 떠올랐다. 그때부터 한 달이란 시간이 정신없이 흘러갔지만 여전히 생생했다.

오프닝 순서로 마이크를 잡은 큐레이터 서진은 주로 평론가들과 기자들, 미술계 관계자들로 구성된 첫 관람객들에게 전시의 기획 의도와 제가 중점을 둔 부분들을 차근차근 설명해나갔다. 서진의 안내를 따라 움직이던 관람객들은 어느덧 관람 순서를 따라 진흙이 깔린 바닥에 이르러 두 점의 알로하 연작 앞에 서게 됐다.

서진의 뒤에 서 있던 로하는 그 순간의 웅성거림을 기억했다. 미술계의 최신 동향을 아는 모두가 고개를 갸웃하던 순간이었다. 잠시의 정적 뒤에 서진이 다시 마이크를 잡았다.

「여러분들 중 많은 분이 기억하실 겁니다. 얼마 전 한국의 이안 갤러리에서 발표되었던 제니퍼 안의 알로하 연작을요. 그건 전부 여기 있는 서로하 씨가 그린 그림입니다. 아이디어도, 수행도 전부 서로하 씨가 한 것이니 누가 뭐래도 서로하 씨의 작품이죠. 눈앞의 그림들이 그걸 증명하고 있습니다. 여러분들께서 궁금해하실 다음 질문을 알고 있습니다. 도둑질당했냐고요? 아뇨. 서로하 씨가 동의한 일이니 빼앗긴 건 아닙니다.」

서진에 비해 영어를 유창하게 구사하지 못하는지라 그가 하는 말을 모두 알아들을 수는 없었다. 하지만 뉘앙스만으로도 충분했다. 로하는 살짝 떨리는 제 손을 마주 잡았다. 공적인 자리에서 제 대신 싸워 주고 있는 서진에게 손잡아 달라 내밀 만큼 약하지 않다고 스스로에게 중얼거리며 버티기 위해 애썼다. 사람들의 노골적인 수군거림과 저를 향해 쏟아지는 시선을 피하지 않으려 다리에 힘을 꽉 주었다.

「미술계에는 좋지 않은 관행이 있습니다. 스승이 제자의 것을 마치 제 것인 양 가져가는 일입니다. 사실 이건 아주 오래된 관행이죠. 르네상스 당시 도제 시스템을 여러분 모두가 아실 겁니다. 안환희는 한국의 유명 대학에서 미술을 가르치는 교수입니다. 그녀의 재능을 빼앗았고 자신의 그림을 대신 맡겼을 뿐 아니라 딸의 그림까지 대신 그리게 시켰습니다. 그리고는 관행이란 핑계 뒤에 숨었습니다. 네, 관행이란 아주 좋은 핑계죠. 그녀 또한 스승처럼 얼마든지 도망갈 수도 있었을 겁니다. 하지만 그러지 않았습니다. 진실을 밝힘으로써 잘못된 일을 고발하고 제 그림을 되찾길 원하고 있습니다. 미술을 사랑하시는 여러분들과 다른 분들 앞에서 당당히 제 실력으로 평가받길 원하고 있습니다. 물론 모든 사실과 가치의 판단은 여러분의 몫입니다.」

사람들의 수군거림은 어느새 웅성거림으로 바뀌었다. 서진이 하는 말이 어디까지 진실이고 어디까지 거짓인지 가늠하고 있는 듯했다. 손이 빠른 기자들 중 몇몇은 제가 소속된 신문사와 방송사에 소식을 전달하는 것 같았다.

로하의 심장이 콩닥거렸다. 제게도 말한 적 없이 오로지 이모든 것을 혼자 준비한 서진이 고마웠다. 그래서 더더욱 도망갈 수 없었다. 그가 마련해 준 전쟁터에서 주인공이 되어야 했다.

로하가 한 발짝 앞으로 나섰다. 서진과 일렬로 서 사람들을 마주했다. 서진이 로하를 살짝 돌아보았다. 두 사람의 시선이 맞닿자 그가 제게만 보이도록 엷은 미소를 지어 주었다.

「그럼 이제 여러분 앞에 정식으로 소개하겠습니다. 미술계의 관행을 깨고 진심만을 보여 주겠다고 약속한, 제가 가장 사랑하는 작가 서로하 씨입니다.」

로하가 다시 한 발짝 앞으로 나섰다. 이제 자신뿐이었다. 사람들의 웅성거림을 피하지 않았다. 누군가는 박수를 보냈고 누군가는 야유를 했으며 누군가는 환호를 했고 누군가는 의문을 던졌다.

정신없는 시간이 흘러갔다. 신인으로서는 이례적일 만큼 관심을 끌었던 오프닝 행사가 끝난 뒤 한국과 미국을 비롯한 전 세계 미술계가 시끄러워졌지만 로하도 서진도 그 결과에 상관하지 않기로 했다.

작가 서로하와 큐레이터 하서진이 할 수 있는 일은 다 했으니 그것으로 충분했다. 어차피 서진의 말대로 판단은 사람들의 몫이었다.

그리고 서진이 오늘 제게 내민 잡지의 기사는 지난 한 달의 시간이 흘러간 뒤 사람들이 내린 판단을 보여 주고 있었다. 로하가 침을 꿀꺽 삼키고 다시 기사로 눈을 돌렸다.

「지난달, 뉴욕 구겐하임 미술관에서 성공적으로 데뷔한 서로하 작가의 알로하 전시 오프닝 행사에서 젊은 큐레이터 진이 폭로한 이야기는 미술계에 큰 반향을 불러일으켰다. 뉴욕에서도 여러 차례 개인전을 열었을 만큼 잘 알려진 유명 작가 안환희는 대작 혐의를 일체 부인했으나 대기업 회장들의 비리에 그의 위작들이 얽혀 있었던 만큼 그의 말을 그대로 믿기는 어려워 보인다는 것이 미술계의 중론이다. 특히 제니퍼 안의 알로하 연작과 유사한 구도로 그려졌으나 훨씬 우수한 것으로 알려진 작품이 서로하의 전시에서 공개되면서 전문가들은 진의 폭로가 사실일 것이라 입을 모으고 있다. 한 저명한 미술 평론가는 제니퍼 안의 알로하 연작에 일관성이 부족해 보였던 이유가 실은 대작이었기 때문이라고 공개적으로 안환희와 제니퍼 안을 비난하기도 했다. 한편 세계적인 미술품 경매 회사 크리스티와 소더비는 위작 및 대작 논란이 있는 작가의 작품을 더 이상 취급할 수는 없다며 안환희를 작가 블랙리스트에 올렸음을 인정했다. 평소 안 작가의 작품을 주로 수집했던 컬렉터들과 갤러리 관계자들 및 이름을 밝힐 수 없는 재계의 고객들까지 모두 환불을 요구하고 있으며 이들 중 몇몇은 소송까지 불사할 예정이라 한동안 안 작가를 둘러싼 미술계 공방은 계속될 예정이다. 다음 달 신년 기념 회고전을 개최할 예정이던 안환희 작가는 전시를 취소하고 칩거 상태에 들어갔으나 어떤 방법으로도 그의 예전 명성을 되찾을 수 없을 것으로 보인다.」

로하는 몇 번이고 기사를 들여다보고 또 들여다보았다. 믿을 수 없는 이야기였다. 아직 모든 것이 완벽히 제 자리를 찾

은 것은 아니었지만 이것만으로도 충분히 제 상처를 씻어낼
수 있었다.

간신히 고개를 들고 서진을 바라보았다. 어느새 그의 시선
또한 저를 향해 있었다. 무엇이든 말을 해야 했지만 입 밖으로
아무 목소리도 나오질 않았다. 그런 로하를 보며 서진이 먼저
입을 뗐다. 조금은 가라앉은 분위기를 띄우려는 듯 장난스런
목소리로.

"영어 못 알아들어서 오래 걸리는 줄 알았잖아요."

"서진 씨, 나는…… 정말 고마워요. 고맙다는 말 말고는 할
말이 없네요."

"나는 진실을 말했을 뿐이에요. 단순히 내가 사랑하는 연인
을 위해서가 아니라 내가 좋아하는 작가와 우리 미술계를 위
해서. 진실이 통한 것뿐이죠. 그러니 고마워할 필요도 없어
요."

"내 전시 평은 좀 무섭지만 마저 봐도 되겠죠?"

"얼마든지요."

서진이 로하에게 어서 넘겨 보라는 듯 손짓했다. 로하가 살
짝 경직된 표정으로 잡지를 한 장 한 장 넘겼다. 어떤 평이라
도 받아들일 준비가 되었지만 떨리는 건 어쩔 수가 없었다.

「신인 작가 서로하의 '알로하' 전시를 돌아보며

막바지에 이르고 있는 서로하 작가의 알로하 전시는 미술계의 뜨거
운 감자이다. 신인 작가로서는 이례적으로 구겐하임 미술관에서 데뷔

했다는 사실도, 오프닝 행사에서 담당 큐레이터 진이 폭로한 미술계의 아픈 관행도 그녀의 전시를 둘러싼 소란의 한 요소일 것이다.

그러나 외적인 요소들을 제외하고 보아도 그녀의 전시는 돌아볼 가치가 있을 만큼 충분히 매력적이다. 늘 뛰어난 스토리텔링 능력을 보여 주었던 큐레이터 진은 이번에도 제 능력을 십분 발휘했으며 덕분에 관람객들은 작가가 그림을 그렸던 배경으로 들어간 듯한 환상 속에 빠질⋯⋯(중략)⋯⋯전시의 막바지에 이르러 관람객들은 작가가 이번 전시를 통해 주고자 했던 메시지를 확연히 느낄 수 있다. Moe'uhane. 하와이 말로 꿈이란 뜻을 가진 이 단어야말로 이번 전시를 대표하는 가장 좋은 주제가 아닐까. 구겐하임 미술관에서 관람객들은 작가의 꿈을 만나 자신들의 꿈을 떠올려 볼 수 있을 것이다. 패기 넘치는 신인 작가의 다음 행보가 기대된다.」

로하는 믿을 수 없었다. 정말로 꿈을 꾸는 기분이었다. 제게는 멋진 그림이라는 찬사보다 꿈이라는 단어가 더욱 듣기 좋은 말이었다.

살짝 눈물이 맺힌 걸까. 눈앞이 흐릿해 손으로 슬쩍 비볐다. 로하의 시선 끝에 웃고 있는 서진이 보였다.

"지금 내가 꿈꾸고 있는 게 아니라고 말해 줘요."

"전혀 아니에요. 원한다면 꼬집어 줄까요?"

"서진 씨를 만난 뒤로 모든 순간순간이 꿈같아요. 정말 고마워요."

"날 꿈꾸게 해 준 건 서로하 씨 그림이니까 고마워할 이유도, 필요도 없어요."

"사랑해요."

"밥 먹기 전에 갑자기 들으려니까 체할 것 같지만…… 솔직
히 좋네요. 나도 사랑해요."

서진이 슬쩍 고개를 돌렸다. 웨이터와 그의 시선이 교차했
다. 잠시 뒤 아까 주문했던 음식이 두 사람 앞에 세팅되었다.
맛깔스러워 보이는 음식들을 보며 로하가 배시시 웃었다.

창밖은 어느새 해가 저물어 있었다. 그러나 어둡지 않았다.
온 거리에 크리스마스를 예고하는 조명들이 밝혀졌고 아까와
는 다른 멋진 풍경을 선사해 주었다.

"왜 하필 이곳으로 왔게요?"

"글쎄요."

"이 레스토랑이 바로 마크 로스코*에게 벽화를 의뢰했던 그
곳이에요. 이곳 전부를 그의 그림으로 뒤덮으려고 했었죠. 서
로하 작가님 그림으로 뒤덮은 공간, 하나 만들어 줄까요? 모
두가 당신의 차기작을 기다리고 있는데. 어때요?"

"글쎄요."

로하가 잠시 레스토랑의 이곳저곳을 두리번거리다가 이내
고개를 저었다. 서진은 예상했던 답변인 듯 그저 미소를 띤 채
그녀를 바라보았다.

---

*마크 로스코(Mark Rothko, 1903~1970):러시아 출신인 미국 화가로 추상표현주의의
거장. 모호한 도형과 색면의 배열이 특징.

"원치 않아요. 로스코가 왜 거절했는지 알 것 같거든요."

"로스코도 처음엔 열심히 그렸었죠. 하지만 결국은 거절했어요. 여기는 너무 정신이 없어서 자신의 작품을 제대로 바라볼 수 없는 공간이라고 여긴 거죠."

"저도 공감해요. 차라리⋯⋯."

"대신 생각하고 있는 거 있어요?"

"뭔가 서진 씨랑 있으면 허무맹랑한 꿈을 꿔도 될 것 같아서 말하는 건데요."

로하가 잠시 뜸을 들였다. 포크를 내려놓고 물을 한 모금 입에 머금었다. 이루어질 리 없는 소망이라 해도 상관없었다. 그와 함께 있을 때만 저는 꿈을 꿀 수 있었다. 그것만으로도 행복했고 그와 우리일 수 있어서 좋았다.

"로스코 이야기해서 생각난 거예요. 차라리⋯⋯."

"로스코 예배당* 말하는 거죠?"

"네. 한 번도 가 보진 못했지만 그곳에서는 오롯이 그림에 집중할 수 있다고 들었어요. 전 작가로서 그런 공간이 욕심나요."

"당장 서로하 예배당을 만들어 주겠다고는 약속 못 해도 당신 그림들이 오롯이 숨 쉴 수 있는 공간에 전시하겠다는 약속은 할게요."

---

*로스코 예배당(Rothko Chapel):미국 텍사스 휴스턴에 있으며 영혼을 위한 신성한 안식처이자 갤러리로 쓰임. 로스코가 그린 그리스도의 수난를 주제로 한 추상화가 자리함.

"고마워요."

"내가 이래서 작가 서로하를 좋아하는가 봐요."

"갑자기 왜……."

"내가 좋아했던 첫 번째 작가 궁금해했었죠? 로스코예요. 대학 시절 유학 오자마자 로스코 예배당에 갈 기회가 생겼는데 그때 강렬했던 기억을 잊을 수 없었거든요. 공간 속에 오로지 그림과 나밖에 없는 기분은 처음이었어요. 그런 전시를 기획하고 싶었죠, 늘."

"아."

"이제 서로하로 그 꿈을 이뤄 볼 생각이에요. 우리 함께 꿈꿔요."

서진과 로하의 시선이 맞닿았다. 로하는 대답 없이 고개를 끄덕였다. 이제 두 사람의 생각은 대화 없이도 통하고 있었다. 그림에 대한 마음, 꿈에 대한 생각, 그 모든 것들이 함께이기에 의미가 있었고 힘을 가졌으며 결국엔 현실이 되었다.

"로하 씨, 우리 이제 그럼 출발점으로 돌아갈까요?"

"처음이요?"

"네. 새롭게 그림을 그리러 다시 떠나요."

"좋아요. 내게 남은 건 서진 씨랑 나, 우리뿐이니까요. 나는 그림을 그리고 서진 씨는 전시 기획을 하고. 우리가 같이 꿈꿀 수 있으면 어디든 좋아요."

고개를 끄덕이며 서진이 가볍게 와인 잔을 들었다. 로하 또한 제 앞에 놓여 있던 와인 잔을 들었다. 두 잔이 마주 닿을 때

경쾌한 소리가 울렸다. 그 울림을 따라 두 사람의 심장 또한 함께 뛰었다.

손을 잡지 않아도 서로의 온기를 느낄 수 있었다. 상처를 딛고 일어선 두 사람의 미래엔 오롯이 서로와 그림, 꿈만이 존재할 것이었다.

14

다시 그곳, 하와이

Welcome in the state of Aloha

호놀룰루 공항에 내린 로하와 서진을 가장 먼저 반겨 준 것은 벽면의 글씨였다. 로하는 한참을 그 글씨를 들여다보았다. 몇 달 전에 왔을 때만 해도 보지 못했었다. 그때 자신은 정신이 없었고 너무나도 바빴다. 조금이라도 빨리 그림을 완성하고 돌아가고픈 마음의 짐에 억눌린 상태였다.

돌이켜보면 신기했다. 그 와중에도 그림을 그리고 싶은 곳을 찾겠다며 몰로카이 섬까지 갔던 걸 생각하면. 그곳에 간 덕분에 그를 만났으니 정말로 잘한 결정이었다. 그 순간부터 지금까지 쭉 제 심장이 멈추지 않고 뛴다는 사실이 좋았다. 오랜만에 다시 그림이 그리고 싶었다.

"여기 사람들은 추운가 보네요."

"그러게요, 우린 더운데. 신기하네요. 서진 씨는 안 더워요?"

하와이 공항에 사람들의 옷차림이 생각했던 것과는 사뭇 달랐다. 크리스마스를 이틀 남겨 둔 12월의 어느 날, 점퍼를 걸치고 목도리를 두른 현지인들의 모습이 낯설었다.

로하는 비행기에서 걸치고 있던 카디건을 벗으며 신기해했다. 눈길을 사로잡은 건 공항 여기저기를 수놓은, 크리스마스 분위기를 물씬 풍기는 장식물들이었다. 정성스러우면서도 어딘지 어설퍼 보여 로하는 결국 웃음을 터뜨렸다. 눈도 오지 않을 한여름의 크리스마스를 상상하니 유쾌해졌다.

게다가 그녀의 옆엔 그가 있었다. 캐리어엔 그림을 그릴 수 있는 도구도 잔뜩 들어 있었고. 기분이 좋지 않을 이유가 없었다.

"그럼 갈까요?"

서진이 제게 손을 내밀었다. 로하가 한 손에 카디건을 걸친 채 고개를 끄덕이며 그의 손을 잡았다. 지난번 하와이에 왔을 때와는 사뭇 다른 느낌이 그녀를 따스하게 만들었다. 여행, 혹은 휴가. 무엇이든 상관없었다. 진짜 새로운 시작은 지금부터였다.

❖   ❖   ❖

두 사람이 숙소로 정한 곳은 유명 리조트였다. 사실 서진을 따라오기만 한 로하는 아무것도 몰랐다.

이곳은 미국의 역대 대통령들과 할리우드 스타들이 자주 찾곤 하는 고급 리조트이기에 숙박비도 비쌌다. 특히 크리스마스 시즌인 지금은 더욱 그랬다. 하지만 서진은 굳이 이곳을 숙소로 정했다.

"이번에 하와이에 가면 해 보고 싶은 거 있어요?"

"글쎄요. 어디든 조용한 곳에서 그림을 그릴 수 있으면 좋겠다 싶기도 하고……."

"또? 저번에 못 해 봤던 거 말해 봐요."

"음, 돌고래요."

"……돌고래?"

"네, 궁금하더라고요."

여행을 준비하던 와중에 스치듯 지나갔던 이야기. 다른 하와이 호텔에 비해 고요해서 누구에게라도 편안한 휴식과 집중할 수 있는 공간을 제공해 준다는 리조트, 덧붙여 돌고래를 보고 만질 수 있는 유일한 곳.

로하를 위해 고른 선택지였다. 제 연인에게 주는 크리스마스 선물이기도 했다. 입구에서부터 두리번거리며 연신 좋다고 중얼거리는 그녀를 보며 선택이 틀리지 않았음에 기분이 좋아졌다.

물론 그녀에게 상세한 내역은 숨길 생각이었다. 그저 편안히 쉬며 과거의 상처를 잊고 그리고 싶은 것을 마음껏 그리기를 바랄 뿐. 로하의 뒷모습을 따라 천천히 걸어가면서 서진은 생각했다.

"앗, 괜찮습니다."

『E komo mai! Hawai.』

먼저 로비로 들어선 로하가 살짝 난감한 표정을 지었다. 호텔 직원이 환영의 뜻으로 내민 꽃목걸이는 이곳이 하와이임을 상기시키는 상징이었지만 로하는 왠지 민망했다. 뒤따라 들어온 서진이 뒷걸음질 치려는 로하의 어깨에 가볍게 손을 올렸다.

"뭐 어때요. 걸어요."

"조금 낯간지러워서…… 저번에 왔을 때도 안 했거든요."

"저번은 저번이고 이번은 이번이잖아요. 너무 많은 생각하지 말고 마음 흘러가는 대로 둬요. 이왕 온 거 레이(Lei)는 기념으로 걸어 봐야죠. 자요."

어느새 점원에게서 꽃목걸이를 건네받은 서진은 어버버거리는 로하의 목에 냉큼 걸어 주었다. 온통 붉은색 꽃으로 연결된 화사한 레이가 로하의 목에서 반짝였다. 은은한 꽃향기가 자신을 감싸는 것이 어색했지만 좋았다. 로하가 약간 얼굴을 붉히며 꽃목걸이를 만지작거리는 순간 찰칵 셔터 소리가 들렸다.

"서진 씨?"

"잘 어울리네요. 내일 해변에 나갈 때도 걸어 볼래요?"

"아뇨. 그냥 오늘로 만족……."

"그럼 포즈 좀 취해 봐요. 다시는 못 볼 모습이라면 예쁜 사진으로나마 남겨 두고 싶거든요."

로하가 엉겁결에 고개를 끄덕였다. 휴대폰을 들고 제게서 조금 떨어지는 서진을 보며 어쩔 수 없다는 듯 어설픈 브이 자를 그렸다.

어딘가 모르게 웃음이 났다. 친절한 미소를 띤 직원들, 평화롭고도 따스한 공기, 그리고 저를 보며 웃고 있는 서진과 제 목에 걸린 향기 나는 꽃목걸이까지. 이곳이 낙원 같았다.

『E komo mai.』

제게 다가온 서진이 손을 잡으며 아까 직원이 했던 말을 똑같이 해 주었다.

이 꼬모 마이. 환영한다는 뜻을 담은 하와이 말이었던가. 이곳에서는 모든 걸 잊고 행복만 느낄 수 있을 것 같은 기분이 들었다.

『E komo mai.』

저의 상처에서도, 서진의 상처에서도 새살이 돋아나는 여행이 될 수 있길 바라며 로하 또한 나지막이 중얼거렸다. 두 사람의 미소가 또 한 차례 맞닿는 순간이었다.

❦　　　❦　　　❦

다음 날 아침 늦잠을 잔 로하는 잠이 덜 깬 표정으로 방에서 나왔다. 전시를 끝낸 후유증과 오랜 비행의 피로가 밀려온 듯했다.

숙소는 조용했다. 거실엔 서진이 남긴 메모 한 장과 간단한 아침 식사가 있었다.

잘 잤어요? 나 먼저 돌핀 퀘스트에 가 있을게요. 일어나면 찾으러 와요.

그의 성격만큼이나 깔끔한 글씨체를 보며 로하는 배시시 웃었다. 아침 햇살이 따스했다. 토스트를 한입 베어 물며 로하는 대강 매무새를 정리했다.

안내원이 알려 준 방향을 따라 로하는 돌핀 퀘스트로 향했다. 곧 그녀의 눈앞에 그림 같은 풍경이 펼쳐졌다.

하얀 대리석이 바닥에 깔린 통로와 높은 천장 아래 세워진 하얀 기둥들. 그 밖으로 보이는 푸른 하늘과 아름다운 해변. 하얀 커튼이 불어오는 바람에 잔잔히 흔들리고 있었다.

로하는 잠시 멈춰 서서 바람의 향기를 맡았다. 바다 내음이 그녀의 마음을 평온하게 했다. 소파에 앉아 책을 보거나 휴식을 취하는 사람들을 훑어보며 로하는 제 연인을 찾았다.

조금 더 걸어가자 꼭 동화책에 나올 법한 계단이 눈앞에 펼쳐졌다. 온통 꽃으로 둘러싸인 그 공간에 있다 보니 저도 모르게 취할 것 같은 기분이었다.

설레는 걸음으로 천천히 한 계단 한 계단을 밟아 내려갔다. 물고기들이 살고 있는 작은 연못이 보였다. 물길을 따라 계속 해서 발걸음을 뗐다. 눈을 뗄 수 없을 만큼 아름다운 곳.

순간 그녀의 앞에서 물보라가 튀었다. 눈부신 햇살을 등진 채 언제라도 하늘을 향해 날아오를 수 있다는 듯 보기 좋게 뛰어오른 그것은 크고 아름다운 돌고래였다. 매끄럽게 빛나는 남색의 피부, 커다랗지만 유연한 몸과 까만 눈동자까지. 상상 속에서 그리던 돌고래가 저를 반겨 주고 있었다. 잠시 넋을 잃은 듯 로하는 돌고래가 보여 주는 환상 속으로 빨려 들어갔다.

그녀를 다시 현실로 이끈 것은 주변에서 들려오는 어린아이들의 박수 소리였다.

"저 아이는 케빈이래요."

"······서진 씨!"

"굿모닝, 로하 씨. 잘 잤어요?"

햇빛을 등진 채 앞에 서 있는 건 돌고래만이 아니었다. 어제보다 한결 밝은 표정으로 인사를 건네는 서진에게서 로하는 돌고래와 비슷한 윤기를 느꼈다. 그는 묘하게 반짝거리는 사람이었다.

"서진 씨도 잘 잤어요? 너무 일찍 일어난 거 아녜요?"

"잘 잤어요. 피곤한 것 같아서 안 깨우고 혼자 내려왔는데, 서운한 거 아니죠?"

"그럴 리가요. 그래서 저 아이 이름이 뭐라고요?"

"케빈이요. 영화 '나 홀로 집에'의 케빈. 장난기가 많아서 이름을 그렇게 붙였대요."

"잘 어울리는 이름이네요."

아이들의 환호성을 따라 빙글빙글 돌고 있는 돌고래를 내려다보며 로하가 중얼거렸다. 낯선 풍경이지만 저를 포근하게 감싸 주는 곳이었다.

로하가 주머니를 뒤적였다. 언제나 넣어 다니는 작은 수첩과 연필을 꺼내 들었다. 뭐라도 그리지 않으면 안 될 것 같았다. 그 순간 케빈이 다시 한 번 물 위를 뛰어올랐다. 아까보다 훨씬 더 높게.

그 모습을 바라본 로하가 빠른 손놀림으로 스케치를 해 나갔다. 서진은 로하에게서 한 발짝 떨어져 그녀를 지켜보았다. 그녀는 언제나 예뻤지만 그림 그리는 뒷모습이 가장 아름다웠다. 꿈을 꾸는 사람의 모습만큼 아름다운 것은 세상에 존재하지 않았다.

"앗! 윽…… 차가워!"

케빈이 물속으로 떨어졌다. 물의 파동이 아까보다 훨씬 컸다. 그림을 그리는 데 온통 집중을 하고 있던 로하에게 물벼락이 쏟아졌다. 모든 것이 홀딱 젖어 버렸다. 머리도, 옷도, 심지어는 그림을 그리던 수첩과 연필까지도.

케빈은 유유히 그녀의 근처를 배회했다. 마치 개구지게 웃는 듯한 돌고래를 내려다보던 로하는 결국 웃음을 터뜨릴 수밖에 없었다.

"괜찮아요?"

"약간 찝찝하긴 한데…… 이마저도 환영의 뜻 아니겠어요? 그나저나 다 젖어서 어떡하죠? 그림으로 담아낼 수 없을 만큼 예쁜 풍경이니 눈에 잔뜩 담아 가란 하늘의 뜻일까요?"

로하가 연필과 수첩을 내밀며 입술을 내밀었다. 서진은 그녀를 보며 저도 모르게 침을 꿀꺽 삼켰다. 연필과 수첩이 문제가 아니었다. 얇은 옷이 다 젖어 그녀의 몸에 딱 달라붙어 있었다. 심지어 살짝 비치는 듯도 했다. 서진은 헛기침을 하며 고개를 돌렸다. 그리고는 제 얇은 래시가드를 벗어 그녀에게 쑥 내밀었다.

"아, 고마워요."

멍하니 있던 로하는 그가 내민 옷을 받아 들었다. 그제야 비에 젖은 생쥐 꼴이 된 자신이 눈에 들어왔다. 붉어진 제 얼굴을 햇빛이 가려 주길 바라며 로하는 얼른 옷을 걸쳤다.

이상한 일이었다. 그저 얇은 옷만 걸쳤을 뿐인데 그의 향기가 저를 감싸는 느낌이었다. 로하의 얼굴이 더욱 붉어졌다. 어찌 해야 할지를 몰라 우물쭈물하고 있는데 서진이 덥석 그녀의 손을 잡았다.

"이리 와요."

그가 리조트 뒤쪽 더욱 큰 해변으로 로하를 이끌었다. 보여주고 싶은 풍경이 너무 많았다. 심장의 쿵쾅거림을 애써 숨기며 두 사람은 점점 더 안쪽으로 걸어 들어갔다.

케빈을 제외한 나머지 다섯 마리의 돌고래를 서진은 하나하나 로하에게 소개해 주었다. 아침에 일찍 일어나 돌고래를 보고 싶어 하던 저를 위해서 안내원에게 미리 묻고 기억해 둔 그의 배려가 느껴졌다.

그림을 그릴 재료들은 사라져 버렸지만 로하는 모든 풍경을 눈으로 담고 가슴으로 기억하기 위해 애썼다. 어차피 제 그림은 사실주의 풍경화가 아니었다. 제 감정을 풍경에 투영하는 것일 뿐. 언제 어느 때 캔버스를 마주하더라도 이 공간의 떨림을 담아낼 수 있을 것처럼 벅찼다.

"어라, 저 돌고래가 춤을 춰요."

로하의 손길이 닿은 곳에 돌고래 한 마리가 빙글빙글 몸을 움직이고 있었다. 다른 돌고래들의 움직임과 다른 모습이 재미있어 그녀는 까르르 웃음을 터뜨렸다. 서진이 어이없다는 듯 헛웃음을 짓기 전까지는. 로하가 눈을 동그랗게 뜨고 그를 바라보았다.

"설명 들은 그대로라 마음에 안 드네요."

"뭐가요?"

"저 녀석이 원래 예쁜 여자를 보면 빙글빙글 몸을 돌린대요."

"네?"

"유혹하는 뜻이라나 뭐라나. 쳇."

서진이 혀를 차며 먼저 다른 쪽으로 걸어가 버렸다. 로하는 멍하니 서 있다가 이내 얼굴을 붉히며 그를 따라잡기 위해 빨리 걸었다. 돌고래를 상대로 질투라도 하는 건지, 처음 보는 그의 태도가 그녀의 마음을 휘저었다. 로하가 서진의 팔을 뒤에서 잡는 순간 그가 고개를 돌려 그녀를 마주했다.

"서진 씨, 저기 그게……."

"저 돌고래를 봐요."

서진이 가리킨 곳엔 다른 돌고래들보다 덩치 큰 돌고래가 혼자 격리되어 있었다. 어딘지 아파 보이는 모습에 로하 또한 빤히 내려다봤다. 저도 모르게 한 걸음, 한 걸음 그 돌고래에게 다가갔다. 그러나 돌고래는 힘이 없는 몸짓으로 등을 돌린 채 구석으로 숨어 버렸다.

"왜 아파 보이는 걸까요?"

"오랫동안 아이를 못 가졌었다가 1년 전에 새끼를 낳았대요."

"그 새끼 돌고래는……."

"노산이라 그런지 결국 얼마 못 살고 죽었다고 하네요."

"아."

돌고래의 아픔이 제게 전해지는 느낌이었다. 말이 통하지 않아도 알 수 있었다. 주름진 눈, 그 안에 담겨 있던 눈물까지. 얼굴을 보여 주지 않으려는 듯 숨어 버린 돌고래가 어쩐지 울고 있을 것 같았다. 계속 바라봐도 돌고래는 저를 보지 않았다. 로하는 울컥하는 제 감정을 기억하기 위해 애썼다. 이 모든 것을 그림 속에 쏟아 내고 싶었다.

순간 서진의 손이 그녀의 머리 위를 스치고 지나갔다. 마치

바람이 스치듯 젖은 머리칼을 훑고 지나가는 그의 손에 로하
가 살짝 놀라 고개를 돌렸다.

"이게 붙어 있더라고요."

서진이 내민 것은 초록 이파리였다. 그저 손이 스쳤을 뿐인
데 왜 이리도 심장이 뛰는 건지 알 수 없었다. 로하는 침을 삼
키며 천천히 고개를 끄덕였다. 잠시간의 적막이 두 사람 사이
를 감쌌다. 돌고래들이 움직이며 일렁이는 물소리만이 그들의
귓가를 간지럽혔다.

"이제 그만 올라갈까요? 젖은 채로 오래 있으면 안 좋은
데."

"네, 그래요."

서진이 먼저 몸을 돌렸다. 로하 또한 그를 따라 움직였다.
얼마쯤 걸었을까. 용기를 낸 로하가 먼저 그의 손을 잡았다.
그녀의 또 다른 손에는 초록 이파리가 들려 있었다. 온몸이 다
젖었지만 상쾌한 기분이 드는, 참으로 이상한 하와이의 아침
이었다.

배가 터질 정도로 저녁 식사를 한 뒤, 모닥불이 피어 있는
곳에 서진과 나란히 앉아 별이 쏟아질 정도로 아름다운 밤하
늘을 바라보았다. 로하는 잠시 그의 어깨에 머리를 기댔다.

참으로 묘한 곳이었다. 아름다움, 즐거움, 유쾌함. 모든 긍

정적인 감정들이 넘쳐 났다. 풍경만 멋진 것이 아니라 사람들도 좋았고 분위기도 최고였다. 여기 있다 보니 제가 가졌던 상처의 무게도 별것 아닌 것처럼 느껴졌다. 문뜩 로하가 서진을 올려다보았다. 제 상처뿐 아니라 그의 상처 또한 그러할까.

"여긴 모든 게 아름다운 것 같아요."

"낙원 같죠?"

"그러네요. 정말 낙원 같아요. 감히 제가 그림으로 그리면 안 될 것 같은 그런 낙원."

"왜요? 얼마든지 그림으로 그려 줘요. 원한다면 오래 머물러도 좋아요."

"이제 서진 씨가 제 그림을 안 좋아할 수도 있을 것 같아요."

"왜요?"

로하가 고개를 들어 모래사장에 쓱쓱 손가락으로 아무거나 그려 나갔다. 오늘 저를 들뜨게 했던 모든 게 다 그림의 소재가 될 수 있었다. 그러다가 이내 손바닥으로 그림들을 지웠다.

"왜 지워요?"

"아이러니함, 모순, 그리고 한. 이제 그런 것들이 내 그림 속에 없을 것 같아요."

"그런가."

"서진 씨 덕분에 난 내 상처를 극복했어요. 서진 씨는……"

"내 흉터 위에 돋아난 새살의 이름 말 안 해 줬던가요. 그게 서로하인데."

"진짜 괜찮아요?"

"당연하죠."

한참 동안 두 사람은 서로를 마주했다. 별이 반짝거리는 덕분인지 모닥불이 타닥타닥 튀는 덕분인지 서로에게 묘한 반짝거림이 느껴졌다.

"그림에 깔린 한 같은 거 없어도 돼요."

"진짜요?"

"예전과 달라진 작가 서로하도 난 사랑할 수밖에 없을 거예요. 꼭 좋은 것과 나쁜 것의 중첩만 좋아할 것 같아요? 행복과 더 큰 행복의 모호한 경계선도 얼마든지 좋은걸요."

"고마워요."

"그러니까 내게서 작가 서로하도 행복을 찾았으면 좋겠어요."

"이미 찾았을걸요."

서진의 손이 로하의 머리칼을 살짝 쓰다듬었다. 로하는 그 손길을 따라 다시 서진의 어깨 위에 머리를 기댔다. 포근했다. 처음 왔던 하와이가 제게 상처의 눈물이었다면, 이번 하와이는 사랑의 행복이었다. 꿈이라면 절대 깨고 싶지 않았다. 이대로 그와 함께 이곳에서 멎어 버리고 싶었다.

"그나저나 나 어떡하죠. 서로하 그림에 진짜 미친 것 같은데."

"그림 말고 나는요?"

"대답이 필요해요?"

로하가 대답 대신 눈을 감았다. 그와 동시에 서진의 입술이 로하의 입술 위에 닿았다. 격정적인 입맞춤. 로하는 마음속에서 수천 장을 대신할 최고의 그림 하나를 그렸다. 캔버스 대신 심장 박동으로 서진에게 제 마음을 전했다.

서진은 두 사람을 위한 꿈을 꾸었다. 전시 대신 함께하는 숨으로 로하에게 제 진심을 이야기했다. 별이 쏟아지는 깊어가는 하와이의 크리스마스이브, 그 어떤 말로도 설명할 수 없는 한 폭의 아름다운 그림. 그것이 곧 그들 연인이었다.

❖   ❖   ❖

다음 날도 아침 식사는 하지 못했다. 해변에서 들리는 파도 소리와 아이들이 모래사장을 뛰어다니며 내는 웃음소리에 잠에서 깨어 보니 해가 중천에 뜨고도 남을 시간이었다. 그래도 오랜만에 포근히 잠들었던 것 같아 로하는 만족하기로 했다.

창밖엔 아름다운 풍경이 펼쳐져 있었다. 아이들은 뛰어다니며 해변에 떠밀려 온 조개껍데기들을 모으고 있었다. 커플들은 팔짱을 낀 채 산책을 즐기고 있었다.

로하는 연필을 들지 않고 그 풍경들을 가만히 지켜보았다. 보는 것만으로도 즐거웠다. 그러다 보니 서진이 보고 싶었다. 아마도 그는 진작 일어나지 않았을까 싶어 대충 옷매무새를 정리하고 나가려는데, 아니나 다를까 노크 소리가 들려왔다.

"서진 씨."

"좋은 아침. 자는데 깨운 건 아니죠?"

"막 일어나서 창밖 풍경 보고 있었어요."

"일어나자마자 제일 먼저 보고 싶은 게 나는 아니었고요?"

"아, 그게……."

"농담이에요. 자요, 크리스마스 선물."

서진이 내민 것은 좋은 향이 나는 커피 한 잔과 보기만 해도 달달해 보이는 에그 토스트였다. 로하가 배시시 웃으며 에그 토스트를 한입 베어 물었다.

"고마워요."

늘 저보다 한발 앞서 배려해 주는 사람. 저를 챙겨 주는 세상에 유일한 한 사람. 부드러운 호선을 그리며 기분 좋게 웃는 그의 모습을 보고 있자니 진짜 선물은 커피나 토스트 따위가 아니라 눈앞의 이 남자란 생각이 들었다.

그에게도 제가 그런 의미이길 바랐다. 말을 하지 않아도 생각이 통하곤 했으니 이번에도 그러리라 믿었다. 그의 눈망울에 어린 진심이 제게 확신을 주었다.

"오늘 리조트 채플에서 결혼식이 있대요."

"결혼식이요?"

"아까 로비에서 듣자니 아무나 와도 좋다고 하더라고요. 가 볼래요?"

"……그럴까요?"

"그럼 준비하고 나와요. 나도 챙길게요."

고개를 끄덕이곤 충동적으로 그의 볼에 가볍게 입을 맞췄다. 살짝 놀랐는지 저를 바라보는 그의 표정을 보며 로하가 웃었다. 일부러 쾅 방문을 닫아 버렸다. 두근거림, 설렘, 즐거움. 이 모든 감정을 간직하고 싶은 기분 좋은 아침이었다.

리조트 뒤편에 위치한 조용한 채플은 이곳의 모든 것들이 그러하듯 아름다웠다. 끝없이 이어지는 투명한 바다와 아름다운 하늘.

서진과 로하는 손을 잡고 조용히 결혼식장으로 들어섰다. 인공적인 미를 자랑하는 한국의 결혼식장과 달리 화려하게 꾸며지진 않았지만 자연이 살아 숨 쉬어 더욱 아름다운 분위기를 내고 있었다.

결혼식장에 마련된 의자에 앉아 두 사람은 소소한 이야기를 나누었다. 간간히 들려오는 사람들의 말소리를 듣는 것도 재미있었다.

잠시 후 누군가가 신랑과 신부의 입장을 알리는 소리를 외쳤다. 로하와 서진의 고개가 동시에 돌아갔다.

"정말 아름답네요."

해변 한가운데로 걸어 들어오는 두 사람의 모습은 참으로 아름다웠다. 어느덧 두 사람이 하얀 카펫을 밟기 시작했다. 경쾌한 음악이 부드러운 선율로 바뀌었다. 들러리를 맡은 아이들이 분홍색 꽃을 뿌렸다. 꽃향기가 로하의 코를 간지럽혔다.

자연도 그들의 결혼식을 축복하고 있는 듯했다. 유난히 맑은 바다와 바다보다 더욱 새파란 하늘이 해변을 수놓았다. 어떤 인간이 그림을 그려도 이처럼 아름답게 그릴 수는 없을 것 같았다.

로하는 오늘도 연필과 스케치북을 들고 오지 않은 것을 다행이라 생각했다. 잔잔하게 울리는 파도 소리 또한 마치 한 곡의 아름다운 연주 같았다. 이보다 더 로맨틱한 결혼식은 없을 것 같은 기분.

그 순간 로하와 서진의 시선이 마주했다. 로하의 심장이 쿵쾅거렸다. 묘한 감정이 속에서 일렁이는 기분이었다. 제 연인과 결혼식을 바라보고 있으려니 더욱 요동쳤다.

로하가 입술을 달싹였다. 그러나 무슨 말을 꺼낼 수 없었다. 주인공은 따로 있었다. 그저 서로를 바라보며 웃는 것 말고는 할 수 있는 것이 없었다. 그래서인지 더 세차게 심장이 뛰었다.

신랑과 신부가 사랑의 맹세를 하는 순간 갑자기 뒤편에서 물소리가 크게 들려왔다. 돌고래들이었다. 돌고래들은 그리 높지 않은 점프를 연달아 몇 번이고 보여 주었다.

사람들이 환호했다. 신랑과 신부 또한 행복한 듯 돌고래들을 바라보고 있었다. 서진과 로하 역시 마찬가지였다. 두 사람은 서로의 손을 꼭 잡은 채 물보라 이는 바다를 바라보았다.

"결혼식을 축하해 주러 온 걸까요?"

"그런 거 같네요."

"어떻게 알고 왔을까요?"

"돌고래는 영물이라고 하잖아요. 로하 씨."

"네?"

"우리 나갈까요?"

서진이 제 손을 잡아끌었다. 결혼식이 한창 진행 중인데 이렇게 나가도 되는 걸까. 하지만 고민은 길지 않았다. 자연을 배경으로 진행되는 결혼식이 예쁘긴 했지만 이곳에 계속 있다가는 이상해질 것 같았다. 로하는 몸을 숙인 채 서진을 따라 밖으로 향했다.

두 사람은 말없이 한참을 걸었다. 해변의 모래를 밟는 소리와 파도 소리 외에 그 무엇도 두 사람을 방해하지 않았다.

로하는 아주 오랜만에 연필을 잡았다. 둘만 있는 해변에서 그녀는 그리고 싶은 모든 것을 그릴 수 있었다. 서진은 그녀의 그림에 대해 어떠한 말도 하지 않았다. 그저 그녀가 그린 그림이면 되었다. 정확히는 서로하면 되었다.

평화로운 시간이 얼마쯤 흘렀을까, 멀리서 시끄러운 음악 소리가 들려왔다. 아까 결혼한 커플이 피로연을 즐기는 모양이었다.

연필을 내려놓은 로하가 서진을 가만히 돌아보았다. 서진이 손짓했다. 눈치 보지 말고 제 곁으로 오라는 듯.

"이러다가 한 장도 못 그릴 것 같은데 어쩌죠."

"무슨 상관이에요."

"하지만 그림 그리러 온 여행……."

"괜한 의무감 갖지 말아요. 그림은 마음으로 그리는 거지 머리로 그리는 게 아니잖아요."

"그래도 돼요?"

서진이 로하에게 미소를 지어 주었다. 부담 갖지 말라는 듯 편안하게.

뉴욕뿐만 아니라 전 세계에서 신인 작가 서로하의 새로운 그림을 기다리는 사람들이 무척 많았지만 서진은 그 모든 압박으로부터 로하를 보호할 생각이었다. 그녀가 원할 때 그리는 그림이 진짜란 것을 누구보다 잘 알았다.

"내 허락이 필요해요?"

"아마 아닐걸요."

"난 로하 씨 허락이 필요한데."

"네?"

「Shall we dance?」

로하가 눈을 동그랗게 떴다. 그러나 서진은 진심인 듯 제게 손을 내밀었다. 쭈뼛거리던 로하는 조심스레 서진의 손을 맞잡았다.

희미하게 들려오는 음악 소리에 맞춰 서진이 가볍게 몸을 움직였다. 로하의 몸 또한 그를 따라 어색하게 움직였다.

시간이 흐를수록 두 사람의 몸은 점점 더 가까워졌다. 움직임 또한 자연스러워졌다. 한여름같이 따사로운 해변에서 보내는 둘만의 크리스마스 파티. 겨울과 여름이 만나는 이곳에서

만 느낄 수 있는, 다시 겪지 못할 신선한 경험 속에 두 사람은 서로에게 취해 갔다.

잠시 두 사람의 입술이 서로 맞닿았다 떨어졌다. 그 순간 조금은 먼 바닷가에서 물보라가 일었다. 돌고래들이 바다에서 뛰어노는 것이 보였다. 그들 또한 흥겨운 듯했다.

"진짜 신기하네요. 저 돌고래들도, 그리고 우리도."

"신기해하지 마요. 이젠 익숙해져요. 이 모든 것에. 그리고 나한테."

"여전히 꿈꾸는 기분인 걸요."

『Mele Kalikimaka.』

"네?"

"여기 말로 메리 크리스마스."

"멜레…… 멜레 칼리키마카."

로하가 어색한 발음으로 서진의 말을 따라 했다. 문득 기억은 두 사람의 첫 만남을 떠올리게 했다. 추억이 그리웠던 탓일까. 로하의 얼굴이 살짝 붉어졌다. 그 순간이었다.

『Nou No Ka Iini.』

"네?"

"여기 말로 제가 당신을 원한다는 뜻이죠."

"그건 기억하는데 갑자기 왜……."

로하는 순간 제 앞의 서진이 과거의 그인지 현재의 그인지 헷갈렸다. 그는 그때처럼 멋있었고 그때처럼 해변에 어울리지 않게 이질적이었으며 그때처럼 제 곁에 있었다.

로하가 서진의 볼을 살짝 더듬었다. 꿈이 아니라 현실이었다. 로하의 마음속에서 알 수 없는 감정이 세차게 일렁였다. 서진은 그 순간을 놓치지 않고 아까 결혼식장에서부터 하고 싶었던 한마디를 꺼냈다.

"로하 씨, 나랑 결혼해 줄래요?"

잠시 시간이 멈춘 듯했다. 갑작스러운 그의 말에 로하는 어떻게 답을 해야 할지 몰라 머뭇거렸다. 순간 조금 더 가까운 바다에서 돌고래들이 하늘 높이 뛰어올랐다. 시간은 흐르고 있었고 제 앞엔 진짜 그가 있었다. 현재의 그를 넘어서서 미래의 그가 제게 손짓하고 있었다.

"내 그림 말고 나한테 하는 청혼 맞아요?"

"당신 그림은 이미 내 것이니 아마 서로하 씨한테 하는 청혼 맞을걸요."

"진심이에요?"

"언제나 진심이었어요. 그림보다 당신을 원해요. 앞으로 한 장도 못 그려도 좋으니까 나랑 결혼해 줘요."

"내 대답이 필요해요?"

서진이 고개를 끄덕이는 순간 로하가 살짝 까치발을 들었다. 그리고 그의 입술에 가볍게 입을 맞추었다.

"좋아요."

"무르기 없어요."

"무를 일 없어요. 그러니 계속 같이 꿈을 꿔 줘요."

서진이 살짝 고개를 저었다. 로하가 고개를 갸웃하며 그를 바라보았다. 그는 대답 대신 조금 전의 로하를 따라 하듯 가볍게 고개를 숙여 그녀의 이마에 입을 맞추었다. 그러나 여전히 로하의 눈망울엔 궁금증이 맺혀 있었다. 어쩔 수 없다는 듯 살짝 미소 지으면서 서진이 입을 뗐다. 제 속에 있는 이야기에 로하 또한 공감해 주길 바라면서.

"이젠 꿈이 아니라 현실이죠. 함께 우리의 세상에서 살아가요."

얼마든지 그럴게요. 로하는 대답 대신 눈을 감았다. 서진의 따스한 손이 그녀의 허리를 감쌌다. 두 사람은 깊게 서로의 호흡을 나누었다. 벅참, 두근거림, 행복함, 설렘. 모든 진심 어린 감정을 서로에게 전했다. 숨 쉬기 곤란할 만큼 깊은 입맞춤.

그들만의 크리스마스가 저녁노을로 물들었다. 겨울도 여름도 아닌, 평생 잊을 수 없을 둘만의 크리스마스였다.

그래서 다음 그림의 주제는 정했어요?

당연하죠. 이번에도 연작을 그려 보고 싶어요.

뭔지 물어봐도 돼요?

비밀인데 서진 씨만 알고 있어요. 이번에도…… 이번에도 알로하예요.

또요?

네. 이번엔 오롯이 캔버스 위에 우리 두 사람을 담고 싶어요. 행복한 알로하.

이번엔 나 말고, '우리'를 그려 줘요. 나 혼자는 쓸쓸해요.

당연하죠. 내가 딱 붙어 있을게요.

그림으로만 말고, 진짜로 나한테 딱 붙어 있어요. 절대 안 놓칠 테니까.

사랑해요.

Concourse
사과 같은 부부

"로하 씨, 아침 안 먹어요?"

"안 돼요! 들어오지 마요!"

퍽, 갑자기 날아든 작은 쿠션 하나가 서진의 몸에 맞고 바닥으로 떨어졌다. 서진은 순간적으로 그 자리에 굳은 채로 있다가 고개를 절레절레 저었다. 아무리 노크 없이 문을 열었다 한들 아침부터 쿠션으로 맞을 정도로 잘못한 걸까.

하지만 서진은 따져 묻지 않았다. 그저 피식 웃으며 방문을 천천히 닫고 나갈 뿐. 부부 사이에 노크 없이 방문을 연 건 잘못이 아니었지만, 작가와 큐레이터 사이에 노크 없이 작업실 문을 연 건 100% 제 잘못이 맞았다.

"그런데 진짜 보여 주면……."

"서진 씨!"

슬쩍 다시 방문을 열고 고개만 들이밀었던 서진은 로하의 날카로운 눈빛에 결국 웃고 말았다. 작업 마무리에 들어갈 때면 저도 모르게 예민해지는 작가. 그 타오르는 열정마저도 사랑스러운 제 부인. 그녀가 서로하였다.

"알았어요, 알았어. 마무리되면 나와요. 아침이든 점심이든 저녁이든, 내가 맛있게 해 줄게요. 대신 야식은 안 돼요. 너무 무리하지 말았으면 좋겠거든요."

서진은 닫힌 문에 기대 방 안까지 들리도록 큰 소리로 마음을 전했다. 어제 저녁부터 잠도 자지 않고 먹는 것도 없이 꼼짝 않고 그림만 그리는 로하가 걱정되었다.

"네! 그 저……."

미안해요.

로하는 제 앞에 있는 캔버스를 바라보며 중얼거렸다. 방 밖까지 들릴 리 없었지만 그가 제 진심은 알 것이라 믿으며.

그녀의 캔버스 안에는 많은 것들이 공존했다. 시원시원하게 이파리를 내린 야자수, 맑고 푸른 바닷물, 하얗고 고운 모래사장. 그 모든 것들 가운데 떡하니 자리 잡은 것은 한 남자였다. 사랑하는 남편이자 함께 꿈을 꾸는 동반자인 서진.

다음 달에 있을 단독 전시를 위한 그림의 주제로 과연 서진을 그리는 것이 괜찮을지 고민한 적도 있었지만 어쩔 수 없는 선택이었다. 서진을 그리지 않고는 도무지 연필도, 붓도 움직일 수가 없었다. 그는 로하의 뮤즈였으며 요즘 모든 감정의 원천이었다.

도무지 그림에 집중이 되지 않았다. 밖에 있는 진짜 서진과 하고 싶은 것이 많아서. 그와는 그냥 가만히 앉아 이야기를 나누기만 해도 즐거웠다.

그냥 미룰까. 제대로 얼굴도 못 봤는데. 하지만 충동에 몸을 맡기는 대신, 로하는 다시 붓을 들었다. 오늘 놀고 내일 다시 이젤 앞에 앉으니 차라리 빨리 완성하는 편이 나을 것 같았다.

"끝났어요? 이제 나 보러 가도 돼요?"

시계가 2시를 알리는 순간, 로하는 붓을 내려놓고 방 밖으로 나왔다. 거실에서 책을 들여다보고 있던 서진은 방문이 열리는 소리만을 기다렸다는 듯 자리에서 벌떡 일어났다. 전시를 총괄하는 큐레이터로서 작품을 봐야 전시 계획을 짠다는 핑계는 휴지통에 버린 지 오래였다. 서로하를 사랑하는 한 남자로서 서로하의 분신이나 다름없는 그림을 보고 싶었다.

무료했던 서진의 심장이 오랜만에 콩닥거렸다. 서진이 한 발짝 거실에서 방을 향해 발걸음을 떼는 순간이었다.

"안 돼요!"

로하가 입술을 깨물며 단호하게 고개를 저었다. 그녀는 지금 나온 것이 아니라 나와 버린 것이었다. 더는 참지 못하고.

"방에서 나온 거면 끝난 거 아닌가. 보고 싶은데⋯⋯."

"그게⋯⋯."

그녀의 눈가에 피곤함이 어려 있었다. 커피를 내려 줘야 하나, 아니면 손을 잡고 침실로 데려다줘야 하나. 서진은 잠시 고민을 하다 입을 뗐다.

"다 못 그렸구나?"

로하가 머뭇거리다 고개를 끄덕였다. 서진은 피식 웃으며 문이 아닌 로하에게 다가섰다. 그리고 손으로 그녀의 머리를 헝클어 버렸다.

"머리 안 감았는데……."

"뭐 어때요. 부부 사이에."

"그래도요."

입술을 삐죽이며 로하는 한 발짝 뒤로 물러섰다. 그녀를 보며 서진은 지지 않겠다는 듯 한 발짝 더 다가섰다. 서로의 행동에 결국 두 사람은 웃음을 터트렸다.

"걱정 마요. 물감 냄새밖에 안 나요."

"거짓말. 물감 안 쏟았는데."

"진짠데? 지금까지 열심히 그림 그리던 작가에게 물감 냄새 말고 또 뭐가 나겠어요."

서진은 일부러 코를 킁킁거리며 말했다. 그의 행동에 조금 더 민망해진 로하의 미간에 살짝 주름이 잡혔다.

"지금 나 놀리는 거죠? 완성 못 했다니까요. 이러다가 일정 못 맞출까 봐 진짜 걱정이에요. 어떡하지."

로하가 한숨을 내쉬었다. 서진을 지나쳐 걸어가 소파 위에 털썩 주저앉았다. 서진은 그녀를 뒤따라가 소파 앞에 놓인 테이블에 비스듬히 몸을 기댔다. 그리고는 어깨를 으쓱해 보였다. 그런 고민쯤은 아무 일도 아니라는 듯.

"그럼 전시 미루면 되죠. 무슨 쓸데없는 걱정이에요."

"농담하지 마요. 농담할 기분 아녜요. 색이 안 칠해져요. 큰일이에요, 정말."

눈앞에 어른거리는 서진을 캔버스 위에 옮겨야 하는데 그게 잘 안 되었다. 풍경을 담아내는 것은 쉬웠는데 제 뮤즈를 담아내려니 갈피를 잃은 붓이 제자리걸음만 반복했다. 피곤한 탓이라고 스스로를 달래도 보고 다른 것부터 그리자고 새 캔버스를 이젤 위에 올리기도 해 보았지만 결국은 마찬가지였다.

이대로는 안 될 것 같아 붓을 내려놓고 방 밖으로 나왔다. 그리고 진짜 서진과 마주쳤다. 속도 없는 제 심장은 그를 반가워했다. 정말 큰일이었다. 자신이 이렇게 공과 사를 구분하지 못하는 사람일 줄이야.

"농담 아닌데."

"이번 전시 계약 조건 까다롭게 들어간 걸 모를까 봐요? 아무리 영어 계약서에 서진 씨가 알려 준 대로 사인만 했다지만, 날 너무 바보 취급하는 거 아녜요?"

로하가 입술을 삐죽였다. 사실 계약 조건 같은 건 잘 몰랐다. 서진이 매니저 겸 큐레이터를 자청하고 있어 그에게 모든 걸 맡겨 두었기 때문이다.

미술관 관계자가 지나가는 말로 그러다가 믿었던 도끼에 발등 찍히면 어떡하려고 그러느냐고 물었지만 로하는 말도 안 되는 소리 하지 말라며 손사래를 쳤다.

하서진은 로하가 자신보다 더 믿을 수 있는 유일한 존재였다. 단순히 동업자, 그 이상의 동반자.

그는 제게 모든 것을 해 주고 싶어 했다. 편안한 작업 환경, 영감을 주는 이야기, 심지어는 맛있는 밥까지도. 그러니 저는 그림만 그리면 됐는데 자신이 해야 할 일, 그 딱 하나가 잘 되지 않았다. 공과 사, 모든 부분에서 완벽하고 똑 부러진 그에 비해 스스로가 모자라 보일 정도였다.

"그럴 리가요. 진심이에요. 로하 씨 힘들면 미뤄요. 정 못하겠으면 아예 엎어도 돼요."

"무슨······."

"기억 안 나요? 서로하 씨가 앞으로 그림 한 장도 못 그린다 해도 상관없다고 했잖아요. 나한텐 그림보다 로하 씨가 훨씬 소중해요."

어느새 서진은 로하의 옆에 앉아 있었다. 그는 한 팔로 로하의 어깨를 감쌌다. 여린 어깨 위에 늘 무거운 짐을 올려놓고 있는 게 안쓰러웠다.

저를 만나기 전까지야 어쩔 수 없었다지만 이젠 좀 나눠 지었으면 싶은데 그녀는 늘 스스로를 채찍질하느라 바빴다. 물론 그 결과물은 여전히 저를 들뜨게 할 정도로 끝내주게 좋았고, 새 작품을 조금이라도 더 빨리 보고 싶어 무리해서 일정을 잡은 건 자신이었다. 어디까지나 큐레이터로서의 욕심.

그러나 작품만큼이나 그녀 자체가 소중했다. 그는 로하의 지친 고개를 끌어당겨 제 품에 기대게 했다. 눈가의 다크서클을 보니 아무래도 미술관 관계자와 일정 문제를 다시 상의해야겠다 싶어졌다.

"서진 씨."

"못 그리겠는데 억지로 짜내지 마요. 단 한 장이라도 로하 씨 마음 내킬 때 그려요. 난 그거면 충분하니까."

"서진 씨는 그럴 테지만 미술관에선 절대 충분해하지 않을 거예요. 한 장으로 전시장을 채울 수 있을 리 없잖아요."

따스한 서진의 품에 기대니 어리광이 부리고 싶어진 건지 로하는 저도 모르게 칭얼거렸다. 정작 한 장만 그릴 생각은 없으면서.

사실 로하는 지금 이 순간조차도 그림을 그리고 싶었다. 그림에 대한 열정도 그대로였고 그림으로 살아가는 것 또한 그대로였다. 다만 자신이 원하는 대로 색이 나오지 않을 뿐.

흔한 슬럼프였으나 이 정도로 꽉 막힌 건 처음이라 헤어 나오는 방법을 찾지 못한 것이 문제였다.

"채울게요. 꽉꽉 채울 수 있어요. 나 못 믿어요? 나 큐레이터 진인데."

"뭘 믿고 이렇게 자신감이 넘쳐요. 사실이라 반박도 못 하는데."

제 앞에서 눈을 반짝이는 서진을 보며 로하는 입술을 삐죽였다.

그는 잘났다. 심지어 최근에는 지인의 부탁으로 근처 대학에 출강을 나갈 정도로 점점 더 완벽한 커리어를 쌓아 갔다. 옆자리에 걸맞을 만큼 당당한 작가이고 싶었는데 이젠 그가 좋아서 그림을 못 그리고 있다니. 스스로가 참 한심했다.

"아닌데."

"맞는 거 같은데요?"

"큐레이터의 자신감은 작가로부터 나오는 거죠. 한 장으로도 전시장을 꽉 채울 수 있을 만큼 멋진 작가님 덕분인데. 이름이 뭐더라."

서진이 생글생글 웃으며 로하의 어깨를 토닥였다. 서진이 제게 보내는 신뢰는 도대체 어디서 나오는 걸까. 로하는 그의 콩깍지가 벗겨질까 조금 겁이 났다.

그렇지만 싫지 않았다. 입가에 절로 새어 나오는 미소가 그 증거였다. 로하는 미소를 감추기 위해 입술을 앙 다물었다가 다시 뗐다. 숨기려는 시도는 의미 없는 짓이었다. 목소리에도 웃음이 배어 나왔다.

"뭐예요. 쓸데없이 비행기 태우지 마요. 정말 슬럼프란 말이에요."

"비행기 탈까요? 어디 가지. 또 하와이는 좀 지겹죠? 어디 생각해 둔……."

"그림 그려야죠. 가긴 어딜 가요."

로하가 손사래를 치며 고개를 들었다. 고작 고개만 들었을 뿐인데 천근만근 무겁게만 느껴졌다. 그래도 일어나야만 했다.

"내 옆."

서진은 다시 손을 슬쩍 올려 로하의 고개를 제게 기대게 했다. 지금 그녀에게 필요한 것은 붓이나 캔버스가 아니라 휴식이었다. 피곤해 보이는 그녀의 눈망울이 그만 놔 달라는 듯 저를 올려다보았지만 서진은 일부러 손에 힘을 더 줬다.

"좀 쉬었다 해요. 어제부터 잠도 제대로 못 잤잖아요. 스트레스 받아서 더 진도가 안 나가는 거예요. 무리하지 말고 좀 쉬어요. 비행기는 못 태워도 재워는 줄게요. 내 옆에서 꿈나라로 떠나요. 물론 나도 데리고 가 주면 더 좋고."

마치 자장가 같았다. 그의 매력적인 낮은 목소리도, 넘어가고 싶을 정도로 부드러운 말도, 따스한 토닥임까지도. 로하는 저도 모르게 눈을 감고 중얼거렸다.

"큰일이다."

"뭐가요?"

"점점 더 좋아져서요."

"그니까 뭐가요."

"하서진 씨가 점점 더 좋아져서 큰일이라고요."

로하가 눈을 떴다. 다정한 눈빛으로 그녀를 내려다보던 서진과 시선이 마주쳤다. 무척이나 좋았다. 이대로 그의 품에 머물면서 잠들면 딱 좋겠다 싶을 만큼.

"왜 큰일이지. 우리 부부인데 다행인 거 아닌가."

"진짜 큰일이에요. 자꾸 3D 하서진 씨가 좋아져서."

로하는 자신을 슬럼프로 밀어 넣은 진짜 고민을 꺼내 놓았다. 그리고 나니 볼이 달아오른 듯 뜨거웠으나 뻔뻔해지기로 했다. 어차피 제 남자를 좋아하는 것뿐이었으니. 일도 못 할 정도라는 게 제일 큰 문제이긴 했지만.

"그게 무슨 말이에요. 3D 하서진이 아닌 건 뭔데요?"

"내 그림이요. 하서진 씨가 너무 좋아서 캔버스에 있는 내 그림 속 하서진이 마음에 안 드나 봐요. 어떡해, 진짜."

"어떡하긴 뭘 어떡해요."

서진은 무슨 심각한 고민이라도 있는 것처럼 잔뜩 표정을 찌푸린 로하가 귀여워 입 맞추고 싶은 충동을 간신히 참았다. 입을 맞추고 나면 피곤이 가득한 눈에도, 앙증맞은 코에도, 붉어진 볼에도, 아니 온몸에 입 맞추고 싶어질 것 같아서.

그녀는 모를 것이다. 그녀의 그림을 보면 자꾸만 그녀가 떠올라서 전시 기획을 해야 하는데 매번 멍하니 시간 보내느라 꼬박 날 새기 일쑤인 자신을.

"너무 별거 아닌 것처럼 이야기하는 거 아녜요?"

"별거 아니니까요."

"무슨……."

"나도 서로하 씨가 좋아 죽겠어요. 그러니까 아무 문제없어요. 그러니까 우리 지금은 좀 자러 갈까요? 그리고 생각……."

서진은 손을 슬쩍 내려 로하의 손을 잡았다. 작업하다 잠들고, 일하다 잠들고. 그러는 통에 둘이 한 이불 덮고 잔 지가 언제인지 모르겠다 싶을 정도였다. 꼭 침실로 그녀를 데리고 가야겠다는 의지가 불끈 솟아났다.

"뭘 자요! 서진 씨는 자기 일 잘 하고 있잖아요. 난 정말 그림을 못 그리겠다니까요. 은근슬쩍 넘어가지 마요, 좀."

로하는 서진의 손을 슬쩍 놓고는 뾰로통한 표정으로 불만을 표현했다. 그의 잘못은 아니었지만 누구에게든 투덜대고 싶은 기분이었다.

　그녀의 미간에 자리 잡은 주름을 보며 서진이 피식 웃었다. 이러면 안 되는데 투정부리는 그녀가 점점 더 귀엽게만 보였다.

　"그럼…… 3D로 그리면 되잖아요."

　툭 던진 말은 깊은 생각을 거쳐 나온 것이 아니었다. 그저 그녀의 고민이 별것 아니라고 설득하고 난 후 같이 침대로 갈 생각이었다. 답이 나오지 않는 고민은 자고 일어난 뒤 함께. 그뿐이었다. 당연하게도 로하는 고개를 갸웃할 수밖에 없었다.

　"캔버스 위에요? 초상화도 아니고 그건 좀……."

　"로하 씨 느낌 그대로 표현해 봐요. 3D를 캔버스 위에 옮기고 싶어 한 사람이 로하 씨 하나만은 아니잖아요. 고대 이집트 때부터 피카소까지…… 다들 나름의 방식으로 그래 왔으니 로하 씨만의 방식대로 그리면 새로운 게 나올 것도 같은데."

　분명 시작은 충동이었는데 어느새 제 말에 스스로가 넘어가 버렸다.

　고대 이집트 미술의 하나로 꼽히는 '사자의 서(The Book Of The Dead)' 속엔 인체의 부위별로 다른 각도에서 관찰하고 그려 넣은 흔적이 엿보이는데, 미술 사학자들은 2차원에 3차원으로 옮겨 넣기 위한 노력의 결과물이라 평가하곤 했다. 세잔의 영향을 받은 큐비즘의 작가, 피카소도 마찬가지이다. 그는 많은 사물을 쪼갰고 다양한 각도에서 대상을 조명했다. 2차원의 종이 위에 3차원을 표현하기 위해서.

서진은 로하에게 자신의 의견을 설명하면서도 눈빛과 말투에서 기대감을 숨기지 않았다. 자신이 사랑해 마지않는 서로하가 선배 작가들과는 또 다른 방식으로 2차원 위에 3차원을 표현해 주리란 걸 믿어 의심치 않았다. 이쯤 되니 자신이 얼마나 운이 좋은 큐레이터인지 실감할 수가 있었다. 그의 심장이 기대감으로 두근거렸다.

"그거…… 그거 좋네요."

로하의 눈빛 또한 반짝였다. 서진의 말에 완전히 공감한 듯 고개를 끄덕이기도 했다.

서진이 다시 한 번 로하의 손을 잡았다. 이번에야말로 침실에 데려갈 생각이었다. 자고 일어나면 또 엄청나게 멋진 그림을 그려 주리라.

서진의 머릿속에도 새로운 전시 구상이 둥둥 떠다녔지만 그는 잠시 생각을 멈추고 소파에서 일어났다. 그리고 로하의 손을 살짝 잡아끌었다. 로하 또한 그와 같은 생각인 듯 자리에서 벌떡 일어났다.

"고마워요! 역시 서진 씨가 최고예요. 진작 상의할걸."

두 사람의 손이 자연스럽게 떨어지는 순간까지도 서진은 그렇게 생각했다.

그러나 로하의 발걸음이 향한 곳은 침실과는 정반대 방향이었다. 서진이 눈을 동그랗게 뜨고 그녀의 뒷모습을 바라보다가 다급하게 붙잡았다.

"······어디 가요?"

"어디 가긴요. 그림 마무리 지으러 가죠. 방해하지 마요. 아무리 서진 씨라도 들어오는 건 절대 안 돼요. 대신······ 빨리 마무리 짓고 나올게요."

로하는 서진의 어깨를 한 번 툭 쳐 주고는 작업실 안으로 휙 들어가 버렸다. 서진은 멍하니 닫힌 작업실 문을 바라보며 고개를 설레설레 저었다.

"아니, 그게······."

자신이 사랑해 마지않는 부인이자 작가인 서로하는 정말로 못 말리는 사람이다. 오늘도 한 이불 덮고 자기는 틀린 걸까. 서진은 한숨을 푹 내쉬며 터벅터벅 힘 빠진 걸음을 뗐다.

작업실 문이 닫힌 이상 제가 바랄 것은 딱 한 가지뿐이었다. 오늘 저녁 안에 그녀가 그림을 마무리 지을 수 있기를. 저는 그녀의 열정을 사랑했고, 그녀의 그림을 간절히 원하는 한 사람이었지만 오늘만큼은 다 제쳐 두고 그녀와 정말 함께 자고 싶었다.

두 사람은 큐레이터와 작가 사이이기도 했지만 부부이기도 했으니까.

이번 전시만 끝나 봐라. 앞으로는 절대 일정을 빠듯하게 잡지 않으리라. 그땐 저 작업실 문을 확 잠가 버리리라.

애꿎은 작업실 문만 노려보던 서진은 하는 수 없이 노트북을 펼쳤다. 제 일이라도 빨리, 가능하다면 내일치도, 모레치도 미리 끝내 놓을 생각이었다. 로하가 작업실 문을 열고 나오는 그 순간부터 절대 놓아주지 않으려면 그 수밖에 없을 것 같다.

❁   ❁   ❁

「저번 전시에 이어 이번 전시까지 성공적으로 마친 소감이 어떠신지요?」

「어, 그게…….」

로하는 조금 쭈뼛거리며 멋쩍게 웃었다. 한국을 떠나온 이후 뉴욕에서 작가로 몇 달을 살았음에도 영어로 하는 단독 인터뷰는 처음이라 몹시 긴장되었다. 속이 불편한 듯도 했다.

로하는 몇 번이고 심호흡을 했지만 심장이 너무 빠르게 뛰었다. 어려운 질문도 아니고 기자가 묻는 말을 못 알아들은 것도 아니건만 머릿속이 백지장이 된 것처럼 그 쉬운 단어들마저 생각이 나지 않았다.

로하가 불안한 눈동자를 이리저리 굴리며 서진을 찾았지만 그는 보이지 않았다. 강의가 늦게 끝나는 바람에 도착 시간이 조금 늦어질 거라더니 아직인가. 땀이 난 손을 바지에 문지르며 바싹 마른 입술을 간신히 뗐다.

「……좋아요.」

「좋다고요? 구체적으로 어떤 게 좋으신 거죠? 저번 전시와 이번 전시가 어떻게 다른지 조금 더 자세하게 말씀해 주시면 좋을 것 같습니다.」

놀리려는 의도 같아 보이진 않았지만 생글생글 웃으며 보다 더 자세하게 말해 보라는 기자의 태도가 당혹스러웠다. 유명한 미술 전문 잡지의 수석 에디터라더니 역시 구체적으로 물어볼 생각인 듯했다.

자세한 기사가 나갈수록 저에게도 좋았지만, 로하의 미간에 곤란하다는 듯한 주름이 잡혔다. 단어들이 머릿속에서 뒤죽박죽 섞여 엉망이었다.

서진이 올 때까지 잠깐 기다려 달라고 말해야 할까. 또 그에게 기대는 느낌이라 내키진 않았지만 이대로라면 인터뷰는 완전 망할 것이 분명했다.

「제가 영어를 잘 못해서……..」

「알아요. 편하게 말씀하시면 됩니다. 저번 전시와 이번 전시의 가장 큰 차이점은 뭘까요? 똑같이 알로하를 주제로 하셨던데요.」

「3차원!」

「네? 3차원이요?」

기자가 의아한 듯 되물어 오자 로하는 잠시 입을 다물고 생각했다. 분명 서진이 전시 기획서를 보여 줄 때 3차원이란 단어를 봐 뒀었는데 자신이 잘못 말한 걸까 조바심까지 났다.

「물체가 더 크게 보이고…….」

「입체적이 아니고요?」

「아, 네. 입체적. 네! 그 단어가 생각이 안 나서요. 입체적이
에요. 그래서 제가 생각했던 주제가 더 중요하게 잘 드러난 것
같아요. 미안해요, 정말 영어가…….」

로하가 우물쭈물했다. 별것도 아닌 말들이 왜 이렇게 어려
운 건지 혹시라도 다음에 인터뷰 요청이 들어오면 전부 서면
으로만 해야겠다고 생각하며 저도 모르게 손부채질을 했다.

기자의 호탕한 웃음소리가 크지 않은 전시 공간을 가득 채
웠다. 기자의 손가락이 향한 곳에 서진의 얼굴이 담긴 그림들
이 줄지어 있었다.

「주제라면…… 저기 저 캔버스에 그려진 남편분일까요?」

「네, 그렇죠.」

로하가 자신 있게 대답했다. 저번 전시에 걸었던 그림들 중
몇몇에도 서진의 모습이 담겨 있긴 했지만 이번엔 정말 직접
적으로 그를 그려 넣었다. 그것이 가장 큰 차이였다.

서진이 보여 줬던 평론가들의 평에서도 가장 핵심적으로 다
뤄진 이야기가 바로 작가 서로하와 큐레이터 진의 공적이고도
사적인 관계에 대한 것이었을 만큼, 더 이상 그녀의 작품에서
서진을 떼고 생각할 수가 없었다.

사실 전시가 시작되기 전까지만 해도 로하는 겁이 났다.
그릴 때만 해도 몰랐는데 전시를 위해 모아 놓고 보니 서진이
없는 그림을 찾는 게 훨씬 쉬울 정도로 여기저기 그려져 있었
기 때문이다.

민망함을 감추기 위해 그 그림들을 전시에서 빼는 건 어떻

겠느냐고 서진에게 제안도 해 보았지만 그는 단호하게 고개를 저었다. 서로하의 진심이 담긴 그림이야말로 진짜 베스트라고, 그러니 절대 뺄 수 없다고.

그림이 자신의 영역이라면 전시는 그의 영역이기에 로하는 불안함에 손톱을 물어뜯으면서도 서진이 하고 싶은 대로 하게끔 내버려 두었다.

긴가민가했는데 이번에도 그의 예상은 정확히 맞아떨어졌다. 그녀의 걱정이 무색할 만큼 전시 오픈과 동시에 많은 그림들이 팔려 나갔는데 대부분이 서진을 주제로 삼은 것이었다. 여러 작품을 한 번에 구입한 수집가에게 한 번 물어본 적도 있었다. 도대체 왜 타인이 그려진 그림을 산 것이냐고.

「모나리자를 보는 느낌이에요. 모나리자는 남의 초상화이지만 모두가 인정하는 명작이잖아요? 작가의 사상, 철학, 감정이 녹아 있으니까요. 나한텐 이 그림들이 그런 느낌이었습니다. 정말 완벽해요.」

그 수집가는 일주일 후 다시 전시에 찾아와 작가인 그녀를 만나야겠다고 고집을 부렸다. 그녀가 무심코 했던 말의 실수를 정정해 주기 위해서였다.

「남이 아니잖아요.」

「네? 그게 무슨…….」

「그 그림 속에 그려진 사람, 남이 아니라 당신의 남편이죠. 그래서 당신 그림이 모나리자보다 더 많은 감정을 내게 주나 봅니다. 좋은 그림 고마워요.」

로하는 빨개진 얼굴을 애써 숨기며 그에게 고맙단 감사 인사를 전했다. 미술 잡지에 쏟아지는 어떤 평론들보다도 완벽한 칭찬을 들은 기분이었다.

로하는 정말로 행복했다. 서진과 함께 전시를 할 수 있어서, 그를 그릴 수 있어서, 그와 살 수 있어서.

「개인적인 질문을 좀 해도 될까요?」

「제가 답변할 수 있다면요.」

기자의 질문에 로하가 배시시 웃으며 이야기했다. 긴장은 아까보다 풀어진 듯했지만 영어 실력이 한순간에 일취월장하는 일은 없을 터였다. 로하의 시선이 저도 모르게 출입구로 향했다.

「남편분하고 함께 일하다 보면 불편한 건 없으세요?」

「없어요.」

「그럴 리가요. 의견 충돌로 인한 다툼도 없을까요?」

「전혀 없어요. 정말이에요.」

예상치 못했던 질문이지만 로하는 단호하게 고개를 저었다. 할 수만 있다면 제가 아는 모든 단어를 총동원해서라도 이야기해 주고 싶었다. 그와 같은 분야에서 함께 일할 수 있는 것이 얼마나 큰 축복인지를.

「사이가 좋으신가 봐요. 부럽네요.」

「우리는 부부가 아니에요.」

「네?」

로하의 말뜻을 살짝 오해한 기자의 눈꼬리가 올라갔다. 로하는 빠르게 손사래를 쳤다. 제 서툰 영어로 하고 싶은 말이 잘 전달되기를 바라며 더듬더듬 부연 설명을 했다.

「우리는 단순한 부부가 아니에요. 동업자죠.」

아닌데. 이 단어 말고 좀 더 좋은 단어가 있을 텐데. 자기가 말해 놓고도 마음에 들지 않는지 로하가 잠시 고민하며 입술을 깨문 순간이었다.

「우리는 함께 꿈을 꾸는 동반자입니다. 단순한 부부 그 이상인 셈이죠. 이 정도면 대답이 되었을까요?」

목소리의 주인공은 서진이었다. 로하는 저도 모르게 자리에서 벌떡 일어났다. 언제나 반가운 존재였지만 오늘은 더 반가운 기분이었다.

서진은 로하의 표정을 알아차렸는지 다정한 미소를 지으며 뚜벅뚜벅 옆으로 걸어왔다. 그의 한 손이 자연스럽게 로하의 허리를 감쌌다.

기자의 시선이 두 사람을 향했다. 보기 좋은 부부였다. 서로 눈빛을 나누는 것만 보아도 두 사람의 생각이 정확히 일치한다는 것쯤은 쉽게 알 수 있었다. 오래도록 미술계에 환상적인 콤비로 남아 주었으면 싶은 욕심까지 들 정도였다.

「진, 반가워요. 우리 저번에 파리에서 한 번 봤었죠?」

「다시 만나서 반갑습니다. 그때랑 제 신분이 좀 달라져서 소개 다시 드리죠. 작가 서로하 씨의 큐레이터 진이기도 하고, 인간 서로하 씨의 남편이자 동반자인 하서진이기도 합니다.」

「여전히 위트 있네요. 그럼 본격적으로 인터뷰를 해 볼까요?」

의자에 앉으며 서진은 로하의 손을 꽉 잡았다. 제가 옆에 있는 이상 이깟 일로 떨지 말라고, 있는 그대로 자신 있게 말하면 그만이라고, 그게 안 될 땐 네 동반자를 믿으라고, 그거면 충분하다고.

두 사람의 시선이 교차하는 순간 로하의 입가에 진짜 웃음이 돌아왔다.

「이게 마지막 질문인데요.」

기자가 수첩과 펜을 내려놓고서 서진을 빤히 바라보았다. 여유 있는 표정으로 깍지를 끼고 있던 서진이 무엇이든 물어보라는 듯 제스처를 취해 주었다.

「마이클에게도 물어봤었는데 안 가르쳐 줘서요. 서로하 씨의 첫 번째 전시는 어떻게 구겐하임에서 성사가 된 거죠? 그냥 궁금해서 물어보는 거예요. 원하시면 오프 더 레코드 할게요.」

「오프 더 레코드 해 주실 정도는 아니에요. 그리 별일도 아니거든요. 작년 런던 프리즈 위크 때 마이클을 만났고 실력 있는 신인 작가를 제가 소개했죠. 마이클이 관심을 보여서 운이 좋게도 구겐하임에서의 전시로까지 이어진 거예요.」

서진은 덤덤하게 사실을 말했지만 미술계에서 잔뼈가 굵은 기자는 그의 말을 믿지 않는 눈치였다.

로하는 저도 모르게 신경을 곤두세웠다. 구겐하임에서의 데뷔는 스스로도 믿기 어려운 일이었다. 두 번째 단독 전시를 하고 있는 지금도 내일이면 다 꿈이었다 할까 봐 겁이 날 정도로 엄청난 일이었다. 서진의 손이 떨고 있는 그녀의 손을 가만히 덮어 주었다. 따스했다.

「로하 씨 데뷔 전은 저도 봐서 알죠. 실력 있었어요. 대단했죠. 하지만 그게 다일 것 같지는 않아서요. 역시 '진'의 연인이라 쉬웠던 걸까요? 아니면 많은 '뉴스거리들' 때문에?」

로하는 침을 꿀꺽 삼켰다. 빠른 말 탓에 정확히 알아들을 수 없었지만 결국 그의 명성에 얹혀 데뷔한 것이 아니냐는 뜻이었다. 그리 유쾌하지는 않았다. 더 겁이 났던 이유는 그것이 스스로도 사실처럼 생각된다는 점이었다. 로하의 손이 꼼지락거리는 걸 알아차렸는지 서진이 그녀의 손을 더욱 꽉 쥐었다.

「잘못 짚으셨어요. 전시를 하게 된 건 순전히 작가의 실력 덕분입니다. 저는 중간에서 이렇게 실력 있는 작가가 있으니 놓치지 마라, 이야기하는 역할을 맡았을 뿐이죠. 통역사 겸 매니저 정도?」

「진 정도 되는 큐레이터가 통역사 겸 매니저란 건 너무 낭비 아닌가요?」

「서로하 씨 정도 되는 작가가 데뷔도 못 하는 건 더 낭비 같아서요. 그래서 마이클에게 말도 안 되는 이메일을 한 통 보냈었는데.」

서진은 잠시 생각했다. 파주 작업실 앞에서 제가 썼던 이메일을. 차에 틀어박혀 이러지도 저러지도 못하던 그 순간에 정말로 절실한 마지막 기회였다. 마지막 기회를 잡아야 하는 간절한 사람치고는 말도 안 되는 패기를 부렸던 것 같지만.

「어떤…….」

「단독 전시 달라고요.」

「진의 안목을 믿고?」

「아뇨. 서로하의 그림을 믿고.」

누가 들어도 고개를 저을 수밖에 없는 패기였다. 그러나 서진은 믿었다. 로하의 그림이 가진 잠재력을 알아봐 줄 거라고. 제 눈은 절대로 틀리지 않았다고.

그에게 온 답장은 예상대로였다. 서진은 제 패기 덕분에 로하와 새로운 세상으로 떠나올 수 있었다. 그리고 얼마든지 꿈을 꿀 수 있었다. 상처를 딛고 더욱더 높은 곳으로 날아오를 수 있었다. 무엇보다 마음껏 사랑할 수 있었다. 절대 잊을 수 없는 짜릿한 기억. 자신도 모르는 새에 서진의 입가에 미소가 번져 나갔다.

「물론 흔쾌히 오케이 해 줄 거라곤 기대도 안 했는데…… 참 신기한 일이죠?」

「한 가진 확실한 거 같아요.」

그건 로하 또한 마찬가지였다. 서진이 하는 말 한마디 한마디가 그녀의 입가에 웃음을 띠게 했다. 배시시 웃는 로하와 언제나 그렇듯 자신 있게 미소 짓는 서진을 번갈아 보던 기자는 고개를 끄덕이며 수첩을 주머니에 대충 구겨 넣었다.

「두 분은 참 환상적인 팀이네요. 마치…….」

마지막 질문을 마쳤으니 이젠 헤어져야 할 시간이었다. 환상적인 호흡을 자랑하는 두 사람을 더 방해하고 싶지 않았다. 기자는 벗어 두었던 재킷을 걸치며 손으로 허공에 동그란 형체의 무언가를 그려 넣었다.

「마치 사과 같아요.」

「사과요?」

동그라미 그리는 것을 몇 번 반복했는데 로하는 그것이 사과 한 알처럼 느껴졌다. 언제나 서진을 떠올리게 하는, 제겐 특별해진 과일. 갑자기 아삭한 사과가 먹고 싶었다.

「서로하 씨 데뷔 전시 때 있었던 사과 그림들이 인상 깊었거든요. 두 분을 보고 있으려니 딱 쪼개진 사과 반쪽이 떠올랐어요. 둘이 만나 비로소 완벽한 사과 한 알을 이룬 거죠.」

「그거 좋네요.」

「다음 호흡도 기대하죠. 그럼…….」

로하는 무릎 위에 손가락으로 슬쩍 사과를 그려 보았다. 살짝 찌그러진 사과는 어딘지 모르게 하트 모양을 닮아 있었다. 로하의 심장이 콩닥거렸다.

「오늘 인터뷰 고마웠습니다. Mr. and Ms. Apple.」

기자에게 인사를 건네는 동안에도 두 사람은 서로 손을 마주 잡은 상태였다. 로하는 확신할 수 있었다. 지금 이 순간, 미스터 애플의 심장도 미스 애플의 심장만큼이나 두근두근 뛰고 있을 것임을.

오늘 집에 가면 오랜만에 사과를 그려 봐야지. 그리고 이 기분을 온전히 쏟아 내야지. 로하가 그리 마음먹고 있을 때였다.

"그럼 우리도 가 볼까요, 서사과 씨."

"뭐예요. 그래요, 가요. 빨리 집에 가고 싶어요."

"왜요?"

"하사과 씨랑 같은 이유일걸요."

"……아닐걸요."

서진이 의미를 알 수 없는 웃음을 지었다. 로하가 고개를 갸웃하며 목도리를 둘둘 둘렀다. 그 순간이었다. 서진이 목도리의 끝을 한 손으로 잡고서 휙 제게 당겼다. 중심을 잃은 로하가 휘청거리는 순간, 서진이 한 팔로 그녀의 허리를 받쳤다. 서진에게 어정쩡하게 안겨 버린 로하의 얼굴이 빨개졌다. 잘 익은 빨간 사과처럼.

"갑자기…… 왜 이래요."

"작업실 문 잠가 놨어요."

말도 안 되는 이야길 단호하게 하는 서진을 보며 로하는 이리저리 눈을 굴렸다. 농담인 걸까, 진담인 걸까. 표정만으로는 도통 알 수가 없었다.

"네?"

"열쇠 찾아도 없어요. 오는 길에 하수구에 던져 버렸거든 요. 수리공 불러서 고쳐야 하는데 안 불러 줄 거예요. 로하 씨 영어 못하니까 억울해도 참아요."

"서진 씨!"

로하가 몸을 일으키려는 듯 버둥거렸다. 서진의 팔이 더욱 단단하게 그녀의 허리를 감았다. 너무 당황한 로하가 마른침 을 꿀꺽 삼켰다. 목구멍으로 넘어가는 소리가 서진의 귀에까 지 들렸다.

피식 웃음이 나올 뻔했으나 서진은 간신히 눌러 참았다. 오 늘은 귀엽다 해도 넘어가 주지 않을 생각이었다. 무슨 핑계든 간에 절대로 용인할 수 없었다.

"다음 전시 확 10년 뒤로 잡기 전에……."

서진이 고개를 살짝 밑으로 내렸다. 두 사람의 숨이 맞닿을 정도로 가까워졌다. 로하는 저도 모르게 눈을 질끈 감았다. 아 무리 문 닫은 전시장 안이라지만 이곳에서 이래도 되는 걸까. 그녀의 심장이 세차게 뛰었다.

"우리 집으로 갑시다."

"좋, 좋아요."

"가서 침실로 직행하는 거예요."

"……네?"

"서로하가 하서진은 정말 많이 그렸으니까……."

서진의 입술이 로하의 이마를 살짝 지나쳐 귓가에 닿았다. 뜨거운 숨이 귀 안으로 들어오자 로하의 몸이 살짝 떨렸다. 간지러운 느낌이었다.

"당분간은 하서진이 서로하를 그려 보려고요."

서진의 으차, 소리와 함께 로하의 몸이 공중으로 붕 떠올랐다. 눈을 떴을 땐 그녀의 몸은 서진의 두 팔에 얌전히 안긴 채였다. 서진은 평소보다 배로 보폭을 크게 하여 빠르게 걸었다. 이대로 미술관을 나가 집 침실까지 직행할 기세였다.

"아, 서로하를이 아니라 서로하 위에인가."

"서진 씨……!"

"가만히 있어요. 떨어지면 다치니까. 거절하기 없기."

로하는 잠시 한숨을 내쉬다가 이내 에라, 모르겠다 하는 마음으로 눈을 감아 버렸다. 제 팔을 자연스럽게 서진의 목에 감았다.

그의 따스한 품이 참 좋았다. 이 모든 감정을 캔버스에 옮길 수 없다는 것이 좀 아쉬웠지만 이번 기회에 진짜 하서진을 충실히 그려 보는 것도 나쁘지 않겠다 싶었다.

그러니 거절할 이유는 전혀 없었다. 밖이라 민망하다는 걸 빼면.

"서진 씨."

"왜요."

"집에 가서 하면 안 돼요? 여긴 밖이고……."

"뭐 어때요, 우린 부부인데."

로하는 알았다는 듯 고개를 끄덕였다. 그리고 조금 더 그의 품에 깊숙이 숨어 들어갔다.

누구 표현대로 사과 같은 부부로 사는 것도 나쁘지 않으리라. 공적으로도, 사적으로도 환상의 팀. 그게 서로하와 하서진이 살아가는 방식이니까.

Arrival
첫사랑과 마지막 사랑

"내가 여기 왔다는 게 되게 꿈같아요. 온전히 그림으로 숨 쉴 수 있는 공간. 설렌다. 부럽기도 하고."

"안에 들어가면 더 좋을 거예요. 가요."

서진이 로하의 허리에 손을 감쌌다. 소박한 건물과 그 앞을 둘러싼 푸른빛 잔디들. 하늘까지 맑았다. 로하는 설레는 가슴 으로 서진을 따라 발걸음을 뗐다.

"서진 씨는 여러 번 와 봤어요?"

"아뇨. 주로 뉴욕에 있었으니까 여긴 좀 멀어서…… 나도 두 번째예요."

두 사람이 서 있는 곳은 텍사스 휴스턴에 위치한 로스코 예 배당 앞이었다. 전시를 마치고 한동안 그림도 못 그리게 하던 서진이 마지막으로 재충전의 시간을 갖자며 로하를 끌고 온 곳이기도 했다.

로하 또한 꼭 한 번은 와 보고 싶었던 곳이기에 못 이기는 척 따라왔지만 실제로 눈앞에 건물을 보고 있으려니 더욱 설레었다.

당장 연필과 붓을 잡고 싶을 만큼 입구에서부터 온갖 감정이 밀려왔다. 물론 그와 함께 왔기에 더 좋은 것이지만.

로하는 슬쩍 고개를 돌려 서진을 바라보았다.

"두 번째?"

"그때 말했잖아요. 막 유학 왔을 때 와 볼 기회가 있었다고. 그게 처음이었고 지금이 두 번째예요. 다시 오고 싶었는데 살다 보니 지금까지 못 와 봤네요."

"혹시……."

순간 몇 달 전 서진의 한 마디가 로하의 머릿속을 스치고 지나갔다.

"서로하 씨한테 상처 받은 마음을 치료받으러 왔다고요, 첫사랑한테."

그 이후 몰아친 많은 일들 때문에 잊고 있었던 말이 불현듯 떠오른 건 왜일까. 아마도 그건 두 번째란 단어 탓이리라.

로하는 저도 모르게 입술을 꾹 깨물었다가 뗐다. 그리고는 전혀 신경 쓰이지 않는다는 듯 태연한 표정으로 물었다.

"혹시 첫사랑이랑 왔어요?"

"······네?"

"아니, 그때······ 예술의 전당에서 만났을 때요. 기억나요? 첫사랑 만나러 왔다고 했었는데."

"뭐예요, 그걸 아직도 기억하고 있었어요?"

서진은 태연한 척하면서도 뾰로통해진 입술은 숨기지 못하는 로하를 보며 피식 웃었다. 분명 몇 달 전에 제가 먼저 꺼낸 단어였다.

첫사랑. 첫사랑이란 단어가 참 잘 어울리는 대상이라 습관적으로 부른 것뿐이었다. 그런데 그 말을 기억하고 있을 줄이야. 게다가 의식하고 있음을 저렇게 티 낼 줄이야.

서진은 로하의 반응이 무척이나 귀여워 조금 더 놀려 주고 싶었다.

"갑자기 생각났어요. 두 번째라고 해서. 두 번째는 좀 싫은데······ 자꾸 내가 두 번째가 되는 기분이네요. 작가로서도, 사랑으로서도. 마크 로스코야 그렇다 치고 뭔가 서진 씨 첫사랑이라니 어떤 분일지······."

"두 번째가 아닐 수도 있죠."

"뭐라고요?"

"작가로서는 서로하 씨가 두 번째 맞는데······ 사랑으로서는······ 글쎄요, 왜 두 번째라고 확신해요?"

"서진 씨!"

로하의 반응은 자신의 예상을 크게 벗어나지 않았다. 목소리를 높이며 입술을 삐죽이는 로하를 보며 서진은 즐거움에 키득거렸다.

그녀가 자신을 얼마나 사랑하는지 이렇게 확인받는 저도 참 유치하다 싶었지만 그만두기엔 그녀의 반응이 정말로 귀여웠다.

몇 달 전에 첫사랑 이야기를 꺼냈을 때만 해도 전혀 상상하지 못했던 요즘이 서진은 좋았다. 짜증 내는 것조차 사랑스러운 그녀와 모든 걸 함께할 수 있기에 더더욱.

"그만하고 들어가요."

서진이 로하의 손을 잡아끌었다. 뻔뻔한 표정으로, 마치 아무 일도 없었다는 듯.

"진짜 못됐어. 먼저 들어가요. 난 나중에 들어갈래."

당연하게도 로하는 서진의 손을 뿌리쳤다. 한참 전 과거의 일, 그저 농담처럼 지나가는 말로 물은 것뿐이었는데 서진이 자꾸만 대답을 회피하며 놀리니 괜히 오기가 생긴 것이었다.

"옛날 일로 이럴 거예요?"

"그날 나한테 첫사랑을 언급할 정도였으면…… 굉장히 진했다는 거 아닌가, 뭐. 그렇게 생각하니까 갑자기 짜증이 확 나는데요? 게다가 여기도 첫사랑이랑 와 봤다 이거죠? 그래 놓고 날 데리고 왔다라…… 진짜 나쁜 남자네요, 하서진 씨."

"확실하게 그렇다고 말할 순 없는데 아니라고 말할 수도 없을 거 같아요."

"뭐예요, 그 애매한 답은? 이제 보니 완전 나쁜 남자였어."

팔짱을 낀 채 함께 들어가지 않겠다는 듯 버티고 서 있는 로하를 서진이 슬쩍 뒤에서 밀었다. 삐진 표정을 보는 것도 좋았지만 역시 제일 좋은 건 웃는 모습이었다.

이젠 그만할 때도 되었다 생각하며 서진은 살짝 로하의 허리 쪽을 간지럽혔다. 팔짱이 풀린 순간, 그 틈을 놓치지 않고 서진은 로하의 손을 꽉 잡았다. 절대 놓지 않겠다는 듯 단단하게.

"그만하고 우리 들어가요. 어차피 안에 들어가면 이런 생각 아무것도 안 날 거예요. 환상적이거든요."

"따로 들어간다니까요, 놔요."

로하가 낑낑거리며 손을 빼려고 하자 서진은 슬쩍 다른쪽 손마저 잡아 버렸다. 두 사람이 마주 보고 섰을 때 날카로워진 로하의 눈을 마주하며 그가 생긋 웃었다.

"들어가면 알려 줄게요."

"와, 진짜…… 안 궁금해요!"

"내 첫사랑, 진짜 안 궁금해요? 들어가면 소개해 줄 수 있는데."

"소개라니…… 설마……."

로하가 입을 딱 벌렸다. 생각할 것이 그리 많지 않았다. 이 공간 안에 들어가면 있을 사람이라 해 봤자 뻔했다. 결국 첫사랑은 첫 작가와 같은 사람이었던 것이다.

로하가 못 이기겠다는 듯 고개를 설레설레 저었다. 지금껏 냈던 짜증이 민망해질 정도였다.

예술의 전당에서도 로스코 예배당 앞에서도 한결같은 사람.

그리고 그런 그를 좋아한다는 것 또한 변하지 않는 진실. 로하는 결국 피식 웃고 말았다.

"이제 들어가도 되죠? 자자, 빨리 들어가요. 내 첫 작가이자 내 첫사랑, 마크 로스코가 당신을 반겨 줄 거예요."

"그럼 왜…… 그때 예술의 전당에서 로스코 전시가 있었던 것도 아닌데……."

로하는 잠시 머뭇거리며 괜히 시간을 끌었다. 이대로 로스코 예배당으로 들어가자니 지금까지 부린 투정이 너무 민망했다.

서진은 다 알면서도 로하를 보채지 않았다. 그녀의 질투가 충분히 즐거웠으니 오해할 만한 것들에 대해서 정확히 설명을 해 주는 것도 자신이 해야 할 일이었다.

"그땐 전시가 아니라 연극 보러 갔었어요."

"연극이요?"

"네. 왠지 그림 말고 다른 게 보고 싶었거든요. 약간의 일탈? 제대로 일탈이라 부를 순 없겠지만요. 결국은 로스코 찾아간 거니까."

로하의 눈빛에 떠오른 의아함을 응시하며 서진은 고개를 끄덕였다. 마주 잡은 손을 괜히 꼼지락거리곤 이내 말을 이어 나갔다.

"그 무렵에 예술의 전당에서 연극 〈레드〉를 하고 있었거든요. 로스코의 말년에 관한 이야기예요. 씨그램 빌딩 레스토랑 벽화 이야기부터 시작해서 그의 죽음까지 다루죠. 런던 다녀오느라 바빠서 못 보고 있었는데 그날 확 충동적으로 간 거고, 그곳에서 로하 씨를 마주친 거예요."

"그래서 첫사랑이라고……."

"네, 습관적이에요. 메모할 때도 로스코에 대해서만큼은 첫사랑이라고 적는 습관이 있거든요. 그나저나 질투하는 로하 씨 보는 거 굉장히 재밌네요. 이럴 줄 알았으면 첫사랑부터 한 열 번째 사랑까지 쭉쭉 만들어 둘걸."

"그게 뭐예요! 난 그냥……."

로하의 얼굴이 민망함에 빨갛게 익었다. 헛기침을 하며 제 질투를 부정하려던 로하의 입술을 가로막은 것은 서진이었다. 순식간에 그는 로하의 입술에 입을 맞췄다 뗐다. 그리고는 아무 일도 없었다는 듯 태연하게 하고 싶었던 말을 이어 나갔다. 의도적으로 감춘 건 아니었지만 말할 기회가 없었던 제 첫사랑에 대한 이야기였다.

"내 첫사랑은 이루어지지 않았어요. 로스코 그림은 본 적은 많은데 이상하게 다뤄 볼 기회가 안 오더라고요. 평론이라도 써 보고 싶은데 의뢰도 안 들어오고 경매할 때도 제대로 보질 못했어요. 그래서 나한텐 손에 잡히지 않는 첫사랑이에요. 뭐, 덕분에 본격적으로 미술 공부에 뛰어들긴 했지만요."

"아마 오늘이 지나면…… 서진 씨의 첫사랑, 나도 좋아하게 될 것 같아요."

"그럼 나야 고맙죠. 이제 들어갈래요? 나올 땐 내 다른 사랑 이야기도 해 줄게요."

"무슨……."

"쉿, 안에선 오롯이 그림과 소통하는 거예요. 알죠?"

서진은 끝까지 놀리듯 장난기 넘치는 웃음을 지어 보이고는 먼저 예배당 안으로 들어섰다. 로하는 못 말리겠다는 듯 고개를 절레절레 저으며 천천히 발걸음을 뗐다.

한 발짝, 한 발짝이 믿기지 않을 만큼 두근거렸다. 그림과 소통하도록 만들어진 공간이란 것도 설레었고, 이곳에 살아 숨 쉬는 그림의 주인이 서진의 첫사랑이란 것도 기대되었다. 무엇보다 그림과 서로를 사랑하는 우리가 함께할 수 있다는 것이 좋았다.

사랑. 서진이 흘리고 간 그 단어가 신경 쓰이기는 했으나 이번엔 그의 뻔히 보이는 작전에 휘말리지 않을 생각이었다. 이미 말하지 않아도 그가 이야기하는 다른 사랑이 누구인지 알 것 같았기 때문이다.

로하는 배시시 웃으며 입구로 들어섰다. 새어 들어오는 빛, 커다란 캔버스, 조용한 공간, 하서진, 그리고 마지막으로 사랑까지. 모든 게 아주 완벽했다.

❖　　　❖　　　❖

"내 다른 사랑은……."

"서진 씨의 마지막 사랑은 이루어졌죠. 왜냐하면 내 마지막 사랑도 이루어졌으니까."

"······어떻게 알았어요?"

손을 먼저 잡아 오며 자신 있게 말을 채 가는 로하 덕에 서진은 놀란 표정을 지었다. 그녀의 말이 곧 정답이었다. 아까 놀린 것에 대한 미안함을 담아 나오는 길에는 멋지게 다시 한 번 고백을 하려 했는데 왠지 그녀에게 기회를 빼앗긴 기분이 들었다. 물론 싫지 않았다. 오늘따라 더욱 매력적으로 느껴졌을 뿐.

"예배당에서 서진 씨가 로스코의 그림을 전혀 보지 않았거든요."

"아닌데. 봤는데."

"아뇨. 서진 씨 시선은 나한테 있었어요. 정확히는 내 등 뒤에. 자신 있게 말할 수 있어요."

로하가 생글생글 웃으며 눈을 반짝였다. 평소와는 처지가 조금 뒤바뀐 대화 흐름에 당황한 서진이 피식 웃었다. 그렇다 해도 달라질 건 없었다. 부부는 사랑하면 닮는다던데 그 신호가 아닐까 싶어 좋을 뿐.

"대체 어디서 나온 거죠, 그 자신감은."

"내 자신감은 내 남편한테서 나오죠."

서진의 말투를 따라 하며 로하가 능청스럽게 이야기했다. 그 모습이 귀여워 서진은 로하의 손등을 손가락으로 툭툭 건드렸다.

"인정하죠. 오늘은 이상하게 로하 씨밖에 안 보였어요. 정확히는 그림을 바라보고 있는 로하 씨 뒷모습. 예쁘더라고요."

"뭐예요, 그게."

평소 성격은 어디 가지 않는지 로하가 서진의 말에 손사래를 쳤다. 그러나 기분은 좋아 보였다.

두 사람의 등 뒤로 해가 뉘엿뉘엿 지고 있었다. 붉게 물든 노을이 석양이 그들의 맞닿은 그림자를 더욱 길게 늘여 놓았다.

"진짠데. 그래서 첫사랑은 완전히 잊기로 했어요. 대신 마지막 사랑에게 더 매달려 보려고요. 평론도 쓰고, 경매에도 출품하고, 전시도 더 열심히 기획하고…… 내 손에 꽉 잡혀 있는 내 마지막 사랑이니까."

"잡혀 있는 건가? 그런 거겠죠. 좋아요. 대신 절대 놓지 말고 더 매달려 주기. 알겠죠?"

로하가 잡고 있던 손을 놓고 아예 팔짱을 껴 왔다. 두 사람 사이의 간격이 사라졌다. 마치 한 몸처럼 딱 달라붙은 뒷모습이 누가 봐도 아름다운 부부 사이였다.

서진은 로하를 빤히 바라보다가 물었다. 대답 후에는 절대 무르면 안 된다는 듯 단호한 표정을 지으며.

"예상외의 반응인데요. 싫다고 할 줄 알았더니. 그나저나 지금보다 더 매달리면 집착인데. 괜찮겠어요?"

"우리는 부부인데, 뭐 어때요."

"후회할지도 몰라요. 그림 그릴 때 뒤에 막 매달려 있으면……."

"그건 사절이에요. 절대 안 돼요."

"그런 게 어디 있어요. 안 돼요. 무르기 없기. 막 매달리라 매요!"

이번엔 서진이 괜히 삐죽였다. 날카로워진 그의 눈매를 보며 로하가 피식했지만 그 또한 잠시였다. 아무리 그가 졸라도 안 되는 건 안 되었다. 로하는 일부러 고개를 홱 돌리며 단호하게 선을 그었다.

"공은 공이고, 사는 사니까요. 그러니 안 돼요."

"와, 그럼 난 작업실 영영 안 열어 줘야지."

아이처럼 유치하게 투정하는 서진을 돌아보며 로하가 키득거렸다. 의도치 않게 아까의 복수를 하는 기분이었다. 그가 왜 자신을 놀렸는지 알 것도 같았다. 뾰로통해진 서진의 표정을 보는 것이 이리 기분 좋은 일일 줄이야. 콩깍지가 벗겨질 때도 된 것 같은데, 왜 점점 단단해지기만 하는 건지 알다가도 모를 일이었다.

"열어 줄 수밖에 없을걸요."

"왜요? 어디서 나온 자신감이실까, 우리 서 작가님은."

"서진 씨가 좋아하는 내 뒷모습은 그림을 볼 때가 아니라 그리는 때니까요. 나 거기 앉아서 그림을 보고만 있지 않았어요. 서진 씨는 알잖아요."

로하가 부드러운 목소리로 이야기했다. 서진은 저도 모르게 그녀의 말에 고개를 끄덕일 수밖에 없었다. 로스코 그림에 집중하지 못했던 건 결국 로하의 뒷모습 때문이었다.

한참 전에 멈춰 버린 캔버스보다 더욱 매력적일 수밖에 없는, 언제나 현재 진행형인 열정적인 서로하. 그녀의 뒷모습은 자신을 설레게 했다.

"나 거기서 그림 그리고 있었어요. 연필이나 붓은 없었지만 머릿속으로, 마음속으로. 눈으로, 심장으로."

"다음 주제는 그럼⋯⋯."

묻지 않아도 알 것 같았으나 일부러 물었다. 얼마든지 듣고 또 들어도 질리지 않을 단어였다.

서진의 입술이 예쁜 호선을 그리는 순간 로하가 나지막하게 중얼거렸다. 그녀의 머릿속엔 수많은 색과 그보다 더 많은 형태가 날아다녔다. 얼마든지 그릴 수 있을 것 같았다. 그 주제라면.

"사랑."

"정말⋯⋯ 정말 끝내주게 좋네요. 서로하 작가님."

서진이 로하를 살짝 끌어당겨 제 품에 꽉 끌어안았다. 온몸에 느껴지는 이 온기가 로하는 정말 좋았다. 그의 심장 박동이 귀에까지 들려오는 듯했다. 두 사람의 심장이 같은 박자로 뛴다는 것이 행복했다.

그를 만나기 전까진 미처 알지 못했던 사소한 행복과 크나큰 사랑. 이걸 그리지 않으면 무얼 그린단 말인가. 몇 백 장이고, 몇 천 장이고 그릴 수 있을 만큼 지금 서로하에겐 당연하고도 유일무이한 주제였다.

"그리고 진짜 미치도록 사랑해요, 서로하 씨."

"나도요, 하서진 씨."

"그럼 지금 당장 가죠."

"벌써요? 비행기는……."

"바꾸면 되죠. 그림 그리는 당신의 등을 꼭 안아 주고 싶어서 참을 수가 없어요, 내가."

"은근슬쩍 그림 보려고 하는 거 다 티 나는데."

로하는 일부러 장난을 쳤다. 그의 얼굴이 붉어진 건지 노을에 물든 건지 알 수 없었지만 한 가지 확신할 수 있는 것은 제 얼굴 또한 똑같으리란 사실이었다.

로하가 장난치듯 손가락을 뻗었다. 높이 뻗으니 서진의 눈에 제 손가락 끝이 닿아 꾹 눌렀다. 늘 다정한 진심만 담는 예쁜 눈을 제 손끝이 기억하고 캔버스 위에 옮기길 바라며.

"보지 말라는 거죠? 못 믿겠으면 지금처럼 눈을 가려 놔도 돼요. 그래도 나는 다 느낄 수 있으니까."

"붓 터치를 어떻게 느껴요. 색은 짐작도 못 할……."

"서로하의 심장, 서로하의 생각, 서로하의 감정. 뭐 그런 거요. 그런 걸 느낄 수 있다고요."

로하가 손을 뗐다. 능청맞게 놀려 보고 싶었는데 역시 그가 한 수 위였다. 로하는 미친 듯이 뛰는 제 심장을 숨기려 애쓰며 일부러 그에게서 거리를 벌렸다.

그리고는 마치 음악이라도 듣는 것처럼 리듬을 타며 이리저리 뛰기 시작했다. 마음 같아선 하늘을 날 수도 있을 것 같은 기분이었다.

문득 새가 떠올랐다. 제가 아는 그림 속 새는 딱 하나뿐이었다. 서진이 그렸던 그 서툰 새 한 마리가 제 심장을 뛰게 하는 유일한 새였다.

"새로운 세계를 열어 줘서 정말 고마워요."

"갑자기 무슨 말이에요?"

"있어요, 그런 게."

"어어, 알려 줘요!"

"싫어요. 아까 나 놀린 벌이에요. 우리 집에 가려면 공항으로 서둘러 가야 하는 거 아닌가? 가요, 빨리."

로하는 일부러 더 빨리 달리기 시작했다. 달리다 보면 정말 날아오를 수 있을 것만 같았다. 서진은 제게 날개였다.

"로하 씨!"

서진은 그녀를 따라 뛰기 시작했다. 달리다 보니 문득 제가 그림 끝에 적어 두었던 소설 속 구절이 떠올랐다.

새는 투쟁하여 알에서 나온다. 알은 세계이다. 태어나려는 자는 하나의 세계를 깨뜨려야 한다. 새는 신에게로 날아간다. 신의 이름은 압락사스.

—〈데미안〉中에서

서진은 저도 모르게 소리 내어 웃었다. 앞서 뛰던 로하가 멈춰 섰다.

그녀의 웃음소리가 서진의 웃음소리와 섞여 들어갔다. 그 어떤 물감의 색보다도 아름다운 둘의 그림자가 세상을 향해 길게 뻗어 갔다.

　비로소 두 사람은 마음껏 날아오를 수 있었다. 그들에게 신이 있다면 그 이름은 하나, 사랑이다.

—fin

Writer's Card

안녕하세요, 이예담입니다.

〈캔버스와 알로하〉를 쓰는 동안 저는 주인공들과 함께 여행을 하는 기분이었습니다. 독자분들께도 따스한 여행으로 기억될 수 있는 글이었으면 좋겠는데, 어떨지 잘 모르겠습니다. 여러분의 기억 한편에 좋은 추억이 될 수만 있다면 더 바랄 것이 없겠네요.

〈캔버스와 알로하〉는 미술을 공부하는 후배와 이야기를 나누던 중 현대 미술 분야가 정말 아는 사람들만의 세상이구나, 란 걸 새삼 깨닫게 된 뒤, 그들의 세상을 '폭로'하고 싶다는 마음으로 시작하게 된 이야기입니다.

서진이와 로하의 이야기 중간에 섞여 들어갔던 사건들은 대개 실화를 바탕으로 재구성한 것들이 많습니다. 물론 빙산의 일각일 뿐이지만요.

앞으로도 기회가 된다면 미술뿐 아니라 각종 예술 분야 전반에 숨겨진 '그들만의' 이야기를 포착해 세상에 널리 알리는 글을 써 보고 싶네요.

꼭 부정적인 쪽이 아니어도 좋을 것 같은데 성격상 또 그런 부분만 파고 있을까 겁이 나긴 합니다.

전작에 이어 이번 작품에서도 사건 묘사에 치우친 느낌이라 죄송스럽습니다.

이러다 사건은 잘 쓰는데 감정은 못 쓰는 작가로 굳어 버릴 것 같아 겁나지만, 저만의 시그니처라 생각하고 조금은 뻔뻔해져 볼까 합니다.

사실 굵직굵직한 사건들은 모두 로하와 서진이의 성장과 사랑을 위해 끼워 넣은 장치였을 뿐입니다.

그러니 책을 다 읽은 독자분들의 기억 속에는 상처를 딛고 성장한 로하와 서진이의 예쁜 사랑만 잔잔하게 남았으면 좋겠습니다.

철없는 딸이 뉴욕의 미술관에 취해 있는 동안 아프다 이야기도 못 했던 아버지께도, 그리고 그런 아버지 옆에서 지금도 고생하고 있는 어머니께도 감사함과 죄송스러움을 전하고 싶습니다.

올해에는 가족들끼리 함께 어디든 다녀왔으면 좋겠네요. 하와이는 아니어도 비슷한 느낌이 나는 곳은 다녀와야 글을 쓰지 않겠냐며 무턱대고 떠난 여행에 함께해 주었던 제 사람에게도 고마움을 전합니다. 함께했기에 힐링이었습니다. 인생이란 여행에도 함께해 주길 바라요.

전작에 이어 〈캔버스와 알로하〉까지 함께 작업하자 먼저 말씀해 주시고, 작업하는 내내 늘 믿어 주시고 격려해 주셨던 봄미디어 담당자님들께도 감사함을 전하고 싶습니다. 아직은 초보 글쟁이에 불과한 저인데 담당자님들께서 늘 칭찬해 주시니 민망할 따름입니다. 글로 춤을 출 순 없으니, 대신 다음 작품에선 조금 더 나아진 모습을 보여 드리도록 더욱 노력하겠습니다.

다음 작품은 어떤 것으로 인사드리게 될지 아직 모르겠습니다. 구상하는 것이 즐거워 늘 새 우물을 파고 있기 때문입니다.

요괴들이 등장하는 판타지이든, 조금은 어두운 현대 복수극이든, 잔잔한 여행 이야기이든 간에 다음 작품에서는 조금 더 감정에 집중할 수 있기를 바랄 뿐입니다. 사건 '도' 잘 쓰는 작가로 발돋움하는 올 한 해가 되었으면 싶네요.

'끝'이라 생각하니 아쉬움이 남습니다만, 이제 작가로서의 몫은 정말 끝인 듯싶습니다. 여백은 독자분들과 주인공 두 사람에게 맡기고자 합니다.

실제로 글을 쓰면서 캐릭터들이 살아 움직이는 느낌은 로하와 서진이에게 처음 받아 봤습니다. 작가로서 계획과 때로는 전혀 다른 방향으로 이리 가고, 저리 뛰었던 두 사람이 오래도록 사랑받았으면 좋겠네요.

지금까지 〈캔버스와 알로하〉와 함께 여행해 주셔서 감사합니다. 다음에도 뵐 수 있기를 바랍니다. 안녕히 가세요! 우리, 또 봐요!

2017년 1월의 어느 날,
새로운 여행을 기대하며,
이예담 올림.

Reference

『서양 미술사』 에른스트 곰브리치

『별난 법학자의 그림 이야기』 김민호

Harper's Bazaar의 「Frieze Week」 안동선 (2016.11)

『서양 미술사』 H.W. 잰슨

문화저널21의 「미술계 성장통 잘라 버린 양도세」 최재원 (2016.10)

오마이뉴스의 「조영남은 사기꾼인가?」 진중권 기고 (2016.07)

The Guardian의 「Artists Elmgreen and Dragset bring 'Van Gogh's Ear' to New York」 Nadja Sayej (2016.03)

동아일보의 「檢, 이재현 CJ회장 재산 도피 단서 포착 "모조품 만들어 국내 보내고… 진품은 李회장 美자택 보관"」 최창

봉, 장선희 (2013.05)

　한국일보의 「그림 로비 이어 또…… 수사 단골 서미갤러리,
재벌 비자금 조성 창구?」 강철원 (2011.03)